Das Buch

Seit ihr Vater als Wissenschaftler zu einem Leben im fernen Russland gezwungen wurde, passt Nelly sich ihrer Ostberliner Umgebung immer weniger an. Sie engagiert sich in einer kirchlichen Jugendorganisation und wird im Frühjahr 1953 kurz vor dem Abitur von der Schule geworfen. Trost könnte sie bei dem jungen Uhrmacher Wolf Uhlitz finden, der sich in sie verliebt hat. Er will ihr helfen, legt sich dafür sogar mit seinem Vater an, entwendet staatliche Dokumente und landet im Gefängnis.

Was Wolf nur vage ahnt: Die junge Nelly steht in einer geheimnisvollen Verbindung mit einem russischen Spion namens Ilja, der sie mit Nachrichten über ihren verschleppten Vater versorgt und den Austausch von Briefen mit ihm vermittelt. Wie Wolf träumt auch Ilja von einem Leben mit Nelly – aber als sich in Berlin und Halle die Unzufriedenheit mit dem Regime in Massendemonstrationen entlädt, hängt ihrer aller Leben an seidenen Fäden.

Titus Müller erzählt eindringlich und packend vom Leben der Aufbegehrenden und entfaltet authentisch und detailgenau das Panorama eines Aufstandes, der beispielhaft wurde.

Der Autor

Titus Müller, geboren 1977 in Leipzig, schreibt Romane und Sachbücher. Er ist Mitglied des PEN-Clubs und wurde u. a. mit dem C.-S.-Lewis-Preis, dem Sir-Walter-Scott-Preis und dem Homer-Preis ausgezeichnet.

Weitere Informationen unter www. titusmueller.de

Lieferbare Titel

Die Spionin Trilogie:

TITUS MÜLLER

DER TAG X

ROMAN

WILHELM HEYNE VERLAG
MÜNCHEN

Penguin Random House Verlagsgruppe FSC® N001967

3. Auflage
Vollständige deutsche Taschenbuchausgabe 2018
Copyright © 2017 Titus und Karl Blessing Verlag
in der Penguin Random House Verlagsgruppe GmbH,
Neumarkter Straße 28, 81673 München
Umschlaggestaltung: Geviert Grafik & Typographie, München
Umschlagmotiv: Getty Images/Archive Photos/FPG; akg-images/Gert Schütz
Druck und Bindung: GGP Media GmbH, Pößneck
Printed in Germany
Alle Rechte vorbehalten
ISBN: 978-3-453-43930-6

www.heyne.de

Gewidmet meinem Lektor Dr. Edgar Bracht,
der diese Geschichte mit der ruhigen Liebe eines Gärtners
aufgezogen und in die Sonne gestellt hat.

BERLIN, 22. OKTOBER 1946

Als Faustschläge gegen die Tür donnerten, richtete das Mädchen sich im Bett auf und lauschte in die Dunkelheit. Sie hörte
ihren eigenen Atem. Jetzt dröhnten Männerstimmen von der
Straße herauf, und im Zimmer nebenan knarzte das Bett der Eltern. Nelly erhob sich leise und schlich auf nackten Füßen zum
Fenster.

Vor dem Haus stand ein Militärlastwagen, und Soldaten, die mit
Maschinengewehren bewaffnet waren, blickten aufmerksam an der
Fassade hoch. Ein Offizier rauchte, sie sah die Zigarettenspitze
aufglimmen, bevor er die Zigarette auf die Straße schnippte und in
russischer Sprache einen Befehl erteilte.

Wieder erbebte die Tür unter Fausthieben. Nellys Brust schnürte
sich zu, sie bekam kaum noch Luft.

»Ich komme«, rief der Vater.

Sie hörte das Flüstern der Eltern im Wohnungsflur, dann die
Schritte ihres Vaters und das Aufschließen der Tür. Schwere Stiefel
polterten in die Wohnung. Hastig sah das elfjährige Mädchen sich
um. Schreibtisch? Bett? Schrank? Armselige Verstecke! Der Vorhang am Fenster?

»Wer gibt Ihnen das Recht, hier einzudringen? Es ist drei Uhr
in der Früh!« Vaters Protest ging in russischen Befehlen unter.

Die Tür zum Kinderzimmer wurde aufgerissen, und ein Militärpolizist schaltete das Licht ein. Er rief zwei Uniformierte heran und
zeigte auf Nellys Schrank. Sie nahmen Nägel aus einer kleinen
Schachtel und nagelten mit groben Hammerschlägen die Schrank-

7

tür zu. Zwei andere trugen den Schreibtisch hinaus. Sahen sie Nelly gar nicht?

Sie lief zur Mutter, die aber auch nur ungläubig auf die Uniformierten starrte, die ihre Wohnzimmerschränke zunagelten. Vater redete leise mit dem Offizier. Der musste etwas Schlimmes gesagt haben, denn Vater wurde blass und sagte zu Mutter und ihr: »Zieht euch an.«

Der Schrank, der Nellys gesamte Kleidung enthielt, wurde gerade hinausgetragen, und sie spürte, wie ihr Herz heftiger schlug. Sie würde die Sachen von gestern anziehen müssen, die über der Stuhllehne hingen. Die Badezimmertür schloss sich. Kurz darauf hörte Nelly ihre Mutter im Bad schluchzen.

»Schnell«, sagte Vater, schob Nelly in ihr Zimmer zurück und schloss von draußen die Tür.

Wo der Schreibtisch und der Schrank gestanden hatten, lagen jetzt Staubflusen. Nelly löschte das Licht, damit man sie nicht durch das Fenster sah, schlüpfte aus dem Pyjama und zog sich an. Anziehen bedeutete, man würde sie von hier wegbringen. Durften sie nicht länger in diesem herrschaftlichen Haus in der schönen Sternallee wohnen? Wurden sie gar ins Gefängnis gesteckt? Was hatten sie denn verbrochen?

Sie zog die Kiste mit der Laterna magica unter dem Bett hervor. Ihre Traummaschine. Wenn für ein Kind eine Ausnahme gemacht wurde und sie die Laterna magica mitnehmen durfte, würden die leuchtenden Bilder ihr in der kalten Zelle Trost spenden. Aber gab es überhaupt Strom in Gefängniszellen? Notfalls musste sie sich die Bilder eben ohne künstliches Licht anschauen und sie einfach vor das vergitterte Fenster halten. Hoffentlich zerbrachen nicht unterwegs die Glasplatten.

Zum letzten Mal sah sie sich ihr Kinderzimmer an. Sie nahm Abschied von der hohen, stuckverzierten Decke, die ihr das Gefühl gegeben hatte, in einem Schloss zu wohnen und eine Prinzessin zu sein, und nickte dem Puppenhaus zu, das auf dem blank gebohnerten Parkettboden stand. Dann schleppte sie die Kiste in den Flur. Zwei Uniformierte rollten gerade den Teppichläufer ein, schulterten ihn und gingen nach draußen. Aus der Küche trug ein Soldat eine Obstkiste voller Geschirr so achtlos heraus, dass die Tassen schepperten.

Der Offizier, der draußen geraucht hatte, stand jetzt im Flur und warf Vater einen strengen Blick zu. »Der Wagen wartet.«

Dass Vater nichts erwiderte, machte Nelly Angst. Sie stolperte ihm hinterher Richtung Haustür.

Mutter stellte sich ihr in den Weg: »Was willst du mit dem alten Ding?«

Ein junger Soldat, der mit seiner Maschinenpistole den Abtransport überwachte, lächelte. »Laterna magica? Schön«, sagte er in gebrochenem Deutsch.

Mutter nahm ihr die Kiste aus der Hand. »Nelly«, sagte sie leise, ihr verheultes Gesicht kam ganz nah, »wir werden nach Russland verschleppt. Womöglich nach Sibirien. Du brauchst warme Kleidung, kein Spielzeug.« Sie stellte die Kiste auf den Boden. »Halt die Arme auf.«

Nelly gehorchte.

Mutter legte ihr die Wolljacke quer darüber und lud ein zweites Paar Schuhe darauf und den Schal, der an der Garderobe gehangen hatte. »Geh raus zum Auto«, sagte sie und verschwand in der Küche.

Trotzig legte Nelly die Last ab. Sie öffnete die Kiste der Laterna magica und suchte ihre liebsten Glasbilder heraus: die Eisbären am Nordpol, den Dschungel und die Pyramiden in Ägypten. Die wickelte sie in die Wolljacke ein, ergriff die Schuhe und den Schal und ging zur Haustür.

Der junge Soldat lächelte schon wieder. Er bückte sich zur Kiste hinunter und trug Nelly die Laterna magica hinterher.

Vor dem Haus warteten zwei Armeelastwagen. Der eine war bis oben mit Möbeln gefüllt, darunter auch die von Nelly. Sie und ihre Eltern wurden zum zweiten Lastwagen geschickt.

An beiden Seiten der Ladefläche waren Bänke angeschraubt. Darauf mussten sie Platz nehmen. Der junge Soldat reichte ihr die Laterna magica hinauf. Er blickte sie für einen Moment nachdenklich an, als würde Nelly ihn an jemanden erinnern.

Vater nickte den anderen Leuten zu, unter denen sich einige Nachbarn befanden, die auch Nelly kannte: der nette Junggeselle und Physikprofessor Stolzing, der Ingenieur Polster, dessen Frau immer so hochnäsig an ihr vorbeiguckte und wenn überhaupt nur missmutig grüßte, und zwei, drei weitere Ehepaare, deren Gesichter ihr vage vertraut waren. Alle wirkten sie geschockt.

Jetzt kam auch Mutter, begleitet von einem Soldaten. Sie trug ein Brot in der Hand und hatte die Manteltaschen voller Äpfel. Als sie auf den Lastwagen kletterte, fiel einer hinaus und rollte über die Straße, bis er im Dreck liegen blieb. Mutter starrte die Familien an, die dicht gedrängt auf den Bänken saßen. Jetzt heulte sie wieder auf, was Nelly wütend machte, und rief: »Das können die nicht machen!«

»Doch«, sagte ein Mann trocken, »können die.«

Der Ingenieur Polster warf einen erschrockenen Seitenblick auf die Militärpolizisten. Er machte eine beschwichtigende Geste. »Man hat uns versprochen ...«

»Versprochen?«, fuhr Mutter, die immer noch stand, dazwischen. »Was denn? Dass wir in Sibirien zu essen bekommen? Dass die Kinder zur Schule gehen dürfen? Und was ist mit den Versprechen, die wir letztes Jahr bekommen haben? Kapieren Sie doch! Die haben uns die schönen Häuser nur gegeben, um uns zusammenzupferchen, der Hirschgarten mit seinen schönen Villen war in Wahrheit unser Ghetto, die ganze Zeit!«

Einer der Militärpolizisten stieg zu ihnen auf die Ladefläche. Er tippte auf die Maschinenpistole vor seiner Brust und sah Mutter aus kalten Augen an.

Vater klammerte sich an sie, auch Nelly nahm ihren Arm und zog sie auf die Bank herunter. Wenn sie Mutter jetzt hochreißen und vom Lastwagen stoßen würden …

Der Lastwagen fuhr an. Der Militärpolizist stand noch eine Weile, als könnte ihn die polternde Fahrt nicht im Geringsten aus dem Gleichgewicht bringen. Schließlich setzte er sich an das Ende der Bank. Die Gefangenen wichen furchtsam vor ihm zurück. Keiner von ihnen würde es wagen, während der Fahrt abzuspringen und zu fliehen.

Auf allen Kreuzungen sah Nelly Militärjeeps und Wachposten. Der gesamte Hirschgarten war von Truppen der Roten Armee abgeriegelt worden. Ein Mann rannte über die Straße, drei Soldaten jagten ihm nach, holten ihn ein und knüppelten ihn nieder. Wie ein Sack Mehl wurde er in einen wartenden Jeep geworfen. Im Schein der Straßenlaternen wirkte das Geschehen wie ein gespenstisches Nachtstück, aufgeführt, während die Stadt Berlin schlief.

Alle auf den Bänken im Lastwagen hatten das gesehen, was Nelly soeben beobachtet hatte, und versanken doch in Stille.

Draußen hingen noch Werbeplakate von den Berliner Magistratswahlen, bei denen die SED eine schwere Niederlage erlitten hatte und von SPD und CDU auf den dritten Rang verwiesen worden war, womit laut Vater niemand gerechnet hatte. Am allerwenigsten die Machthaber in der Sowjetischen Besatzungszone. Aber in Berlin konnten sie die Wahlen nicht so stark wie anderswo beeinflussen, ganz Berlin wählte gemeinsam, die Menschen in der östlichen mit denen in den westlichen Besatzungszonen. Seit der Wahl lastete eine bleierne Schwere auf der Stadt, man hatte geahnt, dass etwas kommen würde, in der Schule hatte Nelly den Ernst der Lage an den Gesichtern der Lehrer ablesen können. Und jetzt wurde der Albtraum, vor dem sich alle gefürchtet hatten, Wirklichkeit.

Als der Lastwagen am Bahnhof Köpenick hielt, presste Nelly ihre Laterna magica an sich. Hier in der Nähe, im Erpetal, hatte sie manches Mal mit ihren Freundinnen am Mühlenfließ gespielt, auch wenn sie danach ausgeschimpft wurde, weil sie sich so weit vom Haus fortgestohlen hatte.

»Aussteigen!«, befahl der Militärpolizist.

Sie kletterten von der Ladefläche.

Der Bahnhof war abgeriegelt, es wimmelte von bewaffneten Rotarmisten. An eine Flucht war nicht zu denken. Die Gleise standen voller Eisenbahnwaggons, obwohl es mitten in der Nacht war. Soldaten luden Stühle und Schränke in die Güterwaggons, sogar einen Vogelkäfig, in dem ein Wellensittich hin und her flatterte. An den Waggons für Passagiere stauten sich Trauben von Familien. Um diese Zeit lagen sie sonst in ihren Betten und schliefen friedlich.

»Da bekommen Sie noch was zu essen«, sagte der Militärpolizist.

Vor einer Suppenkanone hatte sich eine lange Schlange gebildet. Mutter sagte: »Ich kriege jetzt nichts runter.«

Nelly ging es genauso, sie pflichtete ihr bei.

»Aber die Fahrt wird sehr lang werden.« Vater sah bekümmert aus. »Bitte.«

Also stellten sie sich ihm zuliebe an. In die einfachen Blechnäpfe wurde jeweils eine Kelle Kartoffelsuppe hineingeklatscht. Seltsamerweise konnten sie alle essen, selbst Mutter. Ein Offizier mit einer Liste in der Hand rief fragend Vaters Namen. Als er sich meldete, sagte der Offizier: »Kommen Sie mit, ich bringe Sie zum Zug.«

Mutter stutzte. »Unsere Namen haben Sie nicht auf der Liste?«

Der Offizier sagte: »Frauen und Kinder fahren einfach so mit.«

»Obwohl wir nicht auf der Liste stehen?«

»So ist es«, sagte er.

»Das heißt, wir könnten hierbleiben.«

Der Offizier sah zu Vater. »Klären Sie das mit Ihrem Mann. Ob wir die Putzfrau mitnehmen oder die Geliebte und ob die Kinder dabei sind, spielt keine Rolle für uns.« Er sprach tadellos deutsch. Aber er trug eine Maschinenpistole, und das vergiftete seine Worte.

Die Leute wurden in die Züge getrieben, Mutter schluchzte: »Nelly war vier, als der Krieg losging, das ist ihr erstes Friedensjahr. Wir können uns doch jetzt nicht nach Russland verschleppen lassen!«

»Wir haben keine Wahl, Julia«, sagte Vater. »Irgendwann werden sie uns wieder zurückkehren lassen.«

»Dann warte ich lieber hier auf dich. Nelly und ich werden warten.«

Vater verstummte. Er sah plötzlich aus wie ein kleiner Schuljunge. Sein Blick flehte.

»Ich liebe dich, Peter«, schluchzte sie, »bitte, du musst mich verstehen. Ich kann das nicht!«

»Nein, Mama«, sagte Nelly, »wir müssen zusammenbleiben, wir können Papa doch nicht allein wegfahren lassen, wann werden wir ihn denn wiedersehen? Vielleicht nie!« An der Suppenkanone stand schon niemand mehr, überall stiegen die Letzten ein. Jetzt kamen Soldaten und befahlen auf Russisch etwas, das nur bedeuten konnte, dass Papa einsteigen musste. Allmählich verlor auch der Offizier mit der Liste die Geduld.

Vater und Mutter fielen sich in die Arme, umklammerten sich kurz, dann küsste Papa sie, Nelly, auf die Stirn. Er war plötzlich um Jahre gealtert, aschfahl geworden, als wäre er todkrank. Die Soldaten drängten ihn in den Zug, unter ihnen der Soldat, der Nelly im Haus lächelnd die Laterna magica nachgereicht hatte. Als er Nelly für einen Moment wieder wahrnahm, blickte sie ihn bittend an.

Ein greller Pfiff ertönte, und die Lokomotive setzte sich schnaufend in Bewegung. Vater beugte sich aus dem Fenster und rief mit Tränen in den Augen: »Nelly, mein Liebling, ich komme wieder, sobald ich kann. Vergesst mich nicht!«

Sie sah ihm nach und presste die Kiste an sich, weil sie eigentlich Vater an sich drücken wollte.

1

MOSKAU, 5. MÄRZ 1953

Die dünne, verharschte Schneedecke knirschte unter seinen Schuhsohlen, während Ilja Kolschetow das Gewicht von einem Bein auf das andere verlagerte und sich fröstelnd die Hände rieb. Er blies warmen Atem auf die Finger.

Eine Packard-Limousine mit silbern blitzender Stoßstange rollte heran. Der Fahrer lenkte sie an den Straßenrand. Die schwache Märzsonne spiegelte sich in der Kühlerfigur auf der schwarzen Motorhaube, einem Pelikan. Die hintere Tür öffnete sich. »Steigen Sie ein.«

Ilja gehorchte. Er setzte sich neben Beria auf die Rückbank und zog die Tür hinter sich zu. Sie war schwer und schloss mit einem satten Klang, sicher war das Fahrzeug gepanzert. Die Sitze waren mit rotem Leder bezogen, das sich unter seiner Hand weich anfühlte und noch ganz neu roch. Die Fensterheber waren verchromt.

Die Limousine glitt wie ein Schiff über die Straße.

»Sind Sie Stalin schon einmal begegnet?« Beria kam gleich zur Sache. Dass sie sich seit Jahren nicht gesehen hatten, spielte für ihn keine Rolle. Niemand begrüßte ein Werkzeug, man nahm es zur Hand und arbeitete damit.

»Nein«, sagte Ilja.

Beria sah kühl nach vorn. »Ich werde Sie als meinen neuen Leibwächter vorstellen. So können Sie überall dabei sein, ohne dass jemand Fragen stellt.«

Sie folgten der Staatsstraße nach Westen, hinaus aus Moskau. Nach einer halben Stunde hielten sie an einem Kontrollpunkt mit

Schranke. Man ließ sie passieren, und sie bogen nach links ab. *Kunʒewo* stand auf einem Schild.

Als sie sich einem Fichtenwäldchen näherten, fragte Ilja: »Weiß Stalin, dass Sie Ihr eigenes Agentennetzwerk weiterführen?« Offiziell unterstanden die Geheimdienste Beria nicht mehr. Flog er mit seinen Machenschaften auf, würde das nicht nur *seinen* Tod bedeuten.

»Erstens könnte Stalin das gar nicht verhindern, weil niemand außer mir meine Agenten kennt, und zweitens ist es ihm recht. Er schätzt Parallelstrukturen. Sie erzeugen Konkurrenz unter seinen Untergebenen. Er wusste auch zu meinen Zeiten als NKWD-Chef, dass ich zusätzlich ein eigenes Netzwerk von Agenten führe.« Beria sah kurz zu ihm hinüber. »Hören Sie auf, sich meinen Kopf zu zerbrechen, und konzentrieren Sie sich auf Ihre Aufgaben.«

Sie passierten einen weiteren Kontrollpunkt und durchfuhren das Tor zu Stalins Landhaus. Vor dem khakigrün gestrichenen Gebäude parkten weitere Staatskarossen, ein Cadillac, ein Buick, ein Mercedes, ein ZiS 110. Geschickt steuerte der Fahrer den Packard in eine Lücke am hinteren Ende der Limousinenreihe. Sie waren im Zentrum der Macht angekommen. Von hier aus regierte der Vater der Industrialisierung und Befreier Europas den größten Staat dieser Welt – vom ewigen Eis im Norden bis zu den Wüsten in Zentralasien, von der Ostsee bis zum Pazifischen Ozean, elf Zeitzonen weit, ein Sechstel der Erde. Gerade erst hatte Stalin den XIX. Parteitag geleitet, eine Verschwörung jüdischer Ärzte aufgedeckt, Moskau mit Luftabwehrraketen umgeben und einen Gefangenenaustausch im Koreakrieg auf den Weg gebracht.

»Stalin hat sowieso andere Sorgen«, sagte Beria und öffnete die Tür an seiner Seite des Wagens. »Er ist damit beschäftigt zu sterben.«

Die Worte trafen Ilja Kolschetow wie ein Hieb mit dem Vorschlaghammer. Benommen stieg er aus und folgte Beria in das Haus.

Wenn Stalin starb – standen sie dann nicht am Rande eines Dritten Weltkriegs? Er war eine Urgewalt, die Menschen nach ihrem Willen formte. Wie konnte er sterben?

Am Ende der Diele hing eine Weltkarte. Auch die Revolution hatte ihre Landkarten. Den Nazis war es um Gebiete gegangen, sie dagegen führten den Klassenkampf, den Kampf der sozialen Schichten, und nicht überall auf der Welt war die Arbeiterklasse an der Macht. Wie sollte, wie konnte es ohne Väterchen Stalin weitergehen? Sie passierten die Karte und betraten ein weitläufiges Esszimmer mit Kronleuchtern und einem langen Tisch, an dem etwa dreißig Stühle standen. An der Seite, hinter den Stühlen, befand sich ein Sofa.

Ilja erschrak. Stalin lag auf diesem Sofa und war mit einer einfachen Decke zugedeckt worden. Sein pockennarbiges Gesicht war bleich und glich dem einer Mumie. Ärzte nahmen mit dünnen Zangen schwarze, sich windende Blutegel aus einem Glas und setzten sie ihm hinter die Ohren. Stalin wehrte sich nicht. Eine Krankenschwester flößte ihm mit dem Teelöffel eine gelbliche Flüssigkeit ein. Sauerstoffzylinder wurden herangerollt und neben das Klavier gestellt. Durch die hohen Fenster schien die bläuliche Sonne hinein.

»Lassen Sie ihn jetzt ruhen«, befahl Beria.

»Wir haben alles versucht«, sagte einer der Ärzte, »wie Sie befohlen haben. Das amerikanische Gerät für künstliche Beatmung konnten wir wegen der ungewöhnlichen Voltzahl erst in Gang bringen, nachdem wir ein Aggregat herbeischaffen ließen. Das Aggregat aber macht einen Höllenlärm. Wir haben es wieder abgeschaltet.«

»Gehen Sie.«

Die Schwester und die Ärzte zogen sich zurück.

»Sie bleiben«, sagte Beria zu dem Arzt, der den Bericht gegeben hatte. Dann trat er in einen Nebenraum, Ilja folgte ihm. In diesem zweiten, kleineren Esszimmer saßen auf dem rosa gestreiften Sofa Malenkow und Chruschtschow, auf Stühlen Mikojan, Molotow und Bulganin.

Molotow fragte streng: »Haben Sie ihm Gift gegeben?« In den Tagen der Revolution gegen das russische Kaiserreich hatte man ihn Molot, den »Hammer«, genannt. Seitdem war er nicht wieder zu seinem bürgerlichen Namen Skrjabin zurückgekehrt. Aber schließlich hatte sich auch Stalin seinen Namen »der Stählerne« selbst gegeben. Diese Regierungsmitglieder waren Agenten wie er, Ilja, sie hatten ihre Tarnnamen aus der Zeit der Revolution nie abgelegt. Und sie predigten immer noch, als stünden sie auf den Barrikaden wie einst. Zumindest wenn sie vor das Volk traten. Hier, im inneren Zirkel, wurde offenbar anders gesprochen.

»Ich weiß genau, dass Sie so was beim Geheimdienst haben«, insistierte Molotow. »Sie verabreichen es dem Opfer, es krepiert, und am Ende lautet die Diagnose Herzinfarkt.«

»Sie sprechen von Rizin«, sagte Beria ruhig. »Aber Sie vergessen, dass ich die Geheimdienste längst nicht mehr leite. Und selbst wenn ich es könnte: Ich habe den Genossen Stalin nicht vergiftet.«

Malenkow, den man hinter vorgehaltener Hand »Melanie« nannte wegen seiner Birnenstatur mit weiblich anmutenden breiten Hüften, sagte: »Selbst das Leben eines großen Mannes wie Stalin ist irgendwann einmal zu Ende.«

Unfassbar, dass dieser Weichling mit der Fistelstimme für den Tod von zigtausend Menschen verantwortlich sein sollte. Mit seinem aufgedunsenen Mondgesicht über dem bartlosen Doppelkinn wirkte Malenkow wie ein Höfling, ein Speichellecker. Eine störrische schwarze Schmalzlocke fiel ihm in die Stirn. Hinter den Fettschichten musste sich noch eine andere Person verbergen. Sah man etwas davon in den wachsamen schwarzen Mongolenaugen? Malenkow war intelligent. Es hieß, er schreie nicht herum, wenn

Untergebene das Büro betraten, sondern stehe höflich auf. Er las seinen Kindern abends Gedichte vor, das wusste ganz Moskau. Bevor er eine Ausbildung zum Elektroingenieur absolvierte, hatte er auf dem Gymnasium Französisch und Latein gelernt, was ihn in der Runde der Kommunisten zu einem gebildeten Mann machte.

Neben ihm wirkte Chruschtschow wie ein Räuberhauptmann, robust, geradezu quadratisch gebaut und von Ehrfurcht gebietender Statur. Vor seiner politischen Karriere war er Bergarbeiter gewesen. Es hieß, er trinke Weinbrand wie Wasser.

Chruschtschow schien Iljas neugierigen Blick bemerkt zu haben. Er erwiderte ihn und fragte: »Wer ist das?«

»Ein zusätzlicher, neuer Leibwächter«, sagte Beria.

Nun musterten ihn auch die anderen. Fürchteten sie, Beria wolle einen seiner Zöglinge mit ins Rennen schicken, einen weiteren Konkurrenten um die Macht?

Nebenan würgte Stalin, doch niemand hier scherte sich darum.

»Die Lage ist klar«, sagte Beria. »Wir können uns entweder sofort einigen, wie wir Stalins Nachfolge regeln, oder es wird einen großen Kampf im Kreml geben, bei dem Köpfe rollen.«

Sicher verstanden sie, wie er das meinte. Beria war berüchtigt dafür, dass er über die Menschen in seinem Umfeld Akten anlegte und ihre Vergehen festhielt. Versagt hatten sie alle einmal. Wenn Beria jemanden ausschalten wollte, musste er nur die Beweise ans Licht holen, die in seinem geheimen Archiv lagerten.

Stalin ächzte im Nebenzimmer, es klang, als hätte er Krämpfe.

»Was schlagen Sie vor?«, fragte Chruschtschow.

»Malenkow übernimmt Stalins Ämter als Premier und Sekretär«, sagte Beria.

Ausgerechnet Malenkow? »Melanie«? Dann war klar, wer wirklich die Fäden in der Hand halten würde: Beria. Er selbst konnte als Georgier Stalin nicht beerben, ein Russe musste das machen. Stalin war zwar auch Georgier, aber er war der russischste Georgier, den man sich vorstellen konnte. So sehr hatte er das betont und durch sein Regierungshandeln untermauert, dass man seine Nationalität längst vergessen hatte. Von Beria dagegen hieß es oft, er habe seinen georgischen Landsleuten systematisch Vorteile verschafft, sei es einen schnelleren Aufstieg beim NKWD, dem Volkskommissariat für innere Angelegenheiten, sei es unbehelligtes Schalten und Walten auf dem Schwarzmarkt in Moskau.

Beria fuhr fort: »Ich werde die Staatssicherheit und das Innenministerium leiten, als Vizepräsident.«

Molotow nickte. »Dann übernehme ich das Außenministerium.«

»Und ich das Handelsministerium«, sagte Mikojan.

Chruschtschows Gesicht rötete sich immer mehr. Er stand kurz vor einem Wutausbruch.

Der Arzt rief nebenan: »Er erbricht Blut!«

Beria brüllte rüber: »Ergreifen Sie alle Maßnahmen, um den Genossen Stalin zu retten. Er wird noch gebraucht.«

Natürlich, sie mussten zuerst die Macht aufteilen, um das Zentralkomitee vor vollendete Tatsachen zu stellen. Noch wusste niemand im Kreml, dass Stalin im Sterben lag.

»Ist das nicht ein Zeichen für eine Vergiftung, wenn man Blut erbricht?«, fragte Molotow.

»Ich habe ihn nicht vergiftet«, wiederholte Beria. »Aber wir werden es aus der Krankenakte streichen lassen, damit keine Gerüchte aufkommen.«

»Und welchen Platz haben Sie für mich in Ihrem hübschen Plan auserkoren?« Chruschtschow legte seine großen Hände auf die Sofakante, bereit, jederzeit aufzuspringen. Er schien kurz davor zu sein, auf Beria loszugehen.

Ungerührt antwortete Beria: »Sie, Chruschtschow, werden zwar nicht der Regierung angehören, aber Sie übernehmen die Parteiführung der KPdSU. Allerdings wird sich die Partei künftig nicht mehr überall einmischen, sondern sich auf Ideologie, Bildung und Kultur beschränken. Die Ministerien steuern von nun an die Landwirtschaft, die Industrie und alle anderen Belange eigenständig.«

»Das wird das Zentralkomitee nicht akzeptieren«, wandte Mikojan ein.

»Jede Veränderung hat ihre Gegner.«

Aus Chruschtschows Kehle rollte ein tiefes Grollen. »Nur dass in diesem Fall zu den Gegnern jeder zählt außer Ihnen!«

»Wir werden außerdem die Zensur lockern«, fuhr Beria fort. »Bisher ist unsere Zensur derart idiotisch, dass im politischen Bereich nur kriecherische, dumme Bücher veröffentlicht werden. Die sind so unlesbar, dass man ihr Papier besser gleich dazu verwendet hätte, auf dem Markt Fisch darin einzuwickeln. Ich werde die Regeln der Zensur verändern. Wir werden Bücher britischer Wirtschaftswissenschaftler veröffentlichen und politische Bücher aus dem Ausland, wir werden bedeutende Werke über die Geschichte übersetzen lassen und bei uns herausbringen, um unseren Intellektuellen die Scheuklappen von den Augen zu nehmen. Ich habe bereits einige Leute an der Hand, mit deren Hilfe wir die Geschichte der UdSSR neu schreiben werden. Es muss Debatten geben dürfen, ohne dass einem gleich vorgeworfen wird, britischer Spion oder Agent des Imperialismus zu sein.«

»Mit Verlaub, Genosse, haben Sie nicht als NKWD-Chef genau diese Argumente ins Feld geführt, wenn Sie politische Gegner haben einlochen und foltern lassen?«

»Wir alle haben Blut an den Händen, Chruschtschow.« Berias Gesicht bekam etwas Insektenhaftes. Mit kalter Neugier musterte er durch den nickelgerahmten Zwicker seinen Kontrahenten. »Sie zum Beispiel haben vor siebzehn Jahren die Erschießung von fünfzigtausend Menschen angeordnet. Wurde das je untersucht? Sie haben die Kulaken gequält und die ukrainischen Nationalisten ausgeschaltet. Sie haben die Bischöfe der Ukraine ermorden lassen und fast eine Million Menschen in die Gulags verschleppt. Dafür habe ich Beweise.«

Chruschtschows Augenlid zuckte.

Ilja fragte sich, ob es klug von Beria war, seinem Widersacher so unverhohlen zu drohen. Wenn er künftig der Parteichef war, würde Chruschtschow eine ernsthafte Gefahr darstellen. Andererseits – vielleicht drohte Beria ihm gerade deswegen, um ihn von vornherein in eine defensive Haltung zu drängen.

Beria sagte: »Ohne Privateigentum wird unsere Sowjetunion nie auf einen grünen Zweig kommen. Stalin hat gesagt, wir würden den Kommunismus schon zu seinen Lebzeiten erreichen. Tja, ich glaube nicht, dass es in den nächsten Stunden passieren wird. Die Menschen brauchen Privateigentum, um sich zu engagieren. Im Übrigen ist das, was wir hier pflegen, kein Sozialismus, sondern Staatskapitalismus. Der Staat kontrolliert alles und beutet die Menschen aus. Unsere Kolchosen, unsere Fabriken, da bekommen die Menschen doch bloß ein Hundertstel dessen, was sie produzieren. Den Rest sackt der Staat ein. Und was tun wir mit dem Geld? Wir bauen Panzer und Flugzeuge. Ist Ihnen klar, dass drei Viertel der sowjetischen Bevölkerung an ihre Kolchosen gefesselt sind? Die dürfen nicht einmal umziehen ohne staatliche Genehmigung.«

Chruschtschow runzelte die Stirn. Auch Molotow war nun sichtlich verärgert.

Wenn Stalin diese Lästerungen hören würde! Könnte er aufstehen, hätte er die Diskussion längst mit einem einzigen Manöver seiner Tabakpfeife beendet. Seine Rauchzeremonien waren legendär. Zuerst brach er einige Zigaretten der Marke Herzegowina Flor auf und stopfte den Tabak in seine Pfeife. Strich er sich dann mit dem Mundstück über den Bart, gefiel ihm etwas. Rauchte er die Pfeife aber kalt, war er wütend. Und legte er sie gar ab, erwartete die Anwesenden ein Donnerwetter. Als ihm der Schriftsteller

Scholochow vorwarf, man betreibe um ihn einen Personenkult, hatte er geantwortet: »Was soll ich machen? Die Leute brauchen einen Gott.«

Wenn Stalin eine Rede hielt und ein Wort falsch aussprach – als Georgier beherrschte er kein makelloses Russisch –, so taten es ihm alle Redner nach, die auf der Tribüne folgten, sie betonten das Wort genauso falsch, damit er nicht etwa dachte, sie würden ihn berichtigen wollen. So sehr hatte man ihn gefürchtet.

Und jetzt lag er nebenan auf dem Sofa und rang mit dem Tod. Stalin würde nie wieder die Wolfspelzmütze mit den Ohrenklappen tragen, nie wieder die Wildlederstiefel oder die Uniform. Er würde nie wieder sechzehn Stunden am Tag arbeiten, nie wieder nächtelange Besäufnisse mit dem sogenannten innersten Kreis der Macht abhalten, nie wieder mit Charme widerstrebende Genossen gefügig machen. Seine schönen Augen, von denen die Frauen schwärmten, würden stumpf werden und brechen. Noch sahen Hunderttausende Moskauer in der U-Bahn sein überlebensgroßes Porträt als freundliches Väterchen, die sechsjährige Gelija Markisowa auf dem Arm – deren Eltern er längst hatte umbringen lassen, Ilja wusste das von einem MGB-Offizier. Noch bauten die Menschen der Sowjetrepubliken darauf, dass Stalin sie versorgte und beschützte. Die Nachricht seines Todes würde über sie hereinbrechen wie die Apokalypse.

»Die Zwangsarbeit von Häftlingen muss ebenfalls ein Ende haben«, sagte Beria. »Das Gulag-System ist nicht nur ungerecht, sondern auch ökonomisch dumm. Freie Menschen arbeiten um Längen produktiver als Sklaven. Wir werden einen Amnestieerlass des Obersten Sowjets auf den Weg bringen und die Inhaftierten aus den Lagern holen. Wir halten da Millionen Menschen fest, teilweise wegen belangloser politischer Äußerungen.«

»Sie, lieber Beria, haben jahrelang die Gulags verwaltet«, sagte Chruschtschow.

»Ja. Deshalb weiß keiner so gut wie ich, wie nutzlos und ungerecht sie sind. Wenn Sie sich die Ökonomie unseres Landes ansehen, wird jedem von Ihnen klar, dass wir etwas tun müssen. Viel zu
lange haben wir die nötigen Reformen gescheut. Ich sehe auch
nicht ein, wieso der wichtigste Platz unseres Landes ein Friedhof
sein soll. Das Mausoleum und die Gräber müssen vom Roten Platz
entfernt werden.«

Die Politiker saßen völlig konsterniert da, während Beria ihnen
die Zukunft vorstellte.

Unterdessen ließen sie den Mann, dem sie jahrelang ohne Widerspruch gedient hatten, nebenan allein sterben. Bis vor ein paar Tagen waren sie um ihn herumgeschwirrt wie fleißige Bienen. Jetzt
röchelte er einsam auf dem Sofa, während sie im Nachbarzimmer
über eine neue Politik sprachen.

Die Frage war: Warum hatte Beria ihn, Ilja, hierherbestellt?
Sorgte er sich, dass sie ihn aufzuhalten versuchten, und er brauchte
jemanden, der ohne zu zögern die höchsten Amtsträger des Landes
tötete? Beria tat nichts ohne Grund. Als Stalin ihm nach acht Jahren die Geheimdienste wegnahm, weil er zu mächtig und eine
Gefahr für ihn geworden war, hatte er die Leitung der Schwerindustrie und der Waffenproduktion übernommen, den Bau der ersten Atombombe überwacht und herrschte seitdem über Erdöl, Kohle und Stahl. Ohne ihn und seine Spionagenetzwerke in
den USA hätte die UdSSR vermutlich immer noch keine Atombomben. Auf eigenen Wunsch führte er außerdem die Uhren-
produktion des Landes – alles, was mit Mechanik zusammenhing,
faszinierte ihn.

Ilja beobachtete ihn. Er trug einen einfachen grauen Roll-
kragenpullover und darüber ein leichtes Jackett, das wagte sonst
keines der Politbüromitglieder, die anderen trugen Hemden und
maßgeschneiderte Anzüge. Trotz seines untersetzten Körpers war
Lawrenti Pawlowitsch Beria agil, die Augen hinter den Brillen-

gläsern seines altmodischen Kneifers erfassten prüfend die Lage. Würde er in den Vereinigten Staaten leben, wäre er sicher Geschäftsführer eines Konzerns geworden.

Es hieß, er liebe den Konkurrenzkampf und den Sport. In der georgischen Fußballnationalmannschaft hatte er als linker Verteidiger gespielt. Er beherrschte Jiu Jitsu. Den Kampf mit den anderen mächtigen Männern des Landes aufzunehmen, schien ihm Freude zu bereiten.

»Fahren wir zum Kreml«, sagte er. »Wir sollten Tatsachen schaffen, ehe es jemand anderem einfällt.«

Molotow kniff die Augen zusammen. »Er ist noch nicht gestorben.«

»Dazu braucht er uns nicht.«

»Wollen Sie gehen, ohne sich zu verabschieden?«

»Selbstverständlich nicht. Kommen Sie.« Beria ging voran, die anderen erhoben sich und folgten ihm. Sie stellten sich vor dem Diwan auf. Stalins Gesicht war kaum wiederzuerkennen, die Lippen hatten sich schwarz gefärbt, die Gesichtszüge waren entstellt. Beria sagte: »Genosse Stalin, die Mitglieder des Politbüros sind bei Ihnen. Können Sie sprechen?«

Stalin reagierte nicht. Seine Augen waren geschlossen.

Beria beugte sich über ihn und gab ihm die Hand. Stalins rechter Arm, der von Geburt an kürzer als sein linker war, schien bereits gelähmt zu sein. Die anderen folgten Berias Beispiel. Gelegentlich schlug Stalin einmal die Augen auf. Doch nun geschah etwas Merkwürdiges, womit Ilja nach den kritischen Auslassungen, die er erst vor wenigen Minuten gehört hatte, nicht gerechnet hätte. Chruschtschow schluchzte und jammerte wie ein ukrainisches Klageweib. Mikojan fiel vor Stalins Diwan auf die Knie, weinte und schlug sich gegen die Brust. Molotow rief verzweifelt, er müsse sich betrinken. Und es schien alles ernst gemeint zu sein.

Als Malenkow an der Reihe war, Stalins schlaffe Hand zu schütteln, sagte Beria: »Sie sehen, Stalin hat dem Genossen Malenkow durch diesen Händedruck die Führerschaft übertragen. So werden wir es auch dem Zentralkomitee berichten.«

Er verließ so eilig den Raum, dass Ilja Mühe hatte, ihm zu folgen. Für einen Moment schien es ihm, als habe Stalin kurz, kaum merklich, den linken Arm wie drohend gehoben, und Ilja las in diesem Moment auf dem Gesicht des Arztes das gleiche Entsetzen, das ihn selbst durchfuhr. Es war wie ein Menetekel. Aber die Politiker schienen nichts davon bemerkt zu haben. Sie traten nach draußen. »Starten Sie den Motor«, befahl Beria dem Chauffeur. »Wir haben keine Zeit zu verlieren, Chrustaljow.« Es war deutlich: Er traute denen da drinnen keinen Fingerbreit über den Weg.

Sie stiegen in die schwarze Limousine, und Chrustaljow steuerte den Wagen aus der Parklücke. Während sie an den anderen Staatskarossen vorbeizogen, sah Ilja, dass auch Chruschtschow, Malenkow, Molotow, Bulganin und Mikojan zu ihren Chauffeuren in die Wagen stiegen.

Sie fuhren vom Gelände, an den Wachposten vorbei. »Wohin geht es?«, fragte der Chauffeur.

Beria sagte: »In den Kreml.«

Bald waren sie auf der Staatsstraße nach Moskau.

»Sie haben große Veränderungen vor«, sagte Ilja. »Das wird nicht jedem gefallen. Werden Sie den Marxismus-Leninismus vollständig abschaffen?«

Beria sah aus dem Fenster. »Zerbrechen Sie sich nicht meinen Kopf. Ich habe andere Aufgaben für Sie.«

Ilja schwieg.

Nach einer Weile sagte Beria, ohne sich ihm zuzuwenden: »Wir geben dem Ministerrat und dem Obersten Sowjet die neue Machtverteilung bekannt. Währenddessen vernichten Sie Material in Stalins Büro. Alles, was sich gegen mich oder Malenkow richtet.

Material über Chruschtschow bringen Sie mir. Sollten Sie Stalins Letzten Willen finden, verbrennen Sie ihn. Ungelesen.«

»Verschaffen Sie mir Zutrittspapiere? Oder habe ich einen offiziellen Auftrag vom Parteipräsidium, den ich als Vorwand einsetzen kann?«

Berias Spinnenfinger nahmen den Kneifer vom Gesicht. »Dann hätte ich jeden Lakaien schicken können. Was Sie tun, darf nicht auf mich zurückfallen. Sie sind auf sich allein gestellt.«

»*Nasse Arbeit* also.«

»Sie meinen, wenn die Kremlwache versucht, Sie aufzuhalten? Sie haben alle Freiheiten. Aber häufen Sie nicht zu viele Leichen an. Das Ganze darf nicht nach einem Staatsstreich aussehen.«

Stumm zog Ilja die Brieftasche heraus, entnahm dem Geheimfach die Natriumthiosulfat-Tablette und schluckte sie. Er steckte die Brieftasche wieder ein. Ein Glas Wasser wäre jetzt hilfreich gewesen. Die Tablette kühlte durch die chemische Reaktion seinen Speichel ab, bald fühlte es sich an, als habe er Eiswasser im Mund. Er schluckte noch einige Male. Schwefelgeschmack stieg ihm in die Nase.

»Ihr mitleidiger Gesichtsausdruck vorhin«, sagte Beria, »hat mir nicht gefallen. Sie kennen Stalin nicht. Und er ist auch nicht allein. Seine einfältige Hausangestellte, die alte Matronja Petrowna, war bei ihm, außerdem seine Lieblingstochter Swetlana Alliluewa und sein Sohn, der Luftwaffenoffizier Wasili, bis ich die drei telefonisch hinausbeordert habe, bevor wir eintrafen, das ging nicht vor den Genossen. Wasili betrinkt sich wahllos und beschimpft die Ärzte. Was das Gift angeht: Die Ärzte sprechen von einem Schlaganfall, von arterieller Gehirnblutung. Stalins Puls liegt bei achtundsiebzig, der Blutdruck liegt bei hundertzehn zu hundertneunzig, und das Herz schlägt nur noch schwach. Man könnte also sagen, ich habe die Sitzung aus Mitgefühl beendet, damit er im engsten Familienkreis sterben kann.«

Ilja wusste nicht, ob er ihm glauben sollte. Zumindest der letzte Satz war gelogen. Aber es spielte keine Rolle. Jemand in Berias Position konnte sich die Wirklichkeit formen, so wie er sie haben wollte.

Im Kreml empfing man sie bereits voller Aufregung. »Das Präsidium, der Ministerrat und der Oberste Sowjet haben sich versammelt, Genosse Beria. Sie sind in äußerster Unruhe. Ist es wahr, liegt Stalin im Sterben?«

Jemand musste gezwitschert haben.

Sie stiegen aus. Beria gab Ilja einen Wink.

Er orientierte sich einen kurzen Moment lang, dann verließ er die Gruppe. Stalins Büro befand sich in der Ecke des Senatsgebäudes, die dem Nikolski-Turm zugewandt war. Sicherlich war der Zugang zum Gebäude überwacht. Er begann mit einer kleinen Regelüberschreitung, um glaubwürdiger zu wirken: Er überquerte den Platz.

Wie erwartet, schnitt ihm ein Mann der Kremlwache den Weg ab. »Sie dürfen sich hier nicht aufhalten«, sagte er. »Wissen Sie nicht, dass es nur bestimmten Personen gestattet ist, den Mittelplatz zu betreten?«

»Oh, Entschuldigung.« Ilja sah sich um, als wäre er verwirrt. »Ich suche Stalins Büro.«

Der Wachmann streckte die Schultern durch. »In welcher Angelegenheit?«

»Das sage ich dem Kanzleipersonal vor Ort.«

In Begleitung des Wachmanns gelangte er in das Senatsgebäude. Am Fuß der Treppe, die im Gebäude hinaufführte, wurden sie aufgehalten. »Papiere!«, forderte ein Posten.

»Ich habe keine.« Ilja sah sich um, als fürchtete er Lauscher, und sagte dann leise: »Die Kameradin Ljudmila schickt mich.«

Skeptisch sahen ihn die beiden Wachleute an. Der eine legte die Hand an die Pistolentasche. »Und wer soll das sein?«

»Seine ... Also, sie hat ihn während der vergangenen Wochen als Kameradin begleitet. Wenn Sie wissen, was ich meine.«

Ein Lächeln spielte um die Mundwinkel der beiden. »Soso. Und warum kommt sie nicht selbst?«

»Sie ist bei ihm«, log er. »Der Woschd liegt im Sterben.«

Ihr Lächeln gefror. »Das kann nicht stimmen, Sie lügen. Stalin erfreut sich bester Gesundheit!«

Er beschloss, die Sache zu beschleunigen. »Ich gehe jetzt da rauf und hole die persönlichen Sachen von Ljudmila. Telefonieren Sie währenddessen mit dem Kommandanten des Kreml, wenn Sie wollen.«

»Niemand betritt Stalins Büro«, protestierte der Wachmann.

Aber er war mit einem beherzten Schritt schon an ihm vorbei und stieg die Treppe hinauf.

»Stehen bleiben!«

Er hörte, wie sie ihre Pistolen aus dem Halfter nestelten. Zügig nahm er die Stufen und öffnete oben die Tür.

Verdammt. Im Vorzimmer befanden sich drei weitere Wachen, jeder mit einer 9-mm-Makarow am Gürtel. Der Leutnant griff sofort zur Waffe. Er würde Schwierigkeiten machen.

»Verzeihen Sie die Störung, die Herren«, sagte er. »Ljudmila, Stalins Kameradin, hat mich gebeten, aus seinem Büro etwas Persönliches zu holen.«

Der Leutnant richtete die Pistole auf ihn und entsicherte sie. Er befahl den Soldaten: »Durchsuchen!«

Sie tasteten ihn ab. Außer der Brieftasche fanden sie nichts. Sie übergaben sie dem Leutnant, und der Leutnant entnahm ihr seinen Ausweis. Laut las er vor: »Boris Schischliannikow.« Er sah prüfend hoch. »Und Sie behaupten, in Stalins Büro liege etwas von dieser Ljudmila?«

»Es ist persönlicher Natur. Stalin wäre erzürnt, wenn jemand anderes die Sache zu Gesicht bekäme.«

Der Leutnant kniff die Augen zu schmalen Schlitzen zusammen. »Halten Sie mich für dumm? Sie denken doch nicht im Ernst, ich lasse Sie da allein hinein.«

Ilja gab sich eingeschüchtert. »Ich wollte nur …«

»Los!«, befahl der Leutnant. Er hielt immer noch die Pistole auf ihn gerichtet. »Gehen Sie voran, durch die Tür da. Wenn sich Ihre Geschichte als Lüge entpuppt … In der Lubjanka wird man Ihnen das Lügen aberziehen, das verspreche ich Ihnen.«

Die Soldaten lachten. Sie schlossen sich an, aber der Leutnant blaffte: »Sie bleiben hier! Vielleicht ist das genau, was er bezweckt: dass wir den Zugang zum Trakt freigeben.«

Ilja wurde der Lauf der Waffe in den Rücken gestoßen. Er öffnete die Tür, zu der ihn der Leutnant schob, und sie traten in einen hohen, weiten Flur. Der Boden glänzte, es roch nach Bohnerwachs. Mehrere Bürotüren zweigten vom Flur ab. Es war still hier, offenbar waren alle Funktionäre in der Versammlung, in der Beria die neue Regierung bekanntgab.

»Ljudmila hat gesagt, ich soll mich an den Leiter der Geheimkanzlei wenden, der wisse Bescheid.«

»Ist nicht da. Und jetzt gehen Sie durch diese Tür.« Er gab ihm erneut einen Stoß mit der Waffe.

Ilja öffnete. Das weitläufige, dunkel getäfelte Büro roch verraucht. Bücher standen in offenen Regalen. Auf einem Konferenztisch stand ein Globus.

»Also?«, fragte der Leutnant.

Eine Standuhr tickte laut. Wie hatte Stalin bei diesem Ticken arbeiten können? Lenins Totenmaske aus Gips war in einer Glasvitrine ausgestellt. An der Wand hing ein Lenin-Porträt neben einem Bild von Karl Marx.

Er ging auf den klobigen Schreibtisch zu, der den Raum beherrschte, und zog zum Schein an der Schublade. Er tat, als wäre sie verschlossen, rüttelte an ihr.

»Ich habe den Schlüssel, Ljudmila hat ihn mir gegeben.« Er griff nach der Brieftasche in seiner Jacke.

»Nehmen Sie die Hände hoch«, befahl der Leutnant. »Haben die Amerikaner Sie geschickt? Was sollen Sie hier stehlen?«

Betont langsam zog er die Hand heraus und mit ihr die braune Brieftasche. »Ihre Leute haben mich doch schon abgetastet, ich habe keine Waffe. Das ist meine Brieftasche, dort habe ich den Schlüssel.« Er legte den Finger an den verborgenen Mechanismus, löste den Abzug aus und drückte den Arm des Leutnants weg. Mit einem leisen Puffen explodierte die Treibladung, die Ampulle zerbarst, und die Säure verdampfte im Gesicht des Leutnants zu Zyanidgas. Seine Augen weiteten sich, er begann zu hyperventilieren. Es dauerte nicht lange, bis er bewusstlos zusammenbrach. Ilja fasste ihn unter die Achseln und ließ ihn behutsam zu Boden gleiten. Die Blausäurevergiftung hatte bereits den Atemstillstand ausgelöst.

Bittermandelgeruch lag in der Luft. Hatte die Tablette gewirkt, die er eingenommen hatte, auch wenn er kein Wasser dazu trinken konnte? Er ging zwei Schritte zur Seite, riss fahrig seine Brieftasche auf und drückte die zweite Ampulle aus ihrem Versteck. Er zerbrach sie und inhalierte das Amylnitrat.

Jetzt hieß es, schnell zu sein. Er öffnete die Schubladen und Schranktüren des Schreibtischs. Alles, was obenauf lag, räumte er beiseite, und die Ordner, die vorn standen, ebenfalls. Er griff tief in die Schreibtischschränke hinein und tastete an den Eckkanten entlang. War da nicht ein feiner Grat? Er entdeckte eine kleine Vertiefung, steckte den Finger hinein und zog. Jetzt löste sich eine Holzplatte. Dahinter entdeckte er mehrere dünne Mappen. Er legte sie auf den Schreibtisch. *Lawrenti Pawlowitsch Beria*, stand auf der einen. Neben weiteren Mappen fand er welche über Chruschtschow und Malenkow. Er steckte sie sich hinten in den Hosenbund, wo der Mantel alles verdeckte. Die übrigen Mappen verbarg er wieder im Schreibtisch und fügte die Holzplatte ein.

Gab es ein Testament? Er betastete die Unterseite des Schreibtischs. Nichts. Er nahm das Porträt Lenins von der Wand und danach das von Marx. An der Hinterseite der Bilder war ebenfalls nichts verborgen. Die Wachtposten konnten jeden Augenblick hier sein, um nach dem Rechten zu sehen, viel Zeit blieb ihm nicht. Er zog die Schreibtischschublade vollständig heraus und setzte sie auf der Tischplatte ab. Nun befühlte er den Tisch von unten. Er fand einen Umschlag, den man mit Heftpflaster daran befestigt hatte, riss ihn ab, sah kurz hinein und steckte ihn befriedigt zu den Mappen an seinen Rücken.

Nachdem er die Schublade wieder eingesetzt hatte, kauerte er sich noch einmal neben den Leutnant. Prüfend sah er das Gesicht an. In der Regel verhinderte eine feine Gaze, dass beim Explodieren der Treibladung und dem anschließenden Zerplatzen der Ampulle Splitter ins Gesicht des Opfers flogen und ihm dort verräterische Verletzungen zufügten. Heute war es nahezu perfekt gelungen. Nur an der linken Wange gab es einen winzigen Schnitt. Er nahm ein Blatt Papier aus der Schublade und näherte sich vorsichtig mit einer Ecke der Wunde und entfernte den feinen Glassplitter. Dann trug er ihn zum Fenster, öffnete es und schüttelte ihn hinaus.

Er ließ das Fenster offen stehen, damit keine Gasreste im Raum blieben, und legte das Blatt zurück. Eilig verließ er das Büro und platzte ins Vorzimmer der Wachen, die ihn misstrauisch ansahen.

»Wo ist der Leutnant«, fragten sie.

»Genossen, ich habe Ihnen eine schreckliche Nachricht zu überbringen. Soeben haben wir durch einen Telefonanruf erfahren, dass Stalin, der Befreier Europas und Jünger Lenins, in seiner Datscha in Kunzewo gestorben ist.«

Sie schluckten. »Und wo ist Leutnant Martemjanow?«

»Er ist bei Erhalt der Nachricht bewusstlos geworden. Ich habe die Fenster geöffnet und versucht, ihn zu wecken, aber es ist mir nicht gelungen.«

Man würde bei der Autopsie des Leutnants Herzversagen feststellen, nichts weiter. Solange nicht das Lungengewebe auf einen möglichen Blausäuregehalt untersucht wurde, konnte auf ihn kein Verdacht fallen.

Alles war bedingungslos dem Staat untergeordnet, verkörpert durch die Partei und ihre Führer. Der Staat hatte das Recht, jedes Opfer von seinen Bürgern zu verlangen, auch ihr Leben. Weiter zu denken, an Familienmitglieder, Kinder, eine trauernde Witwe, erlaubte sich Ilja nicht. Er hatte seinen Dienst getan wie immer.

2

Durch den Tränenschleier sah der Müggelsee aus wie ein Bild ihrer Laterna magica. Der See wird morgen Nachmittag noch da sein, dachte sie. Was auch passiert, der See bleibt. Auch die Parkbank würde noch da sein. Sie fuhr mit der Hand über das abgenutzte, verwitterte Holz. Wer über die Jahre hin alles hier gesessen haben mochte! Mütter, deren Kinder zu Hause ausgezogen waren. Pärchen, die sich innig liebten, oder solche, die ihre Liebe verloren hatten.

Der Wind strich Nelly sanft um die Nase. Die Wintermonate waren endgültig vorüber. Es schien ihr, als wollten der See und der Wind und die Schneeglöckchen am Ufer sie trösten.

Das Knirschen von Schritten auf dem Weg kam näher. Jemand setzte sich ans andere Ende der Bank, sie spürte, wie die Bretter sich unter ihr bewegten. Nelly blinzelte die Tränen fort. Ein Mann. Er blickte auf den See. Sie überlegte, wie lange sie sitzen bleiben musste, um nicht den Eindruck zu erwecken, dass sie seinetwegen die Bank verließ.

»Herrlich heute, oder?«

Sie nickte.

»Ich bin Wolf«, sagte er.

»Nelly.«

»Ein Engelsköpfchen mit roten Locken und strahlend blauen Augen«, sagte er. »Und dann so traurig. Was ist los?«

Sie wischte sich die letzten Tränen aus dem Gesicht. »Nichts Besonderes.«

Er lächelte. »Sag bitte du zu mir, ich bin achtundzwanzig, da will man noch gern jung sein.«

»Jeder will doch jung sein.«

»Weiß nicht. Mein Vater wäre lieber älter, glaube ich.«

Das Gespräch begann, ihr auf die Nerven zu fallen. »Will er in Rente gehen?«, sagte sie, und erschrak, weil man ihr Desinteresse so deutlich hörte.

»Er liebt seinen Beruf. Aber er wäre gern der weise Mann, zu dem alle aufschauen.«

»Dann ist er vermutlich Lehrer.«

Der Mann schwieg. Schließlich sagte er: »Ich kann nichts dafür.«

Jetzt wurde sie gegen ihren Willen doch ein wenig neugierig. »Wofür?«

»Er ist ein hohes Tier bei der SED. Der erste Sekretär der SED-Kreisleitung.«

»Das hat aber doch sicher Vorteile.«

»Genau die will ich nicht haben.«

Sie musterte ihn. Die Ballonmütze war abgetragen, und das Haar wuchs ihm über die Ohren, er brauchte einen Haarschnitt. Seine Jacke hatte auch schon bessere Tage gesehen. Ein eigenartiger Kerl wie er hätte gewisse Vergünstigungen durchaus gebrauchen können.

»Also, was macht dich traurig?«, fragte er.

Sie stand auf. »Ich hab noch zu tun. Machen Sie's gut.«

»Das hätte jetzt ein x-beliebiges Mädchen gesagt. Aber du doch nicht.«

Eine Frechheit, wie er mit ihr redete. Das kecke Blitzen in seinen Augen entschärfte die Worte etwas, trotzdem, was sie beschäftigte, ging diesen Kerl nichts an. Sie sah auf den See und horchte in sich hinein. Zu ihrem eigenen Erstaunen interessierte sie, was er sagen würde. »Die veranstalten morgen ein Tribunal in der Schule, um mich fertigzumachen.«

»Weil du Christin bist.«

Verblüfft sah sie ihn an. »Woher weißt du das?«

»Du trägst ein Kreuz um den Hals.«

Dieses winzige silberne Kreuz hatte er gesehen?

»Hast du Lust, etwas auszuprobieren? Dauert nur fünf Minuten.«

»Was?«

»Ich hab mal gehört, wenn man sich fünf Minuten lang in die Augen sieht und sich dann noch drei persönliche Dinge erzählt, verliebt man sich ineinander. Wüsste gern, ob es wahr ist.«

»Niemals. Das würde ja heißen, jeder kann sich in jeden verlieben, wenn er nur lange genug hinguckt.«

»Du glaubst nicht daran?«

»Nee. Und ich muss jetzt wirklich.«

»Dann hast du nichts zu verlieren, oder?« Er drehte sich etwas und saß ihr nun fast gegenüber. »Probieren wir's aus. Komm, setz dich noch mal.«

»Auf keinen Fall.«

»Also denkst du doch, dass es funktionieren wird.«

Nein. Aber das hieß noch lange nicht, dass sie Lust hatte, diesem Wildfremden fünf Minuten lang in die Augen zu sehen.

»Im Gegenzug repariere ich alle Uhren umsonst, die dir je kaputt gehen, dein Leben lang. Und es bringt dich auf andere Gedanken, du vergisst mal deine Sorgen wegen der Schule.«

Dieses Lächeln. Er schaute sie an, als würden sie sich schon Jahre kennen. Der Wind zerzauste die dunkelblonden Haare, die unter seinem Mützenrand hervorlugten. Dieser schlechte Haarschnitt machte ihn irgendwie putzig, als bräuchte er jemanden, der sich um ihn kümmerte. Wenigstens musste man sich vor diesem Mann nicht fürchten. »Fünf Minuten, drei Dinge, und dann gehe ich.« Sie setzte sich und sah auf die Uhr. Ihre Gedanken hatten seit Stunden Kreise gezogen. Es würde ihr tatsächlich guttun, mal an etwas anderes zu denken.

Schweigend sahen sie sich an. Sie kam sich vor, als wäre sie unvorbereitet in ein fernes Land gestolpert.

Für einen Mann hatte Wolf ungewöhnlich schöne gebogene Wimpern. Und in den braunen Augen lag eine große Wachheit, aber auch Güte, so schien es ihr.

Was sah er bei ihr? Plötzlich machte ihr dieses sonderbare Spiel Angst. Waren die Augen nicht Fenster zur Seele? Was ging diesen Fremden ihre Seele an? Sie wollte es abbrechen, wollte sagen: Das ist doch idiotisch! Aber die Haut um seine Augen zuckte etwas, und daraus wurde ein nervöser Zug um seinen Mund. Er war genauso verunsichert wie sie. Sofort fühlte sie sich stärker.

Sie bemühte sich, gleichmäßig zu atmen und sich nichts von ihrer Unruhe anmerken zu lassen. Wie verwundbar man war, wenn man längeren Blickkontakt hielt. So nah war ihr selten jemand auf die Pelle gerückt.

Er sagte: »Ich glaube, die fünf Minuten sind um.«

Sie sah auf die Uhr. Sieben Minuten waren verstrichen. Erleichtert atmete sie auf.

»Jetzt die drei persönlichen Sachen«, sagte er. »Ich fange an, ja?« Er sah auf seinen Schoß. Seine Hände bewegten sich, er schien angespannt nachzudenken. »Ich habe oft Fernweh. Dann laufe ich raus aus der Stadt, bei Wind und Wetter, ich folge einfach einer Straße, bis die Häuser aufhören, und noch weiter. Viele haben Angst vor der Zukunft. Sie sehnen sich nach einer festen Stelle, in Lohn und Brot zu sein, das ist für sie alles. Ich sehne mich aber nach der Weite. Ich wär gern auf einem Schiff, das die Häfen der verschiedenen Kontinente anfährt.«

»Waren das schon drei Sachen?«

»Nein. Das war eine.« Er rieb sich den Nacken. »Jetzt bist du dran.«

»Ich schlafe nachts bei Licht. Ich kann's nicht ertragen, wenn es im Zimmer dunkel ist.«

Erstaunt sah er sie an, aber er sagte nichts.

»Du bist wieder dran.«

»Ich liebe Landkarten«, sagte er. »Ich kann stundenlang Afrika, Russland oder eine Südseeinsel betrachten, ihre Küstenlinien, ihre Flüsse, Berge und Seen. Ich denke dann über die Menschen nach, die dort leben und nichts von uns wissen, die ihren Alltag haben, ihre Arbeit, ihre Mühen und Sorgen. Ich frage mich, welche Bäume dort wachsen, sind es Palmen? Zedern? Und was es da für Tiere gibt.«

Das Spiel fing an, ihr Spaß zu machen. »Ich stelle mir manchmal Katastrophen vor. Nicht, dass ich sie mir wünschen würde, es ist, als wollte ich mich darauf vorbereiten, dass es passieren könnte. Das läuft dann wie ein Film in meinem Kopf ab. Beim Busfahren stelle ich mir vor, wie wir zu weit links fahren und der entgegenkommende LKW uns erfasst und der Bus sich überschlägt. Und beim Schwimmen denke ich daran, wie ich einen Krampf bekomme und ertrinke.«

»Bist du mal von etwas Schlimmem überrascht worden?«

Sie zuckte innerlich zusammen. »Ich bin ein fröhlicher Mensch, ich will keine Schwarzseherin sein. Aber irgendwie rutsche ich da manchmal rein.«

Er räusperte sich. »Ein Punkt fehlt noch, richtig? Lass mich nachdenken.« Er sah hoch in die Baumwipfel hinter ihr. Dann sagte er, ohne den Blick von dort abzuwenden: »Manchmal rede ich mit den Uhren, während ich sie repariere. Ehrlich gesagt, rede ich immer mit ihnen. Ich begrüße sie schon, wenn ich den Laden betrete.«

Er blickte sie erwartungsvoll an, und während sie innerlich darüber schmunzelte, dass dieser Mann scheinbar mit seinen Uhren sprach, fiel ihr die Laterna magica wieder ein. Sie erzählte, dass sie seit ihrer Kindheit die Bilder liebe, die man mit ihr erzeugen könne, und dass sie manchmal so lange eines anschaue, bis sie das Gefühl habe, in der dargestellten Landschaft herumzuspazieren. Beinahe hätte sie ihm gesagt, dass ein russischer Soldat ihr diesen Apparat in einer brenzligen Situation hinterhergetragen habe, aber das behielt sie dann doch lieber für sich.

Er lächelte kurz und nickte.

Dann verfielen sie in Schweigen. Eben noch hatten sie sich minutenlang in die Augen gesehen, jetzt hielten sie es keine drei Sekunden mehr aus.

»Danke, dass du mitgemacht hast«, sagte Wolf leicht verlegen.

Sie nahm ihre Tasche und stand auf. Weil es sich eigenartig angefühlt hätte, einfach zu gehen, drückte sie seine Hand. Sie war warm. »Mach's gut, Wolf.«

»Mach's gut.«

Auf dem Weg nach Hause fragte sie sich, ob das Experiment gescheitert oder geglückt war. Empfand sie etwas für ihn? Er war ihr vertrauter geworden, so viel stand fest. Aber Verliebtheit? Nein, das war es nicht. Auf gewisse Art war sie sogar froh, von der Parkbank und von Wolf wegzugehen.

Dennoch, das Gespräch hatte ihr gutgetan. Erst als sie die Wohnungstür aufschloss, fielen ihr wieder ihre Sorgen ein.

Aus der Küche drang kaltes weißes Licht, sie hasste die Leuchtstäbe an der Decke. Lutz hatte sie voller Stolz anmontiert. Er wollte jeden Tag hören, wie großartig es war, dass er sie beschafft hatte. Und Mutter tat es, sie lobte ihn: »Hundertmal besser als diese trüben Fünfzehn-Watt-Lampen, die alle anderen haben.«

Mutter schnitt Zwiebeln, der beißende Geruch hatte sich in der ganzen Wohnung verbreitet. Lutz, Nellys Stiefvater, trat in den Flur: »Na, harten Tag gehabt?«

Das war das Schlimme. Er war freundlich. Aber sie wollte nicht, dass er freundlich war. »Ja«, sagte sie knapp, streifte sich die Schuhe von den Füßen und ließ sie da fallen, wo sie stand. Auf Socken ging sie in ihr Zimmer und schloss unsanft die Tür hinter sich. Sie wusste: Er würde milde seufzen und ihre Schuhe aufräumen.

Sie setzte sich aufs Bett.

Wolf wartete, bis sich der Pulk von Schülern am Eingang der Aula aufgelöst hatte. Dann überquerte er den Schulhof und versuchte ein möglichst gleichgültiges Gesicht zu machen.

Ein Mann, vermutlich ein Lehrer, versperrte ihm den Weg zur Aula. »Eltern ist der Zutritt nicht gestattet.«

»Ich bin noch etwas jung für Kinder, meinst du nicht?« Er hielt dem verdutzten Lehrer die Hand hin. »Genosse Uhlitz. Du bist ...?«

»Fricke, Mathematik und Physik.« Der Blick des Lehrers wanderte zum Revers von Wolfs grauem Anzug, wo das Parteiabzeichen prangte.

Wolf folgte seinem Blick. »Mein Vater ist hier SED-Kreisleiter. Er hat mich gebeten, einmal zu schauen, wie ihr das Problem löst.«

»Wir geben unser Bestes.«

»Das glaube ich. Du hast sicher nichts dagegen, wenn ich mir die Sache ansehe und meinem Vater dann berichte?«

Der Lehrer machte Platz. »Wir haben nichts zu verbergen.«

»Danke, Genosse.« Er hasste es, von der Position seines Vaters und vom Kaderdenken Gebrauch zu machen. Vater wäre stolz, ihn hier im grauen Anzug zu sehen, die weinrote Krawatte ordentlich gebunden, die Anstecknadel mit der roten Fahne und den ineinandergreifenden Händen am Revers. Ja, er spürte förmlich, wie er ihm anerkennend auf die Schulter klopfte. Mit diesem kleinen, blinkenden Stück Blech an der Brust bist du für sie ein anderer, einer, der Ansagen macht, ein Macher. Gut so, Wolf. Hab's dir doch immer gesagt.

Die Schüler hatten klassenweise auf den Bänken Platz genommen. Hier saßen die Neuntklässler, dort die zehnten, auf einer anderen Bank die elften, zwölften Klassen. Fast alle trugen blaue Hemden mit Schulterklappen und dem Emblem einer aufgehenden Sonne am Ärmel, es war ein Heer von blauen Hemden.

Nelly saß bei den Achtzehnjährigen des Abiturjahrgangs in der ersten Reihe. Er erkannte sie gleich an ihren rotblonden Haaren.

Auch sie trug das FDJ-Hemd. Aber sie saß am Rand, und ihr Sitznachbar war etwas von ihr abgerückt, als würde sie eine ansteckende Krankheit verbreiten.

Wolf ging an den Sitzreihen vorbei zur Bank für die Lehrer. LERNT UND ARBEITET FÜR DEN AUFBAU DES SOZIALISMUS, stand in großen Lettern über der roten Fahne, die an die Stirnseite des Saals geheftet worden war. Darunter befand sich die Bühne mit einem stoffüberspannten Tisch wie ein Richterpult. Zwei Männer und eine Frau saßen daran. Einer der Männer stand jetzt auf. »Liebes Kollegium, liebe Jugendfreunde. Eröffnen wir die FDJ-Vollversammlung der Gerhart-Hauptmann-Oberschule mit dem Gruß der Freien Deutschen Jugend.« Er reckte die Faust in die Höhe. »Freundschaft!«

Die Schüler im ganzen Saal antworteten müde: »Freundschaft.« Einige von den Älteren vorne rechts antworteten mit betonter Lässigkeit etwas später, der Mann, womöglich der Schuldirektor, warf ihnen einen tadelnden Blick zu. Er sagte: »FDJ-Sekretärin Niedermayer wird uns in das Thema des heutigen Nachmittags einführen. Ich erwarte Ihre volle Aufmerksamkeit.«

Die FDJ-Sekretärin trug eine Herrenuhr, eine Kienzle, die ihr überhaupt nicht stand. Für dieses schmale Handgelenk wäre eine Junghans besser gewesen, J58, Ankerhemmung mit Steinpaletten, fünfzehn Steine, Brückenwerk. Die Frau begann ihre Ansprache. »Ihnen allen muss klar sein: Es gibt zwei Lager auf dieser Welt, das Lager des Imperialismus, an dessen Spitze die USA stehen, und das Lager der Demokratie und des Sozialismus, an dessen Spitze die UdSSR steht. Es ist die Aufgabe jeder demokratischen Schule, auch der Gerhart-Hauptmann-Oberschule, feindliche Elemente in ihren Reihen zu enttarnen und zu entfernen. Eine Ihrer Mitschülerinnen« – sie warf einen Eulenblick auf Nelly – »gehört der Jugendorganisation der Evangelischen Kirche an, der sogenannten Jungen Gemeinde.«

Ein kaum unterdrücktes Raunen ging durch den Raum. Wolf spürte, wie sich ihm die Nackenhaare aufstellten. Die FDJ-Sekretärin schämte sich nicht, Nelly vor allen anderen bloßzustellen, dabei musste sie doch wissen, wie man mit jungen Menschen umging.

»Ich vermute, aus Unwissenheit. Deshalb möchte ich Sie, Nelly, und alle anderen Schüler aufklären. Die Junge Gemeinde ist eine illegale Organisation. Sie ist nicht beim Innenministerium registriert. Für die Jugendlichen der DDR gibt es nur eine Jugendorganisation: die FDJ.«

Sie isolierte Nelly, um sie zu schwächen, sie ließ es erscheinen, als sei sie allein die Abweichlerin und alle anderen im Saal stünden gegen sie. Durchschaute das niemand? Was sagten die Lehrer dazu? Er blickte sich um. Aber die Gesichter wirkten wie versteinert und verrieten keinerlei innere Beteiligung an dem Geschehen.

»Die Junge Gemeinde wird von westlichen Geheimdiensten unterwandert und betreibt unter dem kirchlichen Deckmantel Spionage und Hetze gegen die DDR. Die Junge Gemeinde spioniert für die Amerikaner und sabotiert Maschinen in den Fabriken. Viele Kirchenmitarbeiter sind Agenten der CIA. Sicher wollen Sie, Nelly, nicht einer Verbrecherorganisation angehören, die als amerikanische Agentenzentrale Volksfeinde sammelt, um der DDR zu schaden, und die antidemokratische Hetzschriften aus Westberlin einführt, unter der Tarnung christlicher Pressearbeit. Deshalb rufe ich Sie auf, die Machenschaften der Jungen Gemeinde hier vor allen Ihren Mitschülern und dem Lehrkörper zu bestätigen und sich davon zu distanzieren. Sonst fällt Ihr Verhalten nicht nur auf Sie, sondern auch auf Ihre Eltern zurück. Nelly Findeisen, ich fordere Sie auf, durch eine deutliche Stellungnahme zu beweisen, dass Sie eine würdige Schülerin einer demokratischen Oberschule sind.«

Es wurde still. Die FDJ-Sekretärin nickte Nelly aufmunternd zu.

Nelly stand auf. Sie trug eine Hose, wie Wolf erst jetzt auffiel. Die schwarze Hose stand ihr gut – aber war ihr nicht klar, dass sie damit erst recht den Zorn der Lehrer und Parteifunktionäre auf sich zog? Alle anderen Mädchen im Saal trugen einen Rock zur FDJ-Bluse.

»Ich glaube das nicht«, sagte Nelly. Ihre Stimme war leiser als die der FDJ-Sekretärin.

Die Funktionärin fragte mütterlich: »Was glauben Sie nicht?«

»Dass die Junge Gemeinde für den westlichen Geheimdienst arbeitet. Ich gehöre seit über einem Jahr dazu. Wir haben in dieser Zeit nur Lieder gesungen, gebetet, Ausflüge gemacht und Spiele gespielt. Und in der Bibel gelesen.«

Das Gesicht der Niedermayer wurde hart. »In der Mahlsdorfer Straße ist ein Funktionär der FDJ von der Jungen Gemeinde mit Messern überfallen worden! Behaupten Sie doch nicht, davon nichts zu wissen! Nachts habt ihr ihm aufgelauert, angestiftet von einem amerikanischen Offizier.«

»Das ist nicht wahr.«

»Haben Sie die Presseberichte nicht gelesen? Ein ›Diakon‹ wurde als US-Spion enttarnt. Wollen Sie etwa sagen, unsere sozialistisch-demokratische Presse würde lügen? Dann hätten wir hier nicht nur die Frage, ob Sie aus der FDJ ausgeschlossen werden, dann hätten wir den Straftatbestand der Boykotthetze!«

»Ich …«

»Oder meinen Sie, das Präsidium würde lügen?«

Sie sagte nicht: Ich würde lügen, sondern: Das Präsidium würde lügen. Diesen Trick, sich hinter einer Funktion zu verschanzen und damit die eigene Position größer und stärker erscheinen zu lassen, beherrschte auch sein Vater in Vollendung. Sie und der Schuldirektor und dieser andere, schweigende Mann, das war das Präsidium, die saßen zu Gericht über die Schülerin Nelly Findeisen.

»Ich habe nicht gesagt, dass Sie lügen.« Nelly tastete mit der Hand über die Hosennaht. »Ich denke nur, Sie irren sich.«

Was für eine kluge Antwort. Sein Herz wurde warm vor Bewunderung für Nelly.

»Und die Ausbeutung der Schwarzen in Amerika, finden Sie das etwa gut?«, fragte die Funktionärin.

»Nein, das finde ich nicht gut.«

»Warum helfen Sie dann den Imperialisten bei ihrer Unterwanderung der Deutschen Demokratischen Republik? Sollen hier eines Tages ähnliche Zustände herrschen?«

»Das tue ich doch gar nicht.«

Der Schuldirektor kam der Funktionärin zu Hilfe und sagte: »Vergangenen Sommer sind Sie mitten während der schulischen Feldarbeit nach Hause gegangen, die anderen Schüler haben dem amerikanischen Geheimdienst den Kampf angesagt und die von ihm eingestreuten Kartoffelkäfer abgesammelt, und Sie sind abgehauen. Ihre subversive Tätigkeit sieht man doch schon an Ihrer Kleidung! Sie wissen genau, dass an unserer demokratischen Schule den Mädchen das Tragen von Hosen nicht gestattet ist.«

Eine Mitschülerin aus der ersten Reihe meldete sich.

»Ja?«, sagte der Direktor freundlich. »Möchten Sie etwas zur Diskussion beitragen, Annemarie?«

Die Schülerin stand auf.

Nelly warf ihr einen schwer zu deutenden Blick zu. Sicher war sie enttäuscht, dass ihr die Kameradin in den Rücken fiel.

Die Schülerin sagte: »Ich wollte … Also, wir standen bloß herum auf dem Feld, weil es schon abgesammelt war. Das war schlecht organisiert. Und viele von der Schule sind erst gar nicht gekommen. Wird Nelly jetzt bestraft, weil sie so treudumm war, hinzugehen, und dann wieder heimgegangen ist?«

»Ich warne Sie«, zischte der Direktor. »Wenn Sie sich weiter mit den reaktionären Kräften solidarisieren, erhalten Sie ebenfalls einen Schulverweis!«

Die Schülerin entschuldigte sich hastig und nahm wieder Platz.

Er wandte sich erneut Nelly zu. »Halten Sie sich für eine würdige Schülerin einer demokratischen Schule?«

Nelly blickte zu Boden.

»Sie werden zum Abitur nur zugelassen, wenn Sie sich von der Jungen Gemeinde ein für alle Mal lossagen und mit Ihrer Unterschrift bestätigen, dass sie sich von der amerikanischen Tarn- und Spionageorganisation, genannt Junge Gemeinde, mit dem heutigen Tage trennen. Wir haben ein entsprechendes Dokument vorbereitet, das Sie zu unterzeichnen haben.« Er hob ein Blatt vom Tisch auf. »Nehmen Sie Ihren Füllfederhalter heraus und treten Sie nach vorn.«

Nelly schüttelte kaum merklich den Kopf.

Der Direktor holte hörbar Atem durch die Nase. »Ich warne Sie alle«, sagte er mit Nachdruck. »Wir werden an unserer Schule keine imperialistischen Elemente dulden und auch niemanden, der sie heimlich oder offen unterstützt. Wir stimmen jetzt ab. Die Hand hoch, wer für den Ausschluss der Schülerin Nelly Findeisen aus der FDJ ist.«

Fast alle Schüler meldeten sich.

»Gegenstimmen?«

Zwei Schüler meldeten sich. Der Mann im Präsidium, der noch kein Wort gesprochen hatte, sah die beiden an und machte sich eine Notiz.

»Damit sind Sie aus der FDJ ausgeschlossen«, sagte der Direktor. »Sie werden mit sofortiger Wirkung vom Schulunterricht beurlaubt.«

Wolf meinte zu sehen, wie Nelly sich schüttelte, ob aus Wut oder Angst, wusste er nicht zu sagen. »Heißt das, ich darf die Abiturprüfungen nicht machen? Warum werde ich hier wie eine Schwerverbrecherin behandelt? Was habe ich denn getan?«

»Wenn Sie das nicht erkennen«, sagte die FDJ-Funktionärin süffisant, »sollten Sie sich in psychiatrische Behandlung begeben.«

Nelly stand einfach da und sagte nichts. Er fürchtete, sie könnte zusammenbrechen. Unvermittelt drehte sie sich um und durchquerte die Aula in Richtung Ausgang. Ein Raunen unter den Schülern. Ihr liefen Tränen über das Gesicht.

Wolf hörte den Lehrer neben sich leise zu seinem Sitznachbarn sagen: »Gut so. Wir dürfen eine Verseuchung der Kinder durch Religion nicht dulden.«

Von vorn mahnte der Direktor, die Schüler sollten wachsam sein und Mitschüler melden, die sich verdächtig verhielten, das habe nichts mit Petzen zu tun, sondern sei etwas Aufrichtiges, nämlich antifaschistische Wachsamkeit.

Wolf hörte sich den Rest der Rede nicht mehr an, sondern verließ ebenfalls die Halle. »Nelly, warte«, sagte er draußen, aber sie lief mit strammem Schritt vom Schulhof.

Am Schrein vorüber, geschmückt mit Blumentöpfen, mit Stalins Konterfei und dem Spruch in Großbuchstaben: WIR EHREN STALIN. Er musste an die Fotos der Stalinfeier denken, die er letztes Jahr in der Zeitung gesehen hatte, Schulkinder mit weißem Hemd und Halstuch …

Und doch, auch wenn ihn der Personenkult ärgerte, war diese Junge Gemeinde kaum besser. Sie hatten eben ihren Jesus, den sie vergötterten. Alles Kluge auf der Welt hatte er gesagt, und am Ende sollte er auferstanden und zu Gott geflogen sein. Dabei wusste jeder einigermaßen gebildete Mensch, dass es Gott nicht gab. Wie konnte Nelly sich an diesen Unsinn hängen? Für solchen Quatsch ließ sie ihr Abitur sausen.

Er holte sie ein. »Warte doch.«

Nelly blieb stehen. »Habe ich denn gar keine Rechte?«

»Die haben dich vorgeführt. Deine Rechte sind denen egal.«

»Das Schlimmste ist, dass niemand mir zu Hilfe gekommen ist. Kein Einziger, von den Lehrern nicht und von den Schülern auch nicht.«

»Diese Annemarie …«

»Die wissen doch alle, dass das unsinnige Vorwürfe sind!«

»Du bist keine Spionin. Aber ganz ehrlich, du hättest das Blatt unterschreiben sollen. So opferst du das Abitur. Muss man diesen Glauben denn überall herumposaunen? Kann man ihn nicht für sich selbst behalten? Du verzichtest auf ein Studium für eine verstaubte Religion, ich meine, das ist doch alles überholt, du bist viel zu klug für diesen Unsinn! Das ist menschengemacht, das sind bloß Traumwelten, nichts weiter, und nur weil du zu stolz bist, das zuzugeben, hängst du dich an diese alten Geschichten.«

»Ach ja?« Sie funkelte ihn wütend an.

Noch ein anderer Mann hatte die Aula verlassen und kam nun auf sie zu. Er hatte mit auf der Lehrerbank gesessen, Wolf erinnerte sich an das Gesicht. »Kann ich Sie kurz allein sprechen, Nelly?«, fragte er.

»Ich will nichts mehr hören«, sagte sie.

Er musterte Wolf, dann öffnete er seine Tasche und zog einen Bogen Papier heraus: »Ich habe Ihnen den aktuellen Zensurenstand in allen Fächern aufgeschrieben. Meine Unterschrift ist darauf, nur der offizielle Stempel der Schule fehlt, an den kam ich nicht heran.«

Verwirrt nahm Nelly das Blatt entgegen. »Ich verstehe nicht.«

»Falls Sie in den Westen gehen und dort Ihr Abitur nachholen wollen«, sagte er leise.

Dafür konnte er ins Gefängnis kommen. Er riskierte mehr als seinen Beruf mit dieser Handlung. Weil Nelly schwieg, sagte Wolf: »Das ist großartig von Ihnen. Besten Dank!«

Der Blick des Lehrers blieb an Wolfs Parteiabzeichen hängen. »Ich hoffe, Sie nehmen mir diesen Schritt nicht übel«, stotterte er. »Ich dachte nur … Es wäre doch schade um das kluge Mädchen.«

Wolf fingerte am Abzeichen herum, bis er es vom Revers gelöst hatte, und steckte es in die Tasche. »Ich bin keiner von denen.«

Der Blick des Lehrers flatterte. Er glaubte ihm nicht. Dachte wohl, so etwas würde auch einer von der Staatssicherheit sagen, und wenn er sein Gegenüber zu waghalsigen Worten verleitet hatte, folgte die Festnahme. »Ich geh besser wieder rein.«

»Danke«, sagte Nelly. »Ich mochte den Unterricht bei Ihnen, Herr Kunstmann.«

Der Lehrer lächelte flüchtig. »Leben Sie wohl.« Er ging zurück zur Aula.

»Vermutlich ist es das Beste, wenn du seinem Rat folgst«, sagte Wolf. »Westberlin ist nicht weit, die nehmen dich da mit Kusshand am Gymnasium.«

»Ach, halt den Mund!«, fuhr sie ihn an. »Du weißt nichts über mich. Wer hat dich überhaupt gebeten herzukommen? Ich nicht.«

Ihre Feindseligkeit verletzte ihn. Er hatte ihr nicht das Abitur verhagelt, wieso ließ sie ihre Wut jetzt ausgerechnet an ihm aus?

Sie sagte: »Ich kann nicht in den Westen gehen. Und ich werde auch nicht den Glauben aufgeben. Lass mich in Ruhe, ja?«

3

Die schwarze Packard-Limousine holte ihn am vereinbarten Treff-punkt ab. Beria saß im Fonds. Als das Auto wieder anfuhr, fragte er: »Haben Sie die Unterlagen?«

Ilja zog die Chruschtschow-Mappe hervor und überreichte sie Beria. »Alles andere habe ich vernichtet, wie befohlen. Ich musste einen Leutnant der Kremlwache töten.«

»Wo gehobelt wird, fallen Späne. Wissen Sie, was Lenin gesagt hat? ›Eine Revolution ohne Erschießungskommandos ist sinnlos.‹ Sehen Sie sich die Französische Revolution an: Die Jakobiner ha-ben im Blut gebadet. Und heute ist jeder stolz auf ihre Errungen-schaften.«

»Natürlich.«

Sie schwiegen. Nach einer Weile fragte Beria: »Das Testament haben Sie auch verbrannt?«

»Ja.«

Er wandte sich Ilja zu und musterte ihn wie ein Naturforscher ein Tier, das er mit Zangen auf einem Tisch festhielt. »Sie haben Zweifel.«

Ja. Er hatte Zweifel. Das machthungrige Ringen der Potentaten mitzuerleben und die Art, wie sie Stalin verachteten, kaum, dass er ihnen nicht mehr gefährlich werden konnte, hatte ihn ebenso er-schüttert wie die Heuchelei – oder war es Selbsttäuschung gewe-sen? –, mit der viele aus dem inneren Kreis dann doch noch an Stalins Sterbediwan in Tränen ausgebrochen waren. Selbst die Leh-ren, die jahrzehntelang als historische Wahrheit verkündet worden waren, wischte man jetzt mit einem Handstreich vom Tisch. Er fragte sich, ob sich hinter diesen Lehren nicht eine hässliche, unwürdige Wahrheit verbarg, der niemand ins Gesicht sehen wollte, eine Wahrheit, die aus Egoismus und kühlen Strategien zum Machterhalt bestand.

Jetzt noch zu lügen, nachdem er kostbare Augenblicke geschwiegen hatte, war schwer möglich. Also nickte Ilja.

»Wir bauen eine neue Welt auf, in der es keine Gewalt mehr geben wird«, raunte Beria ihm zu. »Dafür kann kein Opfer zu groß sein. Es geht hier um den Fortschritt der Menschheit. Und gerade jetzt sind die Chancen groß. Das muss Ihnen eigentlich klar sein.«

Ilja dachte an das Blatt, das er den Unterlagen entnommen und in seinem Schuh versteckt hatte. Es bewies, dass Beria während des Bürgerkriegs in Baku als Doppelagent auch für das antikommunistische Müsawat-Regime gearbeitet hatte. Ahnte er etwa, dass Ilja ihm nicht das gesamte Material übergeben hatte? »Keine Sorge, ich bin treu.«

»Treue ist eine Hundekrankheit.«

Beria hatte die islamischen Tschetschenen und die Inguschen deportieren lassen, die Karatschai und die Kalmücken. Stalin, der gern seine Untergebenen beleidigte, hatte ihn den Gerüchten nach einmal Präsident Roosevelt mit den Worten vorgestellt: »Das ist Beria, unser Himmler.«

»Sie werden dennoch loyal sein, Ilja«, sagte Beria. »Und sei es aus Angst vor dem, was ich Ihnen antun kann.«

Er weiß es, dachte Ilja mit Entsetzen. Aber woher? Niemand war unter der Brücke gewesen außer ihm. Es kam ihm unheimlich vor. Konnte Beria Verrat riechen?

Beria beugte sich nach vorn zu seinem Chauffeur und sagte: »Machen Sie einen Abstecher zum Schneideratelier auf dem Kutusowski-Prospekt, bitte.«

»Selbstverständlich, Genosse Beria«, bestätigte Chrustaljow. Beria musste seinem Chauffeur vollständig vertrauen, wenn er im Auto solche Geheimnisse über ihre Operation im Kreml preisgab. Er gehörte wohl zur selben Kategorie wie die Leibwächter, die Beria seit Jahrzehnten begleiteten und ihm durch und durch ergeben waren.

»Lassen Sie sich von dem kleinen Vorstadthaus nicht täuschen, Ilja. Stalin konnte genauso gut mit großem Pomp ausländische Gäste im Andrejewski-Saal des Kremls empfangen. Er prüfte persönlich die Sitzordnung und ließ ein Menü mit vierundzwanzig Gängen auftischen, das man mit goldenem Besteck aß: Kaviar, Fleisch, Fisch, Pfefferwodka und Krimsekt, aufgetragen von weiß gekleideten Kellnern. Ein Staatenlenker muss das können, selbst ein kommunistischer. Es ist die Sprache, die in den kapitalistischen Ländern der Welt gesprochen wird, eine andere verstehen sie nicht.«

Chrustaljow lenkte die Limousine an den Straßenrand. Aber Beria machte keine Anstalten auszusteigen. »Wir haben Stalin studiert wie ein gefährliches Tier, um ihn zufriedenstellen und überleben zu können. Seine Überempfindlichkeit, seine Grausamkeit. Man durfte ihm keine Angst machen, das war der Schlüssel. Wer ihm Angst machte, den brachte er um. Zum Beispiel machte es ihm Angst, wenn einzelne Mitglieder der Regierung miteinander befreundet waren. Deshalb traf sich niemand mit niemandem. Chruschtschow und Malenkow wohnen beide in der Granowskistraße, haben sich außerhalb ihrer Arbeit jedoch nie verabredet. Das wäre Stalin nicht entgangen, und es wäre ihr Todesurteil gewesen, weil er den Verdacht gehegt hätte, dass sie sich gegen ihn verbünden. Er duldete keine Freundschaften zwischen den Männern in seinem Umfeld. Man veranstaltete auch keine Geburtstagsfeiern zu Hause, zumindest keine, wo außer Familienmitgliedern Leute eingeladen wurden. Er hätte dann gleich eine Verschwörung gefürchtet. Wenn Mitglieder des Politbüros auch nur für Stunden nicht erreichbar waren, wurde er zornig.« Er legte die Hand an den Türgriff. »Sie finden seinen Tod würdelos? Sie sind entsetzt, dass ich sein Testament habe vernichten lassen? Ein Land wie die Sowjetunion regiert man nicht mit bürgerlichem Wohnzimmerbenehmen, so wie man das Steuerrad eines Schlachtkreuzers nicht mit den Fingerspitzen herumreißt, sondern mit der ganzen Hand.« Er nickte seinem Chauffeur zu, der ausstieg und ihm die Tür öffnete.

»Kommen Sie!«, sagte Beria.

Ilja begleitete ihn über den Gehweg auf ein Schaufenster zu. Darin war ein Schild angebracht:

Abram Lerner und Nina Adschubei
fertigen Herren- und Damenkleidung nach Maß

»Hier lassen alle Mitglieder des Politbüros ihre Kleidung anfertigen«, sagte er, während er die Tür zum Atelier öffnete. Schon beim Eintreten fielen Ilja die bunt gedruckten Zeitschriften ins Auge, die auf den kleinen Tischen im Wartebereich lagen: *Harper's Bazaar*, *Vogue*.

Ehrerbietig übergab ein klein gewachsener Mann Beria ein Paket. Ein Kleid für seine Geliebte Lilja?

Sie verließen den Laden wieder. Ilja sagte: »Sie kontrollieren den Laden?«

»Woher wissen Sie das?«

»Die Zeitschriften. Das hätte sich sonst niemand erlauben können, man könnte es als Anbiedern an den amerikanischen Imperialismus interpretieren. Außerdem lassen sich beim Schneider gut Gespräche abhören.«

Beria nickte kurz zu den Fenstern einer Wohnung im Nebenhaus hinauf. Da saßen wohl seine Leute, um die Gespräche abzuhören und auszuwerten. Ob sie offiziell dem MGB, dem Ministerium für Staatssicherheit, angehörten oder nicht, war mit dem heutigen Tag kein Unterschied mehr. Beria war der neue Chef des MGB, zusätzlich zu seinen bisherigen Ämtern und dem Amt des Innenministers. Damit verfügte er über eine Machtfülle, die der von Stalin kaum nachstand. Er war der neue mächtigste Mann der UdSSR.

Seine Gelassenheit wunderte Ilja. War ihm nicht klar, dass er Gegner herausforderte, die ebenso Stalins Nachfolger hatten werden wollen?

Sie stiegen in die Limousine. Beria legte das Bündel, das in braunes Papier eingepackt war, zwischen sie. »Stalin wusste, welche Angst man vor ihm hatte. Er hat mitunter Leuten an den Kopf geworfen: ›Na, hat man Sie immer noch nicht eingelocht?‹ Im vollen Bewusstsein, dass diese Leute sich daraufhin wochenlang ängstigen würden. Das wollte er. Er wollte sie seine Macht spüren lassen. Nosenko, den Volkskommissar für Schiffsbau, hat er einmal so begrüßt, ich stand daneben, ich habe es mit eigenen Ohren gehört: ›Was, Nosenko, Sie sind noch nicht erschossen?‹« Er schüttelte den Kopf. »Gerade erst haben wir zusammen im Kreml im Kino gesessen und einen Gangsterfilm gesehen. Und jetzt stirbt der Alte.«

Es erschien Ilja ungehörig, so über Stalin zu sprechen, den Bannerträger des Friedens und Fortschritts in der ganzen Welt, den Führer und weisen Lehrer der Werktätigen aller Länder.

»Stalin liebte Gangsterfilme«, sagte Beria. »Genauso Krimis und Western. Bei manchen konnte er schon mitsprechen, und das tat er dann auch, um uns allen zu beweisen, wie gut er die Dialoge beherrschte.«

Er befahl einen weiteren Abstecher, diesmal zum Feinschmeckerlokal Aragwi. Dort stieg er nicht aus, sondern schickte Chrustaljow hinein, um erlesene georgische Speisen einzukaufen. Als der Chauffeur fort war, wurde Beria ernst.

»Wenn Sie sich bewähren, Ilja, mache ich Sie zu meinem wichtigsten Mann in Deutschland. Ich habe nur wenige Mitarbeiter, die so fähig sind wie Sie. Sie haben Ihren eigenen Kopf, und das ist in

Ordnung so, ich weiß, dass man als Agent nicht anders überleben kann. Ein Apparatschik hat im Feld nichts verloren, er will sich dauernd rückversichern und mit den Genossen reden. Sie hingegen müssen selbstständig Entscheidungen treffen, und zwar rasch. Deshalb verbiete ich Ihnen das eigene Denken nicht. Wichtig ist nur, dass Sie zu mir halten, egal was geschieht. Es wird sich einiges verändern demnächst: Ich werde politische Häftlinge freilassen, den Koreakrieg beenden, und ich werde die jüdischen Ärzte rehabilitieren, die Stalin wegen einer angeblichen Verschwörung verhaften ließ. Packen Sie Ihre Sachen. Sie fliegen noch heute nach Berlin. Wir werden auch unser Verhältnis zu Deutschland neu gestalten. Von Berlin geht es mit dem Zug weiter.«

Am Abend saß Ilja in einer unbeheizten Tupolew, die mit röhrenden Motoren das Moskauer Rollfeld entlangklapperte und sich schließlich in die Lüfte erhob. Der Rumpf der Maschine war schlecht abgedichtet, durch die Fugen zog eisige Luft in den umgebauten Frachtraum.

Aber er hatte andere Sorgen. Beria hatte ihm den Auftrag erteilt, einen Staatsmann zu manipulieren, der von den besten Leuten der CIA und der Organisation Gehlen abgeschirmt wurde. Er sollte nach Westdeutschland reisen und an ihn herankommen, um ihn zu täuschen und auszuhorchen. Berias Zutrauen in ihn war enorm. Es verwirrte ihn.

Wie eine Banalität hatte er den Befehl ausgesprochen. »Ich will, dass Sie sich Adenauers Staatssekretär vorknöpfen.«

Während die Tupolew mit dröhnenden Propellern die Wolkendecke durchbrach und Ilja über den Sinn seines Auftrags grübelte und das Dossier zu lesen begann, das Beria ihm mit der kurzen Anweisung »Lesen!« in die Hand gedrückt hatte, starb zehn Minuten vor zehn Uhr auf dem Diwan seines Moskauer Vorstadthauses in Kunzewo ein alter Mann so, wie wir alle sterben.

4

Es dauerte eine Weile, bis er dem Fahrer am Flughafen Schönefeld klargemacht hatte, dass er nicht nach Karlshorst, sondern in den Hirschgarten gebracht werden wollte. Er trug zur Tarnung die Uniform eines russischen Armeeoffiziers – wer hier aus Moskau ankam, wollte nach Karlshorst, und wenn er etwas anderes sagte, geschah es aus Ortsunkenntnis, meinte der Fahrer.

Die bewohnten Häuser lagen in dieser Nachtstunde dunkel da, nur in vereinzelten Fenstern brannte Licht. Sie fuhren an Schuttbergen und Hausruinen vorüber. Die Schrift des Krieges war in Berlin auch acht Jahre nach dem Waffenstillstand immer noch zu lesen.

»Halten Sie hier«, befahl er.

»Im Ernst? Hier ist doch nichts.«

Er stieg ohne ein Wort des Abschieds aus und warf die Wagentür zu. Während der GAS-Kübelwagen sich entfernte, klemmte sich Ilja die dünne Aktentasche unter den Arm und stellte seine Uhr um. Sie zeigte zwei Uhr zehn Moskauer Zeit. Er drehte die Zeiger, bis der kleinere auf die zwölf zeigte.

Als das Motorengeräusch des Wagens nicht mehr zu hören war, ging er ein Stück am Mühlenfließ entlang, das leise gluckerte, und überquerte anschließend zwei Hinterhöfe. An der Gilgenburger Straße 3 schloss er leise die Haustür auf. Den Duft des Treppenhauses hatte er lange nicht gerochen, Holz und Linoleum, er mochte es, er war gern hier. Das Licht schaltete er nicht ein. Selbst im Dunkeln wusste er, wie das Treppenhaus aussah, die Stufen mit hellem Linoleum beklebt, die Kanten mit eisernem, am Holz fest-geschraubtem Kantenprofil, die Wände gestrichen mit abwaschba-rer Ölfarbe. Die Dunkelheit gab nur die Düfte preis: den strengen Duft der alten Farbe und den mild-würzigen des Linoleums. Er tas-tete nach dem Türschloss seines Unterschlupfs im Dachgeschoss.

Drinnen setzte er sich auf das Bett und streifte die Stiefel ab. Er schlüpfte aus der unbequemen Uniform. Müde kroch er unter die Decke. Er tastete nach der Aktentasche, öffnete ihre Verschlüsse, hob den Deckel und zog den Brief heraus. Seine Augen gewöhnten sich an die Dunkelheit, das schwache Mondlicht, das durch das Dachfenster fiel, genügte ihm. Er las die Anschrift: *Nelly Findei-sen, (1) Berlin-Köpenick, Thürnagelstr. 6.* Ein Absender stand nicht darauf, nie stand einer darauf, und hätte es einen gegeben, hätte man den Umschlag vernichten müssen.

Er ließ die Hand mit dem Brief sinken und legte ihn, ohne hin-zusehen, auf die Aktentasche neben dem Bett. Im Zimmer war es kalt. Während er in den Schlaf hinüberdämmerte, sah er vor sei-nem inneren Auge, wie sie damals nach Berlin vordrangen, nur langsam konnten sie fahren, über Behelfswege, links und rechts Schilder in den Boden gerammt: »Achtung, Minen!« oder: »Ge-prüft. Keine Minen.« Zerschossene Panzer lagen am Wegrand. Und überall die deutschen Flüchtlinge, Angst im Gesicht, ja, er konnte diese Angst sehen, sie fürchteten die Russen, sie fürchteten die Rache derer, denen sie so viel angetan hatten.

Auch wenn sie sich matt am Straßenrand entlangschleppten: Sobald ein russischer Soldat seine Kippe wegwarf, sprangen sie hin und hoben sie auf, nicht ohne furchtsam katzenhafte Blicke auf die Soldaten zu werfen.

Sie kamen damals rein über die Prenzlauer Allee. Dann der Alexanderplatz. Der U-Bahnhof rauchte noch.

Er hatte solche Wut im Bauch verspürt. Vier Jahre lang war er vorangetrieben worden, ohne einen Tag Urlaub, ohne ausreichende

Versorgung, war an verbrannten Dörfern und Massengräbern vorbeigekommen. Man hatte ihnen gepredigt, wie verabscheuungswürdig die Deutschen seien, und hatte sie angefeuert, sie zu töten. Dann der Sieg und der Waffenstillstand. Nun wurde ihnen plötzlich gesagt, dass sie Disziplin und Haltung zu bewahren hätten, ein Befehl Stalins war ihnen vorgelesen worden. Viele von denen, die sich trotzdem an den Deutschen vergingen oder ihnen etwas raubten, wurden exekutiert, täglich gab es Hinrichtungen. Sie waren Sieger und zugleich Verlorene.

Vieles, was der einfache Soldat nicht wusste, erfuhr Ilja nur, weil er zum NKWD gehörte. Zum Beispiel, dass der große Sieg der Roten Armee allein mithilfe der Engländer und Amerikaner möglich gewesen war, sie hatten der russischen Armee unfassbare Mengen an Kriegsmaterial geschickt, über die man jetzt geflissentlich schwieg. Hatte er die Zahlen noch im Kopf? Fünftausend Panzer, siebentausend Flugzeuge, einundfünfzigtausend Jeeps? Über fünfzig Millionen Paar Stiefel waren geliefert worden, sie waren also in den Stiefeln der Westmächte in Deutschland einmarschiert, waren in ihren Panzern gefahren und mit ihren Flugzeugen hierhergeflogen.

Und jetzt hieß es, man sei den kapitalistischen Ländern um mindestens eine Geschichtsepoche voraus. *Sie wissen, was Lenin gesagt hat? ›Eine Revolution ohne Erschießungskommandos ist sinnlos.‹ ... Dafür kann kein Opfer zu groß sein. Es geht hier um den Fortschritt der Menschheit.*

Zögernd betrat sie das Uhrengeschäft. Der junge Mann hob den Kopf. Er, der ein Fremder für sie hätte sein müssen und der diese Fremdheit an einer Parkbank am Müggelsee frech überwunden hatte.

Aus Dutzenden Gehäusen tickte es. Zeiger strichen langsam über Zifferblätter. Sie war heute bei vier Uhrmachern gewesen.

Keines der Geschäfte war derart vollgestellt mit Uhren wie dieses. Einige der Zeitmesser schienen schon älter zu sein. Der An- und Verkauf brummte offenbar.

Stumm stand er da. Aber die Überraschung war ihm ins Gesicht geschrieben.

»Ich bin froh, dass ich dich ... Dass ich Sie gefunden habe. Ich wollte mich entschuldigen.«

»Das brauchst du nicht. Du hattest ja recht. Ich weiß nichts über dich.«

Mehr noch als seine Worte irritierte sie, wie kühl er sprach. Gewiss, sie hatte ihn bei der letzten Begegnung ziemlich heftig angefahren. Aber stimmte es ihn denn gar nicht milde, dass sie das ganze Viertel nach Uhrenläden durchkämmt hatte, bis sie ihn endlich fand?

»Du wolltest mir helfen. Du bist in die Schule gekommen, damit ich das nicht allein durchstehen muss. Das war gut von dir. Es ist nur ...«

»Ich weiß.« Wolf umfasste die Stuhllehne, ein karger, harter Werkstattstuhl, und hielt sich daran fest.

Stille.

Am Müggelsee war er anders gewesen, beredter, freundlicher. Du liebst Landkarten, dachte sie, aber wohl vor allem deine Uhren. In seinem Geschäft wirkte er viel ernster und in sich gekehrter, gewöhnlicher auch.

Keine Abiturientin mehr zu sein raubte ihr das innere Gleichgewicht. Die Schule, die Vorfreude auf das Studium – wenn all das nichts mehr wurde, welchen Sinn hatte ihr Leben dann? Biologie hatte sie studieren wollen, in diesem Fach war sie besonders gut, Vater würde ihre Wahl bestimmt gutheißen. Sie hatte verstehen wollen, wie die Welt aufgebaut war und wie sie funktionierte, von den Lebewesen in einem Wassertropfen angefangen, den Pantoffeltierchen und Amöben, bis hin zu Blauwalen, Adlern und Laubfröschen. Sie wollte die Vorgänge auf dem Planeten ergründen, die Kreisläufe und Abhängigkeiten, die erstaunlichen Lebensleistungen und Gewohnheiten, und noch nicht erklärte Phänomene erforschen. Aber der Staat hatte überhaupt kein Interesse daran, dass sie die Welt verstand.

Wolf hatte seinen Laden. Er verstand die Uhren, hörte ihr Ticken und wusste, was sie brauchten in ihren kleinen mechanischen Herzen. Seine Welt war intakt. Nur ihre war zerbrochen. Einfach da zu sein, ohne Aufgabe, ohne Zukunft, das war kein Leben, das war einfach nur niederschmetternd. Sie brauchte ein neues Ziel, wenn sie nicht in einem Meer der Ungewissheiten ertrinken wollte.

Wie naiv von ihr hierherzukommen.

Wie sollte sie Wolfs Gefühle verstehen, wenn sie nicht mal ihre eigenen verstand. Es war zwecklos. »Mach's gut«, sagte sie.

»Ich kann jetzt hier nicht weg«, sagte er, »aber hättest du Lust, heute Abend mit mir spazieren zu gehen?«

Dachte er wieder an eine Mechanik, der er nur folgen musste, und schon verliebten sie sich ineinander? Die fünf Minuten am See hatten also nicht gereicht? »Nein, habe ich nicht.«

»Warte.« Er kam zu ihr an die Ladentür und nestelte die Uhr von seinem Handgelenk. »Ich schenk sie dir. Als Erinnerung.«

Zögerlich hielt sie die Uhr in der Hand. Sie wog schwer. Das Lederarmband war warm. Zurückgeben? Behalten? Dieser verletzliche Zug um die Mundwinkel. Wolf meinte es ernst. Sie brachte nur ein »Danke« über die Lippen und ging gedankenverloren durch die Tür.

Draußen malten Mädchen mit Kreide Hopsefelder aufs Gehwegpflaster. Sie spürte Wolfs Blicke in ihrem Rücken, sie wusste, dass er ihr hinterherschaute, und lief schneller. Als sie abgebogen war, atmete sie auf. Die Uhr vergrub sie tief in der Jackentasche, wie ein Relikt. »Als Erinnerung«, hatte er gesagt, bedeutete das, sie würden sich nie wiedersehen?

Sie wollte jetzt nicht sofort nach Hause zurückkehren und ließ sich treiben. Erst nach einer Weile merkte sie, dass sie den Weg zur Schule eingeschlagen hatte. Das dunkle, dreistöckige Gebäude aus der Ferne zu sehen war eigenartig. Was gäbe sie darum, jetzt an ihrer Bank zu sitzen und dem langweiligen Unterricht von Frau Fröse zuzuhören. Früher hatte sie sich danach gesehnt, einfach aus der Schule fortspazieren zu können. Jetzt, da sie es durfte, wollte sie zurück.

Sie sah auf Wolfs Uhr. War nicht gerade Hofpause? Sie näherte sich dem Schulgebäude. Das Durcheinander der Stimmen, die Pfiffe und das Geschrei, dann die schrille Schulklingel. Das alles galt ihr nicht mehr, sie war nicht gemeint, sie gehörte nicht mehr dazu. An der Tür stauten sich die Schüler, die ins Haus zurückkehren wollten. Warum war nur eine der Türen geöffnet?

Ein großes Porträt von Stalin war am Eingang aufgestellt, und ein Lehrer wachte darüber, dass die eintretenden Schüler ehrfurchtsvoll mit Pioniergruß salutierten. War das schwarzer Trauerflor an der oberen Bildecke? War etwa Stalin gestorben? Jetzt verstand sie, warum heute Morgen im Radio nur Trauermusik gespielt worden war.

Sie merkte, dass sie die ganze Zeit mit dem Daumen über das glatte Sichtglas von Wolfs Armbanduhr fuhr.

Er kam sich idiotisch vor, dem Mädchen nachzuschleichen. Aber er ertrug den Gedanken nicht, sie womöglich für Jahre aus den Augen zu verlieren. Wie hoch war die Wahrscheinlichkeit, dass sie sich erneut zufällig am Müggelsee oder anderswo begegneten? Er hatte in ihrem Blick gesehen, dass es ein endgültiger Abschied sein sollte. Irgendetwas, das er gesagt oder nicht gesagt hatte, musste sie verärgert haben. Sie ging nicht schnell, und seit sie die Schule passiert hatten, vermutete Wolf, dass es nicht der direkte Weg nach Hause war, den sie eingeschlagen hatte. Mit pochendem Gewissen hielt er sich hinter ihr, immer eine Straßenkreuzung entfernt. Der Laden war nicht abgeschlossen, womöglich raubte ihn gerade jemand aus. Oder eine greise Kundin stand am Tresen und wartete erbost.

In der Thürnagelstraße sah er sie in einen Hauseingang einbiegen. Sie verschwand im Haus. Er schlich näher, um sich die Hausnummer einzuprägen. Sechs. Haus Nummer sechs. Die Eingangstür erschien ihm trotz der rissigen Farbe kostbar. Ihm gefiel auch der schadhafte Putz der Außenwand und das trockene Vorjahreslaub, das sich in einem Winkel vor der Treppenstufe zur Eingangstür gesammelt hatte. Die Bank unter dem Fenster im ersten Stock erschien ihm einladend. Thürnagelstraße 6.

Ich schreibe dir, dachte er. Vielleicht ist es gut, wenn wir uns erst einmal nur schreiben.

Sie würde genügend Abstand haben und sich nicht bedrängt fühlen, und doch würden sie Kontakt zueinander halten. Eines Tages, dachte er, werde ich dich besuchen. Ich werde dir ein schönes Herbstblatt mitbringen, und du wirst mir eine Tasse Tee eingießen und wir werden uns auf das Sofa setzen und reden und uns näherkommen.

Plötzlich ein Griff um seinen Arm, so fest, dass er die Knochen spürte. Er ging vor Schmerzen in die Knie. Ein Gesicht über ihm. »Was willst du von ihr?«

Ein russischer Offizier! Wie kam es … dass er so gut … Deutsch sprach? Die Schmerzen ließen ihn kaum denken, sie wollten seinen Verstand ausfüllen, blutrot und laut füllten sie seinen Kopf. »Nichts, ich …«

»Wenn du dich ihr noch einmal näherst, töte ich dich. Hast du verstanden?«

»Ja«, sagte Wolf hastig, »ja, ich habe verstanden!« Er ächzte. Ihm wurde schwarz vor Augen. Mühevoll blinzelte er.

Da ließ ihn der Russe los. »Steh auf.«

Wolf gehorchte.

»Und jetzt hau ab. Diese Straße ist tabu für dich. Sehe ich dich noch einmal hier ...« Er hielt ihm die Finger wie einen Pistolenlauf an die Schläfe. Er pöbelte nicht, wie es Betrunkene taten. Er schrie nicht herum wie die Parteifunktionäre. Dieser Mann sprach leise, und Wolf wurde klar, dass er jedes Wort so meinte, wie er es sagte.

Er nickte zum Zeichen, dass er verstanden hatte, und wankte mit schlotternden Knien fort. Als er in die Parrisiusstraße kam, dachte er: Ich lebe noch. Ich lebe noch. Er musste sich an einer Straßenlaterne abstützen. Eine Weile stand er da und wartete, dass sich sein Atem beruhigte. Er war nicht einmal schnell gegangen, aber sein Herz raste, als hätte er einen Marathonlauf hinter sich. Immer noch spürte er den schmerzhaften Griff um seinen Arm.

Er zwang sich weiterzugehen. Erst in der Bahnhofstraße konnte er wieder einen klaren Gedanken fassen. Stellte dieser Russe Nelly nach? So etwas ging nie gut aus, Russen war es verboten, Beziehungen zu Deutschen zu unterhalten. Genau genommen war es ihnen sogar verboten, mit Deutschen zu reden. Und doch hatte ihn der Offizier auf offener Straße angegriffen.

Er massierte sich den Arm. Knochen und Fleisch waren für den Fremden wie Butter gewesen, dabei hatte er nicht besonders muskulös gewirkt. Wenn ihn der Kerl als Nebenbuhler empfand, drohte ihm Schlimmeres als die paar blauen Flecken.

Nelly war auch in Gefahr. Er durfte sie nicht im Stich lassen. Aber die Soldaten der Roten Armee waren sakrosankt, mit der Polizei konnte man denen nicht drohen. Und eine Beschwerde bei der Kaserne? Der Kommandeur würde seinen Offizier schützen.

Ihm blieb nur ein einziger Weg: seinen Vater aufzusuchen.

5

BERLIN, 11. MÄRZ 1953

Techniker machten sich an einem klobigen Apparat zu schaffen, den der Schriftzug »Rembrandt« zierte. In seiner Mitte prangte eine gewölbte Glasscheibe, darunter saßen fünf Knöpfe. Sie schleppten den Apparat zum Wohnzimmertisch. Vater sagte: »Du hast den Braten wohl gerochen, was?«

»Wie meinst du das?« Wolf sah sich im Wohnzimmer um. Die karierten Vorhänge waren noch die alten. Aber jetzt stand ein Telefon auf Vaters Senatorenschreibtisch. Das moderne Gerät wirkte deplatziert auf dem Möbelstück. Wozu trimmte man einen Schreibtisch mit Messingbeschlägen auf alt und stellte dann hochmoderne Geräte darauf? Viele alte Leute hatten Hemmungen, ein Telefon zu benutzen, sie fürchteten sich vor dem unheimlichen Gerät. Sein Vater jedoch hatte es bewusst so prominent aufgestellt, um zu beweisen, dass er mit der Zeit ging.

»Hat dir Onkel Jochen verraten, dass wir heute den Fernseher bekommen?«

»Nein.« Er hörte, wie die Mutter in der Küche Fleisch mit dem Holzhammer weichklopfte.

»Friederun«, brüllte Vater, »mach uns einen Tee!«

Das Klopfen verstummte. Vater wusste nicht mal, hinter welcher Tür des Küchenschranks sich der Tee befand, da war sich Wolf sicher. Und vermutlich war er darauf stolz. »Ich muss dich was fragen.«

»Setz dich!« Vater ließ sich auf das Sofa fallen und klopfte neben sich auf den Samtstoff.

Wolf nahm Platz. Gegenüber stand der Schrank mit der großen Vitrine. Hinter dem Glas scharten sich Porzellantiere um die alte Kanne, Rehe, eine Eule, ein Hund neben einem Pilz.

»Ist dir klar«, sagte Vater, »dass das Fernsehprogramm bisher nur für ein paar Hundert Leute gemacht wird? Wenn man beim Aufbau des Sozialismus hilft, lässt sich der Staat nicht lumpen. Die senden aus Adlershof extra für uns.« Er herrschte die Techniker an: »Klappt's jetzt endlich?«

»Wir müssen noch die Antenne anschließen«, entschuldigte sich der eine von ihnen.

»So schwer kann das doch nicht sein!« Vater schnaubte. Dann schaltete er wieder auf die freundliche Familienstimme um. »Und wieder sind wir dem Westen voraus. Die DDR sendet seit dem einundzwanzigsten Dezember ein Fernsehprogramm, die BRD erst seit dem fünfundzwanzigsten. Bald haben wir den Westen in allen Belangen überflügelt. Dann werden die Leute neidisch aus dem Westen rüberschauen und denken: So würde ich auch gern leben, wie die Menschen in der DDR. Frei und gleichberechtigt, und das bei preiswerten Lebensmitteln, Haushaltswaren und modernen technischen Geräten.«

»Einen Fernsehapparat kann sich aber nicht jeder leisten.«

»Natürlich nicht«, sagte Vater. »Man braucht eine besondere Genehmigung, und dann muss man noch stolze dreitausendfünfhundert Mark löhnen. Ist ja nicht so, als hätten Hinz und Kunz einen.«

»Und warum sollen dann die Westdeutschen neidisch auf uns sein?«

»Das wird sich alles ändern. Ich bin da in einer Vorreiterrolle. Nur wenn es Leute wie mich gibt, geht es auch mit der Technik voran, verstehst du? Nehmen wir zum Beispiel den Plattenspieler. Die Schellackplatte hat ausgedient. Jetzt gibt es die unzerbrechliche Langspielplatte. Ich habe mir gerade eine neue Platte von den Cyprys gekauft, ›Alles für die Firma.‹«

»Im Westen?«

Er gab keine Antwort. Die Mutter brachte auf einem kleinen Tablett die Teekanne und zwei Tassen. Sie trug ihre blaue Kittelschürze. Ihre Hände glänzten feucht vom Fleischklopfen, und Wolf meinte, auch kleine Fetzen rosaroten Fleisches daran zu sehen.

Jetzt schalteten die Techniker den Trafo ein. Vater machte eine herrische Handbewegung, weil die Mutter ihm die Sicht versperrte, und sie wich eilends zurück. Er rieb sich die Hände und strahlte mit diebischer Freude. »Das wird fein!«

Sie drückten einen Knopf am Fernsehgerät. Nichts geschah.

Vater sagte: »Ist es kaputt?«

»Moment noch«, sagte der Techniker, der zur Rechten des Geräts stand.

Wie aus weiter Ferne war eine Stimme zu hören. Sie kam näher. Dann zeigte sich ein schwaches Bild auf der Glasscheibe. Es wurde nach und nach heller. »Sender Berlin« stand da, das Wort SENDER bildete das Dach des Brandenburger Tors, die Buchstaben BERLIN waren die Säulen darunter. Jetzt verschwand das Logo. Eine Frau sagte etwas von »aktuellem Geschehen – aus Politik, Wirtschaft, Kultur und Sport«, und ein Schriftzug wurde eingeblendet: »Die aktuelle Kamera«.

Ein Mann war zu sehen, er saß an einem Tisch und verlas Nachrichten. Der große Stalin war gestorben. Weinende Russen wurden gezeigt. Eine Nachricht über die Arbeiten von Zimmerleuten und Maurern schloss sich an, dazu kam ein eingerüstetes Hochhaus an der Stalinallee ins Bild.

Mutter stand da mit dem Tablett in der Hand und sagte bewundernd: »Mensch, Henner, was du uns da wieder rangeschafft hast.«

Vater zahlte den Technikern ein Trinkgeld von fünf Mark. Sie freuten sich und gingen. Mutter stellte den Tee ab und machte sich am Ofen zu schaffen. Sie schob die Glut zusammen und versorgte sie mit Grudekoks. Laut scheppernd schloss sie die Luftklappen.

»Friederun! Jetzt sei doch mal still!«, schimpfte Vater.

Sie ging raus in die Küche. Das Fernsehgerät war Vaters Trophäe, und es war ein Genussmittel, für Genussmittel war in ihrem Leben kein Platz, sie war für die Arbeit zuständig, geboren für den Dienst am Ehemann, und nichts anderes wollte sie, schien es.

»Wenn ein Soldat der Roten Armee kriminell wird, wie kann man ihn dingfest machen?«, fragte er.

Vater runzelte die Stirn. »Soldaten der Roten Armee werden nicht kriminell.«

»Aber wenn es passiert?«

Ohne die Augen vom Mann zu lösen, der da im Fernsehapparat sprach, sagte er: »Aus solchen Sachen hältst du dich raus.«

»Es geht um eine Abiturientin, Nelly Findeisen. Sie wurde aus der Gerhart-Hauptmann-Oberschule ausgeschlossen. Und als ob das nicht genug ist an Unglück, stellt ihr jetzt auch noch ein russischer Offizier nach.«

Henner wandte sich zu ihm um. »Von dieser Familie wird bei uns nicht gesprochen. Ist das klar?«

Sie hörten wieder eine Weile der Rede zu und sahen auf den Fernsehbildschirm. Dann sagte Wolf: »Hat es damit zu tun, dass sie Christen sind?«

Vater schwieg. Wolf glaubte, er habe die Frage nicht gehört. Minuten später aber sagte er: »Christ zu sein ist das eine, aber bei der Jungen Gemeinde mitzumachen, ist etwas anderes. Ich möchte, dass du dir die Sache aus dem Kopf schlägst. Wir sprechen nicht davon, und wir mischen uns nicht ein. Punkt.«

Er hat Angst, dachte Wolf. Der mächtige SED-Kreisleiter des Berliner Stadtbezirks Köpenick, der Mann, der sich durch Einfluss und Beziehungen ein Telefon und einen Fernsehapparat beschafft, traut sich nicht, eine eigene Meinung zur Causa Nelly Findeisen zu haben.

Der Abend senkte sich über die beiden Städte Berlin. Leuchtschriften flammten auf, als lieferten sie sich ein Duell. Am Potsdamer Platz erstrahlten in fünfundzwanzig Metern Höhe die festen Leuchtbuchstaben *Die freie Berliner Presse meldet*, darunter formten zweitausend Glühbirnen aktuelle Nachrichtenmeldungen. Sie waren gen Osten ausgerichtet, dort befand sich das Publikum, das man erreichen wollte. Der Osten hielt dagegen, nur wenige Hundert Meter entfernt und hoch in den Himmel gehängt: *Der kluge Berliner kauft bei der HO*. Die Reklame erinnerte die Bewohner des Westens daran, dass Grundnahrungsmittel, wenn man Westmark in Ostmark umtauschte, im Osten deutlich billiger waren.

Menschenmassen wanderten von der einen Stadt zur anderen, achtzigtausend Ostberliner, die im Westen gearbeitet hatten, kehrten nach Hause zurück, vierzigtausend Westberliner pendelten vom Osten heim in den Westen. Weil die Pendler, die im Westen wohnten, ihren Lohn auf dem Schwarzmarkt vier zu eins in Westmark würden umtauschen müssen, gaben sie ihr Geld lieber aus und kauften billig Kohlen und Kartoffeln im Osten ein. Die schleppten sie, verborgen im Rucksack, nach Hause.

Ein Sperrgürtel trennte die Stadthälften, die zuvor eins gewesen waren. Streng regelten DDR-Polizisten den Interzonenverkehr. Man hatte die Telefonverbindungen gekappt und die meisten Straßen gesperrt. Der Straßenbahnverkehr über die Sektorengrenzen war eingestellt, auch Busse durften nicht mehr fahren. Nur die Stadtbahn und die Untergrundbahn trotzten noch den Verboten, die Untergrundbahn raste tief unter der Stadt im Erdreich von West nach Ost und scherte sich nicht um die Grenze, die Stadtbahn flog zwischen den Häusern in der Luft entlang von Ost nach West und kümmerte sich nicht um Politik oder die trotzige DDR-Ansage im Bahnhof Friedrichstraße: »Letzter Bahnhof im demokratischen Sektor«.

Die Weststadt verkaufte ihre Zeitungen, die Oststadt ihre eigenen, legte man sie nebeneinander, beschrieben sie unterschiedliche

Welten in schwarzen Druckbuchstaben, die auf die Daumen abfärbten. Man konnte meinen, die beiden Städte Berlin lägen auf verschiedenen Planeten.

Hoch über dem Brandenburger Tor, wo einst die Quadriga gestanden hatte, wehte die Arbeiterfahne. Bei Tage war sie rot gewesen, jetzt strich die Nacht sie grau an.

Jewgenia spazierte den Kurfürstendamm entlang. Sie dachte darüber nach, wie lange sie keinen Krimsekt mehr getrunken hatte. Gern hätte sie für ihre alten Freunde Schokolade und Seife gekauft, wäre in den Blauen Express gestiegen und nach Russland gefahren. Aber sie wusste nicht einmal, wer von den alten Freunden überhaupt noch lebte. Schenja hatten sie damals zu ihr gesagt. Das klang besser als Jewgenia. Man konnte sich nicht selbst Schenja nennen, nur Freunde hatten das Recht dazu, liebevoll Namen zu verniedlichen. Wenn sie jetzt nach Russland fuhr, verstand sie keiner mehr. Sie sagte noch Gospodin und Gosposcha, Herr und Dame. Das sagte man in der Sowjetunion nicht, man sprach sich als Towarischtsch an, als Genosse. Die feinen Herrschaften waren verschwunden.

Durch ein Versehen in der himmlischen Registratur hatte sie ihren Todestag verpasst. Die Welt hatte sich weitergedreht und man hatte vergessen, sie ins Grab zu schicken.

»Bosch im Auto – gute Fahrt« leuchtete auf sie herab. Sie blinzelte. Diese vielen Reklamen verwirrten sie. Mercedes-Benz. Victoria Versicherungen. Graetz Radios.

Eigentlich waren die frühen Zwanzigerjahre die beste Zeit gewesen. Damals hatten eine Viertelmillion Russen hier gelebt. Eine eigene russische Stadt innerhalb der Stadt Berlin. Wie ein mythischer Volksstrom waren die Künstler, die Aristokraten und die Regierungsbeamten und Mitglieder der alten Hofgesellschaft aus Russland fortgezogen, als 1918 der Bürgerkrieg ausbrach, und mit ihnen kamen die Großkaufleute und Finanziers nach Berlin.

Russische Theater, Kinos und ein russisches Konservatorium sorgten für Unterhaltung. Für Notfälle war ein russisches Schiedsgericht aufgestellt worden. Für die Kinder gab es zwei russische Gymnasien in Berlin und viele zusätzliche Klassen an den regulären Schulen.

Wie gut hatte sie damals gelebt. Während den Berlinern das Geld zwischen den Fingern zerfloss und Millionen in Scheinen für ein Brot hergegeben werden mussten, hatte sie behutsam Einzelstücke ihres Schmucks verkauft. Wer geschickt agierte, konnte in diesen Tagen mit den wenigen mitgebrachten Wertgegenständen und geringen Dollarbeträgen ganze Häuser erwerben. Sie hatte sich an den Spekulationen nicht beteiligt, sondern im Hotel Adlon gelebt, genauso prachtvoll wie in ihrer Petersburger Zeit.

Alle ihre Bekannten machten das damals so. Sie verkaufte Ohrringe und edelsteinbesetzte Ringe – man bekam ja in Russland als Frau zu jeder Gelegenheit Schmuck geschenkt, davon hatte sie genug. Als der Schmuck aufgebraucht war, tauschte sie wertvolle Kleidungsstücke ein. Aber dann endete die Inflation. Ihre Dollarnoten, die eben noch fünf Billionen Mark wert gewesen waren, hatten binnen Tagen nur noch den Wert von vierzig Mark. Es war eine harte Landung gewesen.

Daran wollte sie sich jetzt nicht erinnern.

Ein Auto mit eingebautem Rundfunkgerät fuhr vorüber, sie hörte Musik aus dem Inneren herausdringen, die aber wie ein Traum vorüberzog und schließlich verstummte. Auf der Gegenspur näherte sich ein Horch aus der Vorkriegszeit und blendete sie mit seinen großen Scheinwerfern.

Meine Güte, dachte sie, und ich habe noch miterlebt, wie in Berlin die Pferdedroschken fuhren.

Ein junger Mann am Straßenrand musterte sie aufmerksam. Sie zuckte zusammen. Überfälle auf alte Leute gab es immer wieder. Er wollte doch nicht –?

Er löste sich von der Mauer und schnitt ihr den Weg ab. »Jewgenia Gerassimowa, darf ich Sie auf eine Tasse Tee einladen?«

Sie sah auf seine Schuhe hinunter. Eines der Schuhbänder war durchtrennt und mit einem einfachen Knoten wieder repariert worden. Das vereinbarte Zeichen. Die Tscheka vergaß nie.

Stumm folgte sie ihm in das Restaurant unterhalb des Hotel Zoo. Ein muskulöser Mann stand an der blau und grün leuchtenden Musiktruhe und warf Geld ein. War das ebenfalls ein Tschekist? Der Greifarm nahm die Platte, hob sie hoch und brachte sie zum Teller, der sich zu drehen begann. Der Tonarm legte sich auf die Rille. Ein Boogie erklang. Wahrscheinlich aus diesem Straßenfeger *Königin der Arena*. Der Muskelprotz sollte sie wohl an der Flucht hindern, er nahm dicht bei der Eingangstür Platz.

Sie setzten sich im Inneren des Gastraums. »Was wollen Sie?«, fragte sie auf Deutsch, um den Tschekisten ein wenig zu ärgern.

»Ich habe einen Auftrag für Sie.« Er sprach so leise, dass nur sie ihn hören konnte vor dem Hintergrund der lauten Musik.

Sein Deutsch war exzellent. Sie hatten also keinen unerfahrenen Boten zu ihr geschickt, sondern einen Mann von Format, was ihr schmeichelte. »Hab geahnt, dass der Tag einmal kommen würde. Aber mein Entschluss steht fest: Ich tue nichts mehr für den MGB. Versuchen Sie gar nicht erst, mir zu drohen. Ich bin alt. Was habe ich zu verlieren? Nur dieses kümmerliche Leben in einer Welt, die ich kaum mehr kenne.«

»Ich bin nicht vom MGB.«

Wirklich ein hübscher Bursche. Vielleicht war er gar nicht so jung, wie er aussah. Die Fältchen um die Augen verrieten ihn. Er mochte dreißig sein. »Und wer hat Ihnen dann meinen Namen und das vereinbarte Zeichen mitgeteilt?«

»Sie haben Fähigkeiten, die mir fehlen. Ich brauche Ihre Hilfe.«

»Ach, hören Sie auf, mir zu schmeicheln. Das verfängt bei mir nicht. Ich komme aus einer anderen Zeit, wissen Sie? Da hinten, am Ku'damm siebenundsechzig, habe ich in Voucoloffs Küche Blini gegessen, russische Pfannkuchen, hier in Berlin. Und Piroschki haben sie verkauft, herrliche Pasteten. Im Restaurant Zum Bären wurde man von Adligen bedient damals, Kellner von Offiziersrang und aus hoher Familie, die kein Geld mehr hatten und denen nichts anderes übrig blieb als zu arbeiten. Die Tauentzienstraße war der Charlottengrader Kuzneckij Most, die Amüsiermeile von uns Russen. Es gab die, die noch Geld besaßen, und die, die sie bedienten.« Sie lächelte.

Den unangenehmen Teil der Geschichte ließ sie weg. Ihr juckten die Fingerspitzen. Wund waren sie damals gewesen, als ihr das Geld ausgegangen war und sie Kunststickereien angefertigt hatte in russischem Filet- und Kreuzstich. Fünf Tage harter Arbeit brachten zehn Reichsmark ein. Andere bemalten kleine Kästchen aus Kirschbaumholz, wieder andere schnitzten.

Sie war vom Adlon in ein einfaches Zimmer umgezogen und später in eine Wohnbaracke, dort hatte sie auf einem Feldbett schlafen müssen, und von nebenan waren die traurigen Klänge einer Balalaika durch die Wand gedrungen.

Die verzweifelten Russen gründeten in Berlin Dampfwäschereien, Autoschlossereien, Schneidergeschäfte. Die Konditoreien gingen gut, die Berliner mochten die russischen Kuchen und Törtchen.

»Ich bin über Istanbul gekommen, wissen Sie, die Hauptstadt des Osmanischen Reichs stand damals unter internationalem Protektorat. So entkam man und konnte ins Ausland fliehen. Ich bin —«

»Lassen Sie das«, sagte er. »Ich weiß, dass Sie gut plaudern können.«

Jetzt hatte er diesen kalten Blick, den sie zeigten, bevor sie einen erschossen. Viele hatten ihn gesehen, nur sie war bisher verschont geblieben. Eine leise Stimme in ihr flüsterte: Weil du Namen verraten hast. Du hast sie ihnen ans Messer geliefert.

Na und, erwiderte sie. Dafür bin ich jetzt dran. Ich habe mir ein paar Jahre gekauft. »Ich tu's nicht«, sagte sie. »Ich bin neunundsiebzig. Irgendwann muss ich anfangen, mich selbst zu respektieren. Ich bin in eine würdevolle Familie geboren worden. Der Name Gerassimow hatte in Petersburg Glanz. Ich werde nicht sterben, ohne mich an meine Herkunft erinnert zu haben.«

»Genau das erwarte ich von Ihnen. Sie sollen sich an Ihre Herkunft erinnern. Keine Verstellung ist nötig, keine falsche Identität. Ich brauche Sie, Jewgenia Gerassimowa aus Petersburg.« Er schob eine nagelneue Visitenkarte über den Tisch. In schwungvollen Lettern waren ihr Name und ihre Adresse aufgedruckt. »Die Frage ist: Können Sie das? Wissen Sie noch, wer Sie sind?«

Er sagte Petersburg, nicht Leningrad. Sie dachte an den kostbaren Zobel im Schrank, den zu verkaufen sie nie übers Herz gebracht hatte, auch nicht, als ihr zweihunderttausend Mark dafür geboten worden waren. Er duftete immer noch nach dem edlen Parfum, das sie als junge Frau zu festlichen Anlässen angelegt hatte, *Le Bouquet préféré de l'Impératrice*, »Lieblingsduft der Zarin«. Wenn sie ihr Gesicht in den weichen dunklen Pelz des Mantels grub und das Parfum roch, sprudelten die Erinnerungen an ihr damaliges Leben. Inzwischen hatte man das Parfum umbenannt, es hieß jetzt Красная Москва, »Rotes Moskau«. Eine Flasche davon stand in ihrem Badezimmer. Aber sie fand, es roch anders, selbst wenn die Zutaten dieselben waren, der Name hatte es verändert. Der Zobel duftete nicht wie Красная Москва, sondern wie *Le Bouquet préféré de l'Impératrice*. Und er war ein Geschenk ihres Vaters gewesen.

6

Das Licht der Straßenlaternen hatte er den ganzen Weg über ge-
mieden, aber jetzt, vor Nellys Haus, musste er aus der abendlichen
Dunkelheit heraustreten. Ihr Hauseingang wurde von einer Lampe
hell beleuchtet. Er sah sich noch einmal um. Der Russe konnte
nicht vierundzwanzig Stunden am Tag hier lauern. Und wenn er
ihn doch erwischte? Oft genug war es vorgekommen, dass Deutsche in den berüchtigten sogenannten Spezlagern der Russen ver-
schwanden. Wenigstens wusste Vater, wo er nach ihm suchen
musste, er hatte ihm ja angedeutet, dass etwas mit einem Soldaten
der Roten Armee vorgefallen war.

Er trat in den Lichtkegel. Mit raschen Schritten war er bei der
Tür und hob die Hand zur Klingel. FINDEISEN stand in Großbuchstaben neben dem Knopf. Vielleicht saß die Familie noch
beim Abendbrottisch. Wie erklärte er Nellys Vater, was er von ihr
wollte? Er wusste es ja selbst nicht mal richtig.

Er zögerte.

Schlimmer noch, Nelly selbst: Was sagte er ihr? Er hatte ihr geschrieben, fünf Briefe, und keinen davon abgeschickt. Ihr kühler
Blick, der von endgültigem Abschied sprach, hatte ihm zu deutlich
vor Augen gestanden.

Er drückte den Knopf.

Nach kurzer Zeit ging im Treppenflur das Licht an. Er hörte
Schritte die Treppe hinunterkommen. Die Haustür öffnete sich.

Nellys rote Locken blitzten im Schein der Lampe, aber die
blauen Augen wurden dunkel. »Was machst du hier?«

»Ich ... muss mit dir sprechen.«

»Woher weißt du, wo ich wohne?«

Er schwieg.

»Ich kann jetzt nicht. Dienstagabend ist immer Jugendkreis.«

»Kann ich dich begleiten?«

Sie schüttelte den Kopf. »Besser nicht.«

Atmen, dachte er. Einfach atmen. Seine Beine schmerzten, weil er die Knie so sehr durchdrückte. »Es ist wichtig.«

»Wolf, weil ich da hingehe, bin ich von der Schule geflogen. Es ist besser für dich, wenn du dort nicht gesehen wirst.«

»Ich würde es mir angucken.«

Sie sah ihn zweifelnd an. Dann seufzte sie. »Ich hole meine Jacke. Warte hier.«

Während sie sich für kurze Zeit zurückzog, spähte er in die abendliche Dunkelheit hinaus. Er hielt die Haustür einen Spalt offen. Wenn der Russe in Sicht kam, würde er sich rasch ins Haus retten und die Tür von innen schließen. Sie besaß außen ja nur einen Knauf, der Offizier würde ihn nicht verfolgen können.

Die Tür drückte gegen seine Hand. Er ließ los.

»Was sollte das mit der Tür?« Nelly trat aus dem Haus.

Er blieb die Antwort schuldig.

»Gehen wir.« Sie trug eine Kunstledertasche. Zwei Häuserblocks weit schwieg sie.

»Bist du verärgert?«, fragte er.

»Auf die Schule bin ich böse. Und du erinnerst mich an die ganze Sache.«

Er spürte, das war nicht die ganze Wahrheit. Aber er wagte sich nicht weiter vor.

Wie kam es, dass er immer wieder an dieses Mädchen denken musste? Ausgerechnet von ihr träumte, die an Gott glaubte und wahrscheinlich an Geister und an Engel, und die ihn gar nicht so recht wollte. Sie war ihm fremd wie die fernen Länder, die er sich in seinen Atlanten ansah, aber auch genau so reizvoll und faszinierend.

Im Gehen sah er hinüber. Ihr Gesicht war von der frischen kalten Luft gerötet, was ihr etwas Kindliches verlieh. Aber er wusste, sie war unerschütterlich. Nicht einmal vor der versammelten Schule war sie eingeknickt. In punkto Willensstärke und Temperament war sie ihm, der sich jeden Tag wie ein Mönch in seine Uhrenklause zurückzog, überlegen.

»Also, du betest«, sagte er.

»Das ist so bei Christen.«

»Und du stellst dir vor, dass dir jemand dabei zuhört, ein ...« Alter Mann auf einer Wolke, hatte er sagen wollen. Im letzten Moment hielt er sich zurück. »Ein Gott.«

»Wenn du dich darüber lustig machen willst, solltest du nicht zur Jungen Gemeinde gehen.«

»Ich will's nur verstehen. Ich meine, du bist ja nicht auf den Kopf gefallen. Was, wenn die Religion bloß ein Mittel ist, um euch der Kirche gefügig zu machen?«

»Opium fürs Volk, meinst du.«

»Ja.«

Sie sah ihn an. Ein Zahn war kleiner gewachsen und stand ein wenig zurück. Aber es störte ihre Schönheit nicht, es gab ihr etwas Freches, Keckes. »Dann frage ich dich mal etwas. Was, wenn uns beigebracht wird, die Sowjetunion anzuhimmeln, damit wir keine unangenehmen Fragen stellen? Opium fürs Volk?«

»Willst du ins Gefängnis? Pass auf, was du sagst!«

»Ach, den Glauben an Gott darf man hinterfragen, aber den an den großen Bruderstaat nicht?«

»Was willst du denn da kritisieren?« Er hatte gehofft, sie würde ihm ihren eigenartigen Glauben näher erklären. Stattdessen startete sie einen Gegenangriff. »Ohne die Sowjetarmee wäre Deutschland nicht vom Faschismus befreit worden. Für die ganze Welt wären entsetzliche Zeiten angebrochen, Hitler hätte noch jahrelang morden und wüten können.«

»Kann schon sein. Aber was ist mit dem Hitler-Stalin-Pakt? Wo war da die ›antifaschistische Solidarität mit allen Völkern‹? Die Deutschen sind nach diesem Pakt mit Stalin in Holland, Belgien und Frankreich einmarschiert – und die Sowjetunion hat dazu geschwiegen. Stalin hat noch Metall und Erdöl und Getreide geliefert, den größten Handelsvertrag aller Zeiten haben sie abgeschlossen, und wir Deutschen haben im Austausch Kriegsgeräte und Industriegüter in die Sowjetunion gebracht. Stalin muss doch gewusst haben, wozu Hitler die Lieferungen braucht! Ohne diesen Tausch hätte er keinen ausdauernden Krieg führen können.«

Diese Wut in ihr – wo kam die her? War das alles eine Reaktion auf den Schulrauswurf? Seine Intuition sagte ihm, dass da mehr dahintersteckte. Sie holte das tief aus sich heraus. Was war dieser jungen Frau widerfahren, dass sie glaubte, gegen alles und jeden kämpfen zu müssen?

»Heute behaupten sie, Stalin wäre zu diesem Pakt mit Hitler gezwungen gewesen. Die Westmächte hätten ihm keine andere Wahl gelassen. Naja. Geschichte wurde schon immer rückwirkend umgedeutet.«

»Du musst aufpassen, was du sagst, Nelly. Vor allem bei der Jungen Gemeinde. Da sitzt doch bestimmt einer von der Staatssicherheit mit drin.«

»Die Masche geht noch weiter. Weil die Kommunisten sich als Antifaschisten darstellen, ist jede Kritik am Kommunismus automatisch faschistisch. Wer den Kommunismus kritisiert, ist Faschist.«

»Das haben sie dir doch gar nicht vorgeworfen.«

»Nee. Dafür waren sie zu blöd.« Sie schnaubte voller Verachtung. »Für das ›Abzeichen für gutes Wissen in Silber‹ habe ich einen Vortrag über Theodor Fontane gehalten. Der FDJ-Sekretär hat mich mit dem Hinweis unterbrochen, ich soll den Autor gefälligst

›Tane‹ nennen, der Adel wäre abgeschafft! Du hättest die Blicke der anderen Prüfer sehen sollen. Die wären vor Scham am liebsten im Boden versunken.«

Er grinste. »Da wär ich gern dabei gewesen.«

»Aber es ist so: Wenn die Eltern in der Partei sind, kriegt man in der Schule bessere Noten.«

Zerknirscht dachte er daran, dass er seinen Uhrenladen auch nur hatte eröffnen können, weil die Zuständigen seinen Nachnamen kannten und wussten, dass sie sich mit Vater gut zu stellen hatten.

Sie näherten sich der Christophoruskirche. Eine Frau kam ihnen entgegen. Sie führte einen eigenartigen Hund an der Leine, mit Löwenmähne und zimtfarbenem Fell. Die Zunge, die ihm aus dem Maul hing, war bläulich. Nannte man diese Hunde nicht Chow-Chow? Er hatte von ihnen gehört, aber noch nie ein Exemplar gesehen.

Um das Gespräch auf ungefährlicheres Terrain zu lenken, fragte er: »Magst du eher Hunde oder eher Katzen?«

»Ich bin mehr der Pflanzentyp.« Sie stieß ihn in die Seite. »Glaubst du, ich merke nicht, dass du vom Thema ablenkst?«

Ihre freche, ungezwungene Art, mit ihm umzuspringen, gefiel ihm, sie wirkte auf ihn wie Vertrautheit. »Bewegen sich dir die Tiere zu schnell?«

Sie lachte. Erleichtert klang es. Vielleicht brauchte Nelly einfach nur jemanden, der sie ab und an zum Lachen brachte. Dann würde diese Kruste aus altem Zorn in ihr aufbrechen und die Wunden konnten verheilen.

Am Ende würde sie auch einsehen, dass eine Religion, die für Hexenverfolgung und Waffensegnen im Krieg verantwortlich war, nicht zu einer klugen, verständigen jungen Frau wie ihr passte.

Die Kirche aus roten Backsteinen ließen sie rechts liegen und traten in ein Seitenhaus. Nelly drückte auf einen rot leuchtenden

Lichtknopf. Mit einem Knallgeräusch schaltete sich das Licht im Treppenhaus ein. Er hörte den Uhrwerksmechanismus, der die Sekunden herunterzählte, bis der Quecksilberschalter gekippt und das Licht wieder ausgeschaltet werden würde. Wenn er so laut tickte, war es vermutlich noch einer, den der Hausmeister von Hand aufziehen musste. Gern hätte er ihn sich angesehen.

Durch eine Tür, die nach einem gewöhnlichen Wohnungseingang aussah, traten sie in eine lange Diele mit knarzendem Holzboden. Von dort führte ihn Nelly in ein größeres Zimmer. Holzstühle standen darin im Kreis. Der Raum war nicht sonderlich gut geheizt, ein Frösteln überlief ihn, als er die Jacke auszog, und er erwog, sie gleich wieder anzuziehen, entschied sich aber dagegen, um nicht vor Nelly wie einer auszusehen, der nichts aushielt.

Einige junge Erwachsene saßen schon im Kreis, sie trugen dicke Pullover, anscheinend hatten sie gewusst, dass es hier nicht warm war. Neugierig musterten sie ihn. Nelly sagte: »Das ist Wolf.« Sie begrüßten ihn heiter, wie man einen begrüßt, den man gern für seinen Club gewinnen will. Vergesst es! Er lachte innerlich.

Er nahm direkt neben Nelly Platz. Dieser kahle Raum, diese erbärmliche Runde – das war die Konkurrenz, vor der die Freie Deutsche Jugend sich fürchtete? Oft genug hatte er Vater über die Junge Gemeinde schimpfen hören, die allerorts der FDJ die jungen Leute raube. Aber warum ging jemand freiwillig hierher? Vor allem: jemand wie Nelly?

Vermutlich gab es anschließend Süßigkeiten oder Kartoffelsuppe mit Würstchen, irgendetwas, wofür die jungen Leute das Programm über sich ergehen ließen.

Der Kreis füllte sich, sie waren jetzt bereits mehr als zwanzig. Einer, der sich die Haare mit Brillantine glattgeklatscht hatte, erzählte, er sei zum ersten Mal hier. Er sei Lehrling im Reichsbahn-Ausbesserungswerk »Franz Stenzer«. Man habe ihm gesagt: »In

einem sozialistischen Wohnheim hat die Bibel nichts zu suchen.«
Dabei hatte er sie eigentlich nur seiner Mutter zuliebe mitgenommen, er wollte gar nicht darin lesen, aber aus Protest – und aus
Neugier, warum die solche Angst davor hätten – lese er jetzt doch
darin.

Der Leiter, selbst kaum älter als zwanzig Jahre, nahm eine
Gitarre auf den Schoß und sagte ein Lied an. Die Jugendlichen
schlugen himmelblaue Liederbücher auf. Auch ihm reichte man
eines. *Der helle Ton*, stand auf dem Buchdeckel.

»Hundertneunundzwanzig«, raunte Nelly.

Er schlug das Lied auf. Die Gitarre gab ein paar Takte vor.
Dann begannen alle zu singen.

Nelly sah hinüber. Sie erwartete offenbar, dass er den Text mit-
las oder sogar mitsang. Er murmelte ein paar Worte mit, dann hörte
er wieder damit auf.

*Sonne der Gerechtigkeit, gehe auf zu unsrer Zeit; brich in deiner
Kirche an, dass die Welt es sehen kann. Erbarm dich, Herr.*

*Weck die tote Christenheit aus dem Schlaf der Sicherheit; mache
deinen Ruhm bekannt überall im ganzen Land. Erbarm dich, Herr.*

Was für ein eigenartiger Text, dachte er. Er verstand ihn nicht.

*Lass uns deine Herrlichkeit sehen auch in dieser Zeit, und mit unsrer
kleinen Kraft üben gute Ritterschaft. Erbarm dich, Herr.*

Ritterschaft? Du meine Güte. Aus welcher Zeit stammte das Lied?
Böhmische Brüder, stand darüber, und 1566. Das sollte die Junge
Gemeinde sein? Da waren die Lieder der Kommunisten bei wei-
tem schwungvoller und moderner. Seit den Weltfestspielen der
Jugend vor zwei Jahren liebte er das Lied »Lasst heiße Tage im

Sommer sein! Im August, im August blühn die Rosen! Die Jugend der Welt kehrt zu Gast bei uns ein, und der Friede wird gut und uns näher sein! Im August, im August blühn die Rosen! Und es singt die Ukraine ihr blühendes Lied, und Jungafrika lacht in der Sonne. Das siegreiche China ins Stadion zieht und die Warschauer Maurerkolonne. Klatscht beim Spaniertanz Kim aus Korea, grüßt die Kitty aus Mexiko ihn, reichen Hände sich Jimmy und Thea im August, im August in Berlin.«

Die jungen Erwachsenen hatten bereits zum nächsten Lied geblättert.

Wie ein Adler sein Gefieder über seine Jungen streckt, also hat auch hin und wieder mich des Höchsten Arm bedeckt, alsobald im Mutterleibe, da er mir mein Wesen gab und das Leben, das ich hab und noch diese Stunde treibe. Alles Ding währt seine Zeit, Gottes Lieb in Ewigkeit.

Nein. Beim besten Willen. Wie konnte Nelly diesen Text mit solcher Freude singen, wo sie doch gerade von der Schule geflogen war, genau wegen dieses Gottes, an den sie glaubte? Bemerkte sie den Widerspruch nicht?

1641. Schon mal achtzig Jahre moderner. Aber Nelly war ja nicht auf den Kopf gefallen. Die würde er schon noch hier hinausführen.

Die letzten Akkorde verklangen. Der Leiter lehnte die Gitarre behutsam an die Wand und sagte: »Schön, dass ihr da seid, auch unsere Gäste, Wolf und Eckart. Wenn ihr irgendwelche Fragen habt, scheut euch nicht. Ich bin Andreas.«

Ein Nachzügler kam und holte von der Wand des Zimmers einen Stuhl heran. Scharrend machten sie ihm Platz, sie erweiterten den Kreis, und Andreas begrüßte den spät gekommenen jungen Mann. Dann sagte er: »Mehrere von euch sind in den vergangenen Wochen aus der Schule ausgeschlossen wurden. Brigitte, Dietrich,

Martin und Nelly. Man hat euch vor versammelter Mannschaft niedergemacht und mit Lügengeschichten konfrontiert. Und möglicherweise wird es uns anderen genauso gehen. Wir werden unsere Lehrstellen verlieren und die Studienplätze.«

Wolf sah zu Eckart hin, der erblasst war. Für ein so großes Opfer war er wohl doch nicht bereit.

»Der Staat hat uns den Krieg erklärt. Es tut weh, was er uns abverlangt. Jeder von uns will einen guten Beruf erlernen oder studieren. Was fängt man mit seinem Leben an, wenn einem nichts erlaubt wird? Aber dass wir Christen verfolgt werden, ist nichts Neues. Immer wieder ist unser Glaube mit der herrschenden Weltsicht zusammengestoßen. Nehmen wir zum Beispiel die Nazis. Was haben die Nazis geglaubt, was war ihre Weltsicht?«

»Dass sie die Größten waren«, sagte einer, und die ganze Runde lachte.

Andreas blieb ernst. »Wir haben alle als Kinder die Ideologie der Nazis beigebracht bekommen. Was war ihr Lebenssinn?«

Eine junge Frau, er glaubte, sie war die erwähnte Brigitte, sagte: »In unseren Fahnen lodert Gott, haben sie gesagt.«

»Weiter.« Andreas kam in Fahrt. »Da gab es noch mehr. Nicht nur der Krieg und die Eroberung von Gebieten wurden religiös aufgeladen.«

Ein Junge sagte: »Na ja, wir haben gelernt: Ich bin für mein Volk da. Das war wie Baum und Blatt. Das Blatt bedeutet nichts, der Baum alles.«

»Das Volk war sinnstiftend für die Nazis«, bestätigte Andreas. »Aber welche Antwort haben sie auf die Frage gegeben, wozu der Baum da ist? Wozu war das Volk da?«

Der Junge wusste es nicht.

Ein anderer antwortete an seiner Stelle: »Ich bin auf der Welt, um meine Pflicht zu tun. So haben sie's uns in der Schule beigebracht.«

»Und genau so haben sich die SS-Leute auch vor Gericht verteidigt«, sagte Andreas. »Sie haben nur ihre Pflicht getan. Dabei haben sie Hunderttausende ermordet. War es ihre Pflicht zu morden? Ist so etwas möglich?« Er rutschte auf dem Stuhl nach vorn. Auf der vordersten Kante saß er und unterstrich mit ausholenden Gesten, was er sagte. »Die Nazis haben die Kirche verfolgt, wo sie nicht angepasst war. Die Bekennende Kirche war ihnen ein Dorn im Auge. Schon zwei Jahre vor dem Krieg hat die Kirche die Existenz der Konzentrationslager und den Terror der Gestapo angeprangert. Daraufhin gab es eine Verhaftungswelle. Über achthundert Pfarrer und Kirchenjuristen wurden vor Gericht gestellt. Ihr alle wisst, Dietrich Bonhoeffer wurde vor acht Jahren im KZ Flossenbürg erhängt, viele andere Geistliche der Bekennenden Kirche wurden ebenfalls hingerichtet. Die Nazis verboten das Läuten der Glocken. Sie verboten, religiöse Schriften an die Front zu schicken. Und die Zeitungen wollten in den Todesanzeigen für Gefallene keine Bibelverse mehr abdrucken.«

Nelly hob die Hand. Ohne abzuwarten, ob Andreas seinen Redefluss unterbrach, warf sie ein: »Aber ein großer Teil der Kirche hat doch die Nazis unterstützt!«

Das Ketzerische schien ihr im Blut zu liegen. Nicht mal bei ihren eigenen Leuten ließ sie eindeutige Aussagen zu, immer musste sie die Grauzonen ansprechen. Er studierte ihr Gesicht. Bei aller jungen Frische strahlte es auch einen Drang aus, auf Biegen und Brechen Verschwiegenes ans Licht zu bringen, einen Drang, der ihr selbst wehtat.

Andreas nickte. »Ein großer Teil der Kirche hat damals die Nazis unterstützt, anstatt sie zu bekämpfen. Das ist wahr. Jüdischstämmige Christen wurden aus Kirchgemeinden ausgeschlossen, Verfolgte wurden nicht unterstützt. Nach Kriegsende, im Oktober 1945, hat die Evangelische Kirche das Stuttgarter Schuldbekenntnis veröffentlicht. Die Verantwortlichen wussten, sie hatten Mitschuld an den Verbrechen des Nationalsozialismus. Das ist ein längeres Dokument, aber ich finde einen Satz darin besonders bewegend.« Er entfaltete einen Zettel. Offenbar hatte er die ganze Zeit vorgehabt, diese dunkle Seite der Kirche anzusprechen! Wolf war beeindruckt. Wer machte das, wer beschmutzte freiwillig das eigene Nest?

Andreas las: »Wir klagen uns an, dass wir nicht mutiger bekannt, nicht treuer gebetet, nicht fröhlicher geglaubt und nicht brennender geliebt haben.«

Die Runde schwieg. Es war kein betretenes Schweigen, sondern ein glühendes. Das Schweigen, aus dem Taten geboren wurden. Allmählich begriff er, warum die Schulen die Junge Gemeinde fürchteten.

Wolf ließ seinen Blick über die Runde schweifen. Niemand saß gelangweilt und unbeteiligt da wie die Zuhörer bei politischen Veranstaltungen der SED. Die jungen Erwachsenen waren hellwach und innerlich beteiligt. Vielleicht lag es daran, dass Andreas ein Für und Wider zuließ und eine echte Debatte erlaubte.

»Auch heute läuft ein großer Teil der Evangelischen Kirche mit, und bei den Katholiken und in den Freikirchen sieht es nicht anders aus«, sagte Andreas. »Der Teil der Kirche aber, der sich kritisch äußert, wird vom Staat verfolgt. Man wirft uns vor, wir seien Spione der Amerikaner. Faschisten, nennt man uns. Dabei saßen in den KZs die Pfarrer der Bekennenden Kirche gemeinsam mit den Kommunisten – sie waren natürliche Verbündete gegen den Faschismus! Ist nicht genau das, was der Staat gerade tut, faschistisch wie damals? Ein Führerkult. Das Verbot von allen anderen Denkweisen. Partei-Massenorganisationen für die Jugend. Wir müssen nach vorn schauen!, heißt es. Der Aufbau der sozialistischen Gesellschaft rechtfertigt alles. Von jetzt an gibt es nur noch Freunde und Feinde des Sozialismus, ein ganz klares Schwarz-Weiß.«

Niemals hatte er sich die Treffen der Jungen Gemeinde so vorgestellt. Er hatte erwartet, sie würden fröhliche Spiele spielen und den Rest der Zeit ein wenig fromm über Gott daherreden. Dabei sprachen sie über die Situation im Land. Andreas nannte Namen: die Geschwister Scholl, Mahatma Gandhi, Albert Schweitzer. Jetzt verteilte er Hefte mit einem Raubdruck von Wolfgang Borcherts Stück *Draußen vor der Tür*, und sie lasen es mit verteilten Rollen vor. Auch er, Wolf, las mit, um nicht negativ aufzufallen. Aber ihm war klar: Lange würde das hier nicht gut gehen. Der Staat konnte diese Hetze nicht dulden. Er bewunderte Andreas für seinen Mut. Zugleich war er entsetzt über die zerstörerischen Lügen, die er verbreitete.

Endlich war die Versammlung zu Ende, und die jungen Erwachsenen verabschiedeten sich. Andreas kam zu ihm und sprach ihn freundlich an. Wolf sagte, er sei Uhrmacher und sei Nelly am Müggelsee begegnet. Als sie ging, nahm auch er seine Jacke. Auf dem Weg nach draußen fürchtete er, Polizei könnte vor dem Gebäude die Personalien der Teilnehmer aufnehmen. Aber es stand keiner da. Offenbar war das nicht nötig. Das hieß, sie hatten Spitzel in der Runde.

»Du meine Güte«, sagte er auf dem Heimweg. »Ihr nehmt kein Blatt vor den Mund.«

Sie sagte: »Genau das gefällt mir.«

»Sind die Themen immer so politisch?«

»Nicht immer. Oft reden wir auch über eine Stelle in der Bibel. Oder wir machen einen Ausflug an den See oder kochen zusammen.« Ihre Stimme klang ärgerlich, offenbar merkte sie seine Skepsis. Tatsächlich erschienen ihm jetzt die Vorwürfe bei der Schulversammlung in einem anderen Licht. Die FDJ-Sekretärin, so unsympathisch sie wirken mochte, hatte recht gehabt. Hier wurde staatsgefährdende Propaganda verbreitet. Der Glaube war nur ein Deckmäntelchen dafür.

Seine Oma hatte an Gott geglaubt. Sie hatte mit ihm gebetet, abends vor dem Schlafengehen. Es war ein schönes Ritual gewesen, ihre Stimme hatte ihn irgendwie beruhigt. Dann war Oma gestorben und Gott mit ihr. Dass junge Menschen an ihn glaubten, war ihm unvorstellbar. Gott war etwas für die alte, aussterbende Generation, die nicht schwimmen konnte und keinen Führerschein hatte und davon überzeugt war, dass sich das Wetter änderte, wenn der Hahn auf dem Misthaufen krähte.

Er sagte: »Warte einen Moment. Ich muss dich etwas fragen.«

Sie blieb stehen und musterte ihn kühl. »Ich mache keine Spiele mehr, wo man sich fünf Minuten in die Augen sieht. Hier.« Sie zog seine Uhr aus der Jackentasche und reichte sie ihm.

Zum zweiten Mal wies sie ihn ab. Er schluckte trocken und nahm die Uhr entgegen. »Kennst du einen russischen Offizier?«

Sie wich zurück. Ihre Lippen wurden schmal, die Augen groß. »Wer schickt dich?«, fragte sie mit erstickter Stimme.

»Niemand.«

Sie ging an ihm vorüber mit zügigen Schritten.

»Warte doch!« Er folgte ihr. »Bedroht dich der Kerl?«

Sie blieb stehen. »Wenn du jemandem davon erzählst ...«

»Tue ich nicht. Versprochen.« Was machte ihr solche Angst? Was hatte der Russe ihr angetan? Er verspürte das Bedürfnis, Nelly zu trösten, sie in den Arm zu nehmen und vor der Welt zu beschützen.

»Sag mir genau, was passiert ist«, verlangte sie.

Er erzählte es ihr.

Während sie zuhörte, flackerten ihre Augenlider, als stünde sie kurz vor einem Zusammenbruch. Als er geendet hatte, sagte sie: »Tu, was er sagt. Wie dürfen uns nie wieder begegnen, Wolf. Nie wieder, hörst du?«

7

»Der Ministerialdirigent im Bundeskanzleramt lässt bitten!«

Ilja stand auf. Er hielt sich hinter Jewgenia Gerassimowa. Nach der Kontrolle durch die Sicherheitsbeamtin hatte sie den Pelzmantel aus dunklen Zobelfellen wieder angezogen, obwohl das Vorzimmer beheizt war. Im Pelzmantel wirkte sie robust, dabei war Jewgenia eine kleine, zierliche Frau. Vielleicht gab der Mantel ihr das Gefühl, geschützt zu sein.

Die Sekretärin hielt ihnen die Tür auf, und sie betraten, gefolgt von zwei Sicherheitsbeamten, das Büro von Hans Globke. Man war vorsichtig im Bundeskanzleramt. Vergangenes Jahr war Konrad Adenauer knapp einem Attentat entgangen, man hatte ihm in einem Paket den zweiten Band des Kleinen Brockhaus geschickt, und in dem Buch waren ein Zünder und ein halbes Kilo Sprengstoff versteckt gewesen. Die Explosion hatte den Sprengmeister Karl Reichert getötet und zwei Polizeibeamte schwer verletzt. Dahinter steckten Israelis, die sich über die Wiedergutmachungsgelder ärgerten. Blutgeld, hatten sie die Zahlungen an ihr Land genannt. Offenbar war ihnen einzig der Tod als Strafe für die Deutschen recht.

Hans Globke saß am Schreibtisch am anderen Ende des hellen, lang gestreckten Büros. Er erhob sich und kam ihnen entlang der großen Fenster entgegen. Ein großer, stattlicher Herr, etwas über fünfzig Jahre alt, mit dichtem, zurückgekämmtem grauem Haar und runder Brille.

Globke gab ihnen zur Begrüßung die Hand und fragte Jewgenia höflich, ob sie den Mantel ablegen möchte. Sie bejahte, und der

Ministerialdirigent half ihr persönlich heraus und reichte den Mantel an einen der Sicherheitsbeamten weiter. Ilja konnte die Finesse Jewgenias nur bewundern. Eine einzige Geste, und schon verhielt sich der Deutsche fürsorglich ihr gegenüber. Obwohl Jewgenia deutlich älter war als er, waren sie doch beide vor den zwei Weltkriegen geboren worden. Jewgenia wusste, wie man miteinander umging, wenn man aus ihrer längst versunkenen Zeit stammte. Globke führte sie zu einem runden Tisch links vom Eingang und forderte sie freundlich auf, Platz zu nehmen.

Auch er setzte sich. »Sie wollen mit mir über die Beziehungen zur Sowjetunion sprechen?« Er wirkte geradezu jovial, aber davon durfte Ilja sich nicht täuschen lassen. Dieser Mann hatte schon 1932, noch unter der Regierung Franz von Papens, einen Erlass des preußischen Innenministeriums ausgearbeitet, der es den Juden unmöglich machen sollte, einen als jüdisch geltenden Familiennamen abzulegen. Später, unter den Nazis, wirkte er als Verwaltungsjurist an den Nürnberger Rassegesetzen mit. Andererseits galt es auch als erwiesen, dass er Verbindungen zum Widerstand unterhalten und einen regimekritischen Mann wie den Berliner Bischof von Preysing mit Informationen versorgt hatte. Jetzt koordinierte Globke unter Adenauer die Geheimdienste, und so wie Allan Dulles in Amerika sollte Globke in Deutschland für Beria die Anlaufstelle für seine Initiativen werden.

»Wir sind im Auftrag der neuen Sowjetregierung hier«, sagte Jewgenia. »Wir wurden ermächtigt, Ihnen die deutsche Wiedervereinigung vorzuschlagen.«

Für einen Moment hob Hans Globke die Brauen. Dann musterte er sie eingehend. »Sie bekleiden kein offizielles Amt. Woher weiß ich, dass Sie für die Regierung sprechen?«

Natürlich hatte diese Frage kommen müssen. Ilja hatte sich darauf vorbereitet. Er übernahm die Wortführung. »Es ist ein übliches Vorgehen«, sagte er. »Erinnern Sie sich an die Stalin-Note vergangenes Jahr. Auch da fanden zunächst vertrauliche Gespräche zwischen Georg Dertinger und Ihrem Parteifreund Ernst Lemmer statt, und er musste darauf vertrauen, dass tatsächlich Semjonow dahinterstand. Dann folgte ein Gespräch von Semjonow selbst mit Josef Müller von der CSU. Und erst in einem dritten Schritt überreichte der stellvertretende sowjetische Außenminister Andrej Gromyko den Botschaftern Frankreichs, Englands und Amerikas eine offizielle Note Josef Stalins mit einem Entwurf für den Vertrag.«

»Sie versuchen hoffentlich nicht, mich aufs Glatteis zu führen.« Globkes Augen wurden schmaler. »Sie sind gewiss nicht von der Sowjetregierung geschickt worden. Sonst hätte man wenigstens niedere Chargen der offiziellen Parteihierarchie ausgewählt. Jemand möchte außerhalb der politischen Kanäle mit uns verhandeln, so sieht die Wahrheit aus. Also raus mit der Sprache: Wer schickt Sie?«

Er durfte Hans Globke nicht unterschätzen. Aber das Spiel bereitete ihm Freude. Zeit für die erste Trumpfkarte. Er sagte: »Lawrenti Pawlowitsch Beria.«

Wieder hoben sich Globkes Brauen. Woran dachte er? An die Bluttaten, die Beria für Stalin vollbracht hatte? An Berias neue Herrschaft über Innenministerium und Geheimdienst? Außer Verblüffung war nichts aus seinen Gesichtszügen zu lesen. Er war ein harter Gegenspieler. »So. Und macht er ein konkretes Angebot?«

»Er wünscht sich ein wiedervereinigtes, demokratisches Deutschland. Den Aufbau des Sozialismus im Osten Deutschlands wäre er bereit aufzugeben. Er wäre mit einem bürgerlichen Deutschland einverstanden.«

»Ich verstehe. Deshalb kann die Sache nicht über die offiziellen Kanäle laufen.«

»Zumindest vorerst nicht«, sagte Ilja. »Beria schlägt einen schnellen Truppenabzug aller alliierten Armeen aus Deutschland vor. Eine Konferenz mit Vertretern der USA, Großbritanniens, Frankreichs und der Sowjetunion soll noch dieses Jahr einen Friedensvertrag ausarbeiten. Anschließend sollte es eine Wiedervereinigung Deutschlands geben, und im Gegenzug für diesen Schritt, den wir auf den Westen zugehen, soll mit westlichen Hilfsgeldern ein Wiederaufbauprogramm für Russland, die Ukraine, Weißrussland und das Baltikum beginnen. Damit sollen neue Industriebetriebe und ein großes Eisenbahn- und Autobahnnetz entstehen.«

»Ein Wiederaufbauprogramm in welcher Höhe?«

»Zehn Milliarden Dollar.«

»Sie wollen die DDR also verkaufen.«

Ilja fühlte sich wie im Rausch. Er, der einfache Junge vom Land, hatte an Stalins Sterbebett gestanden und saß nun dem engsten Mitarbeiter des Regierungsoberhaupts der Bundesrepublik Deutschland gegenüber. Schon als er die moderne Treppe zum Haupteingang und der Vorhalle des Palais hinaufgegangen war, hatte er sich bedeutend wie nie zuvor gefühlt. Er verhandelte über das Schicksal von fünfzig Millionen Menschen im Westen und achtzehn Millionen Menschen im Osten, das Schicksal des gesamten deutschen Volks.

Als Kind hatte er in Abchasien, jener südlichen Region des Kaukasus, die ans Schwarze Meer grenzt, vom Vater gelernt, die Maisfelder zu jäten und in den Bergen nach der Schafherde zu sehen. Er war ein stinkender Hütejunge gewesen. Und jetzt war er in die obersten Etagen aufgerückt. Papa war ihm damals klug erschienen, als sie Seite an Seite auf der Wiese lagen und er ihn in seinen großen Wollmantel hüllte, weil es kalt geworden war, und sie hinauf in den Nachthimmel schauten und Papa ihm die Namen der Sterne beibrachte. Mein Papa weiß, wie die Sterne heißen, hatte er damals stolz gedacht. Zu schade, dass ihn Vater nicht hier erleben konnte. Das hier war hundertmal besser als das bisschen Astronomie.

»Beria sieht die Sache pragmatisch«, sagte er. »Wenn die Sowjetunion stattdessen den sozialistischen Aufbau der DDR betreiben würde, müsste sie das Land in den nächsten zehn Jahren mit mindestens zwanzig Milliarden Dollar unterstützen und zudem fortlaufend Lebensmittel und Rohstoffe liefern. Ein Wirtschaftsabkommen mit dem Westen erscheint ihm für die Interessen der Sowjetunion klüger. Wenn man Deutschland wieder vereint und eine bürgerlich-demokratische Republik schafft —«

»Dann kann Russland anschließend die deutschen Sozialdemokraten stärken«, unterbrach ihn Globke, »und ihnen helfen, an die Macht zu kommen und Adenauer abzulösen. Das ist doch der Plan, nicht wahr? Und lassen Sie mich raten: Beria fordert ein neutrales Deutschland, das sich weder mit England, noch mit den USA oder Frankreich verbünden darf.«

»So ist es. Der Atlantikpakt, dem Sie sich annähern, ist eine Bedrohung für uns.«

»Nun, dann gebe ich Ihnen die Auskunft, dass Konrad Adenauer fest entschlossen ist, unser Geschick mit dem der westlichen Demokratien zu verbinden. Die Bundesrepublik gehört unwiderruflich zur Gemeinschaft des Westens. Das schließt nicht aus, dass wir eine Lösung für die Wiedervereinigung finden, im Gegenteil, ich glaube, es wird dazu beitragen. Ich denke nämlich, dass die Unklarheit der ganzen Lage auch ein Grund für die Spannungen zwischen Ost- und Westdeutschland war. Die Bundesrepublik hat viel zu lange zwischen Ost und West in der Luft gehangen. Gerade ist mit der Montanunion der gemeinsame europäische Markt auf dem Gebiet von Kohle und Stahl Wirklichkeit geworden. Und übermorgen wird der Deutsche Bundestag in letzter Lesung über den Deutschlandvertrag mit den Alliierten und den Vertrag zur Errichtung einer Europäischen Verteidigungsgemeinschaft entscheiden, der uns die Sicherheit unseres Lebensraumes gegenüber der Bedrohung durch den Bolschewismus sichert. Mir ist vollkommen klar, weshalb Sie hier sind. Natürlich sind Sie gegen die Integration der Bundesrepublik in Westeuropa. Sie machen alle möglichen

Winkelzüge, um das zu verhindern. Aber eine Neutralisierung Deutschlands ist für Adenauer und für den gesamten Westen unannehmbar.«

Jewgenia sagte so freundlich, wie nur alte Damen etwas Unfreundliches auf sanfte Weise sagen können:

»Wollen Sie sich wirklich unter französische Vorherrschaft begeben? Sie schließen einen Rheinbund wie damals die Kleinstaaten unter Napoleons Führung und schaden damit doch nur Ihrem eigenen Volk.«

»Es geht hier um Partnerschaft, nicht um Unterwerfung«, sagte Globke knapp. »Ohne Partnerschaften kann man als Staat heutzutage nicht überleben. Und wer sich mit der Sowjetunion verbündet, kann nur zum Satelliten werden, zum willenlosen Werkzeug der Moskauer Machtpolitik. Das sehen wir deutlich genug in der deutschen Sowjetzone. Dieser Anschauungsunterricht genügt uns vollkommen.«

Er gab den Sicherheitsbeamten einen Wink, und sie brachten Jewgenias Zobelpelz. Er stand auf und half ihr hinein.

Der einfache Verhandlungsweg führte offensichtlich nicht zum Ziel. Glücklicherweise gab es noch andere Möglichkeiten. Ilja sah sich verstohlen um. Wie waren die Fenster gesichert? Die Fußbodenleisten waren wohl zu gut befestigt, er würde verräterische Spuren hinterlassen, wenn er Abhörtechnik dahinter installierte. Blieb der klassische Weg, der Telefonhörer.

»Wenn Sie wirklich für den Frieden eintreten«, sagte Globke, »warum rüstet die Sowjetunion dann immer noch auf? In den Satellitenstaaten befinden sich jetzt siebzig Divisionen, die mit modernsten Waffen ausgerüstet sind. Dahinter stehen weitere einhundertvierzig russische Divisionen mit mehreren Tausend Düsenflugzeugen. In der deutschen Sowjetzone werden, während wir hier sprechen, Flugplätze für Düsenjäger gebaut, die in zwanzig Minuten über Bonn, in dreißig Minuten über Brüssel und in fünfzig

Minuten über Paris sein können. Wenn die Sowjetunion es mit der Entspannung ernst meint, soll sie das auch in ihren Taten zeigen. Sie haben nach wie vor dreihunderttausend Kriegsgefangene und Verschleppte in Ihren Lagern. Geben Sie die frei!«

Natürlich musste er das Angebot zuerst schroff ablehnen. Es ging um viel Geld. Globke und erst recht Adenauer würden versuchen, die Summe herunterzuhandeln. Wollen wird doch mal sehen, dachte Ilja, wie wir dich zurück an den Verhandlungstisch bekommen. Zuerst musste er beweisen, dass er ebenfalls scharf schießen konnte. Er sagte: »In meiner Heimat wird Ihre Politik anders gesehen, Herr Ministerialdirigent. Dort ist man der Meinung, dass Sie das Blut der deutschen Jugend an den Dollarimperialismus verschachern.«

Globke lachte trocken. »O ja, ich weiß. Ich höre das oft genug von einigen Politikern der SPD. Sie schlagen vor, Amerika solle sich mit der Sowjetunion einigen. Dann würden die Amerikaner den Koreakrieg beenden und ganz Korea dem Kommunismus überlassen. Im Austausch dafür geben die Sowjets die deutsche Sowjetzone auf.«

»Ich kann den Vorschlag gerne überbringen«, sagte Jlja.

»In vier Wochen ist Konrad Adenauer mit Präsident Eisenhower in Washington verabredet. In acht Wochen wird er Churchill in London besuchen. Glauben Sie mir, die Europaarmee kommt. Oder fürchten Sie die Bundestagswahlen im September? Da fangen Sie aber früh an, wenn Sie Adenauer demontieren wollen. Haben Sie solche Angst davor, dass er erneut zum Bundeskanzler gewählt wird?«

»Wir haben keine Angst«, sagte Jewgenia.

Sie sollte besser den Mund halten. Sie störte sein Manöver. Globkes Zuversicht hinsichtlich Adenauers Wiederwahl wunderte ihn nicht. In dem Dossier, das er für seinen Auftrag erhalten hatte, war Ilja auch der Absatz über Adenauers Umfragewerte aufgefallen.

Durch die Vermittlung eines gewissen Otto Lenz war Adenauer letztes Jahr auf die Untersuchungen eines Instituts für Demoskopie von Elisabeth Noelle-Neumann und Paul Neumann aufmerksam geworden. Er verfolgte wohl aufmerksam die Ergebnisse dieser Umfragen. Von 34 Prozent Zustimmung zu seiner Politik im November 1952 war er binnen weniger Monate auf 39 Prozent Zustimmung im Februar 1953 geklettert.

Globke brachte sie zur Tür, und nun wurden sie endgültig verabschiedet. Als sie auf dem Flur waren, erblickte Ilja zwei Zimmertüren weiter Konrad Adenauer, der, begleitet von einem Mann, auf sein Büro zuschritt. In der Tür blickte Adenauer kurz zu ihnen hinüber: Sein Gesicht mit den breiten Backenknochen unter der hohen, schön gewölbten Stirn wirkte etwas starr, aber es fand sich keine Spur von Greisenhaftigkeit darin. Kaum zu glauben, dass dieser Mann siebenundsiebzig Jahre alt sein sollte. Im nächsten Augenblick war er schon in sein Büro verschwunden.

Die Sicherheitsbeamten führten sie durch die lindgrün gestrichenen Flure. Ilja konnte nicht umhin, verstohlen die Stuckaturen an den gewölbten Decken des Altbauobergeschosses zu bewundern. Man führte sie aus dem Palais Schaumburg hinaus. Draußen sah er einen weiteren Beamten mit zwei Wachhunden. Sicher wurden die nachts von der Leine gelassen und bewachten den Park. Er würde sich vorbereiten müssen.

Als sie durch das Tor zur Coblenzer Straße hinaustraten, sah sich Ilja noch einmal um. Der weitläufige Park mit den groß gewachsenen Bäumen gab dem Schloss ein aristokratisches Aussehen. Und doch war dieser Hans Globke ein bodenständiger Mann, schien es ihm, und ein harter Verhandler, fast wie ein Kaufmann. Adenauer würde noch schwieriger zu bearbeiten sein. Ein gutes Stück Arbeit lag vor ihm.

»Großartig«, sagte Ilja fast mehr zu sich selbst als zu seiner Begleiterin. »Der Anfang ist gemacht.«

Er fühlte sich, als wäre er endlich angekommen. Die unangeneh-men Aufträge, die *nasse Arbeit*, das Kuschen vor den Parteichargen, all das würde ein Ende haben. Er würde sich als Mann beweisen, der auf dem politischen Parkett mithalten konnte. In Zukunft musste man mit ihm rechnen und ihn ernst nehmen.

Jewgenia sah zu ihm hinauf. Sie schien in seinem Gesicht zu lesen, dann schüttelte sie besorgt den Kopf. »Sehen Sie sich vor«, sagte sie.

»Wie meinen Sie das?«

»Sie haben nicht begriffen, wozu die in der Lage sind.«

8

Als wäre es ein Stück glühender Kohle, fühlte er den gestohlenen Schlüssel in seiner Tasche. Wenn Vater vom Mittagsschlaf erwachte und für einen Spaziergang das Haus verließ und seinen Schlüsselbund nahm, würde er dann merken, dass der Büroschlüssel fehlte? Vielleicht zuerst nur unbewusst, weil der Bund leichter war. Dann aber, wenn er die einzelnen Schlüssel durchging, würde er feststellen, dass er bestohlen worden war. Es würde ein fürchterliches Donnerwetter geben, womöglich einen Riss zwischen ihnen, der nicht wieder zu kitten war.

Verbissen ging er weiter. Die Straßen waren kaum befahren, Berlin wirkte an diesem Sonntag wie eine verschlafene Kreisstadt. Er passierte zwei Mietshäuser mit schönen Jugendstilfassaden, verschont vom Krieg, nur ein paar Einschusslöcher gab es in den Mauersteinen. Durch die Fenster erblickte er prächtige barocke Schränke und hohe Bücherregale. Wer wohnte hier? Gleich daneben kamen zwei leer geräumte Trümmergrundstücke. Dann wieder Arbeiterhäuser mit einem Klo auf dem Hof.

Er konnte nicht davon ablassen, in die fremden Fenster zu sehen, all dies waren Leben voller Ängste und Sorgen, Freuden und Lieblingsmomente.

Was würde Andreas dazu sagen? Vermutlich würde er eine große Diskussion vom Zaun brechen darüber, was wirklich wichtig war.

Am Haus der SED-Kreisleitung hing ein Spruchband: *Mit der Regierung Grotewohl einer glücklichen Zukunft entgegen.* Die Tür war verschlossen. Wolf probierte den Schlüssel. Er war völlig zer-schrammt, Vater ging hier seit Jahren aus und ein. Er passte und war leichtgängig, Schlüssel und Schloss kannten einander gut. Als er ins Haus trat, fühlte er sich beobachtet. Wurde das Gebäude wo-möglich überwacht? Machte ein Mitarbeiter der Staatssicherheit gerade Fotos von ihm?

Reiß dich zusammen!, dachte er. Das sind doch Einbildungen. Wozu sollten die SED-Genossen einander gegenseitig überwa-chen? Er öffnete mehrere Zimmertüren, bis er endlich das Archiv gefunden hatte; hastig zog er die Schubladen auf und nahm Kartei-karten heraus. Namen und Adressen standen darauf, das Eintritts-datum in die SED. Parteidisziplinarische Bemerkungen. Er öffnete weitere Schubladen. Federer, Feininger, Figge, Findeisen. Da war es. Es gab nur ein Mitglied mit diesem Namen. Er hob die Karte hoch.

Peter Findeisen. SED-Mitglied seit 1946.

Seltsam. Wo sonst die Adresse stand, war nichts angegeben. Ein leeres Feld. Und unten war vermerkt: Aktion ОСОАВИАХИМ. Was bedeutete das?

Neben der Schreibmaschine auf dem Bürotisch lag Papier. Im Becher steckten Stifte. Er nahm sich einen Bleistift und notierte das Wort.

Waren das Schritte auf dem Flur? Hastig steckte er die Kartei-karte wieder an ihren Platz und schloss die Schublade. Sein Puls ging wie eine Unruh, der die Spirale übergesprungen war und die nun der Zeit vorausraste. Er riss das Blatt hoch. Wenn sie bloß in ein anderes Büro gingen, ein anderes Büro ...

Die Tür öffnete sich. Zwei Herren traten ein. Einer trug einen hellen Mantel und einen Hut wie ein Gentleman. Wolf zerknüllte das Blatt und stopfte es sich in den Mund. Frenetisch zerkaute er es, schluckte.

Der Gentleman sah ihm zu. »Schmeckt's?«

Der andere nahm den Bleistift und schraffierte das leere Blatt, das jetzt zuoberst lag. Nach einer Weile riss er es befriedigt ab und ließ es in seine Aktentasche gleiten.

Der Gentleman fragte: »Was haben Sie hier in der SED-Kreisleitung zu suchen?«

Er wusste keine Antwort. Nichts wusste er mehr, nicht einmal seinen eigenen Namen.

Der andere strich durch das Büro und schaute hierhin und dorthin, als suche er nach etwas.

»Reden wir später weiter«, sagte der Gentleman freundlich. Er holte etwas Metallenes aus der Manteltasche. Mit einem Schritt war er bei Wolf. Das Metall schnappte nach seinen Handgelenken. Es umschloss sie und rastete ein.

»Mein Vater ...«

»Oh, Ihr Vater ist ein hohes Tier, ganz bestimmt.« Er sprach mit ihm wie mit einem Kind. »Gehen wir.«

Wolf wurde hinausbugsiert. Die beiden Männer brachten ihn aus dem Gebäude und zu einem dunklen BMW. Er wurde auf den hinteren Sitz gedrückt, der Mann mit dem Hut nahm neben ihm Platz. Kaum, dass der Motor gestartet war, stülpte ihm der Mann einen schwarzen Sack über den Kopf.

»Was soll das?« Panik stieg in ihm auf. »Wo bringen Sie mich hin?«

Er bekam einen schmerzhaften Stoß in die Seite. »Klappe halten.«

Das Auto fuhr los. Sein Gehirn klammerte sich an die einzige Aufgabe, die ihm Halt geben konnte: Er stellte sich die Straßen vor und verfolgte den Weg mit. Auf seinen nächtlichen Streifzügen durch die leeren Straßen der Stadt war er weit herumgekommen. Das musste die Köpenicker Allee sein. Jetzt die Treskowallee. Links in Alt Friedrichsfelde. Rechts in die Siegfriedstraße. Links in die Landsberger Allee. Gleich wieder rechts. Wo waren sie? Allmählich kamen sie in ein Gebiet, in dem er sich nicht mehr auskannte.

Es ging nach Hohenschönhausen rein, so viel stand fest. Aber hatte die Staatssicherheit nicht ihre Zentrale in Mitte?

Sie fuhren auf einen Hof. Er hörte das Motorengeräusch von den Hauswänden widerhallen. Der Motor wurde abgestellt. »Da sind wir schon«, sagte der Gentleman freundlich. Er half Wolf aus dem Auto und brachte ihn durch eine Tür in ein Gebäude, indem er ihn am Arm führte. Es ging eine Treppe abwärts. Wolf roch Feuchtigkeit und Kellermauern. Sie würden ihn doch nicht erschießen?

»Ich habe nichts Unrechtmäßiges getan«, sagte er.

»Was glauben Sie, wie oft wir das hier hören.«

Er wurde losgelassen. Der schwarze Sack wurde ihm vom Kopf gezogen. Das Licht blendete ihn, es brannte geradezu in seinen Augen. Jemand schloss die Handschellen auf und nahm sie ihm von den Handgelenken.

»Fürs Erste verabschiede ich mich«, sagte der Gentleman. »Wir reden später.« Er verließ den Raum.

Ein Mann mit Lederschürze trat ein. »Ausziehen«, sagte er. Die lässige Schärfe in seiner Stimme machte deutlich, dass Rückfragen oder Protest zwecklos waren. Wolf entkleidete sich bis auf die Unterwäsche.

Der Mann sah ihn auffordernd an.

»Das ... auch?«

Er machte sich nicht einmal die Mühe zu nicken.

Wolf zog sich aus. Nackt stand er in der kahlen Zelle und fröstelte vor Angst.

Der Mann packte ihn am Gesicht und zwang durch seinen Griff die Kiefern auseinander. Er sah ihm in den Mund. Brutal drückte er mit einem Holzspatel die Zunge herunter, dann hob er sie mit dem scharfkantigen Spatel hoch. Er warf den Spatel in den Kübel, der neben ihnen in der Ecke stand. Jetzt bohrte er seine Finger in Wolfs Achselhöhlen. Er befahl: »Bücken!«, und begutachtete das Geschlechtsteil und den After.

Wolf kam sich vor wie ein Tier, das man vor der Schlachtung untersuchte. Er war nichts wert in den Augen dieses groben Kerls, der da wie ein Fleischer mit ihm hantierte, das wurde mehr als deutlich, er galt ihm nur als Knochengerüst, das mit Fett und Haut behangen war.

Der Mann mit der Lederschürze holte etwas vom Zelleneingang und warf es auf die Holzpritsche. »Zieh das an.«

Dankbar schlüpfte Wolf in die fremde Unterhose und das Unterhemd, dann in die blaue Hose und Jacke. Seine Schuhe wurden ihm weggenommen, er erhielt stattdessen Fußlappen aus harter Wolle, die wie ein Schal um die Füße zu wickeln waren, und Holzpantinen. Häftlingskleidung ... Hieß das, sie planten, ihn für lange Zeit hierzubehalten?

»Und die Uhr«, verlangte der Mann.

Wolf zögerte.

Mit stählerner Hand packte der Scherge seinen Unterarm und zerrte ihm grob die Uhr vom Handgelenk.

Die Tür wurde zugeschlagen. »Gesicht zur Wand!«, brüllte jemand. Es gellte so laut in seinen Ohren, als würde jemand neben dem Mann stehen und ihn anschreien. Verwundert drehte Wolf sich um. Durch eine kleine Luke in der Tür sah er ein Augenpaar.

»Ich habe gesagt, Gesicht zur Wand!«

Er gehorchte.

»Beine auseinander!«

Er stellte sich hin wie befohlen.

»Hände auf den Rücken!«

Wolf tat es. Die Hose rutschte. Sie hatten ihm eine gegeben, die zwei Nummern zu groß war. Gürtel oder Hosenträger würde er nicht kriegen, so etwas gab es in Gefängnissen nicht, das waren ja potenzielle Selbstmordinstrumente. Er drückte mit den Händen hinten gegen den Hosenbund, damit er die Hose nicht verlor.

Die Luke schlug zu. Trotzdem wagte er lange nicht, sich zu rühren. Erst nach Minuten sah er sich in der Zelle um. Eine Holzpritsche stand an der Wand, eine Armeedecke, nachlässig zusammengelegt, lag am Fußende. Dort ein Kübel. Ansonsten nackte Wände. Kein Fenster.

Er atmete vorsichtig. Der Uhrenladen. Morgen war Montag, er musste doch öffnen! Mehrere Reparaturen waren erledigt, die Kunden würden kommen, um ihre Uhren abzuholen, und standen dann vor verschlossener Tür. Nicht mal ein Zettel hing zur Entschuldigung daran.

Er lauschte auf die entfernten Geräusche des Hauses. Türschlagen. Gedämpfte Stimmen.

Als ihm die Knie anfingen wehzutun, setzte er sich auf die Pritsche. Das klärt sich alles auf, sagte er sich und zweifelte im selben Augenblick daran. Seine Lippen waren trocken und rissig, er befeuchtete sie.

Das Gesicht erschien im kleinen Fenster in der Zellentür. »Wer hat Ihnen erlaubt, sich hinzusetzen? Aufstehen! Gesicht zur Wand! Beine auseinander! Die Hände auf den Rücken!«

Er sprang auf. Wieder stand er so lange, bis ihm die Beine schmerzten. Er hätte nie geglaubt, dass bloßes Stehen zur Strafe werden konnte. Stunden verstrichen. Er vermisste seine Uhr.

Wenn er wenigstens etwas für Nelly erreicht hätte! Aber er bezahlte hier, ohne dass er sich an ihrer Rettung hätte erwärmen und aufrichten können. Wäre er ihr auf der Bank am Müggelsee nicht begegnet, dann säße er jetzt in seinem Laden, über eine Uhr gebeugt, und würde die Zeiger abnehmen, die winzigen Zifferblattschrauben lösen und das Zifferblatt herunternehmen, er würde das Stundenrad zur Seite legen, die Feder entspannen, den Deckstein abnehmen, vorsichtig, damit ihm nicht die Stoßsicherungsfeder um die Ohren flog.

Er würde die Unruh mitsamt dem Kloben herausheben und den Anker separat legen wegen des Schellacks, den durfte man nicht erwärmen, der Anker wurde in einem gesonderten Benzinbad gereinigt. Die Kronradschraube würde er lösen und ins erste Fach des Reinigungskörbchens legen, die Sperrradschraube in das nächste. Würde die Brücke entfernen und das Federhaus, die andere Brücke und das Minutenrad, das Sekundenrad, das Ankerrad. Zum Schluss, wenn die Maschine mit ihren sanften Bewegungen alle Teile gereinigt und sie zum Trocknen erwärmt hätte, würde er die Lager ölen und mit speziellem Öl auch den Aufzug und die Unruh.

»Nachtruhe«, befahl die Stimme. »Legen Sie sich auf den Rücken, Hände auf die Bettdecke!«

Wie spät mochte es sein? Zehn Uhr? Er sah sich nach einem Lichtschalter um. Es gab keinen, offenbar wurde das Licht von draußen ein- und ausgeschaltet. »Würden Sie bitte das Licht ausschalten?«, bat er.

»Hinlegen!«, kam als harsche Antwort. Er legte sich auf die harte Pritsche und deckte sich mit der Armeedecke zu. Ein Kissen gab es nicht. Ließen die das grelle Licht auch über Nacht leuchten?

Aber er war so müde, dass er dennoch sofort einschlafen würde. Gerade, als er tiefer und tiefer in den Schlaf sank, rasselte es an der Tür. Ein Schlüsselbund. Er wurde geholt! Wolf richtete sich auf. Ihn schwindelte.

Der Gentleman stand da. »Kommen Sie.«

Jetzt würde alles gut werden. Wie er sich auf sein Bett freute! Und auf das Erwachen morgen früh in der eigenen Stube.

Der Gentleman führte ihn in einen kleinen Raum. An einem Tisch saß ein Büromitarbeiter, vermutlich gab es noch Entlassungsformalitäten zu klären. Der Gentleman holte einen Schemel aus der Ecke und reichte ihn Wolf. »Setzen Sie sich.«

Der Schemel besaß nur ein Bein. Es war nicht leicht, darauf die Balance zu halten.

Nun hob der Büromitarbeiter den Blick aus den Akten. »Hören Sie auf zu kippeln!« Seine Stimme war scharf.

Hatte er sich zu früh gefreut? Wolf bemühte sich, gerade zu sitzen. Seine Beine waren vom langen Stehen ermüdet.

»Was hatten Sie im Mitgliederarchiv der SED-Kreisleitung zu suchen?«

»Ich … Dürfte ich einmal telefonieren?«

»Antworten Sie auf meine Frage!«

Auf dem Tisch lag das bleistiftschraffierte Blatt, sie kannten also das Wort, das er notiert hatte. Er entschied sich zu einem Bluff. »Ich wollte etwas nachsehen. Ich habe in der S-Bahn ein Gespräch mitgehört, das geheimnisvoll klang, und habe dabei ein Wort aufgeschnappt. Ossoawiachim oder so ähnlich.«

Die beiden Männer wechselten einen Blick. Immer noch stand der Gentleman neben dem Tisch.

Wolf ergänzte: »Weil es um ein SED-Mitglied ging, dachte ich, dass ich im Büro eine Erklärung finde.«

Der Büromitarbeiter schrie: »Hören Sie auf mit den Lügen! Was glauben Sie, wo Sie hier sind? Ein Gespräch in der S-Bahn!« Spucketröpfchen benetzten Wolfs Gesicht. Der Mann schlug mit der flachen Hand auf den Tisch. »Wenn Sie nicht sofort zu reden anfangen – wir können auch ganz anders!«

Der Gentleman sagte sanft: »Glauben Sie wirklich, dass wir Sie bei diesem Verhalten wieder gehen lassen können? Wir werden Sie festhalten müssen, bis wir die Wahrheit erfahren haben.«

Er durfte den Russen, der Nelly kannte und ihn bedroht hatte, nicht erwähnen, sonst geriet das Mädchen in Gefahr. Nelly … Er redete sich ein, dass es ihr helfen würde, wenn er jetzt standhaft blieb und die Wahrheit verschwieg.

Der Scharfmacher übernahm wieder das Wort. »Sagt Ihnen der Name Nelly Findeisen etwas?«

Du meine Güte, sie wussten schon davon? Hatten sie Nelly etwa auch festgenommen? »Ich bin ihr einmal begegnet, am Müggelsee.«

Der Scharfmacher sprang auf, kam um den Schreibtisch herum und schlug ihm ins Gesicht.

Wolfs Kopf wurde herumgerissen von der Wucht. Im Kopf hämmerte es, und er hörte einen Pfeifton. Das dürfen die doch nicht, dachte er, die dürfen keine Gefangenen schlagen.

»Sie waren vergangenen Dienstag mit ihr bei einer Versammlung der Jungen Gemeinde. Sie stecken bis zum Hals in der Scheiße, Mann!«

Er nahm sich vor, überhaupt nichts mehr zu sagen. Er zog sich in sich zurück, in eine Höhle in seinem Inneren, die niemand erreichen konnte, und sah nur noch starr zur Wand. Es setzte weitere Schläge. Gebrüll ging auf ihn nieder wie Wogen von Gischt. Schließlich riss man ihn hoch und brachte ihn zurück in seine Zelle.

Er kauerte sich auf die Pritsche, umschlang die Knie mit den Händen und legte den Kopf darauf. Irgendwann schlief er mit tränennassem Gesicht ein.

Wieder das Schlüsselrasseln. Wieder der Weg zum Vernehmungszimmer. Rings um ihn drehte sich alles. Es musste mitten in der Nacht sein. Die gleichen Vernehmer, sie hatten bloß eine Pause gemacht, vielleicht etwas gegessen, waren hinaus an die frische Nachtluft gegangen.

»Gerade sitzen!«, brüllte der Scharfmacher.

Wolf bemühte sich erneut, auf dem wackeligen Schemel das Gleichgewicht zu finden.

»Sie sitzen immer noch schief!«

Er sagte: »Bitte, ich …«

»Herr Uhlitz, Sie stehen im dringenden Verdacht der subversiven Spionagetätigkeit. Bei so etwas kennt der Staat keine Nachsicht. Da wenden wir das Gesetz in voller Härte an!«

Sein sanfterer Kollege fragte: »Haben Sie Lupen in Ihrem Laden?«

»Ja«, sagte Wolf. Der Laden. Es half ihm, daran zu denken.

»Und Sie haben gute Augen, oder?«

Wolf nickte.

»Na sehen Sie, wir kommen doch schon weiter.« Er gab dem anderen mit der Hand ein Zeichen, und der Scharfmacher stand auf und verließ den Raum.

Wolf war so dankbar, dass er hätte heulen können.

Der Gentleman nahm einen Apfel aus der Obstschale. »Mögen Sie?«

Er hatte lange nichts getrunken. Der Apfel würde ihn erfrischen. Er griff danach und biss hinein. Wohltuend floss der süße Saft in seinen Mund. Er saugte ihn schlürfend aus dem Apfel.

Der Gentleman hielt ihm einen frankierten Briefumschlag hin. »Haben Sie diese Briefmarke schon mal gesehen?«

Eine 24-Pfennig-Marke. Er nickte. »Natürlich.« Augenblick mal. Etwas stimmte nicht. Um den Hals von Wilhelm Pieck war ein Strick gelegt. Und der Landesname war in »Undeutsche Undemokratische Diktatur« umgeändert.

»Ich meine, nein, habe ich nicht! Die Schrift war so klein, ich habe es zuerst nicht gesehen.«

»Ganze Serien wurden davon gedruckt und in Umlauf gebracht. Der Täter ist einer wie Sie, mit scharfen Augen und gutem Werkzeug.«

»Aber ich bin es nicht!« Der Apfel schmeckte plötzlich bitter. »Da steht doch ein Absender auf dem Brief, fragen Sie den.«

»Die Absenderadresse ist gefälscht. Es gibt diese Straße nicht. Und wir haben noch Hunderte weitere dieser Briefe.«

Wenn man ihm das anlastete, lief es auf Landesverrat oder so etwas hinaus, das konnte mit einem Urteil auf lebenslänglich oder einem Todesurteil enden. »Hören Sie, ich habe Mist gebaut, ich bin in die SED-Kreisleitung eingebrochen, dazu stehe ich. Aber ich habe keine Briefmarken gefälscht. Sie müssen mir glauben!«

»Ich möchte Ihnen glauben, Herr Uhlitz. Kooperieren Sie mit uns.«

Er schluckte. »Bitte rufen Sie meinen Vater an.«

»Ihr Vater wurde längst benachrichtigt. Schon gestern. Er möchte nicht mit Ihnen sprechen und will mit der Sache nichts zu tun haben.«

Logen sie ihn an? Vater war die Karriere wichtig, natürlich, das war schon immer so gewesen. Aber wichtiger als das Schicksal des eigenen Sohnes? Hoffnungslosigkeit fiel wie ein schwarzes Tuch über ihn.

9

BERLIN, 23. MÄRZ 1953

Es war noch dunkel draußen. Nelly stand pünktlich auf. Zog sich pünktlich an. Aß pünktlich ihre Brote. Die Mutter kam in die Küche und gähnte, sie fragte: »Wie läuft es in der Schule?«

»Gut.«

»Sagen sie euch wenigstens ungefähr, was im Abitur drankommt?«

»Herr Fricke verlangt, dass wir den Stoff der gesamten Schulzeit draufhaben. Aber der Kunstmann hat Andeutungen gemacht. Da brauche ich nicht alles zu lernen.«

»Die sollen sich bloß mal an ihre eigene Schulzeit erinnern.«

Jetzt kam auch der Stiefvater herein. Sie fühlte sich unwohl in seiner Nähe. Seltsamerweise traute Nelly ihm eher zu, dass er ihr Schauspiel durchschaute, obwohl Mutter sie doch besser kennen müsste. Vielleicht lag es daran, dass sie ihn selbst für verlogen hielt oder zumindest für einen, der gern schauspielerte. Lutz gab sich als geradliniger, einfacher Mann aus. Abends klagte er gern, dass sie bei der Eisenbahn ständig die Normen wechselten, mal wurden sie nach Stückgütern, mal nach Tonnenkilometern bezahlt. Er jammerte, wenn wieder das Lötzinn fehlte, grummelte über die Forderungen der Bezirksdirektion, mehr Schwerlastzüge zusammenzustellen. Immerhin war er kürzlich zum Leiter der Reparaturbrigade aufgestiegen, er musste sich also ganz gut angepasst haben. Sein Jammern war bloß Fassade. Aber was stellte er schon dar, verglichen mit ihrem wirklichen Vater, der ein Forscher war?

»Ich muss mich beeilen«, sagte sie.

»Guten Morgen, Nelly«, sagte Lutz leicht vorwurfsvoll.

»Guten Morgen.«

Er hatte die Zeitung geholt, legte sie auf den Tisch, füllte Wasser in den Topf und hängte den Tauchsieder hinein. Aus dem Regal holte er die Dose mit dem Gerstenkaffee. Richtigen Bohnenkaffee, zehn Mark für ein Viertel Pfund bei der HO, konnten sie sich nur zu Geburtstagen leisten. Als er sich Brot abschnitt, zwei Scheiben, drei Scheiben, vier Scheiben!, ärgerte sich Nelly darüber. Sie hatte ihn im Verdacht, dass er mehr aß, als sein musste. Sie durften dann wieder Schlange stehen und, wenn sie beim Bäcker oder im Konsum kein Brot mehr abbekamen, Haferschleim frühstücken.

Im Aufstehen fiel ihr Blick auf die Titelseite der Zeitung. Die Überschrift war im Druck rot unterstrichen.

»Junge Gemeinde« Tarnorganisation für Kriegshetze, Sabotage und Spionage im USA-Auftrag

Darunter hieß es, immer noch fett gedruckt:

Schändlicher Missbrauch des christlichen Glaubens/»Junge Gemeinde« wird von den westdeutschen und amerikanischen Imperialisten dirigiert/ Enthüllungen über die Verbindungsleute der »Jungen Gemeinde« im Westen/ Ehemaliger Gestapo-Agent – als »Diakon« getarnter USA-Spion

Sie nahm die Zeitung auf und las das Ende des Artikels: *Die Hintermänner und Leiter der »Jungen Gemeinde« wollen – wie die Tatsachen beweisen – in unserer Republik ein gleiches System des Terrors aufrichten wie in Westdeutschland, sie besorgen die schmutzige Sache Adenauers, des Todfeindes der deutschen Jugend.*

Sie bemerkte, dass Mutter hinter sie getreten war, und blätterte rasch die Zeitung um. Zu spät. Mutter hatte bereits die Schlagzeile gesehen und zwang sie, zurückzublättern. Stumm las sie den Artikel. Sie trat zum Fenster und sah hinaus, schweigend.

»Was ist los?«, fragte der Stiefvater.

Mutter sagte, zum Fenster hin, als spräche sie zu sich selbst: »Du gehst da nicht mehr hin, Nelly.«

Sie stand auf. »Das weiß ich noch nicht. Ich werde darüber nachdenken, und dann entscheide ich.«

Mutter drehte sich um. »Was gibt es da nachzudenken?«

»Sehr viel! Es gibt Momente im Leben, da sollte man erst mal nachdenken, bevor man eine Entscheidung trifft.«

Das Gesicht ihrer Mutter drückte nur noch Entsetzen und Hilfslosigkeit aus. Wie kannst du mir das antun?, sagte ihr Blick.

Nelly nahm ihre Tasche und trug die Schulbücher und Hefte hinaus in die Welt, in der es keine Schule mehr für sie gab. Als sie im Bahnhof Köpenick in die S-Bahn stieg, war ihre Wut verraucht. Zurück blieb nur Enttäuschung. Andere waren stolz auf ihre Mutter. Sie konnte es nicht sein. Gerade hatte sie sogar Verachtung für sie verspürt.

Aber diesen Tag würde sie nicht vergeuden. Wenn sie nichts lernen durfte, dann würde sie wenigstens helfen.

Wuhlheide. Karlshorst. Betriebsbahnhof Rummelsburg. Immer wieder hatte sie Vater vor Augen, wie er weinend aus dem Zugfenster sah. Sie stellte sich vor, dass sie dem anfahrenden Zug nachrannte, dass sie aufsprang und zu Vater ins Abteil stürzte und sie sich in die Arme fielen. Rummelsburg. Ostkreuz. Warschauer Straße. Am Ostbahnhof stieg sie aus. Sie verließ das trutzige Bahnhofsgebäude mit seinen glatten hohen Wänden. Über dem Ostbahnhof wehte die deutsche Fahne. Viele nannten ihn noch Schlesischen Bahnhof, dabei hieß er bald drei Jahre Ostbahnhof, Schlesien war verloren, das war nun mal so.

Als sie auf die Baracke der Bahnhofsmission zusteuerte, schnitt ihr ein Polizist den Weg ab und fragte nach ihrem Dienstausweis. Sie wandte ein, dass sie dieses Dokument doch erst brauche, wenn sie Fernbahnsteige betrete. Er beharrte unnachgiebig auf seiner Forderung.

Entnervt holte sie ihren Ausweis heraus. Ihr Name stand darauf, und da war ein Foto von ihr eingeklebt, das vor vier Jahren aufgenommen worden war, damals hatte sie noch wie ein Kind ausgesehen.

Der Polizist sah sich das Foto an und verglich es mit ihr. Dann steckte er das Dokument ein.

»Mein Ausweis –«

»Ihnen ist es künftig verboten, die Bahnsteige zu betreten«, sagte er.

»Warum?«

»Aus reichsbahndienstlichen Gründen.«

Verständnislos wiederholte sie seine Worte und schüttelte mit dem Kopf. Breitbeinig stand er da in seiner selbstgefälligen Strenge und sah ihr ins Gesicht, als wäre sie eine Kriminelle, die es einzuschüchtern galt. Und hinten, bei der Baracke, war das nicht Else Vietheuer, die Einsatzleiterin der Bahnhofsmission? Sie diskutierte mit einem Polizisten und zwei weiteren Männern.

Ihren Ausweis würde sie jetzt ohnehin nicht zurückbekommen, also ließ Nelly den Mann stehen, um der Bekannten zu Hilfe zu kommen.

»Das dürfen Sie nicht«, sagte Else, »die Baracke steht auf Privatgrund. Sie haben kein Recht –«

»Geben Sie mir das Eintragsbuch«, forderte der Polizist.

Else übergab widerstrebend das abgegriffene, große Buch.

Er schlug es auf und überflog die Spalten. »So wenige Teebeutel, so wenige Medikamente?«

Else schwieg. Nelly stellte sich demonstrativ an ihre Seite.

Der Polizist klappte das Buch zu. »Das ist alles beschlagnahmt. Geben Sie uns den Schlüssel. Es braucht keine Ablösung mehr zu kommen.«

»Und ob hier Ablösung kommt. Die Leute brauchen unsere Hilfe! Allein reisende Kinder, alte Menschen, Weitgereiste, die sich über einen warmen Tee freuen oder über ein Käsebrot oder jemanden, der ihnen den Koffer schleppt.«

»Das übernimmt in Zukunft alles die Volkssolidarität.«

»Wollen Sie damit sagen, dass wir unsere Arbeit nicht gut machen? Ich stehe hier seit siebzehn Jahren, ich habe für die Verwundetentransporte Brote belegt und Kannen gefüllt, dann für die Flüchtlinge, heute für die vielen Reisenden. Wir machen das ehrenamtlich. Und ...«

»Die Volkshelfer sind aktive Erbauer des Sozialismus, Frau Vietheuer. Sie hingegen leisten Fluchthilfe, bestreiten Sie es nicht! In den Nachtzügen sind doch zum größten Teil Republikflüchtlinge, glauben Sie, das wissen wir nicht? Sie sind eine Schleuserin für Illegale. Seien Sie froh, wenn wir Sie nicht persönlich belangen.« Damit entfernten die beiden Polizisten sich, und mit ihnen die zwei Männer in Zivil.

Else stand der Mund offen. Sie verstand die Welt nicht mehr. Im Hintergrund nahmen bereits Handwerker das Emblem der Bahnhofsmission mit dem Kreuz herunter und hängten die rote Flagge der Volkssolidarität auf.

»Gehen Sie zum Pfarrer, dies ist doch ein Kirchengrundstück, oder? Die dürfen das nicht«, sagte Nelly.

»Du hast recht, wir sollten nicht aufgeben, Nelly. Und wenn wir jeden Tag Bahnsteigkarten kaufen müssen.« Else drückte ihr den Arm.

»Ich werde auch nicht aufgeben«, sagte Nelly grimmig. Sie verabschiedeten sich wie Partisaninnen voneinander, mit dem festen Händedruck signalisierten sie einander ihre Entschlossenheit. Nelly wandte sich nach Norden und ließ den Bahnhof hinter sich zurück. Der mächtige Feind, der schon einmal ihr Leben zerstört hatte, war wieder da. Vor sieben Jahren hatte er ihr den Vater genommen. Jetzt wollte er ihr den Schulabschluss, die Kirche, das Ehrenamt rauben. Was ihrem Leben Sinn gab, sollte zertreten werden, und am Schluss sie selbst, wie eine schwache Blume. Das würde sie nicht mit sich machen lassen. Sie hatte bis heute stillgehalten, aber genug war genug.

Sie betrat die Stalinallee. Auf der anderen Straßenseite prunkte die Deutsche Sporthalle, ein monumentaler Bau, der nach Nazi-Baukunst aussah, obwohl er erst zwei Jahre alt war. Neben Nelly ragte das Stalindenkmal auf, fünf Meter hoch. Der Herrscher schien über das, was er hier sah, zu lächeln. Ihm zu Füßen wachten zwei Soldaten der Roten Armee, die Stiefel auf Hochglanz poliert, die Gesichter starr geradeaus gerichtet. Wozu brauchten sie die Gewehre? Wer würde eine fünf Meter hohe Bronzestatue klauen wollen?

Der Prachtboulevard zog sich über zwei Kilometer schnurgerade hin, Kräne setzten den Wohnpalästen die oberen Etagen auf. Bauarbeiter liefen mit Schubkarren auf den Gerüsten hoch oben in der Luft, manchmal mussten sich zwei ausweichen, einer mit Eisenrohren auf der Schulter, ein anderer mit Schubkarre, sie taten es, ohne zu zögern, obwohl es neben ihnen weit in die Tiefe ging.

Einige Häuser waren bereits fertig, bis zum Ziergiebel, und die Gardinen in den Fenstern verrieten, dass sie bewohnt waren. Nelly sah nach Westen. Am Strausberger Platz, wo Hochhäuser errichtet wurden, endete der Boulevard.

Die Stalinallee, eine hundertzwanzig Meter breite Magistrale, war der ganze Stolz der DDR. Paläste entstanden hier, Paläste für Arbeiter. Im Parterre lagen Geschäfte und Cafés, im Keller gab es Waschmaschinen und Trockenräume, die Dächer wurden ausgebaut, um Erholung zu bieten.

Nelly meinte, die U-Bahn, die in der gesamten Länge die Stalinallee unterfuhr, durch den Tunnel donnern zu hören. Eine Milchbar hatte bereits eröffnet, obwohl vor ihren Schaufenstern noch aufgeschichtete Steine und ein Schutthaufen lagen. Eine Portion Schokoeiskrem wäre jetzt ein wunderbarer Trost.

Aber Nelly wandte sich ab. In der Nähe war die Stadtbücherei Friedrichshain. Sie lief weiter, bis sie vor dem Bibliotheksgebäude stand. Die Schultern schmerzten ihr schon von der Tasche, die sie im Wechsel links und rechts getragen hatte.

Drinnen bewachte eine Bibliothekarin die Barriere, hinter der die Bücherregale begannen. Im Westen gab es das Freihandsystem, hatte Nelly gehört, da konnten sich die Leute einfach Bücher heraussuchen, ohne dass sie dabei kontrolliert wurden. Aber hier musste man fragen und bekam nur, was den Funktionären unbedenklich schien.

Irgendwo in einem Nebenraum tackerte eine Schreibmaschine. Die Bibliothekarin sah Nelly an, als hätte sie draußen beim Spielen ihre Hose zerrissen, streng und mütterlich.

»Ich hätte gern die Verfassung«, sagte Nelly.

»Wie bitte?«

»Die DDR hat doch eine Verfassung, oder nicht?«

»Wozu brauchen Sie die?«

»Für eine Hausarbeit. Für die Schule.«

Die Bibliothekarin sagte: »Die kann ich Ihnen aber nur für den Lesesaal herausgeben.«

»Das genügt.«

Sie verschwand und kam mit einem schmalen Band wieder, hell eingebunden. Nelly war erstaunt, wie dünn das Buch war. Gesetzestexte hatte sie sich immer tausendseitig vorgestellt. DIE VERFASSUNG stand auf dem Einband und kleiner darunter DER DEUTSCHEN DEMOKRATISCHEN REPUBLIK. Ein schwarzrot-goldenes Band war auf die linke Seite aufgedruckt.

Sie bedankte sich und setzte sich an einen der Tische. Aus der Tasche holte sie Papier und Füllfederhalter heraus. Dann begann sie zu lesen.

Als sie bei Artikel 9 angekommen war, wollte sie am liebsten aufspringen und den ersten Satz laut lesen. Sie schraubte die Kappe des Füllfederhalters ab und schrieb auf ihr Blatt:

Artikel 9 (1): Alle Bürger haben das Recht, innerhalb der Schranken der für alle geltenden Gesetze ihre Meinung frei und öffentlich zu äußern und sich zu diesem Zweck friedlich und unbewaffnet zu versammeln.

Die durften niemandem den Mund verbieten. Und die Treffen der Jungen Gemeinde waren ebenfalls von der Verfassung geschützt. Einige Seiten später fand sie noch einmal einen Satz, der sie elektrisierte.

Artikel 41 (1): Jeder Bürger genießt volle Glaubens- und Gewissensfreiheit. Die ungestörte Religionsausübung steht unter dem Schutz der Republik.

Damit war die Entscheidung getroffen. Sie würde weiter zur Jungen Gemeinde gehen. Und diese Verfassungsartikel würde sie den anderen mitbringen. Wenn man sie einzuschüchtern versuchte, konnten sie sich darauf berufen.

Ging sie in den Westen, um das Abitur zu machen, würde sie nie wieder etwas von ihrem Vater hören. Nein, sie würde bleiben und kämpfen.

Sie nahm ein neues Blatt hervor. Dieses behandelte sie sorgfältig. Es sollte keine Eselsohren haben.

Lieber Papa, bitte schreib mir, wie es dir wirklich geht. Sag mir, wo du bist.
Hier läuft es nicht gut. Wir brauchen dich. Bitte, wenn du kannst, komm nach Hause. Ich fange an, dein Gesicht zu vergessen.
Nelly

10

Ilja wartete im dunklen Hauseingang. Die Wolkendecke riss auf, der Mond beschien die Straße. Er stutzte. Die Karosserie des schwarzen Ford Taunus, der dort parkte, glänzte. So sauber war kein Auto im gewöhnlichen Gebrauch. Ein Geheimdienstwagen? Möglicherweise warteten Überwachungsagenten darin. Er würde eine andere Stelle suchen müssen, um auf das Gelände des Palais Schaumburg zu gelangen. Vielleicht ging es vom Rheinufer her.

Noch bevor die Wolkendecke sich wieder zugezogen hatte, verließ er seinen Posten. Er folgte ruhigen Schrittes dem Gehweg, am Ford Taunus vorüber, Richtung Rhein. Wie ein abendlicher Bummler blieb er schließlich am Ufer stehen und blickte über den schwarzen Fluss.

Die Wolken schoben sich erneut vor den Mond, es wurde dunkel. Er bog ab, jetzt zügiger. Auf dem Weg zum Park fasste er in seine Manteltasche und holte das Päckchen heraus. Er zerriss das feuchte Zeitungspapier und zerteilte das Hackfleisch in zwei Ballen. In jeden davon drückte er vier Anxiolytikakapseln. Als er sich dem Zaun näherte und einen Schatten über den Rasen heranlaufen sah, warf er den ersten Fleischballen hinüber.

Der zweite Hund näherte sich, auch ihm warf er, noch bevor er anschlug, einen Fleischballen hin.

Die Hunde fraßen schmatzend. Dann standen sie plötzlich unsicher, taumelten einige Schritte. Er wartete, bis sie sich niederlegten. Sie würden für mehrere Stunden schlafen. Er zog sich die Handschuhe an, blickte sich noch einmal kurz um – niemand war in Sichtweite – und kletterte über den Zaun. Lautlos überquerte er den Rasen, bis er vor dem zweistöckigen Gebäude mit der klassizistischen Fassade stand. Das Palais Schaumburg hatte laut seinen Recherchen vielen Herren gedient, war Prinzenpalais gewesen, Millionärsvilla, Soldatenquartier belgischer Besatzer, bis Adenauer hier im November 1949 als Bundeskanzler eingezogen war und für sich und seine hundertelf Bediensteten manches hatte umbauen oder hinzufügen lassen.

Ilja begutachtete das Schloss an der Tür. Ein Stiftschloss. Nichts Billiges. Er entrollte das Lederetui, zog den Spanner heraus und führte ihn in den Zylinder ein, um den Kern auf Spannung zu bringen. Dann tastete er mit einem Haken nach einem Stift, der Bindung hatte. Vorsichtig setzte er ihn und tastete nach dem nächsten Stift. Es vergingen lange Augenblicke, bis er alle Stifte hinuntergedrückt hatte. Endlich drehte er mit dem Spanner das Schloss.

Er öffnete die Tür und betrat das Gebäude. Er musste in den ersten Stock des Altbaus gehen, in dessen Südostecke sich Adenauers Arbeitszimmer befand. Vorsichtig stieg er die Wendeltreppe aus Intarsienparkett hinauf, ohne das Messinggeländer zu berühren. Diese Nacht erinnerte ihn an die Geheimdienstschule. Kodierung, Entschlüsselung, Funken, Orientierung per Kompass, Kartenlesen, die Handhabung von Waffen, Fallschirmspringen – er hatte überall gute Leistungen gezeigt und war bereits mit siebzehn zu seinem ersten Einsatz geschickt worden. Im Rang eines Leutnants war er über die Türkei mit falschen Ausweisen nach Bulgarien, Ungarn und von dort nach Deutschland gelangt und hatte eine Messerschmitt-Fabrik infiltriert. Erst am Ende des Krieges hatten sie ihn dem vorrückenden Heer zugeordnet.

Aber *das hier* war etwas anderes. Er brach in das Amtsgebäude des deutschen Bundeskanzlers ein. Wenn eines Tages die Archive geöffnet werden würden und man über die Geheimnisse vergangener Jahrhunderte sprechen durfte, würde sein Name fallen.

Eine Diele knarrte unter seinem rechten Fuß. Er fluchte innerlich. Hätte er nur besser aufgepasst, er wusste doch, dass hier Parkettboden war. Er verharrte. Lauschte. Aber es blieb still im Haus.

Vorsichtiger schlich er weiter. Das Büro von Hans Globke passierte er und drang stattdessen in Adenauers Büro ein. Seine Augen hatten sich an das Dunkel gewöhnt. Er sah die vornehm gerafften Vorhänge an den großen Fenstern, spürte den Teppichläufer unter seinen Füßen und strebte auf den einfachen eckigen Schreibtisch zu. Auf dem Schreibtisch fand er Mappen mit Papieren. Er prägte sich genau ein, wo sie lagen und wie sie angeordnet waren. Dann schlug er die Klappen auf, hielt das Papier ins Mondlicht und las eilig. Endlich fand er, was er gesucht hatte. In einer der Mappen ging es um den bevorstehenden Besuch bei Churchill, um den Aufbau der Europäischen Verteidigungsgemeinschaft. Eine Kommission ..., ein Ministerrat ..., eine parlamentarische Versammlung ..., ein Gerichtshof ... Das würde Beria sicher interessieren. Er zog das Stromkabel der Schreibtischlampe aus der Steckdose und nahm die Lampe und die wichtige Mappe mit. Im Vorzimmer fand er eine weitere Schreibtischlampe und steckte sie aus. Er suchte den Flur entlang nach einem Nebenraum. Endlich eine kleine Besenkammer. Er steckte die beiden Schreibtischlampen ein, schloss die Tür hinter sich. Dann schaltete er die Lampen an. Die politischen Papiere Adenauers legte er so darunter, dass sie gut beleuchtet waren.

Aus seinem Hemd holte er einen Bogen schwarzer Pappe, den er vor den Bauch geschnallt getragen hatte. Noch im Hotel hatte er ein winziges Loch hineingebohrt. Den Bogen stellte er vor die Schreibtischlampen und fotografierte mit seiner kleinen F21 durch das Loch hindurch, blätterte um, fotografierte erneut, blätterte um. Auf dem Filmnegativ würden die Seiten nur als winzige schwarze Punkte erscheinen.

Als er die Mappe abfotografiert hatte, löschte er das Licht. Er trug die Lampen zurück an ihren Platz, auch die Mappe legte er wieder fein säuberlich auf Adenauers Schreibtisch. Er holte die Wanze aus der Innentasche seines Mantels – behutsam, um nicht ihre Drähte zu verletzen – und legte sie auf dem Tisch ab. Dann nahm er den Telefonhörer und schraubte ihn auf.

Die Diele knarrte.

Ilja zögerte nicht. Er legte den Telefonhörer weg. Lautlos erreichte er die Tür. Er lauschte. Da war jemand, er spürte es, jemand, der ebenfalls lauschte. Er hörte das leise Rascheln von Kleidung: Der Gegner rückte vor. Ilja hob den Ellenbogen. Er brauchte nicht zu warten, bis er den anderen sah, er wusste schon, dass er um den Türpfosten spähen wurde, jetzt. Jetzt. Jetzt. Als er einen feinen Atem vernehmen konnte, taxierte er die Körpergröße und schlug zu, er rammte den Ellenbogen gegen den Adamsapfel des Fremden. Der röchelte und hielt sich die Kehle.

Ilja holte noch einmal aus und stieß ihm den Ellenbogen mit voller Wucht unter das Ohr.

Der Gegner sackte zusammen.

Gehörte er zur CIA? Oder war er ein einfacher Wachmann? Obwohl es ihn drängte, das Palais zu verlassen, tastete Ilja die Taschen des Mannes ab. Er fand eine Pistole und einen Ausweis. Ein kurzer Blick genügte. CIA. Jetzt schnell raus hier. Der Mann war sicher nicht allein unterwegs. Ilja schlich auf die Tür zu, deren Schloss er vorhin geknackt hatte.

Im letzten Moment hielt er abrupt inne.

Würde man ihn dort nicht erwarten? Der Mann hatte sich leise bewegt, er hatte also gewusst, dass jemand in das Palais eingedrungen war. Vielleicht hatte er ihn an der Tür gesehen und dort Verstärkung postiert für den Fall, dass er, Ilja, auf anderem Weg dorthin zurückkehrte, aufgescheucht durch die Anwesenheit des CIA-Mannes.

Das Palais vorn zu verlassen, kam aber genauso wenig infrage, an der Straße gab es Wachpersonal. Die Seitentür? Andererseits würden sie womöglich eher damit rechnen: Dass er die Seitentür nahm, sobald sie ihn aufgescheucht hatten, der Weg zur rückwärtigen Tür war ja durch den Agenten blockiert gewesen. Er blieb bei der hinteren Tür, öffnete sie und duckte sich. Es schoss niemand. Er spähte nahe der Schwelle hinaus.

Als er nichts Verdächtiges hörte oder sah, schlüpfte er aus dem Gebäude und eilte über den Rasen. Die Adrenalinspritze für die Hunde war jetzt unnötig geworden, er war sowieso aufgeflogen.

Verdammt. Adenauer konnte er vergessen. Bonn ebenfalls, zumindest fürs Erste. Er würde Beria einen Misserfolg melden müssen.

»Sie haben nicht begriffen, wozu die in der Lage sind«, hatte Jewgenia gesagt. Damit hatte sie nicht die Amerikaner gemeint. Der aufgeschraubte Telefonhörer, der CIA-Mann – möglich, dass die Sache publik wurde und Beria davon hörte. Wenn ihm das Ganze spanisch vorkam und er von einer Inszenierung ausging, damit man Ilja wieder bei ihm einschleusen konnte, nachdem man ihn umgedreht und für die CIA angeworben hatte, war er fällig.

Immer wieder gab es Säuberungen im russischen Geheimdienst. Wem man nicht mehr vertraute, der landete im Gulag oder im Grab. Er war immer davon ausgegangen, dass es ihm nicht passieren würde, ein seltsamer Glaube daran, verschont zu bleiben, weil er unersetzlich war.

Zum Glück hatte er die Fotos. Ein Teilerfolg, mit dem er versuchen musste, Beria zu überzeugen.

11

Katharina strich den Kindern dick Butter aufs Brot. Wie machten Marc und Katharina das nur? Lotte sah zu und spürte zu ihrem Ärger, dass sie rot wurde. Sie nahm einen großen Schluck aus dem Wasserglas in der Hoffnung, es würde ihren Hals kühlen. Man musste ihr den Neid ja nicht gerade ansehen. Aber es wunderte sie doch. Er war Diplom-Landwirt, angestellt an der Universität im Landwirtschaftlichen Institut. Worüber forschte man da? Das Kreuzen von Äpfeln mit Birnen? Er hatte mal was erzählt vom »Ewigen Roggenbau«, einem Experiment, das dort seit 1878 lief, ein Feld, auf dem man in unendlicher Abfolge Roggen anbaute. Meine Güte. Wie spannend.

Anscheinend wurde die Spielerei gut bezahlt. Oder die Landwirtschaftswissenschaftler – schon das Wort! – erhielten Naturalien. Vielleicht hatten sie ja auch Kühe dort, und jeder Mitarbeiter bekam Butter mit nach Hause.

Wie gehässig sie war. Eigentlich konnte sie Marc gut leiden. Ihr Cousin war still, hatte es nicht nötig, zu protzen oder dumme Witze zu reißen.

Sie ermahnte die beiden Ältesten: »Nehmt euch zusammen!« Dass die Kinder die Brote so in sich hineinschlangen! Es sah ja geradewegs aus, als ließe sie die Jungs zu Hause hungern. Oder als würde ihnen keinerlei Benehmen beigebracht.

Marc fragte: »Was haltet ihr davon, wenn wir nach dem Essen einen Trickfilm anschauen?«

Jetzt gab es kein Halten mehr. Hätte er mit der Ankündigung nicht warten können, bis sie aufgegessen hatten?

»Ein Film! Ein Film!« Die Kinder sprangen durch die Küche.

Marc blieb ruhig. Er war jung, Anfang zwanzig, und Katharina sah noch unverschämt gut aus, aber sie hatten ja auch keine Kinder, wenn eine Frau erst einmal mehrere Kinder geboren hatte, wurde es schwer, die Figur so zu halten.

»Ihr bleibt am Tisch sitzen«, sagte sie scharf, »bis alle aufgegessen haben.«

Die Jungen verstanden ihren Tonfall richtig und kehrten an den Tisch zurück. Mit vor Erwartung und Vorfreude glühenden Gesichtern warteten sie, bis auch sie, Lotte, ihr Brot aufgegessen hatte.

Marc ging hinüber ins Wohnzimmer.

Sie sah ihm nach. Betrachtete seinen breiten Rücken, den Po. Ob er, wenn er mit Katharina schlief, auch so still war? Oder kam dann eine leidenschaftliche Seite von ihm zutage?

Sie schämte sich für den Gedanken. Das ging sie doch nichts an! Jetzt sah sie schon verheirateten Männern hinterher. Der verzweifelte Hilferuf ihres Herzens, das seit Jahren vernachlässigt wurde.

Eigentlich hatte sie, seit Erwin fort war, nur funktioniert. Sie war vernünftig gewesen, rund um die Uhr, hatte trotz der schmerzhaften Trennung nicht einen Waschtag ausfallen lassen, nein, am großen Waschtag stand sie treu und zuverlässig mit der Gummischürze am heißen Kessel und weichte die Wäsche in der heißen Lauge ein, fischte sie mit Holzstangen aus der kochenden Brühe und klatschte sie in die Spülwanne. Stunde um Stunde schrubbte sie in dem nassen und in Nebel eingehüllten Waschhaus mit Kernseife über dem Waschbrett die Hosen, Hemden, Unterhosen, dann schleppte sie, bereits zu Tode erschöpft, die nasse Wäsche körbeweise auf den Dachboden und hängte sie auf die Leinen.

Wo blieb *sie?* Wo blieb ihr eigenes Leben? Jeden Abend die Glut zusammenzuschieben, mit Grude zu versorgen und die Luftklappen zu schließen, jeden Morgen die heiß glühende Schicht wieder mit der Schaufel auseinanderzubreiten, mit Grude aufzuschütten und die Küche zu beheizen, damit die Kinder nicht froren. Jeden Tag früh zur Arbeit zu gehen, putzen und schrubben auch dort, dann das Einkaufen auf dem Heimweg, das ewige Anstehen nach ein wenig Gemüse, sie war doch nur noch eine Maschine, die sich allmählich abnutzte, eine seelenlose Maschine, ihre Gedanken und Gefühle waren nicht mehr gefragt.

Lotte bemerkte, dass die Kinder sie mit bettelnden Blicken ansahen. »Was ist?«, fragte sie.

»Mama, der Film!«

Sie gab ihnen die Erlaubnis.

Schon sprangen die Kinder vom Tisch auf und stürmten Marc hinterher. »Onkel Marc, was schauen wir?«

Sie folgte ihnen. Marc ließ die Rollos herunter und baute den Projektor auf. Er setzte ihn probeweise in Gang und richtete das weiße Lichtfeld auf den Schrank aus, indem er Stellschrauben am Apparat drehte. Katharina hängte ein weißes Betttuch über den Schrank, und Marc legte die Filmrolle ein.

Sie sahen beide so gut aus! Lotte beneidete Katharina nicht nur um ihre Figur, sondern auch um die zurechtgemachten Haare, wann hatte sie selbst schon mal die Zeit für so etwas? Und sie war ein wenig in Marc verliebt. Heute spürte sie es deutlicher denn je. Na und! Solange es niemand erfuhr.

Die drei Kinder sahen ihm mit angespannter Neugier zu.

»Die Zähne müssen genau in die Perforation des Films passen«, erklärte er. »Seht ihr?«

Er drehte den Ganghebel auf null und führte von Hand einige Bilder durch, um zu sehen, ob der Film sich richtig aufrollte. Drehte an einem Knopf, und die Lampe wurde heller. Dabei überwachte er den Zeiger des Amperemeters.

Die Jungen machten ernste Gesichter, als habe Marc ihnen die entscheidende Weisheit vermittelt, mit deren Hilfe sich ein gutes Leben führen ließ. Ihr lasst mir später nicht eure Frauen im Stich, dachte Lotte. Ihr und eure Frauen, ihr sollt ein gutes Leben haben. Ein Leben mit Lachen und genügend zu essen und ohne ständige Schufterei.

»Wenn ich groß bin, werde ich Filmvorführer im Kino«, verkündete Stefan.

Thomas sagte. »Na und? Ich werde Heizer für Dampfloks.«

»Und ich?« Valentin sah sich verzweifelt nach ihr um. »Mama, was werde ich?«

»Du wirst Eismann.«

Der Kleine lachte beglückt auf. »Ja! Und dann mache ich mir immer kleine Splitter von den Eisblöcken ab und lutsche die.«

Es fühlte sich verboten an, mitten am Tag das Zimmer zu verdunkeln, so, als mogele man vorzeitig den Feierabend herbei. Sie kuschelte sich in den Sessel. Ihr war nicht klar gewesen, dass sie so unglücklich war. Nicht einmal das hatte sie fühlen können.

Marc sagte feierlich: »Sucht euch eure Plätze. Es geht los!«

Die Jungs rannten zum Sofa. Weil dort schon Katharina saß, fand Valentin neben seinen Brüdern keinen Platz mehr. Er brach in Tränen aus.

»Komm zu mir«, sagte Lotte. »Du darfst auf meinem Schoß sitzen.«

Erleichtert kam er und ließ sich von ihr hochheben. Wie wenig er wog! Sie aßen wirklich nicht genug. Valentins Arme und Beine waren kaum mehr als Haut und Knochen.

Schon ratterte der Apparat los, ein leises Rattern nur, das Genuss verhieß. Popeye erschien auf dem Laken. Ein lustiges Abenteuer nahm seinen Lauf, das sie schon oft gesehen hatte. Der Film besaß eine beflügelnde Schwerelosigkeit.

Kaum dass die Geschichte beendet war, forderten die Kinder: »Noch mal, bitte, Onkel Marc!«

Marc spulte zurück. Währenddessen brachte Katharina Likör für die Erwachsenen.

»Gibt es denn was zu feiern?«, fragte Lotte.

»Wir feiern, dass wir uns haben.«

Das kam ihr eigenartig vor. War vielleicht bei einem der beiden eine schwere Krankheit diagnostiziert worden?

Sie konnte Popeye nicht mehr unbeschwert genießen. Als Marc anschließend eine Episode von Mickey Mouse zeigte, fiel ihr auf, dass er weniger lachte als sonst.

Sie sah sich im Zimmer um. Katharinas Puppen saßen auf den braun gebeizten Schränken, auf dem Klavier lag neben dem Metronom der Stapel mit Noten, der Nierentisch war mit alten Zeitschriften aus dem Westen bedeckt, die Katharina beschafft hatte und gern durchblätterte. Katharina trug ihre Pantoffeln, Marc seine braunen Latschen. Alles schien beim Alten zu sein. Und doch blieb ein unbestimmtes Gefühl der Bedrohung, das sie beunruhigte.

Die Kinder wurden langsam müde, auch wenn sie das beharrlich abstritten. Trotzdem bestimmte Lotte, dass sie sich anzogen und den Heimweg antraten. Beim Abschied von Onkel und Tante ging es herzlich zu wie immer. Als die Reihe an ihr war, umarmte Marc sie fester als sonst, fester und länger, schien es ihr. Anschließend auch Katharina. Sie sagte sogar leise: »Pass auf dich auf, Lottchen.«

Da verstand sie. Es war ihr letztes Zusammentreffen. Sie würden sich nie wiedersehen.

Den Kindern sagte sie nichts. Sonst bestand die Gefahr, dass sie die Fluchtpläne ausplauderten und man Marc und Katharina vor der Grenze schnappte. Obwohl ihr schwindelte vor Trauer und Aufregung, hielt sie den Mund. Sie schimpfte nicht einmal, als Stefan auf dem Heimweg das Gesicht an die Fensterscheibe eines parkenden Autos drückte, um auf dem Tachometer zu sehen, wie schnell es fahren konnte.

Am nächsten Morgen stand sie früh auf, obwohl ihr Körper noch nach Schlaf schrie. Sie bewegte die müden Glieder, hob die Beine aus dem Bett. Fröstelnd trat sie in die Küche und öffnete den Ofen. Sie suchte mit dem Schürhaken unter der Ascheschicht nach Glut, breitete die rot schimmernden Grudestücke auseinander und schüttete mit der kleinen Schaufel neue Grude darauf.

Sogleich fielen ihr die gestrigen Gedanken wieder ein. Marc und Katharina im Westen. Und sie, Lotte, die bloß noch funktionierte, allein hier zurückgeblieben. Heute fange ich an, dachte sie. Ich nehme mein Leben selbst in die Hand. Unter der Asche ihres Herzens war noch Glut, und aus dieser Glut würde sie ein neues, wärmendes Feuer machen. Sie würde nicht länger auf Erwin warten. Es musste doch möglich sein, die Scheidung einzureichen, wenn sich der Mann jahrelang nicht mehr gemeldet hatte.

Damals, als ihr Vater darauf bestanden hatte, dass sie trotz der Hochzeit mit Erwin ihren eigenen Nachnamen behielt, hatte sie geglaubt, er könne sie nicht recht loslassen und hoffe, durch den gemeinsamen Nachnamen eine engere Verbindung zu ihr zu erhalten. Jetzt war sie dessen nicht mehr sicher. Womöglich hatte er auch schon geahnt, dass die Ehe nicht halten würde.

Lotte wusch sich mit kaltem Wasser das Gesicht. Beim Richten der Haare verwendete sie besondere Sorgfalt. Statt der Schürze, der typischen lustfeindlichen Alltagskleidung über Rock und Bluse, der Kleidung der Hausfrauen, Arbeiterinnen und Verkäuferinnen, zog sie sich an wie fürs Wochenende: Sie schlüpfte in das geliebte Wollkleid, das ihre fraulichen Konturen betonte, und zog die roten Winterstiefel an. Gleich fühlte sie sich anders. Die Arbeitskleidung stopfte sie in einen Beutel und nahm sie mit. Natürlich wollte sie sich die guten Sachen in der Fabrik nicht verderben, aber auf dem Weg dahin, immerhin auf dem Weg, lebte sie und war sie selbst.

Im Flur lauschte sie ein letztes Mal auf die Atemzüge der Kinder. Stefan würde die anderen bald wecken. Die Nachbarin nahm

Valentin dann zum Kindergarten mit, das klappte immer, beruhigte sie sich, und Stefan und Thomas liefen gemeinsam zur Schule.

Noch bevor die Küche warm geworden war, verließ sie das Haus.

Eine Straßenbahn fuhr vorüber, vollgestopft mit Arbeiterinnen und Arbeitern, aber sie sparte das Geld, sie ging wie immer zu Fuß. Zwei Männer fuhren auf Fahrrädern vorüber, die Dynamos surrten, das Licht der Lampen strahlte bei jedem Tritt in die Pedale etwas heller auf.

Sie lief, und je näher sie dem Gelände der Kasernierten Volkspolizei kam, das sich auf halbem Wege zwischen dem Thälmannplatz und der Waggonfabrik befand, desto wärmer wurde ihr. Immer bloß hingestarrt hatte sie; immerhin hatte er ihren Blick bemerkt, ihn ein paar Mal mit kurzem Lächeln erwidert. Heute musste sie einen Schritt weitergehen. Sie würde ihn ansprechen, den Offizier, der ihr so gut gefiel.

Siedend heiß fiel ihr der Ehering ein. Sie streifte ihn ab. Mach's gut, Erwin. Der Gedanke, dass Marc und Katharina bald bei ihm waren, stach sie innerlich. Macht es euch doch alle im Westen bequem! Wir versuchen, hier ein gerechtes System aufzubauen, einen Staat, in dem jeder gleich viel wert ist, ob beim Arzt oder vor Gericht, und ihr stürzt euch in die dekadente Welt des Geldes, schlürft Wein und tragt elegante Kleidung und sitzt gemütlich in Restaurants.

Wenn sie in den Westen ginge, wer wäre sie dort? Eine Putzfrau, wie man im Westen sagte, eine Ungebildete, dazu eine mit drei Kindern. Und Erwin würde meinen, sie laufe ihm nach. Nein.

Mit festem Schritt trat sie auf das Kasernentor zu. Die jungen Soldaten, die dahinter Wache standen, sahen sie erschrocken an. Sie sagte: »Ich möchte Ihren Vorgesetzten sprechen.«

»Sie meinen den Genossen Oberleutnant?«

Woher sollte sie das wissen? Seinen Rang kannte sie nicht, auch nicht den Namen. In diesem Moment sah sie ihn hinten auf den Hof treten. Erleichtert wies sie auf ihn. »Den dort«, sagte sie.

»Das ist der Genosse Hauptfeldwebel.«

»Ja, den meine ich.«

Einer der Soldaten trabte zu ihm, salutierte und gab einen Bericht, den sie nicht hören konnte. Der hübsche Offizier sah zu ihr hinüber. Er kam in Begleitung des Soldaten zum Tor. »Sie wünschen?«, fragte er streng.

Erfolglos versuchte Lotte, eine widerspenstige Lockensträhne hinter das Ohr zu klemmen. Was tue ich hier, dachte sie. »Wir müssen reden.«

Er runzelte die Stirn. »Ich kenne Sie nicht.«

»Ich weiß. Deshalb müssen wir reden.«

»Treten Sie bitte vom Tor zurück, Genossin.« Er blieb förmlich. Obwohl er eigentlich inzwischen kapiert haben müsste, was sie anbot: dass sie einander kennenlernten.

Dass er keinen Ehering trug, hatte sie bei früheren Gelegenheiten bereits überprüft. Also gefiel sie ihm nicht? Oder war ihr Ton zu forsch gewesen? Lächelnd sagte sie: »Wieso? Brauchen Sie den Platz, um freie Sicht zu haben?«

Einer der Soldaten lachte.

»Genosse Soldat!«, donnerte der Offizier. »Kennen Sie die Bekleidungsordnung nicht? Schließen Sie sofort den obersten Kragenknopf!«

Beide Soldaten standen jetzt stramm. Der Angesprochene erwiderte: »Jawohl, Genosse Hauptfeldwebel.«

Mürrisch sah er zu, wie der Soldat seinem Befehl Folge leistete und den Knopf schloss. Dann, als müsste er erst noch überlegen, ob er eine Strafmaßnahme folgen ließ, maß er ihn weiter mit Blicken. Schließlich befahl er: »Rührt euch! Abtreten!«

Die Soldaten lösten sich aus der angespannten Haltung und trotteten über den Kasernenhof davon. Sicher würden sie sich im Mannschaftsquartier das Maul über ihn zerreißen. Lotte rechnete es dem Offizier hoch an, dass er nicht sie angepflaumt hatte, sondern den spottenden Soldaten.

Er wandte sich wieder ihr zu. »Hören Sie, ich bin im Dienst.«

Sie reichte ihm ihre kleine, schmale Hand zwischen den Gitterstäben hindurch. »Ich bin Lotte König.«

Er zögerte. Dann griff er nach der Hand mit seiner großen, muskulösen. »Heimeran Kunze.«

Lotte musste zu ihm aufschauen, aber sie tat es keineswegs devot, sondern fest und forschend. »Ich sage es Ihnen gleich: Ich bin bloß Reinemachfrau in der Waggonfabrik. Ich habe drei Kinder, mein Mann ist in den Westen gegangen. Falls Sie das abschreckt ...«

Er schüttelte stumm den Kopf.

»Treffen wir uns im ›Krug‹ am Giebichenstein?«

»Einverstanden«, sagte er. »Heute Abend?«

»Nein, ich muss erst jemanden für die Kinder besorgen. Sagen wir, morgen.«

»Morgen also.«

Sie nickten sich zu. Als er ging, sah sie, wie sich einige Gefreite am anderen Ende des Kasernenhofs rasch abwandten.

In der Bevölkerung nannte man die Kasernierte Volkspolizei »Russenknechte«. Seit einem Jahr trugen sie keine blaue Uniform mit roter Krawatte mehr wie die Schutzpolizei, sondern khakifarbene Krawatten und khakifarbene Uniformen nach sowjetischem Schnitt, sogar die Sterne auf den Schulterklappen waren nach sowjetischem Vorbild gefertigt.

Es war ihr egal. Auch dass die anderen in der Fabrik sie nach ihrem Wollkleid fragen würden – an einem gewöhnlichen Wochentag ein Wollkleid! Es machte ihr nichts aus. Sollten sie ruhig ihre Vermutungen anstellen.

Am Abend, müde von der Arbeit, machte sie einen Abstecher zum Wohnblock von Marc und Katharina. Sie klingelte. Niemand reagierte darauf. Die Haustür war unverschlossen, also trat sie ins Treppenhaus. Mit eigenartigem Gefühl stieg sie in die dritte Etage hinauf. Ohne Katharina und Marc war dies ein fremdes Haus, und sie hatte kein Recht, hier einzudringen. Eine kleine Beule im Fußabtreter verriet den darunter versteckten Schlüssel. Sie lauschte. War unten im Treppenhaus eine Tür aufgegangen? Man belauerte sie.

Sie schloss die Tür auf und ging hinein. Ohne die Schuhe auszuziehen, stellte sie sich mitten ins Wohnzimmer, sie machte den Teppich schmutzig, aber das spielte jetzt keine Rolle mehr. Wehmütig schaute sie sich um und sog den Duft der Wohnung ein, zum letzten Mal. Mitnehmen durfte sie nichts, sonst würde man sie der Mittäterschaft bezichtigen. Sie ging in die Küche, zog eine Schublade auf. Das Besteck war noch darin, als wären Katharina und Marc nur mal kurz außer Haus. Ein schönes Besteck. Sie hatte es immer gemocht und die beiden leise darum beneidet. Die Spülschüssel war sauber ausgewischt, und durch die Scheibe im Schrank sah sie das Geschirr ordentlich gestapelt. Katharina hatte es offenbar nicht übers Herz gebracht, hier eine Unordnung zu hinterlassen. Obwohl es ihr herzlich egal sein konnte. Die Leute vom Dezernat Republikflucht würden kommen und alles abholen.

So eine schöne Wohnung. Wie gern würde sie hierher umziehen. Dann hätten sie ein Zimmer mehr und endlich auch ein Bad. Bei ihr stand immer bloß die Emailleschüssel auf einem Dreibein in der Küche, dazu der Seifennapf, das sah doch aus wie im letzten Jahrhundert! Die Jungs beschwerten sich nicht, sie wuschen sich mit dem Lappen, weil sie es verlangte, sie kannten ja nichts anderes.

Dieses mühsame Heißmachen des Wassers auf dem Küchenherd. In der Küche befand sich bei ihnen die einzige Wasserleitung – Marcs Wohnung dagegen besaß zusätzlich das Bad mit Badeofen, wo man bequem mit ein paar Kohlen Badewasser für die Kinder vorbereiten könnte. Und eine eigene Toilette! Bei ihnen gab es lediglich vier Holzverschläge auf dem Hof. In die braune Ölfarbe, mit der man die Innenwände der Toilettenverschläge gestrichen hatte, waren primitive Bilder geritzt, es ekelte sie an, jedes Mal wenn sie dort saß.

Sie ließ einen letzten sehnsuchtsvollen Blick über die schöne Einrichtung schweifen. Dann ging sie zur Tür hinaus und versteckte den Schlüssel wieder unter dem Abtreter.

Auf der Polizeistation, am Schalter für Meldung und Interzonenpass, sagte sie durch das kleine Sichtfenster: »Ich möchte Katharina und Marc König abmelden, sie haben ihre Sachen hiergelassen und kommen nicht wieder.« Sie diktierte die Adresse.

»Ist die Flucht mit Pass bewerkstelligt worden oder über Berlin?«, fragte der Polizeibeamte.

»Über Berlin.«

Sie musste ihre Personalien angeben. Der Polizeibeamte behandelte sie wie eine Kriminelle, dabei machte sie die Meldung, wie es vorgeschrieben war. Sie stellte sich Marc und Katharina vor, wie sie jetzt drüben in einer Flüchtlingsbaracke saßen und die nächsten Schritte berieten, um Marc eine Stelle an der Westuniversität zu erkämpfen. Vielleicht dachten sie in diesem Moment auch an sie, Lotte. Die Vorstellung, dass es so wäre, tröstete sie.

12

Er malte sich eine Uhr aus Spucke an die Zellenwand. Sein Finger war der Zeiger, er zog ihn allmählich über die graue Wand. Das war seine Spuckezeit, es war nicht die wirkliche Zeit. Die Uhr verdunstete und verschwand.

Manchmal hörte er Verkehrsgeräusche von draußen, Motoren, ein Hupen. Er stellte sich vor, dass Tag war.

Aber es konnte genauso gut später Abend sein. Oder es war Nacht, und jemand hatte einen Betrunkenen angehupt. Der Mond schien. Oder es strahlte die Sonne. Nicht zu wissen, welcher Tag war, ob Montag oder Mittwoch, Dienstag oder Donnerstag, nicht zu wissen, ob die freien Menschen gerade zur Arbeit gingen oder am Abend vor dem Radio saßen, trieb ihn stundenlang um. Dann wieder lag er auf seiner Pritsche und fühlte sich, als wäre er im freien Fall, nur dass er nie auf dem Felsboden aufschlug, er flog und flog, und es gab nichts, woran er sich festhalten konnte.

Einmal wachte er auf und hörte das schöne, ruhige Ticken einer Standuhr. Er atmete beglückt ein und aus. Bis er feststellte, dass er das Ticken nur geträumt hatte. In diesem Moment verschwand es, so sehr er sich auch bemühte, so aufmerksam er auch lauschte, er hörte es nicht mehr.

Immer wieder der Scharfmacher. Immer wieder dieselben Fragen.

»Untersuchungshäftling dreizehn meldet sich zur Vernehmung.« Vor Müdigkeit fiel ihm das Sprechen schwer. Sie ließen ihn nicht schlafen, wenn er gerade in den Schlaf gesunken war, wurde er wieder für ein Verhör geweckt. Er fühlte sich so schwach, dass er am liebsten alles gestanden hätte, egal was.

»Na bitte, es geht doch. Ihren Namen können Sie für die Dauer unserer Gastfreundschaft vergessen. So unkooperativ, wie Sie sich zeigen, werden Sie noch lange hierbleiben. Jahre, vielleicht Jahrzehnte – niemand vermisst Sie dort draußen.« Der Scharfmacher sah ihn stechend an. »Die Leute denken, Sie wurden ermordet. Oder vom Westen gekidnappt. Keiner weiß etwas. Und so wird es auch bleiben.«

»Ich möchte einen Rechtsanwalt sprechen.«

Der Scharfmacher lachte höhnisch. »Sie haben wohl zu viel RIAS gehört, was?«

Wolf stutzte. Waren das nicht seine Tagebücher auf dem Schreibtisch? Sie mussten bei ihm zu Hause eingebrochen sein!

Belustigt folgte der Scharfmacher seinem Blick. »Kommen Ihnen bekannt vor, diese Machwerke, was?«

Die hatte er doch unter der Wäsche versteckt, diese Schweine waren mit ihren schmutzigen Wühlhänden an seinem Schrank gewesen, vielleicht hatten sie seine alten, ausgebeulten Unterhosen hochgehalten und Witze gerissen, sie hatten seine Post gelesen und seine intimsten Gedanken.

Mit spitzen Fingern zog der Scharfmacher einen Briefbogen aus dem oberen Tagebuch. Er entfaltete ihn. »Liebe Claudia«, las er, »ich habe jetzt die zweite Nacht hintereinander von dir geträumt. Was wir im Traum tun, wage ich gar nicht, dir zu sagen.«

»Ich habe diesen Brief nie abgeschickt«, verteidigte sich Wolf.

»Feige waren Sie also auch noch. Ein Lustmolch und Drückeberger.« Er klappte das Tagebuch auf, blätterte und las.

Wolf kam es vor, als habe der Scharfmacher seine Innereien vor sich auf dem Schreibtisch ausgebreitet und wetze das Skalpell, um sie zu zerschneiden.

»Papa versteht mich nicht.« Der Scharfmacher sah mitleidig hoch. »So ein armer Wicht.«

»Da war ich noch jünger. Sie ... Sie haben kein Recht, das zu lesen.«

»Ach so? Und Sie haben das Recht, im Archiv unserer Partei zu stöbern und hochsensible persönliche Informationen einzusehen?«

Er wurde rot.

Der Mann knallte das Tagebuch auf den Tisch. »Jetzt beweisen Sie einmal Mut und stehen Sie zu dem, was Sie getan haben! Wer sind Ihre Auftraggeber? Wer hat den Kontakt zur ›Kampfgruppe gegen Unmenschlichkeit‹ hergestellt?«

»Ich habe allein gehandelt. Das habe ich Ihnen doch schon mehrfach ...«

»Das können Sie sonstwem erzählen! Ich glaube nicht, dass Ihrem mickrigen Hirn eine solche Idee entsprungen ist. Sie sind ein armseliger Piepel, nichts weiter! Sie wären doch nie auf eigene Faust bei der SED eingebrochen. Wer waren die Hintermänner?«

Er schwieg. Es hatte keinen Sinn, der glaubte ihm sowieso nichts.

Der Scharfmacher knallte ihm eine. Wieder das Pfeifen im Ohr. »Wenn Sie nicht bald reden«, zischte der Böse und hob erneut drohend die Hand, »die Tracht Prügel können Sie sich gar nicht vorstellen. Ich werde Ihnen eine Lektion erteilen, die sich gewaschen hat.«

Im nächsten Verhör ging es wieder um die Briefmarken. Seine Augenlider waren schwer. Er musste schlafen. Er sagte: »Ich habe diese Briefmarken nicht gefälscht.«

»Hören Sie auf zu kippeln!«

Der einbeinige Schemel rutschte ihm beinahe weg, mühsam stemmte er die kraftlosen Beine dagegen, sie waren erschöpft vom langen Stehen in der Zelle.

Der Scharfmacher sagte: »Wir haben unsere Schlüsse gezogen. Jemand, der die Junge Gemeinde besucht ...«

»Aber ich wollte doch nur sehen, was die da machen. Ich war bloß ein einziges Mal dort.«

»Sie haben sich mit feindlichen Kräften getroffen. Das tut man nicht aus Versehen. Sie stellen sich offen in die Reihen der Feinde des Sozialismus!«

Der Gentleman, der schweigend ihrem Schlagabtausch zugehört hatte, wandte sich Wolf zu. »Natürlich kann man das alles auch anders sehen.« Für einen Moment glaubte Wolf sich verhört zu haben. Aber der Gentlemen sprach weiter in einem fast väterlichen Ton. »Sie sind mutig genug, sich unter die Klassenfeinde zu begeben, obwohl Sie einen festen Klassenstandpunkt besitzen. Wenn Sie nur wollen, könnten Sie uns durchaus beim Aufbau der sozialistischen Gesellschaft helfen. Sind Sie bereit, mit uns zu kooperieren?«

»Ja. Ja, bin ich.« Er war erleichtert, dass das Gespräch eine solche Wendung nahm und er nicht wieder geschlagen wurde.

»Sehen Sie, hier.« Der Gentleman trat an den Schreibtisch heran und schob ein Blatt zu ihm hinüber. »Sie unterschreiben erst einmal, und dann lassen wir Sie nach Hause gehen. Sie nehmen ein Bad, essen etwas, und schließen wieder Ihren Laden auf. Niemand wird erfahren, dass Sie hier waren. Ihr Leben geht weiter wie bisher. Das wollen Sie doch?«

Wolf schluckte. Ja. Das wollte er. Er sehnte sich nach seinem Laden. Nach seiner Wohnung. Er las das Schriftstück, das der Gentleman ihm hingeschoben hatte.

Die Sicherheit der DDR erfordert die Wachsamkeit aller fortschritt-lichen Kräfte unseres Volkes. Mir ist bekannt, dass die Feinde unserer Arbeiter- und Bauernmacht, insbesondere die westlichen Geheim-dienste, alles daran setzen, den Friedenskampf des deutschen Volkes zu sabotieren. Sie scheuen weder vor Geldausgaben noch vor den nieder-trächtigsten Methoden zurück, um ihr Ziel zu erreichen, den Aufbau und die Festigung der DDR zu stören. Dazu schleusen sie Agenten in das Gebiet der DDR ein, mit dem Auftrag, Spionage, Sabotage, Terror usw. durchzuführen. Um dies zu verhindern, verpflichte ich mich, dem

Sekretär für Staatssicherheit bei der Entlarvung derartiger Elemente behilflich zu sein. Ich werde offen und ehrlich alle Möglichkeiten nutzen, um Personen zu entlarven, die versuchen, die politische Sicherheit und den Aufbau der DDR zu stören bzw. zu sabotieren. Darüber werde ich laufend konkrete Berichte fertigen. Über die Mitarbeit werde ich gegenüber jedermann strengstes Stillschweigen bewahren, auch gegenüber meinen nächsten Vertrauten und Bekannten. Ich bin mir bewusst, dass ich bei Bruch der Verpflichtung zur Verantwortung gezogen werde. Diese Erklärung habe ich freiwillig abgegeben und meine es ehrlich damit.

»Ich verstehe nicht«, sagte er. Er verstand sehr wohl. Er sollte sich freikaufen, indem er sich als Spitzel der Staatssicherheit verdingte.

»Sie sind in das Archiv der Partei eingebrochen«, sagte der Scharfmacher. »Womöglich wurden Sie vom westlichen Geheimdienst angeheuert, Spionagematerial zu sammeln, politisches, wirtschaftliches und militärisches, zur Vorbereitung von Sabotage- und Diversionsakten und Kriegspropaganda. Ist Ihnen klar, was die übliche Strafe für solche Wühl- und Hetztätigkeit ist?«

Lebenslängliches Zuchthaus, dachte er. Oder der Tod.

Der Gentleman hielt ihm einen Füllfederhalter hin. »Stillschweigen und regelmäßige Berichte über das, was Sie bei der Jungen Gemeinde hören. Mehr erwarten wir nicht. Beweisen Sie uns, dass Sie kein Spion der Imperialisten sind. Zeigen Sie, dass Sie auf unserer Seite stehen.«

Er nahm den Füller. Er zögerte. Ich darf mich nicht zum Verräter, zum Spitzel machen, rief eine Stimme in ihm. Eine andere beschwichtigte: Ich schreibe die Berichte so, dass niemand zu Schaden kommt, ich werde nur das weitersagen, was die sowieso schon wissen. Erst mal hier rauskommen.

Er schraubte die Kappe ab. Zögerte erneut.

Er wollte nicht mehr geschlagen werden. Nicht zurück in diese dunkle Zelle.

Er unterschrieb.

»Na also.« Der Scharfmacher wurde freundlich. Er stand auf und reichte ihm über den Tisch hinweg die Hand. »Sie haben gut entschieden.«

Wolf nahm die Hand, die ihn so oft und so heftig geschlagen hatte, und schüttelte sie. Er fühlte sich benommen.

Der Gentleman klopfte ihm auf die Schulter. »Ach, und übrigens, Ossoawiachim ist ein Akronym. Es steht für Общество содействия обороне, авиационному и химическому строительству – deutsch: Gesellschaft zur Förderung der Verteidigung, des Flugwesens und der Chemie. Die haben vor dem Zweiten Weltkrieg ein berühmtes Luftschiff gebaut. Ist alles lange her. Vor fünf Jahren wurde die Gesellschaft aufgelöst, an seine Stelle trat etwas wie unsere Gesellschaft für Sport und Technik. Also nichts, worüber Sie sich Gedanken machen müssten.«

Man gab ihm seine Kleider zurück. Auch seine Armbanduhr wurde ihm ausgehändigt und der Schlüsselbund mit seinem Wohnungsschlüssel und dem Schlüssel des Uhrenladens. Dann verband man ihm die Augen und brachte ihn nach draußen. Er atmete die kühle frische Luft ein und war vor Erleichterung den Tränen nahe.

Er wurde in ein Auto gesetzt. Nach etwa zehnminütiger Fahrt nahm ihm der Gentleman die Augenbinde ab. Sie standen an einer Ampel. Es war dunkel draußen, der Morgen dämmerte. »Ich werde in den Bericht über Sie schreiben, dass Sie sich in ein Mädchen verguckt haben und Ihre Tat völlig unpolitisch war. Gehen Sie weiter zu den Treffen der Jungen Gemeinde.«

Jetzt nichts Falsches sagen. Noch war er nicht in Freiheit. Er nickte.

Das Auto fuhr wieder an. Er dachte darüber nach, dass sie gesagt hatten, Ossoawiachim sei nur eine Gesellschaft für Sport und Technik. Sie hielten ihn wohl für dumm.

Was auf dem Zifferblatt einer Uhr stand, stimmte nicht immer. Oft war es falsch oder schlicht nichtssagend. Um wirklich zu erfahren, welche Art von Uhr man vor sich hatte, musste man sie öffnen. Mitunter musste man sogar die Unruh herausnehmen, um den Stempel zu sehen: GUB für Glashütte, das J im Stern für Junghans, UMF für Ruhla, den Kreis im Dreieck für Dugena. Und sie meinten, sie könnten ihn mit einem billig übertünchten Zifferblatt täuschen?

Das Auto hielt in einer Seitenstraße. »Steigen Sie hier aus. Ich melde mich bei Ihnen.«

»Welchen Tag haben wir?«, fragte er.

»Freitag.«

Er stieg aus und ging los. Sechs Tage hatten sie ihn festgehalten und ihn kaum schlafen lassen. Sechs Tage, ohne dass er einen Richter gesehen hatte oder einen gewöhnlichen Polizisten.

Der Himmel war im Zenit nachtblau. Wo die Häuser und Bäume den städtischen Horizont bildeten, nahm er bereits eine hellblaue Färbung an. Die Bäume und Dächer standen schwarz davor wie ein Scherenschnitt. Eine Amsel sang.

Seine Füße trugen ihn zum Laden. Er schloss auf. Der Benzingeruch beruhigte ihn, Benzin vom Reinigen der Uhrwerke, andere würden sich daran stören, aber ihm war es der liebste Duft der Welt.

Er sah nach der Zentraluhr an der Wand, seiner geliebten Lenzkirch. 6:23 Uhr. Anhand ihrer Uhrzeit prüfte er die Uhren, die er vor einer Woche repariert hatte. Bei der Kuckucksuhr hing schon wieder die Kette herunter. Der Auslösehebel hatte sich verstellt. Das musste ein Materialfehler sein, das Material war zu weich, er würde neue Auslösehebel beschaffen müssen.

Dann widmete er sich den neuen und gebrauchten Uhren, die zum Verkauf auslagen. Die Kleinuhren waren allesamt stehen geblieben, eine Woche lang hatte sich ihnen niemand gewidmet.

Liebevoll zog er sie auf, eine nach der anderen, und stellte die korrekte Uhrzeit ein. Die Großuhren gingen noch, aber sie hatten einige Fehlminuten gesammelt. Er brachte sie auf den Stand der Lenzkirch.

Nun befanden sich seine Uhren wieder im Einklang mit der Welt. Die Menschheit hatte sich auf ein erdenweites Zeitsystem geeinigt, sie hatte ihr Leben danach synchronisiert. Nur mit genauen Uhren funktionierten Verkehr und industrielle Produktion, ließen sich Verabredungen einhalten und Radiosendungen einplanen, die man gern hören wollte. Nichts konnte sich dem Ablauf der Zeit entziehen, Tag und Nacht wechselten, Jahreszeiten folgten aufeinander, Haare wurden grau und Haut runzelte. Er maß die Zeit, er half, sie zu überblicken, denn das menschliche Zeitgefühl war trügerisch. Mithilfe der Bewegungen eines Pendels, kleiner Zahnräder und der Vibration einer Feder teilten seine Uhren die Zeit ein.

Er öffnete die Schublade mit den unerledigten Aufträgen. Herr Watzny hatte bereits drei Mal nachgefragt, sicher war er auch in den vergangenen Tagen da gewesen und hatte sich geärgert, dass der Laden verschlossen gewesen war. Sein Regulator schlug immer nur elf, wenn es zwölf Uhr war. Ein Rad stimmte wohl nicht, Fehlproduktion, aber wo sollte er ein neues herbekommen?

Bei den anderen Uhren das Übliche. Eine kaputte Feder, beim Aufziehen der Küchenuhr hatte es laut der Kundin einen Knall gegeben. Dieser Wecker schleppte beim Ticken, das hörte er sofort, er würde ihn neu einstellen. Und die Standardklage: »Die Uhr geht immer vor«, was bei der Armbanduhr hieß, sie musste auseinandergenommen und gereinigt werden, das war ihm hundertmal lieber als Uhren, die stehen geblieben waren, Öl und Staub ergab Schmiere, das fraß sich ins Metall, irgendwann steckten die Zapfen nicht mehr in runden Löchern, sondern in eiförmigen, dann standen die Räder schief und die Uhr gab auf, eine hässliche Sache.

Er begann mit der Armbanduhr. »Wollen wir mal sehen, wie es dir geht.« Er zerlegte sie in ihre Einzelteile. Reinigte sie. Die Unruh legte er auf die Unruhwaage, sorgfältig mit den Zapfen auf die rot schimmernden Rubinplättchen, und gab ihr einen Schwung. »Fein machst du das.« Er beobachtete ihre Drehungen, wartete, bis sie zum Halten kam. Dann korrigierte er eine der winzigen Schrauben. Prüfte nach. Jetzt blieb die Unruh nicht mehr dort hängen. Sie lief nun richtig, was hieß, dass die Uhr wieder genauer ging.

Wie oft schärfte er den Kunden ein: Damenuhren müssen alle drei Jahre zur Reinigung und Reparatur, Herrenuhren alle fünf Jahre.

Diese hier besaß immerhin einen Palettenanker, schöne Paletten aus rotem Stein. Sie waren mit Schellack befestigt. »Bist ne Hübsche.« Er setzte sich die Lupe auf. Immer hatte er gefürchtet, ein eigenbrödlerischer Uhrmacher zu werden, so, wie sie alle waren, etwas wunderlich, weil sie allein arbeiteten, den ganzen Tag für sich am Arbeitstisch, mit wem sollten sie denn reden? Sie redeten mit den Uhren oder mit sich selbst. Wenigstens die Geschwulst am Auge wollte er nicht haben. Wer stundenlang die Lupe vors Auge klemmte, dem wuchs dort irgendwann eine Schwulst, daran erkannten sich Uhrmacher auf der Straße, aber er wollte das nicht, er hatte sich extra einen Bügel bauen lassen, mit dem er die Lupe am Kopf befestigen konnte.

Er erwärmte den Schellack und richtete die Paletten neu aus. »Eine hundsgemeine Arbeit ist das. Aber für dich tue ich's gerne.« Früher hatte es einen eigenen Beruf gegeben, Gangsetzer, die taten nichts anderes, als den ganzen Tag Uhren zu justieren, da machte man sich die Augen kaputt.

Bevor er die Uhr wieder zusammenbaute, schabte er sein Zeichen ins Innere und 353 für März 1953.

WU353.

Der nächste Uhrmacher, der diese Uhr öffnete, würde sofort sehen, wann sie zuletzt repariert und gereinigt worden war.

Ihm kam vor, als wäre in sein Inneres ebenfalls ein Kürzel und ein Datum eingeschrieben, er konnte nur nicht erkennen, welches.

Dieses wohltuende Ticken um ihn herum. Es gab Leute, die konnten nicht schlafen, wenn eine Uhr die Nacht in einen regelmäßigen Takt unterteilte. Er brauchte diesen Takt. Der Takt heilte ihn. Er gab ihm wieder festen Boden unter die Füße.

Wolf nahm sich den Wecker vor. Nach fünf Minuten merkte er, dass er den Wecker einfach nur in den Händen hielt und weinte.

13

Das Hotelzimmer in Köln strahlte die zerschlissene Eleganz vergangener Zeiten aus. Die Tapete glänzte golden. Der weinrote Teppich war von dem jahrzehntelangen Gebrauch abgewetzt.

Ilja suchte aus seinem Portemonnaie die Zweimarkmünze heraus. Mit einer Stecknadel stach er in das winzige Loch im Buchstaben D. Der verborgene Mechanismus schnappte, und die Münze sprang auf. Er entnahm ihr das klein gefaltete Zettelchen aus Seide. Es war über und über mit Zahlen bedruckt. In seiner Wohnung in Berlin besaß er weitere solcher Seidenzettelchen, wenn man jeden nur einmal benutzte, war der Code sicher.

Er setzte die Münze wieder zusammen. Er war jetzt sehr aufmerksam, jedem Geräusch aus dem Treppenhaus oder von der Straße lauschte er prüfend nach.

Auf ein Blatt schrieb er:

Лев не согласен. Аппарат обнаружен. Жду приказаний.

Löwe lehnt ab. Wanze aufgeflogen. Erbitte Befehle.

Anfangs hatte er sich zum Verschlüsseln einer Nachricht noch die Buchstaben des Alphabets und ihre dazugehörigen Ziffern aufschreiben müssen. Inzwischen ging es ihm ohne diese Gedächtnisstütze von der Hand. А = 1, Б = 2, В =3, Г =4, Д = 5 und so weiter, da musste er nicht mehr nachzählen, jeder Buchstabe hatte in seinem Kopf die dazugehörige Zahl geheiratet. Er nahm sich seine Nachricht vor und addierte jeweils die nächste Ziffer des Wurmcodes hinzu und strich sie auf dem Codezettel durch. Die Seide sog die Tinte gierig auf. Das Л war der dreizehnte Buchstabe, hinzu kam vom Codeblatt die 8, also schrieb er 21. Das E war der sechste Buchstabe, hinzu kam die 5, also schrieb er 11. Das B war der dritte Buchstabe, hinzu kam die 4. Am Ende hatte er eine Zahlenfolge notiert.

21 11 7 18 13 24 18 5 21 6 20 15 17 9 18 24 3 22 7 21 21 10 17 7 23 25 9 11 24 12 8 24 19 26 11 19 5 12 10 17 19 14

Es war ein simples System, das jedoch nicht zu knacken war. Nur das Gegenüber, das dieselbe Codeseite für den einmaligen Gebrauch besaß, konnte die Nachricht entschlüsseln, niemand sonst. Das System war selbst den Kodiermaschinen wie der Enigma oder der japanischen Purple überlegen. Inzwischen setzte man es auch in Maschinen ein, er hatte in Moskau die M-100 gesehen, Codename »Smaragd«. Die einzige Schwachstelle war der Mensch. Wenn jemand schlampig mit den Wurmcodes umging und sie beispielsweise aus Faulheit mehrfach verwendete, platzte das Geheimnis. In Moskau waren gerade erst mehrere Angehörige einer Dechiffriereinheit aus diesem Grund erschossen worden.

Warum funkte er »Löwe« und nicht »Adenauer«, wenn die Sache angeblich so sicher war? Er wusste es selbst nicht. Alte Gewohnheiten, alte Regeln – man nannte nie Personen beim Namen im Spionagegewerbe. So schützte man sich für den Fall, dass doch einmal etwas aufflog.

Er öffnete seinen Koffer mit dem Funkgerät und verband das Stromkabel mit der Steckdose. Dann schaltete er die Funkeinheit ein. Es hatte Vorteile, dass Beria nun ganz offiziell die Einrichtungen in Karlshorst benutzen konnte, seit er sich den MGB unter den Nagel gerissen hatte. Vorher hatten sie umständlicher kommunizieren müssen.

Die Amerikaner, hieß es, würden derzeit Funkgeräte entwickeln, die in einen Aktenkoffer passten und bis zu fünftausend Kilometer weit sendeten. Sicher würde es nicht lange dauern, bis die Sowjetunion diese Technologie ebenfalls besaß. Für den Moment musste er mit einer Reichweite von achthundert Kilometern zufrieden sein.

Er setzte sich ans Fenster und morste die Nachricht. Währenddessen sah er immer wieder hinaus. Gerade schloss er seinen persönlichen Morsecode an, der den Karlshorstern die Identifikation ermöglichte und bewies, dass nicht etwa die CIA oder die Deutschen mit einem beschlagnahmten Funkgerät sendeten, da sah er, dass im benachbarten Häuserblock alle Lichter ausgingen. Проклятье! Sofort hörte er auf zu morsen und schaltete das Gerät aus.

Er würde die Nachricht später wiederholen müssen.

Sie waren da.

Ein Peilfahrzeug musste seinen Sender lokalisiert haben, und nun schalteten sie Häuserblock für Häuserblock den Strom ab, um zu sehen, in welchem Haus er sich befand. Wenn er Glück hatte, war er im richtigen Augenblick ausgestiegen, und sie glaubten, dass er sich im benachbarten Häuserblock befand.

Doch verlassen konnte er sich darauf nicht. Es war höchste Zeit zu verschwinden. Er zog das Stromkabel ab und stopfte es in den Koffer. Eilig schlüpfte er in den Mantel. Weiter in Richtung Stadtzentrum gab es ein großes Schuhgeschäft, wenn er es bis dorthin schaffte, konnte er untertauchen.

Den Zettel zu verbrennen und das seidene Codeblatt, dafür reichte die Zeit nicht mehr. Er steckte sie sich kurzerhand in den Mund und schluckte sie herunter. Währenddessen verließ er das Zimmer. Er stieg die Treppe ein Stockwerk höher hinauf und klopfte an die Tür eines Hotelzimmers. Niemand antwortete. Er entrollte das Lederetui, zog den Spanner heraus und führte ihn in den Zylinder ein. Tastete mit dem Haken. Der erhöhte Puls machte seine Finger unruhig, immer wieder rutschte er ab. Endlich hatte er alle Stifte hinuntergedrückt. Er drehte mit dem Spanner das Schloss. Das Zimmer war offenbar bewohnt, ein Anzug hing am Schrank. Er stellte den Koffer mit dem Funkgerät neben das Bett. Ein teurer Verlust, aber er würde ihm Vorsprung verschaffen. Die Ledermappe mit den Einbruchswerkzeugen und die F21 steckte er in die Innentasche des fremden Anzugs. Glücklicherweise hatte er den Film bereits zur Entwicklung gegeben.

Eilig verließ er das Zimmer wieder, zog die Tür zu und nahm die teppichbespannte Treppe nach unten. Lampen, die sich das Aussehen von Kerzenleuchtern gaben, erhellten das Treppenhaus des Hotels. Noch wirkte alles friedlich. Unten an der Rezeption gab er seinen Schlüssel ab. »Ich gehe in die Stadt«, sagte er. »Bin in einer Stunde zurück.«

Er setzte den Hut auf und trat nach draußen. Hatte er genug Bargeld dabei für einen Schuhkauf, würde man ihm das abnehmen? Gerade als er in die nächste Straße einbiegen wollte, sah er einen Wagen vor dem Hotel anhalten. Drei Männer stiegen aus und stürmten in das Hotel.

Kaum dass sie verschwunden waren, legte er einen kräftigen Schritt zu. Das Haifischkragenhemd kratzte ihn. Er war versucht, im Gehen die Krawatte zu lockern, versagte es sich jedoch. Im entscheidenden Moment musste er adrett aussehen.

Da, das Schuhgeschäft. Er trat ein. Schlenderte nach hinten zum Pedoskop. »Ihre Füße haben Sie lebenslänglich«, stand auf einem Schild darüber, um die Kaufbereitschaft der Kunden zu stärken. Einige Kinder spielten am Gerät und hielten lachend ihre Füße unter den Röntgenapparat. Neuerdings warnten Wissenschaftler vor der hohen Strahlenbelastung, aber davon hatte hier offenbar keiner etwas gehört.

»Gut passende Schuhe halten länger«, warb ein Verkäufer. »Und sie tun den Füßen gut. Gerade die schnell wachsenden Kinderfüße sollte man immer wieder prüfen.«

Er lachte gnädig über die spielenden Kinder, dann vertrieb er sie und lotste die kaufbereite Mutter mit ihrem Kind zur Maschine. Durch die drei Sichtfenster konnten gleichzeitig die Mutter, der Verkäufer und das Kind auf die Knochen sehen.

»Entschuldigen Sie«, sagte jemand hinter ihm.

Er drehte sich um. Die drei Herren. Sie standen sprungbereit, als erwarteten sie, dass er sich wehrte oder zu entkommen versuchte.

»Kennen wir uns?«, fragte er in seinem besten akzentfreien Deutsch.

»Noch nicht. Dürften wir bitte Ihren Ausweis sehen?«

Andere Kunden wurden aufmerksam. Sie standen mit ihren Schuhpaaren in den Händen da und gafften.

Er fasste in die Innentasche seines teuren Tweedmantels – höchste Aufmerksamkeit in den Gesichtern der drei, einer von ihnen fasste sich an den Rücken, wo er wohl eine Waffe verborgen hatte – und gab sich einen gekränkten Gesichtsausdruck, während er das Portemonnaie öffnete. Ihm entnahm er den Ausweis. Er überreichte ihn.

»Bruno Büsching«, las einer der Herren halblaut vor. Er sah hoch: »Sie sind aus Münster?«

»Hören Sie, ich weiß nicht, was Sie von mir wollen.« Der blaue Anzug, das Hemd und die Krawatte waren nur der Außenbereich der Tarnung, seine Art, mit den Männern der Spionageabwehr umzugehen, musste sie vervollständigen. Nahmen sie ihm den gepflegten Geschäftsmann ab?

»Kommen Sie bitte mit.«

»Ich hoffe, Sie haben eine gute Erklärung für all das.« Widerstrebend folgte er ihnen aus dem Laden. Hinter ihm versuchte der Schuhverkäufer, die Aufmerksamkeit der Kundin wiederzuerlangen. »Je empfindlicher der Fuß, desto wichtiger ist die regelmäßige Prüfung im Pedoskop. Hat Ihr Sohn schon einmal über

Fußschmerzen geklagt? Ich würde sagen, seine Schuhe sind etwas zu schmal.«

Einer der drei Herren fragte, kaum dass sie den Gehweg betreten hatten: »Sie wohnen im Hotel da drüben?«

»Ich wüsste nicht, was Sie das angeht.« Das Portemonnaie durften sie nicht genauer untersuchen. Die hohle Münze würde ihnen zwar nicht auffallen, sie war durch zusätzliche, schwerere Legierungen im Inneren genau auf das Gewicht einer gewöhnlichen Münze gebracht worden. Aber wenn sie die Vorrichtung zum Abfeuern der Giftgasampulle fanden, war er aufgeflogen. Außerdem waren weitere Pässe und Interzonenpässe in den Mantel eingenäht. Womöglich blieb ihm nur die Flucht. Mit Sicherheit waren bereits Einsatzwagen der Polizei benachrichtigt worden, er sollte rasch handeln.

»Wir möchten nur Ihre Personalien überprüfen. Es hat hier einen Zwischenfall gegeben.«

»Ich bin Geschäftsmann und noch nie mit dem Gesetz in Konflikt gekommen. Dass Sie mich in aller Öffentlichkeit wie einen Verbrecher behandeln, ist infam. Ich verspreche Ihnen, das wird Folgen für Sie haben!«

Unter halbherzigen Beschwichtigungen brachten sie ihn ins Hotel. Da kam ihnen ein Mitarbeiter von der Treppe entgegen. »In seinem Zimmer war nichts. Aber wir haben im Zimmer eines Franzosen den Funksender gefunden und Einbruchswerkzeug. Der Franzose ist angeblich heute Morgen nach dem Frühstück zum Sightseeing aufgebrochen.«

Hektisch fragten sie den Concierge: »Hat Ihr Hotel einen Hinterausgang?«

»Ja. Aber man muss hier vorbei.«

»Also ist er noch im Haus. Ist der Dachboden verschlossen?«

»Mit einem Vorhängeschloss, ja.«

Sie sahen sich an. Zu viert eilten sie die Treppe hinauf.

»Das heißt dann wohl, ich darf gehen«, sagte er halblaut.

Der Concierge entschuldigte sich. Man habe die Auskunft von ihm gefordert, ob jemand in den letzten Minuten das Haus verlassen habe.

Ilja verzieh ihm großmütig und trat hinaus auf die Straße. Bevor er diese Stadt verließ, musste er im Fotogeschäft noch den inzwischen wohl entwickelten Film abholen, sonst hätte er gar kein Ergebnis zu präsentieren, und das würde Beria nicht akzeptieren. Nervös wartete er am Tresen im Geschäft, dass der Inhaber ihm endlich die Bilder brachte. Er schaute auf den Bürgersteig hinaus. Keine verdächtige Person zu sehen. Wie lange würde es dauern, bis die drei Männer bemerkten, dass der arme Franzose im Hotel doch nicht der gesuchte Spion war? Dann würden sie ihn aufs Neue jagen.

Endlich erschien der Inhaber und überreichte ihm den Film. Ilja war so sehr in Eile, dass er vergaß, das Wechselgeld entgegenzunehmen. Als er hinausging, stieß er in einen Mann, den er im ersten Moment für einen der drei Verfolger hielt, bis ihm der Irrtum bewusst wurde. »Passen Sie doch gefälligst auf«, rief der Herr erbost. Obwohl er kaum noch die Ruhe dazu hatte, kaufte Ilja in einem anderen Geschäft noch rasch eine Schere. Dass er nahezu die gesamte Ausrüstung verloren hatte einschließlich seiner geliebten F21, schmerzte ihn. Selbst wenn Beria ihm weiter das Vertrauen schenkte und ihm Gulag oder Hinrichtung erspart blieben, konnte eine Versetzung in den Innendienst angeordnet werden. Er konnte nur hoffen, dass sie ihm einen letzten Auftrag gaben, mit dem er sich bei Erfolg rehabilitieren konnte.

Am Hauptbahnhof erwarb er ein Billett für den Fernschnellzug FD 111 nach Berlin, Abfahrt 2:46 Uhr in der Nacht. Außerdem kaufte er eine Briefmarke und einen Umschlag mit Briefbogen. Auf den Bogen schrieb er Belanglosigkeiten und unterschrieb mit einem Fantasienamen. Dann zog er sich auf die Herrentoilette der Bahnhofsgaststätte zurück. Er schnitt aus dem entwickelten Film die winzigen schwarzen Punkte inmitten der weißen Felder aus. Die Dokumentenseiten waren durch das Loch in der schwarzen Pappe auf die Größe von Stecknadelköpfen verkleinert worden. Die schwarzen Punkte legte er auf die rechte obere Ecke des Briefumschlags, befeuchtete die Briefmarke und klebte sie darüber. In Moskau würden Berias Leute sie ablösen und die Punkte zu Dokumenten vergrößern. Er schrieb die Deckadresse auf den Umschlag.

Anschließend trennte er mit der Schere eine Naht des Mantels auf und entnahm dem Geheimfach im Futter einen Interzonenpass.

Zurück im Gastraum bestellte er sich gebratene Leber mit Kartoffelbrei, Äpfeln und Zwiebeln. Als das dampfende Essen gebracht wurde, steckte er sich eine Serviette in den Kragen, um sich nicht zu bekleckern, und nahm genussvoll den ersten Happen auf die Gabel. Es würde eine Weile dauern, bis er wieder so gut essen konnte. Vielleicht war dies sogar seine Henkersmahlzeit.

Wieso gab es im demokratischen Teil Deutschlands noch diesen Mangel und hier im Westen bereits Essen und Luxusgüter im Überfluss? In der DDR bekam man viele Nahrungsmittel nur auf Bezugsscheine seit dem Kriegsende vor acht Jahren.

Wie jung er damals gewesen war, kaum erwachsen, ein ehrgeiziger, lobsüchtiger schlaksiger Kerl, der mit dem NKWD auf Berlin vorrückte und Deserteure jagte. Die Politoffiziere der Roten Armee hatten eine Hasskampagne gestartet, um die Kriegswut der Soldaten anzuheizen. Sie schrieben Schilder und platzierten sie am Straßenrand, wo die Armee vorüberkam: »Treibt die faschistischen Tiere aus ihrem Bau!« »Soldat: Du bist in Deutschland, nimm Rache an den Faschisten.«

Wenn du nicht wenigstens einen Deutschen am Tag getötet hast, sagte man den Soldaten, dann war der Tag vergeudet. Hänge sie auf und sieh zu, wie sie in der Schlinge strampeln.

Der Widerstand der Deutschen tat ein Übriges, die Wut zu verstärken. Sie hatten doch verloren! Wieso mussten sie im Kampf um Berlin weiterhin so verbissen um sich schießen, diese riesigen Verluste, die vielen Menschenleben!

Aber als der Krieg gewonnen war, sollten sie plötzlich differenzieren. Auf einmal waren nicht mehr alle Deutschen hassenswert. Der Faschismus habe aus einem Bündnis von Junkern, Großindustriellen und Bürgerlichen bestanden, sagte man ihnen, nur die Kapitalisten seien echte Nazis gewesen. Die Rote Armee sollte sich auf den Klassenkampf umstellen. Man informierte sie über den Opfertod von Ernst Thälmann. Erinnerte sie an Goethe, Schiller und Beethoven, damit sie das deutsche Volk und seine kulturellen Errungenschaften schätzen lernten.

Er, Ilja, hatte Deutschunterricht geben müssen, zumindest für die Offiziere war er obligatorisch gewesen. Aber es machten nur wenige mit, trotz des Befehls.

Über dem Eingang zur Humboldt-Universität brachten die Politoffiziere ein Spruchband an, dass hier der Begründer des wissenschaftlichen Kommunismus, Karl Marx, studiert habe. Und an die Königlich-Preußische Bibliothek hefteten sie in großen Lettern den Hinweis: »Hier arbeitete im Jahre 1895 der Führer des Großen Oktober und Begründer der KPdSU, Wladimir Iljitsch Lenin.«

Nur wenige Straßen entfernt hingen noch die Schilder mit Parolen wie »Hier ist es, das verfluchte Deutschland« oder »Hier ist sie, die Höhle der Faschisten – Berlin«. Es waren verrückte, raue Monate gewesen.

Und die Politoffiziere hatten die Sprache der Dinge unterschätzt, die oft viel lauter redeten als Worte. Die piekfeinen Häuser, die alle Bombennächte überstanden hatten, und diese Datschen! Man fragte sich: Warum überfielen Menschen, die ein so gutes Leben führten, Russland? In den Vorratskammern Schinken, Obstkonserven, Erdbeermarmelade …

So mancher NKWD-Agent war überwältigt davon, wie gut die Deutschen gekleidet waren. Sie bewohnten prächtige Häuser, alles war sauber und ordentlich, dazu gab es fließendes Wasser und Innentoiletten – im Vergleich dazu waren die Zustände in Russland miserabel. Wie konnte das besiegte Deutschland einen so viel höheren Lebensstandard haben als die siegreiche Sowjetunion?

Jeder Heimaturlaub war ein Schock: Die Lebensbedingungen in der Ukraine und in Russland hatten sich seit vielen Jahren nicht gebessert. Er sah es alles, die Armut, die zerschossenen Fabrikhallen und erbärmlichen Behelfsbrücken, die immer noch nicht repariert waren, Hunger und primitive Pferdekarren statt Autos.

Er bestellte sich noch einen Kalbsnierenbraten. »Und zum Nachtisch bringen Sie mir bitte Weintraubenkompott«, sagte er, »und einen Bohnenkaffee.«

Später stand er auf dem Bahnsteig und fror. Der Bohnenkaffee hielt ihn wach. Endlich fuhr der Zug aus Paris ein, gezogen von einer gewaltigen Dampflok. Es gab Wagen erster, zweiter und dritter Klasse, Liegewagen und einen Kurswagen der polnischen Staatsbahn nach Warschau.

Er hatte zweite Klasse mit Polstern gebucht. Sein Abteil war voll, überhaupt war der Interzonenzug überfüllt. Ein lauter Pfiff ertönte. Die Türen wurden zugeschlagen. Dann stampfte die Lok los. Bald jagte sie dahin, hinaus aus der Stadt Köln und in die Nacht hinein.

Noch sah der Kapitalismus stärker aus, noch konnte der Imperialismus der Amerikaner mit seinem goldenen Funkeln die Menschen becircen. Aber wenn eines Tages der Aufbau des Kommunismus abgeschlossen war und jeder Mensch in der Sowjetunion und in den Volksdemokratien seine Wünsche ausleben konnte, wenn sie alle genug Zeit für Bildung, Kultur, Erholung, Reisen hatten und keiner brauchte mehr Geld, allen gehört alles, niemand war mehr unterdrückt – dann würden die korrupten Menschen aus dem Westen darum betteln, in die kommunistischen Länder eingelassen zu werden.

So hatte er es gelernt. Er war nur nicht sicher, ob er es noch glaubte.

14

HALLE/SAALE, 28. MÄRZ 1953

Das Restaurant war gut beheizt. Draußen, auf der moorgrünen Saale, fuhr ein Frachtschiff vorüber. Lotte war froh, dass sie am Fenster saßen. So waren die Gesprächspausen weniger unangenehm, man sah einfach hinaus. »Waren Sie schon einmal hier?«, fragte sie.

Er schüttelte den Kopf. »Leider nein. Aber ich wollte es seit Langem kennenlernen. Alle schwärmen ja von diesem Krug zum grünen Kranze. Und Sie?«

»Früher, als wir ...« Sie korrigierte sich. »Als ich noch keine Kinder hatte.«

»Wilhelm Müller soll hier draußen unter den Kastanienbäumen den Text zu ›das Wandern ist des Müllers Lust‹ geschrieben haben, weil sein Bekannter, Basedow, sich so verspätete und er allein wartete.«

Er trug ein braunes Cordjackett über dem Hemd. Zivile Kleidung stand ihm gut. Dennoch war ihm die militärische Haltung anzusehen, er saß aufrecht und breitschultrig da. Und sie las Unsicherheit in seinen Augen. Das gefiel ihr, denn es hieß, dass er es nicht vermasseln wollte und dass sie ihm wichtig war. Sie sagte: »Man denkt bei den Volksliedern eigentlich nie darüber nach, dass sie auch mal einer erfunden haben muss, oder?«

»So wie man nie darüber nachdenkt, dass unser Generalsekretär neben seinem Amt auch ein gewöhnlicher Mensch ist. Ich meine, da gibt es das gigantische Walter-Ulbricht-Stadion in Berlin, die Leuna-Werke ›Walter Ulbricht‹, sein Porträt, das in allen Schulklassen und den Betrieben an der Wand hängt. Er führt dieses Land in den Sozialismus, er repräsentiert es auf der Weltbühne. Und trotzdem ist er auch ein Mensch. Ein Mann, der eine Frau hat und eine Tochter. In der Freizeit turnt er täglich am Barren, habe ich gehört.«

Sie suchte nach einem Funken von Ironie in seiner Miene, aber ohne Erfolg. In der Fabrik waren die Leute nicht so sehr von Ulbricht begeistert.

Früher hätte sie das schon zum Anlass genommen, das Rendezvous abzubrechen. Aber sie hatte dazugelernt. Sie war reifer geworden. Man konnte nicht erwarten, dass zwei Menschen sich in allen Punkten einig waren, diese hymnische Einigkeit, das Verschmelzen zu einem einzigen Wesen – so etwas gab es nur im Märchen.

Mit Wehmut dachte sie an ihren ersten Kuss zurück. Sie hatte sich oft gefragt, wie ihr Leben verlaufen wäre, wenn sie ihre erste Liebe statt Erwin geheiratet hätte. Sie war siebzehn gewesen, Henning einundzwanzig. Dass sie ihn damals zurückgewiesen hatte, konnte sie sich bis heute nicht verzeihen. Vor allem den Grund dafür: Ihr knapp gefasster Entschluss hatte am hallischen Dialekt gelegen, den er besonders ausgeprägt sprach. In ihrer Arroganz hatte sie seine Redeweise als ungebildet empfunden, ausgerechnet sie, die selbst aus einfachen Verhältnissen kam. Ihre Schwester Ursula hatte er zum Beispiel Orsel genannt. Das war ihr ordinär erschienen. Unerfahren, wie sie war, hatte sie geglaubt, es würde eines Tages ein besserer Mann kommen.

Diesen Fehler würde sie nicht wiederholen.

»Woran denken Sie?«

»An die Kinder«, sagte sie und bereute es im gleichen Moment. Ihre Mutterrolle gerade jetzt zu betonen, war eine Dummheit, die alles verderben konnte.

Aber Heimeran schien sich daran nicht zu stören und erkundigte sich gleich nach dem Alter der Kinder.

»Stefan ist neun, Thomas sechs und Valentin vier.«

»Da können die beiden Großen ja schon aufs Pionierlager fahren im Sommer! Ein Kollege von mir bei der KVP hat seinen Jungen letztes Jahr in die Hohe Düne im Ostseebad Prerow geschickt, die Zelte im Schatten der Kiefern, hat er gesagt, überall Kiefernnadeln und Zapfen, aber trotzdem soll es ein Idyll sein. Der Zeltfußboden ist aus Brettern gezimmert, Armeedecken liegen darauf und das Lager ist mit allem ausgestattet, mit Musikinstrumenten, Büchern, Sportmöglichkeiten. Es gibt ein Freundschaftsbanner zum Fahnenhissen, und natürlich Geländespiele, und die Kinder gehen baden in der Ostsee. Das Essen soll auch nicht übel sein.«

»Ich überleg's mir.« Natürlich wäre es ein großer Spaß für Stefan und Thomas. Aber wenn die Jungs wiederkamen, würden sie vollkommen indoktriniert sein und nur noch Lieder singen wie »Werft, Pioniere, Brand in die Nächte! Wir sind die Erben der Arbeiterrechte« oder »Links, links, links, zwei, drei, vier, links, links Pionier!«

Heimeran sah sie sanft und zugleich eindringlich an. »Sie haben Sorge, dass ich ein ganz Roter bin, nicht wahr?« Er sprach leise. »Das war ich mal. Inzwischen sehe ich das alles etwas differenzierter. Ich trete für dieses Land ein und für den Aufbau des Sozialismus, aber ich bin kein Fanatiker, wenn Sie verstehen, was ich meine. Nach dem Krieg habe ich mitgeholfen, Sowjets einzurichten, Arbeiterräte. Ich wollte die Konterrevolution bekämpfen und ein sowjetisches Deutschland einrichten. Wir sind durch die Straßen gezogen, haben die rote Fahne geschwenkt und die ›Internationale‹ gesungen, und haben Bilder von Stalin und Thälmann wie religiöse Ikonen vor uns her getragen.« Er räusperte sich. »Von jedem auf der Straße haben wir verlangt, dass er uns mit ›Rot Front‹ grüßt. Der Ruhetag sollte vom Sonntag auf den Freitag verlegt werden. Wir haben Komitees gebildet, rote Armbinden getragen und den Sowjetstern an die Hauswände gemalt.«

»Sie klingen, als würden Sie sich diese Tage zurückwünschen.«

»Ich gebe zu, es war die aufregendste Zeit meines Lebens. Wir waren wie verliebt. Wir wollten die Welt verändern.«

»Und dann?«, fragte sie.

»Der Sowjetkommandant hat uns klargemacht, dass wir über das Ziel hinausschießen und der Sache eher schaden. Und schließlich kam die ganze Bürokratie. Der Überbau. Auf einmal hieß es, wir müssten mit den Bürgerlichen zusammenarbeiten, die Arbeiterkomitees hätten sie zu Unrecht aus den Fabriken geworfen. Man sagte uns, ohne die Fachkräfte würde der Wiederaufbau nicht funktionieren. Also stellten wir sie wieder ein. Und am Ende wurden unsere antifaschistischen Komitees und KPD-Büros aufgelöst.«

Der Kellner kam und brachte die Soljanka. Sie wechselten das Thema, sie sprachen jetzt über Leibgerichte, kamen zum Weißkohl, dem Ausweichgericht, wenn die Lebensmittelmarken aufgebraucht waren, landeten bei preiswerter Pferdebrühe und dem Pferdemetzger Böhlert am Hallmarkt.

Sie glaubte, dass er diese Themen ihr zuliebe behandelte. Er war mit seinem Offiziersgehalt sicher nie in der Verlegenheit, Pferdebrühe zu kochen. Dass er so auf sie einzugehen versuchte, beeindruckte sie. Gleichzeitig ging es völlig daneben. Er verirrte sich in immer unromantischere Themen.

Einem Instinkt folgend, berührte sie seine Hand. Sofort verstummte er. Sein Gesichtsausdruck wirkte auf einmal so verletzlich. Hatte sie das ausgelöst mit ihrer Berührung?

Sie musste an Mutter denken, die immer gesagt hatte, die Aufgabe einer Frau sei es, ihrem Partner zu helfen, ein besserer Mann zu sein. Heimeran bekam das Gespräch nicht gut hin. Sie half ihm jetzt zurück zum Zauber ihrer Begegnung. »Lassen Sie uns spazieren gehen«, sagte sie leise.

»In Ordnung.« Er sah sie an und schluckte mehrfach. Dann rief er heiser die Kellnerin. Er verlangte die Rechnung und bezahlte.

Nach dem Aufstehen half er ihr in den abgetragenen Mantel. Für den schämte sie sich. Hoffentlich fielen ihm die dünnen Stellen nicht auf.

Sie gingen hinaus. Es dunkelte schon. Nur aus den Fenstern der Häuser leuchteten warme Lichter in den Abend. Schemenhaft sah sie am Ufer die Burg Giebichenstein aufragen. Sie legte ihre Hand in seine Armbeuge, und weil ihm die Berührung so gefiel, legte er seine Hand darauf. Sie spazierten zu Reichardts Garten. Bald würden hier die Fliederbüsche blühen. In den Wiesen standen überall Krokusse.

Neben einer steinernen Bank, auf der sicher schon Goethe gesessen hatte, der den Komponisten und Schriftsteller Reichardt hier des Öfteren besucht hatte, blieb sie stehen. Heimeran wandte sich ihr verwundert zu. Sie sagte: »Männer wollen selbstbewusste Macher sein, sie denken, dann gefallen sie uns. Und wir sollen schön kompliziert sein und geheimnisvoll. Aber das ist Unsinn. Ich kann es ganz einfach für Sie machen: Sie gefallen mir. Ich möchte Sie küssen.«

Er neigte schüchtern den Kopf zu ihr hinunter. Sie küssten sich wie ungeübte Heranwachsende. Lotte nahm sein Gesicht in ihre Hände und küsste ihn noch einmal, etwas forscher.

Es gefiel ihr, dass er leise ein Lied summte, als sie weitergingen. Sie merkte, dass er auf die Plakate der vielen Kinos mehr achtgab als auf die allgegenwärtigen Transparente mit Losungen über den Sieg des Sozialismus und die Konterfeis der SED-Spitze. Sie hängte sich noch fester bei ihm ein. Der Spaziergang mit Heimeran verlieh ihr eine solche Kraft, dass sie wieder daran glaubte, eines Tages zu studieren. Sie fühlte sich, als wäre sie aus einem jahrelangen Dornröschenschlaf erwacht. Erwin hatte nicht gewollt, dass sie studierte, es hätte komisch ausgesehen, wenn er mit den Kindern zu Hause geblieben wäre, während sie studieren und arbeiten ging. Außerdem hätte das Studium noch Jahre gedauert. Erwin arbeitete in der

Zuckerraffinerie. Ihm wäre es sowieso nicht recht gewesen, dass sie was Besseres wurde als er.

Auf langen Umwegen brachte Heimeran sie durch die Altstadt bis zu ihrer Wohnung in der Schillerstraße im Paulusviertel. Hier hatten früher Professoren und leitende Angestellte gewohnt, aber die alten Häuser im Jugendstil waren inzwischen vom Verfall bedroht. Vor ihrer Haustür fragte er: »Sehen wir uns wieder?«

»Was für eine Frage«, sagte sie und drückte ihm einen Abschiedskuss auf die Wange. Sie rechnete es ihm hoch an, dass er nicht versuchte, sie aufs Zimmer zu begleiten.

Die Stufen im Treppenhaus ging sie bewusst langsam, sie wollte das Gefühl in der Brust auskosten, diese Weite. Dann schloss sie die Wohnungstür auf und schaltete das Licht ein. Sie blickte auf ein Durcheinander von Schuhen, Spielzeug und Stühlen.

Die Jungs hatten anscheinend mal wieder »Verstecken im Dunkeln« gespielt. Sie mussten sich schlafend gestellt haben, bis die Nachbarin nach Hause ging. Dann mussten sie wieder hervorgesprungen sein und ihr Spiel begonnen haben. So hätte die Nachbarin die Wohnung sicher nicht verlassen.

Sie blieb im Flur stehen, Schuhe und Jacke noch an, und lauschte. Aus dem Wohnzimmer hörte sie ein leises Stimmchen rufen: »Mama?«

Seufzend zog sie die Schuhe aus, suchte sich einen Weg durch das Chaos und öffnete die Wohnzimmertür. Sie schlüpfte durch den Türspalt und setzte sich auf die Sofakante zu Valentin ans Bett. »Ich bin wieder da, mein Kleiner.«

»Wenn ich groß bin«, fragte er, »heiße ich dann immer noch Valentin?«

»Natürlich.«

»Nein, das will ich nicht. Ich will doch dann Erwin heißen und Geige spielen!«

Es versetzte ihr einen Stich. Selbst Valentin, der den Vater nie wirklich kennengelernt hatte, eiferte ihm nach? Lag es daran, dass sie einen anderen Mann getroffen hatte? Die Kinder fürchteten wohl, damit würde die letzte Möglichkeit verspielt, dass ihr Vater nach Hause heimkehrte. Sie streichelte seinen Arm. »Du kannst auch Geige spielen lernen, wenn du nicht Erwin heißt. Jetzt schlaf!«

Valentin fragte: »Und werden Mücken betrunken, wenn sie einen Betrunkenen stechen?«

»Das haben dir deine Brüder erzählt, oder?«

Der Kleine nickte.

»Nein, ich glaube, Mücken werden nicht betrunken. Mach jetzt die Augen zu, mein Liebling.«

Friedlich sah er aus, wie er sich unter die Decke kuschelte. Valentin zog die Decke immer bis zum Kinn hoch, selbst im Sommer, er brauchte das, um sich geborgen zu fühlen. Sie sagte: »Irgendwann bin ich alt und grau und habe noch mehr Falten als jetzt. Aber ich werde euch immer lieben. Meine drei Jungs. Und dich ganz besonders, mein kleiner Schatz.«

»Warum hast du Falten?«, fragte Valentin.

»Na ja, ich hoffe, dass sie vom vielen Lachen kommen.«

Er streckte die Hand nach ihrem Gesicht aus und berührte es. Er sagte: »Du bist nicht alt, du bist nur glücklich.«

Sie gab ihm einen Kuss, stand auf und ging zum Schlafzimmer. Stefan und Thomas mussten ein Bett teilen, immer noch. Sie hoffte, dieses Jahr an ein Klappbett heranzukommen. Die Jungs wurden immer größer und passten kaum noch nebeneinander in das schmale Schlafzimmerbett. Das Klappbett konnten sie dann in der Küche aufstellen. So hatte beinahe jeder ein Zimmer. Stefan würde im Schlafzimmer sein, Thomas in der Küche, sie weiterhin auf dem Sofa im Wohnzimmer und Valentin bei ihr im Kinderbettchen. Sie schloss leise die Tür.

In der Küche sah das Stopfzeug sie vorwurfsvoll an. Sie schob den Korb unter den Küchentisch, um ihn nicht vor Augen zu haben, und wandte sich dem Abwasch zu. Ja, dachte sie. Heute bin ich glücklich.

15

Im Maschinenraum der DDR, in Halle mit seinen kleineren Nachbarorten Merseburg und Bitterfeld, stampften und ratterten die Produktionsstraßen der Großbetriebe. Zehntausende Arbeiter hielten das Industriezentrum am Laufen. Der Ruß der chemischen Fabriken von Buna und Leuna färbte Halles Häuser schwarz, aber das kannten die Bewohner schon. Während der Kriegsjahre war in Leuna in großem Stil Braunkohle zu Benzin verflüssigt worden. Dieses »Deutsche Benzin«, wie es die Nazis nannten, hatte die Wehrmacht am Laufen gehalten. Heimlich war mancher noch stolz darauf, zumindest den Namen I. G. Farben nannte man mit Wehmut und Respekt.

Dank Leuna waren alle Feldzüge der ersten Kriegsjahre gewonnen worden, und hier hatte man den Krieg am Ende auch verloren, als achthundert amerikanische Bomber das Hydrierwerk am 12. Mai 1944 vernichteten.

Inzwischen wurde wieder Kohle hydriert. Und man arbeitete neuerdings mit Erdöl, das aufgebrochen und weiterverarbeitet wurde. Das war die Zukunft: Erdöl. In diesem Fall kam es aus Österreich. Die Ammoniakfabrik brummte, Isobutylöl und Methanol wurden erzeugt.

Aber die Stadt Halle war kein Wohnmoloch, der am Morgen Arbeiter aus den Häusern spie und sie abends wieder einsaugte, Arbeiter für die Waggonfabrik Ammendorf, die Maschinenfabrik, die IFA Karosseriewerke, Diamalt und Deutschlands älteste Schokoladenfabrik Halloren.

Zumindest nicht nur.

Halle war ebenso die Universität. Der Dom. Händel. Man sah auf den Straßen Kohlenträger mit ihren schweren Kästen auf dem Rücken, Scherenschleifer, die ihre Wägelchen schoben, und vor einer Eisdiele die ersten Mutigen: Sie ließen sich ihre Eiskugeln auf muschelförmige Waffeln geben und setzten sich unter freiem Himmel auf Stühle aus eisernem Gestell.

Im Sechs-Minuten-Takt rumpelten Straßenbahnen durch die Stadt und brachten Freunde zu Freunden, Musikschüler in die Musikschulen, Enkel zu den Großeltern, Studenten in die Vorlesungen.

Im Zoo wurden den Besuchern die jungen Löwen in den Arm gedrückt. Das Foto konnten sie später überteuert erwerben. Schilder an den Käfigen zeigten gemalte Tiere, ihr Ursprungsgebiet war auf der Weltkarte rot markiert. Die Zoobesucher hatten von zu Hause Essen mitgebracht, Kinder warfen dem Nilpferd, das mit weit geöffnetem Maul bettelte, Gemüse hinein. Da klappte das Maul zu, und die kleinen Ohren wedelten aufgeregt. Kauend tauchte es in einem Wasserstrudel ab. Affen steckten die Händchen durch das Gitter, auch sie hatten Hunger. Dem Tiger schwenkte der Tierwärter das Fleisch vor dem Käfig hin und her, bis er sich vor Wut gegen die klirrenden Eisenstangen warf und mit den Tatzen zwischen den Stangen hindurchschlug. Endlich gab der Wärter die Beute frei, und der Tiger zermalmte die Knochen, man hörte weithin das Knacken.

Der Zoo lag auf einer Anhöhe, die Besucher liefen gemächlich hinauf, während sie die Tiere betrachteten, bis sie schließlich von oben einen schönen Blick über die Stadt und die Saale hatten.

Auf einem Spielplatz war ein Eisenrohr im Boden verankert, an dessen hoher Spitze sich ein Rad drehte. Mehrere lange Seile waren an ihm befestigt, Seile, die in Holzgriffen endeten, und daran hatten sich Kinder gehängt und liefen im Kreis, drei Mädchen waren es und zwei Jungs, die Jungs hießen Thomas und Stefan, immer schneller liefen sie, bis sie abhoben und flogen, sie kreischten vor Freude. Ein Mädchen, das sich nicht gut genug festhielt, segelte im hohen Bogen auf die Wiese. Die anderen stießen sich immer wieder mit den Füßen ab und flogen in langen Bögen, sie drehten sich um die eigene Achse, vollführten kleine Kunststücke und sahen die Welt vorbeisausen.

Wenn man verliebt war, entzückte einen all das: die spielenden Kinder, die Straßenbahnen, die Tiere und der Dom, Händel und sogar Isobutylöl. Aber Katharina war nicht verliebt, obwohl sie erst ein Jahr verheiratet war.

Sie wusste, sie hatte allen Grund, dankbar zu sein. Es herrschte Männermangel, drei Frauen kamen auf einen Mann in dieser Nachkriegszeit, und sie hatte einen abbekommen, dazu noch einen mit schönem schwarzem Haar und klugen Augen. Dankbar war sie auch gewesen, anfangs. Bis sie hatte feststellen müssen, dass sie Marc nicht kannte und dass sie ihn vermutlich nie kennenlernen würde. Weil er kaum mit ihr sprach. Er fragte nach dem Kunsthonig am Frühstückstisch, und er erzählte von seinen Studien am landwirtschaftlichen Institut. Doch was wirklich in ihm vorging, erfuhr sie nicht.

Ihr Vater war das genaue Gegenteil von ihm, und jeder Besuch zu Hause bei den Eltern machte ihr den Unterschied zwischen den beiden Männern schmerzlich bewusst. Vater lachte laut, scherzte mit der Mutter, machte ihr, der Tochter, Komplimente, und wenn es ihm schlecht ging, wusste es die ganze Familie, weil ihm die Traurigkeit vom Gesicht abzulesen war. Marc hingegen schwieg. Er schwieg mit dem Gesicht, schwieg mit den Händen, schwieg mit seinem ganzen Wesen. Sie wusste nicht, ob er zufrieden mit ihr war. Ob er sie überhaupt liebte. »Er hat dich geheiratet, Kind«, wandte Mutter ein, als sie ihr einmal beim Abspülen leise ihr Leid klagte. Aber es gab viele Gründe zu heiraten, nicht bloß die Liebe, vielleicht hatte er gemeint, dass es von der Gesellschaft erwartet wurde, ein Doktorand an der Universität sollte verheiratet sein, und sie hatte es ihm leicht gemacht, weil sie immer mitgemacht hatte, wenn er den nächsten Schritt ging. Er hatte sie zum Tanzen aufgefordert, und sie hatte mit ihm getanzt. Er hatte ihr die erste Blume geschenkt, und sie hatte ihn geküsst.

Anfangs war ihr das reizvoll erschienen, von dem Unergründlichen umworben zu werden. Allein das Gefühl, dass er sie auserwählt hatte, unter vielen!

Dann hatte er sie gefragt, ob er sie heiraten dürfe, und wieder hatte sie es ihm leicht gemacht. Es war für ihn selbstverständlich gewesen, dass sie zustimmte, zumindest fühlte sich sein Kuss nicht anders an als sonst, und sein Gesicht bleib geheimnisvoll. »Freust du dich?«, hatte sie ihn gefragt.

Ja. Einfach bloß: Ja.

Wie war dein Tag?

Gut.

Jeder Tag war bei ihm gut, gut war das große Nichts, das Ich-rede-nicht-mit-dir-Gut. War der Tag schrecklich gut gewesen? Zauberhaft gut? Deprimierend gut? Sie erfuhr es nicht. Wenn ihm ihre Fragerei zu viel wurde – und ja, sie konnte aufbrausend fragen, wenn er sie so anschwieg –, ging er einfach aus dem Zimmer. Schlimmstenfalls sogar aus der Wohnung und kam erst Stunden später zurück.

Wo warst du?

Spazieren im Pestalozzipark.

Warst du böse auf mich? Habe ich dich irgendwie verärgert?

Nein.

Doch, habe ich! Verdammt noch mal, sag es mir, mach mir Vorhaltungen, gib mir Gegenwind, bitte mich, es in Zukunft anders zu machen!

Ist schon wieder gut.

Er war nicht schwach, nein, beileibe nicht. Seine Ziele an der Universität verfolgte er mit Beharrlichkeit. Er war zielstrebig und stark, wenn es um seinen Beruf und seine Zukunftspläne ging oder um sein Hobby, das Fotografieren. Aber Spannungen und Ehestreits hielt er nicht aus, er ging allen Diskussionen aus dem Weg.

Und er schwieg auch, wenn sie gar nichts sagte. Es schien ihm nichts auszumachen – während sie die Wände hochgehen könnte, wenn keiner sprach. Die Stille bedrückte sie, lastete auf ihr, sie war wie eine erstickende Decke, die man von sich werfen musste, um endlich wieder zu atmen. Ein und aus. Wörter sagen und Wörter hören. Er schien dieses Atmen nicht zu brauchen.

Überhaupt brauchte er so wenig. Seinen Fotoapparat, ja, den brauchte er. Aber brauchte er auch sie, Katharina? War dies nicht Liebe, dass man sich brauchte, irgendwie? Während sie an ihm hing und seine Zuneigung ersehnte, schien er sich selbst zu genügen. Ob er allein war oder nicht, ob sie sich zu ihm setzte oder fortging, es schien ihm nichts zu bedeuten.

Er liebte sie nicht.

Sie klopfte an die Tür der Dunkelkammer. »Kommst du auch mal raus?«

Stille. Natürlich. Wie hatte sie eine Antwort erwarten können.

Sie ging zurück in die Küche. Setzte sich vor den Ofen und ließ bewusst die Minuten verstreichen, obwohl der Kuchen längst rausgemusst hätte. Sie legte sogar noch Holz nach, damit es so richtig heiß wurde im Rohr. Es zischte im Ofen, und Qualm drang heraus. Sie wartete.

Die Küche war schon voller Rauch. Sie wedelte ihn mit Hilfe der Topflappen zur Tür der Dunkelkammer. Marc sollte das riechen. Dann würde er endlich voller Sorge herausstürzen, und sie würde in seinem Gesicht lesen, dass sie ihm doch nicht gleichgültig war.

Vielleicht wurde der Geruch noch stärker, wenn sie die Ofenklappe öffnete? Sie riss die Klappe auf. Der strenge Geruch von Angebranntem stach ihr in die Nase. Der Kuchenteig schlug hässliche schwarze Blasen, wie eine Vulkanlandschaft sah die Kruste aus.

Von Marc keine Spur.

»Scheiße!« Sie gab dem Ofen einen Tritt. Dann holte sie den Kuchen heraus und stellte ihn auf den Herd.

All die teuren Zutaten, die Butter, das Mehl. Man roch es im ganzen Haus. Die Leute würden denken, dass sie nicht backen konnte. Oder dass Marc und sie beim Kuscheln auf dem Sofa vergessen hatten, dass ein Kuchen in der Röhre war. Aber sie wusste es besser: Der strenge Duft war der Verwesungsgeruch ihrer Ehe.

Für einen zweiten Kuchen fehlten ihr die Zutaten. Die Lebensmittelmarken waren aufgebraucht, und neuerdings gab es nicht mal mehr in der markenfreien, überteuerten HO Butter oder Zucker. Sie ärgerte sich über Marc. Jeder andere Mann wäre gekommen und hätte sie getröstet. Oder mit ihr geschimpft, meinetwegen. Oder wenigstens nach dem Rechten gesehen. Jeder andere Mann hätte *reagiert*.

Es war ihr Hochzeitstag! Und was tat er die ganze Zeit? Schloss sich in der Vorratskammer ein und tauchte Papier in chemische Bäder. Sogar den Spalt unter der Tür hatte er mit Handtüchern verstopft. Nichts konnte in seine Welt eindringen. So liebte er es.

Aber durch das Schlüsselloch musste er doch gezogen sein, der stechende Geruch, oder durch irgendwelche Ritzen, den konnte er doch nicht einfach ignorieren!

Der Fotoapparat und die Bildabzüge waren sein Heiligstes, dahin zog er sich zurück, wenn er unbedingt allein sein wollte. Es war zwecklos, zu ihm zu gehen, wenn er Filme entwickelte und Bilder belichtete, er war dann völlig in sich gekehrt, er würde nicht einmal hören, wenn sie im Flur Geschirr zerschlug.

Sie beobachtete ihn manchmal, wenn er auf Spaziergängen den Fotoapparat hob und mit leisem Klicken ein Bild machte. Er hielt eigenartige Dinge fest, Dinge, die nicht lebten: einen Baum. Eine Brücke. Einen Stein am Wegrand. Die Bahngleise. Menschen schienen ihn nicht zu interessieren. Das leise Klicken war das Geräusch seines Lebens. Und die zärtlichen Gesten im Umgang mit der Exakta Varex VX drückten eine Liebe aus, die sie, Katharina, von ihm nicht erhielt.

Beim Fotografieren scherten ihn nicht einmal die Gesetze, die er sonst peinlich genau beachtete. Er ging nie bei Rot über die Ampel, nie, auch nicht nachts. Aber wenn vor einem Gebäude stand »Fotografieren verboten!«, ihm aber ein Fensterkreuz gefiel oder eine Tür oder ein paar Ziegel hinter abgefallenem Putz, dann zog er unbekümmert den Fotoapparat und machte ein Bild. Das Fotografieren von Industrieanlagen war verboten, das Fotografieren von Bahnhöfen, Häfen, Brücken, Militäreinrichtungen. Sie staunte, dass Marc noch nie erwischt worden war. Vielleicht sahen die Zivilstreifen und Polizisten auch, dass er kein Spion sein konnte. Einer, der sich mit solcher verträumten Selbstsicherheit bewegte, war höchstens auf gemeine Art unnahbar.

Jetzt wurde sie ungerecht. Sie öffnete das Küchenfenster.

»Alles in Ordnung?«, rief Frau Schulze vom Hof herauf.

Jaja, nickte sie.

Wohlhabende Leute kauften einen Fotoapparat, um damit zu promenieren. Sie wollten angeben, wollten ihren Status erhöhen. Aber Marc war anders. Er konnte sich in ein Gerät verlieben, er schaute es sich an und liebte es, auch wenn es nur im Laden stand und darauf wartete, von seinem Käufer abgeholt zu werden. Marc liebte es einfach für sein Da-Sein, seine glänzende Oberfläche, sein wunderbares, wirksames Inneres. Ein Inneres, das er verstand und sie, Katharina, nicht.

Neulich hatte er den Kindern geduldig den Filmapparat erklärt.

Sie wollte gar nicht eifersüchtig sein. Eifersüchtig auf ein technisches Gerät, pah! An guten Tagen liebte sie Marc für seine Hingabe, für seine Konzentrationsfähigkeit und seine Begeisterung für die Exakta Varex VX.

Aber warum hatte er sich ausgerechnet heute zurückgezogen? Während der kostbaren Mittagspause, der einzigen Zeit, die ihnen als Paar blieb, bevor sie wieder im Laden stehen musste? Heute am Hochzeitstag? Sie verstand ihn nicht.

Lag es an den Autofahrstunden, die er nahm? Sie wusste, er wurde vom Fahrlehrer dauernd angeschrien, der Mann war ein Ausbund an Ungeduld und Zorn, und Marc litt darunter.

Es war, bei aller Stärke, leicht, ihn zu stören. Schrieb jemand im Haus etwas mit der Schreibmaschine, ging ihm das Tippen schon nach kurzer Zeit auf die Nerven. War einmal das Bett nicht gemacht, zog er eigenhändig die Decke glatt. Er faltete ein Papier ordentlich drei Mal, bevor er es wegwarf. Im Sommer suchte er jeden Abend vor dem Schlafengehen das Zimmer nach Mücken ab.

Vielleicht musste man so verschlossen sein bei dieser Empfindlichkeit. Immerhin, sie war es, sie, Katharina, die weitaus mehr von ihm erfuhr als jeder andere Mensch auf der Welt. Und sei es nur, dass sie beobachten durfte, welche Wolke und welchen Telegrafenmasten er fotografierte. Welcher Stein ihm gefiel, welches Fenster. Das machte sie stolz. Und auf gewisse Weise bewunderte sie Marcs Verschlossenheit sogar – wie konnte er das alles mit sich selbst ausmachen? Er war unabhängig von der Welt. Er war freiwillig bei ihr, nicht, weil er sie brauchte. Sie hingegen war abhängig von ihm.

Sie kochte Gerstenkaffee. Der Duft übertönte den Gestank des verbrannten Kuchens. Sie legte den Tropfenfänger zurecht und stülpte den gesteppten Kaffeewärmer über die Kanne. Dann zündete sie die Kerze an. Marc würde nichts sagen, wenn sie ihn aus der Vorratskammer holte, aus seiner Höhle, und er hier im Wohnzimmer den schön gedeckten Tisch sah. Aber sie würde vielleicht ein kleines Lächeln um seine Mundwinkel sehen. Das genügte ihr.

Es klingelte an der Tür. Ein kurzes Klingeln, dann ein laut vernehmliches Räuspern im Treppenhaus. Nur einer läutete so. Der Abschnittsbevollmächtigte. Er tat es jedes Mal, als sei das Klingeln gar nicht wirklich das Entscheidende, sondern das Räuspern, das sagen sollte: Ich bin es, öffnen Sie.

Sie strich sich die Schürze glatt. Dieser Mann konnte ihnen gewaltig schaden. Er konnte dafür sorgen, dass Marc seine Assistentenstelle verlor, und sie als ›unsichere Elemente‹ anschwärzen, er war die Staatsgewalt in ihrem Viertel.

Dienstfertig ging sie zur Tür und öffnete. Neben dem ABV in Polizeiuniform standen mehrere Herren in Zivil im Treppenhaus. Hatte etwa jemand wegen des Brandgeruchs die Polizei gerufen?

Einer der Männer fragte barsch: »Was tun Sie hier?«

Sie sagte: »Ich verstehe nicht. Das ist unsere Wohnung.«

Der ABV erklärte streng: »Das sind Herrschaften vom Dezernat Republikflucht. Sie wurden gemeldet.«

Sie schluckte. »Aber wir sind doch gar nicht ... Da muss ein Irrtum vorliegen. Wir bleiben hier, wir haben gar nicht vor ...«

Der ABV lächelte den anderen Herren triumphierend zu. »Da hat das Vögelchen wohl früh genug gesungen.«

Marc trat hinter ihr in den Flur. Er hatte seine Höhle verlassen, irgendwie musste er die Gefahr gespürt haben. »Gibt es Probleme?«

»Das kann man wohl sagen.« Der ABV zog sich die Uniformjacke straff. »Sie kommen beide mit. Versuchte Republikflucht.«

Kurze Zeit später saßen sie im Polizeiwagen. Marc nahm ihre Hand. Sie war so dankbar dafür. Seine Hand wärmte ihre.

16

Nelly sah ihn den ganzen Abend nicht ein einziges Mal an. Jetzt wusste also jeder in der Runde, dass sie nicht zusammen waren. Sie dachten sich ihren Teil. Keiner würde ernsthaft glauben, dass er aus Interesse am Glauben zur Jungen Gemeinde kam. Sie sahen ja, wie gut Nelly aussah, sie hatten selber Augen im Kopf. Und er, Wolf, war der Kerl, der ihretwegen in eine kirchliche Veranstaltung ging und hoffte, von ihr erhört zu werden. Sie saßen weit auseinander im Kreis der harten Stühle, Nelly hatte die Beine übereinandergeschlagen und die Arme verschränkt, sie war offensichtlich schlecht gelaunt, die anderen nahmen ihre abweisende Miene hin, die sie, wie Wolf wusste, wegen seiner Anwesenheit aufzog.

Ich war für dich im Stasi-Gefängnis, dachte er. Ich habe mich schlagen lassen für dich! Ganz stimmte es nicht, er hatte ihr ja keine Bitte erfüllt mit seinen Nachforschungen im SED-Archiv, aber immerhin hatte er ihr helfen wollen und deshalb die Akte ihrer Familie gesucht, und dann hatte er Nacht für Nacht die Verhöre erduldet und hätte, wenn sie nicht schon von ihr gewusst hätten, niemals ihren Namen preisgegeben.

Ihn ärgerte, dass er ihr das nicht sagen konnte.

Ihn ärgerte, dass sie ihn abblitzen ließ, als wäre er ein pubertierender Schüler, der ihr nachlief. Er war Uhrmacher und besaß ein eigenes Geschäft! Und die Russen waren hinter ihr her, verdammt!

Andreas, der Leiter, las einen Text aus der Bibel vor, etwas von Vögeln, die nicht säen und nicht ernten und doch von Gott versorgt werden. »Genauso ist es bei uns«, sagte er. Sich weniger Sorgen zu machen und die Dinge Gott zu überlassen, sei heilsam.

Wolf wurde wütend. So viel Dummheit war nicht zu ertragen. Er sagte: »Das ist ja Schwachsinn.«

Jetzt sahen ihn alle an, sogar Nelly. Es war scheinbar nicht üblich, den Leiter bei seinen Ausführungen zu unterbrechen. »Dieser Text aus der Bibel, das regt mich auf. Soll man ihn den ausgebombten Familien in Korea vorlesen? Hungernden afrikanischen Kindern? Den Erdbebenopfern in Ecuador? Den Obdachlosen drüben am Bahnhof Zoo? Ihr tut geradeso, als würde Gott ein Grundeinkommen für alle versprechen. Oder zumindest für die Christen. Nur mit der Ruhe, Gott schickt die monatliche Lohntüte! Er sorgt schon für Kleidung und Essen und Geld. Ach ja?«

Andreas nickte. »Du stellst eine berechtigte Frage.«

»Eine Frage? Ich meine, macht mal die Augen auf! Ihr seid nicht besser als die Indianer in Nordamerika, die um irdisches Glück gebetet haben, um sich die Geistermächte günstig zu stimmen. Ihr versucht, euch Gott gewogen zu machen. Weil ihr hofft, dann Wohlstand, Gesundheit oder Erfolg zu haben. Aber das kann mir keiner erzählen, dass auf der Welt die Christen nicht hungern und kämpfen müssen. Dass sie nicht krank werden. Dass sie von keinen Kugeln getroffen werden.« Es funktioniert nicht, weil es Gott gar nicht gibt, dachte er.

Brigitte sagte: »Natürlich passieren diese Wunder nur, wenn man nicht an sich selbst dabei denkt. Zum Beispiel hat Georg Müller ein Waisenhaus aufgebaut für über eintausend Waisen, und er musste nie einen Spendenaufruf veröffentlichen, weil Gott ihn mit allem Nötigen versorgt hat. Da lag manchmal das Geld einfach vor der Tür. Weil Gott jemanden dazu bewogen hatte, es dort hinzulegen. Genau die richtige Summe, die gerade gebraucht wurde.«

»Hast du das irgendwo gelesen? Ich glaube, da hat man dir einen Bären aufgebunden.«

Andreas sagte: »Ich bin auf Wolfs Seite.«

»Aber das mit dem Waisenhaus —«

»Ich meine nicht das Waisenhaus«, unterbrach Andreas. »Ich meine den Bibeltext.«

Verblüfft richtete Wolf sich auf. Der Leiter zweifelte genauso an dem, was Jesus gesagt hatte?

Andreas rückte wieder einmal vor auf die Stuhlkante und bekam diesen kampfeslustigen Gesichtsausdruck. »Was wollte Jesus mit dem Gleichnis sagen? Wollte er, dass wir die Hände in den Schoß legen und denken: Gott macht das schon? Das tun die Vögel ja auch nicht, sie setzen sich nicht hin und warten, dass ihnen das Futter in den Schnabel fällt. Ich glaube nicht, dass es Gottes Priorität ist, uns das Leben sicher und angenehm zu machen. Sonst hätte er diese Priorität doch wenigstens bei seinen engsten Freunden hier auf der Welt ausgelebt. Mose zog heimatlos durch die Wüste. Johannes der Täufer aß Heuschrecken und gürtete sich mit einem Strick. Auch er lebte in der Wüste. Und die Jünger, die engsten Mitarbeiter von Jesus, wurden schon am Anfang gewarnt: Wenn ihr mit mir zieht, habt ihr kein Bett, kein Zuhause, und es gibt Streit mit eurer Familie.«

Genau, so sah es nämlich aus. Wer anfing, an Gott und Jesus und all das zu glauben, hatte es schwerer, nicht leichter. Er oder sie flog von der Schule, zum Beispiel.

»Vielleicht ist das Leben mit Gott wilder und abenteuerlicher, als wir uns das immer denken«, sagte Andreas. »Er verspricht keine Sicherheit und keinen behäbigen Komfort. Traurig, dass sich neunzig Prozent meiner Gebete genau darum drehen.«

»Und was soll dann der Bibeltext bedeuten?«, fragte Nelly. »Den kannst du doch nicht einfach vom Tisch fegen. Oder willst du behaupten, Jesus hat das gar nicht gesagt, man hat es ihm später in den Mund gelegt?« Sie sah Andreas mit glühendem Blick an. Dabei galt ihre Wut eigentlich ihm, Wolf, da war er sich sicher.

»Die Bibel ist gut überliefert«, sagte Andreas, »besser als die meisten anderen antiken Texte. Ich glaube, dass Jesus das gesagt hat. Aber vielleicht wollte er nur ausdrücken, dass es nichts bringt, wenn man sich den ganzen Tag Sorgen über das Morgen macht. Vielleicht wollte er sagen: Euch entgeht bei dieser Einstellung der Blick auf das Übernatürliche, Größere auf dieser Erde, der Blick auf Gott. Euch entgehen die Wunder. Euch entgeht, das ruhige Verstreichen der Zeit zu bemerken, die Sterne, das Wunder der Güte, der Freundschaft, der Musik.«

»Und was meint er dann mit seinem Versprechen, für uns zu sorgen?«

Andreas rieb sich das Kinn. »Ich weiß nicht. Vielleicht meint er, dass er da ist, dass er bei uns ist, auch wenn es uns mal dreckig geht. Vielleicht meint er, dass wir uns nicht vor denen fürchten sollen, die unseren Körper töten oder uns etwas wegnehmen können.«

Wolf zuckte zusammen. Er war vor genau diesen Leuten eingeknickt.

»Wir sind nicht mehr Untertanen der irdischen Herrscher, sondern Söhne und Töchter des Weltenkönigs. Es ist ein bisschen, als hätten wir einen zweiten Pass. Eine Staatsbürgerschaft im Himmel. Und die kann uns niemand nehmen.«

Nach der Veranstaltung warf ihm Nelly, als sie ihre Jacke anzog, einen Blick zu, den er nicht zu deuten vermochte. Ärger war es nicht mehr. Sie dachte über ihn nach. Bloß was sie dachte, konnte er nicht ergründen.

Er war froh, dass er nicht länger Theater spielte. Sie wussten jetzt alle, dass er nicht an Gott glaubte. Die Lüge hatte ihm selbst schwer im Magen gelegen.

Eine zweite Lüge lag da allerdings noch. Er wartete, bis alle gegangen waren, und sprach dann Andreas an, der geduldig die anderen verabschiedet hatte. »Kann ich dich was fragen?«

»Sicher. Du hast gute Gedanken gehabt heute.«

Sie setzten sich. Er dachte an die Schläge, an das schreckliche Gefühl in der Zelle, aus der Zeit gefallen zu sein. Plötzlich konnte er es nicht mehr sagen. Noch einmal würde er so etwas nicht überstehen.

Andreas wartete. Sie saßen einfach da und schwiegen gemeinsam.

Endlich brachte Wolf es doch heraus: »Ich hab mich für die Stasi verpflichtet.«

Er erwartete einen entsetzten, angeekelten Blick, aber Andreas ließ sich keine Abscheu anmerken.

»Das ist nicht, weshalb ich hier bin. Ich bin nicht da, weil die mich geschickt haben.«

»Haben sie ein Druckmittel?«, fragte Andreas.

Woher wusste er …? »Ich bin ins Parteiarchiv eingebrochen.«

»Das bauschen sie jetzt natürlich auf. Lass mich raten: Sie drohen dir, dass sie dich als Spion und Saboteur verklagen.«

Der kannte sich gut aus. »Woher weißt du das?«

Andreas seufzte. »Denkst du, du bist der Erste, dem so was passiert? Sie versuchen immer wieder, jemanden in unserem Kreis zu platzieren. Wahrscheinlich haben sie's auch schon geschafft, aber sie haben es gern, wenn es mehrere sind – die natürlich nichts voneinander wissen. So können sie die Berichte vergleichen.«

»Und was mache ich jetzt?«

»Das Wichtigste hast du bereits getan. Du hast das Schweigen gebrochen. Wir müssen sie wissen lassen, dass du geplaudert hast. Dann bist du für sie nicht mehr zu gebrauchen. Das schreiben sie in deine Akte: unzuverlässig und nicht verschwiegen genug.«

»Aber sie werden mich bestrafen! Ich will nicht wieder in diese Zelle.«

»Auch deshalb ist es gut, dass du dich an mich gewandt hast. Wenn wir deinen Fall publik machen, können sie dich nicht mehr einfach so verschwinden lassen. Zumindest nicht so leicht. In Zwickau haben sie Erich Schumann festgenommen, den Prediger der Landeskirchlichen Gemeinschaft. Sie haben ihn zu sechs Jahren Zuchthaus verurteilt wegen ›Boykotthetze und antisozialistischer Propaganda‹. Vor drei Wochen haben sich alle Pfarrer in Sachsen in einer Kanzelerklärung hinter ihn gestellt. Das ärgert die Staatssicherheit natürlich. Sie können ja nicht sämtliche Pfarrer einlochen. Insofern ist die Kirche nicht ganz so machtlos, wie du denkst. Die Gegenseite gibt natürlich auch nicht auf. Hier in Berlin haben sie gerade Pfarrer Reinhold George festgenommen. Wir wissen noch nicht, mit welcher Begründung.«

Wo war er nur hineingeraten. Sechs Jahre Zuchthaus!

Andererseits hatte er das Gefühl, dem echten Leben ins Gesicht zu blicken. Ein frischer, kalter Polarwind blies ihm entgegen, und das machte ihn lebendig. Es machte jeden Tag kostbar. Er lief nicht mehr stumm mit, sondern traf eigene Entscheidungen.

Hatte er nicht seit Jahren an Vater herumgenörgelt, an der stumpfsinnigen Parteipropaganda von den »arbeitenden Massen« und der ach, so klugen, ach, so fehlerfreien Partei? Jetzt bekam er die Gelegenheit, etwas zu tun, anstatt nur zu reden, wie es alle taten.

Andreas sagte: »Wenn du das nächste Mal hier bist, sagen wir es der großen Runde. Davon werden sie Wind bekommen. Dann werden wir sehen, wie sie reagieren. Läuft es gut, kommt einer von der ›Firma‹, schimpft mit dir, und anschließend hörst du nie wieder etwas von ihnen.«

17

Allein schon das Straßenbahnfahren war für die Kinder ein Erlebnis. Vor dem Schaffner erstarrten sie in Ehrfurcht, aber als die fünfzehn Pfennig bezahlt waren und er weiterzog, kletterten sie auf ihre Sitze – »Nicht mit den Schuhen auf den Sitz!«, mahnte Lotte – und sahen begeistert aus dem Fenster.

Sie fuhren in den Nordwesten der Stadt, die Mansfelder Straße hinaus, am Hettstedter Bahnhof vorbei über den Gimritzer Damm und an den Kasernen entlang. Auch andere Familien hatten die Idee gehabt, hinaus in die Heide zu fahren, der Straßenbahnwagen war erfüllt von Geschrei. Wehmütig beobachtete Lotte einen Vater, der sein Kind auf dem Schoß hielt und ihm die Welt da draußen erklärte. Wer tat das für ihre Jungs?

In der Heide endeten die Schienen in einem großen Kreis, die Straßenbahn wendete, und sie stiegen aus. Alle Familien machten sich vergnügt auf den Weg in den Wald. Bald waren die anderen außer Sichtweite, denn sie, die Königs, brauchten am längsten. Valentin, Thomas und Stefan versteckten sich immer wieder hinter den Bäumen, und ihre Aufgabe war es, bestürzt ihre Namen zu rufen und Verzweiflung zu spielen. Bis sie fröhlich wieder hervorkamen und zu ihr hinrannten, und sie umarmte sie und tat, als sei sie sehr erleichtert, alle wiederzusehen.

Dann die Schaukeln, Wippen, Rundläufe und Karussells bei »Knolls Hütte«. Das Begeisterungsgeschrei der Kinder hallte weit in die ruhige Heide. Zum Rutschen kletterten sie mit einem Kokosabtreter auf einen hölzernen Turm, setzten sich dort auf den kratzigen Abtreter und fuhren die Holzrutsche hinunter. Johlend jagten sie um die Kurven, selbst der Kleine.

Plötzlich berührte sie jemand an der Schulter. Lotte fuhr herum. Katharina! »Was machst du denn hier?«

»Spazieren gehen. Deine Jungs haben ja richtig Freude da auf der Rutschbahn.«

Waren sie zurückgekehrt? Aber wer kam freiwillig aus dem Westen wieder? Auch Marc war da. »Ich dachte, ihr wärt drüben.«

Katharina starrte sie an. Sie wechselte einen Blick mit Marc. Dann sagte sie langsam: »Du warst das? Du hast uns als Republikflüchtlinge gemeldet?«

Ihr wurde es schwarz vor Augen. »Nein. Nein! Sag nicht, dass ich ... Aber ihr wart so seltsam, als wir uns verabschiedet haben! Und euer Schlüssel lag unter dem Fußabtreter!«

»Bist du verrückt geworden, deswegen gleich zur Polizei zu gehen?« Erst allmählich verrauchte Katharinas Wut und auch nur, weil Marc beschwichtigende Gesten und Worte fand.

»Bitte«, sagte Katharina, »nächstes Mal reden wir miteinander, bevor du zur Polizei gehst, ja?«

»Werden sie dir jetzt die Stelle in der Uni wegnehmen, Marc?«, fragte Lotte schuldbewusst.

Er schüttelte den Kopf.

Katharina erklärte: »Wir sind glimpflich davongekommen, weil Marc ein Fachmann ist. Leute wie er werden in der DDR dringend gebraucht.«

»Mama, schau mal, ich rutsche!«, rief Valentin. Da erblickte er Katharina und Marc. Er schrie auf vor Freude. »Onkel Marc! Tante Katharina!« Nun wurden sie auch von Stefan und Thomas entdeckt. Die Kinder fuhren ihre letzte Bahn und stürmten heran.

»Bitte entschuldigt«, sagte Lotte leise.

Katharina nahm sie in den Arm. »Ist ja noch mal gut gegangen. Eine Nacht in der Zelle hat mir allerdings völlig gereicht.«

Da waren schon die Kinder bei ihnen. Thomas sprang Marc förmlich auf den Arm, und als Marc in die Hocke niederging, hüpften auch die beiden anderen an ihm hoch. Er sagte leise: »Euch würde ich doch nicht aufgeben. Niemals.«

BERLIN, 28. APRIL 1953

Wolf zog die Schuhe an und band in Zeitlupe die Schnürsenkel. Das Aufstehen kostete ihn Mühe. Er schlüpfte in die Ärmel der Jacke. Zog sie wieder aus. Es war ja warm, er brauchte keine Jacke. Er setzte sich in die Küche. Sah auf die Küchenuhr. Wenn er jetzt nicht losging, kam er zu spät.

Der Zeiger der weißen Junghans strich voran. Ich kann nicht, dachte er. Ich bin nicht stark genug. Wie würde Nelly reagieren, wenn sie hörte, dass er bei der Stasi unterschrieben hatte? Kritische Fragen würde er nicht beantworten können, er konnte ihr doch unmöglich sagen, dass er ihren Vater im Parteiarchiv gesucht hatte.

Die Lage im Land wurde angespannter. In diesen Wochen der Stasi die Zusammenarbeit aufzukündigen, wo sie gerade so hart durchgriffen, wäre sicher ein Fehler. Den Pendlern aus Westberlin hatte man seitens der DDR die Lohnzahlung gesperrt, die Betriebe mussten die Gehälter auf ein Sperrkonto überweisen. Im Grunde wurden die Leute so gezwungen, selbst zu kündigen – wer konnte es sich leisten, auf Dauer ohne Lohn zu arbeiten? Oder sie mussten in die DDR ziehen, was die wenigsten taten. Die Regelung entsprach also der Entlassung von vierzigtausend Berlinern. Nur weil sie im Westen wohnten. Wenn sie so etwas konnten, wenn sie die Macht und den Mut für solche Schritte besaßen, würden sie für einen Wolf Uhlitz keine Gnade kennen.

Er blieb zu Hause. Und wusste schon, auch am kommenden Dienstag würde er nicht hingehen.

Am 1. Mai hängten alle die roten Fahnen aus dem Fenster. Er tat es ebenfalls, damit der Parteiverantwortliche seines Wohnblocks ihn nicht anschwärzte. Womöglich kam sogar die Stasi vorbei, um nachzuschauen. Vom Fenster aus betrachtete er das Haus gegenüber. Viele der Fahnen hatten einen dunkelroten Fleck in der Mitte – die Stelle, wo man das Hakenkreuz abgetrennt hatte, der Stoff war dort noch nicht ausgebleicht, der Rest der Fahne hatte viel Sonne gesehen, sie war oft aus dem Fenster gehängt worden, damals, vor 1945.

Francis Crick und Jim Watson hatten die Struktur der DNS entdeckt, jenes Moleküls, in dem der genetische Bauplan jedes Lebewesens festgeschrieben war. Das wurde jetzt bekannt. Der Code bestand angeblich nur aus der Aneinanderreihung von vier unterschiedlichen Basen, und die Reihenfolge bestimmte den Inhalt des Gens. Gern hätte er gewusst, was Andreas dazu sagte, und noch mehr, was Nelly dachte. Sie konnten doch jetzt nicht mehr an Gott glauben! Die Wissenschaft würde nach und nach jedes Geheimnis lüften. Auch in der folgenden Woche wagte er sich nicht zum Treffen der Jungen Gemeinde.

Bei jedem Läuten der Türglocke sah er auf in der Hoffnung, Nelly würde seinen Laden betreten. Sie kam nicht. Und Andreas hielt ihn vermutlich längst für einen Feigling.

Am 5. Mai wurde Chemnitz in Karl-Marx-Stadt umbenannt. Eine ganze Stadt, einfach so als Propagandamittel benutzt. Dreihunderttausend Menschen mussten künftig den Namen Karl Marx in jeden Briefabsender schreiben, er landete auf Geburtsurkunden, Lebensmittelpackungen, in Telefonbüchern, auf Landkarten.

Am 7. Mai weihte Walter Ulbricht Stalinstadt mitsamt seinem ersten volkseigenen Hochofen ein. Die Tageszeitung schrieb, er habe das sozialistische Pionierprojekt »dem großen Baumeister des Sozialismus, J. W. Stalin, zugeeignet. Stalin schreitet durch das Kombinat. Der feierliche Ernst seiner Gesichtszüge ist einem gütigen, väterlichen Aussehen gewichen. Zart spielt der Wind mit den Silberfäden seines Haupthaars.«

Auf der internationalen Friedensfahrt durch die Tschechoslowakei, die DDR und Polen, der Ostblock-Variante der »Tour de France«, säumten Hunderttausende die Straßen. Das Wetter machte den Radrennsportlern zu schaffen, Hagel, Schnee und Regen sorgten dafür, dass von dreiundneunzig Fahrern nur achtunddreißig ins Ziel kamen. Und das Unglaubliche geschah, dank Gustav-Adolf Schur, genannt »Täve«, holte die DDR einen gewaltigen Rückstand auf und gewann das Rennen. In den letzten Jahren waren entweder England, Frankreich, Polen oder die Tschechoslowakei die Gewinner gewesen. Niemand hatte mit einem Sieg der DDR gerechnet. Die Bevölkerung feierte. Endlich waren sie wieder wer.

Nur er, Wolf, wusste nicht, wer er war. Er war innerlich leer. Und dachte täglich an Nelly und fragte sich, ob sie immer noch von diesem Russen drangsaliert wurde.

Wieder ein Hotel. Er wusste nicht mal den Namen. War es Hotel Beyer? Hotel Niedermayer? Es spielte keine Rolle. Im Zimmer hing an der Tür ein Schild, aus Langeweile las es Ilja es wieder und wieder.

Zimmer Nr. 14

Preis mit 2 Betten: 9,30 DM (ohne Privat-Bad)
Im Zimmerpreis eingeschlossen:

* *Bedienung*
* *Heizung – 0,50 Aufschlag*
* *Stiefelputzen (pro Person 1 Paar)*

Unterwegs hatte er ein Brot und etwas Margarine gekauft, in der HO ohne Lebensmittelmarken, völlig überteuert. Er riss etwas vom Brotlaib ab, stippte das Stück in die Margarine und biss ab. Er kaute.

Die Füße still zu halten und abzuwarten, bis die CIA die Suche nach ihm aufgab, fiel ihm schwer. Sicher hatten sie Jewgenia längst geschnappt. Was wusste sie über ihn zu verraten? Seinen Namen kannte sie nicht, nur ein Phantombild konnten sie mit ihrer Hilfe anfertigen, aber das konnte ihnen ja auch das Sicherheitspersonal des Kanzlers bieten. Saß Jewgenia jetzt im Gefängnis, machte man ihr den Prozess?

Er dachte an Nelly. Er hatte sie aufwachsen sehen, vom kleinen Mädchen zur erwachsenen jungen Frau. Von Jahr zu Jahr wurde sie schöner.

Erschrocken sah er auf die Uhr. Beinahe hätte er den richtigen Zeitpunkt verpasst. Er legte das Brot weg und schaltete hastig das Radio ein. Mittelwelle. Die Zahlenkolonnen setzten ein. Er zückte Stift und Papier und schrieb.

Mit ihm saßen Dutzende Agenten in ihren Verstecken und schrieben die Zahlen auf. Dazu etliche Mitarbeiter der westlichen Geheimdienste, die ebenfalls mitschrieben und sich am Code hinterher die Zähne ausbissen.

Augenblick. War das nicht sein Zeichen? Diese Nachricht galt ihm! Man hatte Beria kontaktiert. Endlich kam ein neuer Befehl von ihm. Beim Entschlüsseln zitterten ihm die Hände. Jetzt galt es: Beorderte man ihn nach Moskau in den Tod oder die Verbannung? Oder vertraute ihm Beria noch?

18

LONDON, 14. MAI 1953

Konrad Adenauer überreichte Winston Churchill zwei Kisten Zigarren.

»Besten Dank«, sagte Churchill erfreut. »Wissen Sie, der letzte Deutsche, der mir Zigarren geschenkt hat, war Wilhelm II.« Er lachte.

Adenauer lachte ebenfalls, aber nur, weil es angebracht war. Innerlich stand er unter Hochspannung. Seit Churchills Rede vor drei Tagen hatte er kaum mehr geschlafen. Im House of Commons hatte Churchill auf legitime sowjetische Sicherheitsinteressen hingewiesen und eine Gipfelkonferenz der führenden Mächte vorgeschlagen – ohne Deutschland, so wie 1945 in Potsdam. Eine Gipfelkonferenz wie während des Zweiten Weltkriegs! Als wäre Deutschland ein Handelsgut, über das man beraten und entscheiden konnte wie über einen Schinken oder eine Kiste Wein.

Sie setzten sich. Es war nicht sein erster Besuch in der Downing Street, aber wieder staunte er darüber, dass der Premierminister Großbritanniens in diesem einfachen Haus inmitten von London residierte, in einer Durchgangsstraße zum Park St. James, die jeder Londoner durchqueren konnte. Auch Herbert Blankenhorn setzte sich, der als Leiter der Politischen Abteilung im Auswärtigen Amt dem Treffen ebenso beiwohnen würde wie der Dolmetscher Heinz Weber.

Das Personal versorgte sie mit Getränken und zog sich bis auf Churchills Berater zurück. Adenauer beschloss, gleich zur Sache zu kommen, aber Sir Winston, der in Gedanken verloren schien, kam ihn zuvor. Er erkundigte sich überraschenderweise nach dem Programm der deutschen Opposition und fragte, ob es sich dabei um Kommunisten handele. Adenauer erwiderte, die Sozialdemokraten seien keine Kommunisten, es handle sich jedoch um eine totalitäre Opposition, die alles bekämpfe, was die Regierung unternahm, und alles beklage, was sie unterlässt.

Adenauer war eigentlich nicht in der Stimmung für gemütlichen Austausch, aber er sah sich genötigt, jetzt seinerseits auch unverfängliche Themen anzusprechen, die Montanunion, die Lage in Frankreich. Schließlich berichtete er von seinem Besuch in den Vereinigten Staaten und dass er über die herzliche Aufnahme, die er überall gefunden habe, überrascht gewesen sei. In mehreren Besprechungen mit Präsident Eisenhower habe er, Adenauer, feststellen können, dass in der Beurteilung der allgemeinen Lage volles Einvernehmen darüber bestehe, dass die bisherige Politik angesichts der Ost-West-Spannung fortgesetzt werden müsse. Adenauer hielt inne, um Heinz Weber Gelegenheit zum Übersetzen zu geben, bevor er nun endlich die Überleitung zu seinem eigentlichen Thema begann: Er habe so gar nicht den Eindruck, dass in der Rede, die Sir Winston am 11. Mai vor dem Unterhaus gehalten habe, die künftige …

»Ah ja, die Rede.« Churchill hob die Augenbrauen und begegnete Adenauers festem Blick, wohl merkend, dass er sich in diesem Punkt nicht so leicht aus der Affäre würde ziehen können. Er sagte: »Ich wusste, dass Sie mich darauf ansprechen würden. Sie machen sich Sorgen wegen Russland.«

Adenauer blickte zu seinem Dolmetscher hinüber, einem schlanken jungen Mann mit Brille, der sofort übersetzte, und entgegnete dann: »In der Tat.«

Auch diese knappe Bemerkung übersetzte Heinz Weber wortgetreu. Adenauer empfand große Dankbarkeit für diesen Mann, er musste für jeden, auf den er sich verlassen konnte, dankbar sein –

der Einbruch in seinen Amtssitz im Palais Schaumburg vor einigen Wochen hatte ihn nachhaltig verstört, dahinter steckten doch sicher auch die Sowjets.

Während der ersten Stunden nach seiner, Churchills, Rede, die zunächst nur auszugsweise vorgelegen habe, sagte Adenauer, habe man sich in Paris, vor allem auch bei den Vertretern der Benelux-Länder, gefragt, ob es nicht doch erwägenswert wäre, die Ratifizierung des EVG-Vertrages hinauszuschieben, wenn sich eine Grundlage für aussichtsreiche Besprechungen mit den Russen finden ließe. Am Tag darauf habe man diese Gedanken jedoch wieder aufgegeben, nachdem der ganze Text vorgelegen habe, vor allem auch die Stelle, in der es heiße, dass »die Verteidigungsanstrengungen bis zum Höchstmaß unserer Stärke aufrechterhalten« werden müssten.

Als Churchill beharrlich schwieg und wie versunken vor sich hin starrte, fuhr Adenauer fort: »Ich habe die Unzulänglichkeiten der modernen Nachrichtenübermittlung noch nie so sehr empfunden wie in diesem Fall, da die Presse und die Agenturen zunächst nur Teile der Rede veröffentlicht hatten, die, aus ihrem Zusammenhang herausgerissen, einen ganz falschen Eindruck vermittelt haben. Das hat bei der Öffentlichkeit wie auch bei der französischen Regierung eine gewisse Verwirrung hervorgerufen.«

Sir Winston Churchill, der sehr wohl genau hingehört hatte, erwiderte trocken, dass dies nicht sein Fehler sei, sondern derjenige der Zeitungen und der Staatsmänner, die mit ihrer Urteilsbildung nicht warten würden, bis ihnen der volle Text der Rede vorliege. »Man muss, Herr Bundeskanzler, bei der Beurteilung der augenblicklichen Lage auch die Tendenzen und Stimmungen der Völker berücksichtigen. Wir als britische Regierung sind darauf bedacht, bei dem britischen Volk nicht den Eindruck aufkommen zu lassen, dass wir nicht alles versucht haben, um zu einer Entspannung zu kommen. Ich glaube, es hat sich wirklich ein Wandel der russischen Haltung vollzogen. Lawrenti Beria ergreift innenpolitisch Maßnahmen, die eine Kehrtwende erkennen lassen. Die Gesten, die außerhalb Russlands erfolgten, sind in diesem Zusammenhang unwichtig.«

»Aber bedenken Sie: Bei der Troika, die jetzt in Moskau herrscht, handelt es sich um keine neuen Männer. Das sind skrupellose Mitarbeiter von Stalin! Malenkow war jahrelang der Sekretär des Diktators, Beria der Geheimdienstchef, und Molotow hat als Mitglied des Politbüros das Massaker von Katyn und andere Massenexekutionen in Auftrag gegeben. Sollen wir das alles vergessen, nur weil die neuen Herren in Moskau einige freundliche Gesten machen?«

Churchill ging darüber hinweg, und Adenauer und Blankenhorn tauschten Blicke, als wollten sie sagen: Dieser alte Mann ist doch gar nicht über die Details informiert.

Churchill schien ihre Blicke bemerkt zu haben und sagte: »Ich glaube durchaus an die Möglichkeit, einen Ausgleich zwischen der Politik des Westens und dem Sicherheitsbedürfnis der Sowjetunion herbeizuführen. Das Gefühl der Sicherheit in Russland wird auch mit der internen Evolution des russischen Volkes stärker werden. Ich kann hier nur noch mal auf meine Rede verweisen und auf die Vereinten Nationen, die dieses Problem bereits gelöst haben würden, wenn sie die Autorität und den Charakter besäßen, den sich ihre Gründer vorgestellt hatten. Denken Sie an Locarno! Die gegenseitigen Beistandsverpflichtungen waren eine gute Idee. Natürlich, heute handelt es sich nicht mehr um zwei oder drei Länder. Man müsste die Idee durch das Weltinstrument der Vereinten Nationen verwirklichen.«

Adenauer ärgerte sich. Während Churchill stolz in großen Dimensionen dachte, kümmerte er sich nicht mehr ausreichend um die kleinen Fragen. Er musste auf seinem Standpunkt beharren: »Die Sowjetunion beruft sich, nachdem sie bei mir in Bonn mit ihrem inoffiziellen Vorschlag gescheitert ist, auf das Potsdamer

Abkommen. Das heißt, dass sie der Meinung ist, die vier Großmächte könnten sich ohne Deutschland über Deutschland verständigen und ein Abkommen schließen.« Scheinbar war Churchill der gleichen Meinung. Erbost fragte er ihn: »Und was ist mit der Europäischen Verteidigungsgemeinschaft? Der Deutsche Bundestag hat den Vertrag darüber gerade mit einer Mehrheit von neunundfünfzig Stimmen angenommen. Das ist doch das wichtigste Instrument zur Einigung Europas.«

»Ich verstehe Ihr Bedauern.«

»Wir müssten sie aufgeben, die Russen fordern ein neutrales Deutschland. Aber das hieße, die Westanbindung völlig zu verlieren.«

Churchills stoische Ruhe brachte Adenauer zur Verzweiflung. Er wartete gar nicht mehr die Übersetzung von Weber ab. »Bei meinem Besuch vor zwei Jahren haben Sie mir zugesichert, dass Großbritannien niemals eine Vereinbarung hinter unserem Rücken treffen würde.«

»Und zu diesem Versprechen stehe ich.«

Ach ja? Die politischen Beobachter zwitscherten aber etwas anderes von den Dächern, ging es Adenauer durch den Kopf.

»Gleichzeitig glaube ich«, ergänzte Churchill, »dass es einen Ausgleich zwischen der Politik des Westens und dem Sicherheitsbedürfnis Russlands geben kann.«

Adenauer wollte noch einmal ansetzen, aber Churchill wechselte abrupt das Thema: Er erkundigte sich jetzt nach der Volkspolizei-Armee und fragte, ob die Angehörigen dieser Armee in ihrem Herzen noch Deutsche seien. Adenauer antwortete, dass die Volkspolizei-Armee seit Kurzem mit guten und modernen Waffen ausgerüstet sei, dass sich ein beträchtlicher Anteil russischer Offiziere in ihr befänden, dass aber der größte Prozentsatz dieser Soldaten in ihrem Herzen Deutsche geblieben und keine Kommunisten seien. Dies erkläre auch, warum so viele Angehörige der Volkspolizei in den Westen fliehen würden, sie wollten nicht in diese Armee gezwungen werden. Trotzdem habe die Tatsache, dass die Volkspolizei vor Kurzem mit guten Waffen ausgerüstet worden sei, bei ihm einige Besorgnis ausgelöst. Er glaube jedoch nicht, dass die Volkspolizei gegen Deutsche eingesetzt werden könne.

Es klopfte, und eine Bedienstete gab ein verstohlenes Zeichen.

Churchill stand schwerfällig auf. Dies war nicht mehr der tatkräftige Mann, der noch vor einem Jahrzehnt jede seiner tausend Direktiven mit dem roten Aufkleber versehen hatte: *Action this day!* Also: Unverzüglich auszuführen. Allgemein hatte man im Oktober 1951, als Churchill wieder in die Downing Street zurückgekehrt war, damit gerechnet, dass er nach zwei Jahren seinem designierten Nachfolger Anthony Eden die Zügel überlassen würde. Aber der war krank und musste sich gerade in Amerika komplizierten Operationen unterziehen. »Kommen Sie. Essen wir erst einmal«, sagte Churchill.

Adenauer folgte ihm in den Speisesaal. Mrs. Clementine Churchill betrat ihn gleichzeitig, durch eine andere Tür. Sie war immer noch eine stattliche Frau, hatte ein markantes vorspringendes Kinn und trug das weiße Haare streng zurückgewellt. Adenauer begrüßte sie mit Handkuss. Er war etwas aufgewühlt, er wusste nicht, ob es ihm gelungen war, Churchill von der Ernsthaftigkeit seiner Sorgen zu überzeugen.

Sie nahmen Platz. Bei jedem Gedeck stand ein Glas Wasser. Churchill ließ sich dazu ein Glas Scotch eingießen. Er fragte: »Sie gestatten?«, und nahm eine große schwarze Zigarre aus einem Kästchen. Er tauchte sie so tief ins Glas, dass nur die obere Spitze trocken blieb. Dann holte er sie wieder heraus und zündete sie an. »Wir werden Westdeutschland keinesfalls opfern«, sagte er, und hatte dabei Tränen in den Augen, wie das bei alten Leuten manchmal der Fall war. Adenauer blickte vielsagend zu Heinz Weber hinüber, der nur lächelnd mit den Achseln zuckte.

Die Türglocke läutete. Ein Mann betrat den Uhrenladen. Als Wolf genauer hinschaute, schrak er zusammen. Der Scharfmacher. Sofort sah er die nackten Zellenwände vor sich, roch die feuchte Kellerluft, hörte die Schreie. Er stand auf. »Ich ...«

»Wissen Sie, was eine Verabredung ist?«

»Wenn man sich auf etwas einigt.«

»Und haben Sie das Gefühl, Sie halten sich an Ihren Teil der Verabredung?«

Er senkte den Blick. Sein Kopf glühte.

»Wissen Sie, ich war damals der Meinung, dass Sie uns an der Nase herumführen. Aber mein Kollege hat sich dafür eingesetzt, dass wir Ihnen eine Chance geben. Er hielt Sie für einen vertrauenswürdigen Mann.«

»Das bin ich auch.« Er blickte wieder auf.

Der Scharfmacher tat erstaunt. »Tatsächlich? Dann haben Sie sicher einige hilfreiche Berichte über Ihre Besuche bei der Jungen Gemeinde, die Sie mir mitgeben können.«

»Ich ... Ich habe noch keinen Bericht.«

»Waren Sie denn dort?«

Er schwieg.

»Sehen Sie«, sagte der Scharfmacher und trat näher, »ich bin schon ein paar Jahre dabei. Und ich habe so meine Erfahrungen gemacht. Wenn jemand nicht bald liefert, liefert er nie. Sie sind einer, der sich für besonders schlau hält. Sie denken, Sie können uns was vormachen. Das mag ich nicht besonders, wenn man mich hintergeht. Es macht mich regelrecht wütend.«

»Ich werde Ihnen einen Bericht schreiben. Versprochen.«

»Haben Sie das nicht schon einmal zugesagt und nicht gehalten?«

»Diesmal halte ich's.«

»Verfassen Sie einen Bericht über einen jungen Mann namens Andreas. Reden Sie mit ihm, freunden Sie sich an. Sie haben die

Wahl. Entweder überreichen Sie mir einen umfangreichen Bericht, oder wir führen unsere Gespräche im Gefängnis fort. Wo waren wir stehen geblieben? Ach ja, bei Sabotage, Diversion und Kriegspropaganda im Auftrag eines westlichen Geheimdienstes. Der Kollege wird enttäuscht sein. Aber er ist es gewohnt. Ich behalte meistens Recht.«

Der Scharfmacher ging. Er schloss leise von draußen die Ladentür, wie ein höflicher Mann, der gekommen war, um eine Uhr zu kaufen.

Wolf blieb zurück. Die Uhren tickten seine Freiheit weg, sein Leben, jedes Ticken eine Sekunde, bis man ihn wieder festnahm. Jede Uhr kannte er hier, jede Lampe, jede Steckdose und jedes Regal. Aber die Staatssicherheit kam und würde ihm mit einem Wimpernschlag alles nehmen.

Es war Dienstag.

Natürlich war der Scharfmacher nicht zufällig an einem Dienstag erschienen. Wolf musste eine Entscheidung treffen. Heute.

Bis Ladenschluss konnte er sich nicht mehr konzentrieren. Er vertröstete die Kunden, die eine Uhr repariert haben wollten. Bei einem Kaufwilligen, der mit einer Küchenuhr liebäugelte, vermasselte er es. Zehn Minuten vor sechs schloss er den Laden. Noch nie war er vor sechs Uhr gegangen, es war wie ein erster leiser Abschied vom Uhrengeschäft, das er so geliebt hatte. Zu Hause kochte er Wasser und füllte es in die Zinkwanne, drei Töpfe, bis zusammmen mit dem kalten Wasser eine angenehme Badetemperatur entstanden war. Er stieg in die Wanne. Badete, wusch sich die Haare.

Dann schlug er Rasierschaum, pinselte sich das Gesicht ein und zog mit dem Rasierer darüber, bis die Haut glatt war. Er strich prüfend darüber. Obwohl er sich selbstbewusst und sicher fühlen müsste, frisch gebadet und rasiert, wie er war, empfand er sein Inneres wie eine Wunde.

Er bügelte sein bestes Hemd und zog es an. Schlüpfte in die Schuhe, band sich die Schuhbänder. Pünktlich verließ er das Haus. Sein Blick war seltsam geschärft heute, als sähe er zum letzten Mal die Welt. Die Linden schenkten ihm ein wenig Frieden, ihre alten Stämme würden immer noch da stehen, wenn für ihn alles zu Ende war, der Wind würde in ihren Blättern rauschen und die Bienen an den Blüten naschen.

Hinter einem niedrigen Holzzaun stand ein Gartenzwerg mit abgebrochenem Arm. Sicher war es der Hitlergruß gewesen, den konnten sie ja so nicht stehen lassen. Eine alte Frau holte die Post aus dem Briefkasten, neben ihr zappelte ein kleiner Junge und bettelte: »Kriege ich die Marken?«

Ein Motorrad mit Beiwagen knatterte vorüber, der Beifahrer trug, obwohl es so warm war, eine Pelzmütze. Vermutlich hatte ihn seine Frau dazu verdonnert.

Die Kirche. Das Nebenhaus. Er drückte auf den rot leuchtenden Lichtknopf. Mit einem Knall schaltete sich das Licht im Treppenhaus ein. Er hörte den Uhrwerksmechanismus, der die Sekunden herunterzählte, bis das Licht wieder ausgeschaltet werden würde. Stieg die Treppen hinauf, als ginge es zu seiner Exekution: stetig, ohne Eile. Noch lebte er.

Die Wohnungstür stand offen. Er trat in die lange Diele mit dem knarzenden Holzboden und von dort in den großen Raum. Auf den Holzstühlen im Kreis saßen bereits etliche. Auch Nelly. Sie sah ihn an und lächelte kurz.

Bitte, lächle nicht. Umso schlimmer ist es für mich.

Andreas nickte ihm zu.

Er konnte sich nicht hinsetzen. Er konnte nicht warten, bis sie die Liederbücher hervorholten und sangen. Wolf blieb stehen und sagte: »Ich möchte etwas bekannt geben.«

Eine dicke Fliege knallte immer wieder gegen die verschmierte Fensterscheibe. Sie sahen ihn alle an.

»Ich habe mich verpflichtet, der Staatssicherheit von eurem Treffen zu berichten. Sie sind vor allem an dir interessiert, Andreas.«

Nellys Blick flackerte.

»Den geforderten Bericht werde ich nicht schreiben. Aber ich kann's verstehen, wenn ihr mir jetzt nicht mehr vertrauen könnt. Ich werde nicht mehr kommen. Ich glaube ja sowieso nicht an Gott. Aber ihr, als Menschen, seid großartig. Wie ihr diskutiert und fragt, das wird mir fehlen.« Er sah Nelly an. Sagte nichts, aber sie, sie musste es hören: Du wirst mir fehlen. »Lebt wohl.«

Er ging die Treppe wieder hinunter. Auf halbem Weg erlosch das Licht. Oben in der Wohnung war es still, sie sagten nichts, sie hörten nur zu, wie er die Treppe hinunterging. Als er draußen war, blieb er kurz stehen und nahm einen tiefen Atemzug. Tränen waren ihm in die Augen gestiegen. Er blinzelte sie fort und machte sich auf den Weg zum Laden. Jetzt war er bereit, die Uhren zu reparieren. Er würde ab morgen keine Aufträge mehr annehmen, aber was er versprochen hatte, würde er erfüllen, man sollte ihm nicht nachsagen können, dass er als Uhrmacher schlechte Arbeit geleistet hatte.

19

Ilja nahm das Briefbündel entgegen. »Du schreibst jedes Mal mehr.«

Nelly schürzte die Unterlippe. Es war seltsam, die Briefe in seinen Händen zu sehen. Er trug eine russische Uniform. Er war dabei gewesen, als sie Vater holten. Sie müsste ihn hassen. Aber er war ihre einzige Verbindung zu Vater. Sie wusste nicht, ob er gegen die Regeln handelte, indem er ihr Vaters Briefe brachte und ihm ihre Antworten. Hatte Vater diesen Briefwechsel zur Bedingung dafür gemacht, dass er für die Russen arbeitete?

Seine Briefe beschäftigten sich nie mit solchen Fragen. Er schrieb davon, was sie gemeinsam in Nellys Kindheit erlebt hatten. Er schrieb vom Essen und vom Wetter. Wie es ihm wirklich ging, blieb verborgen.

Sie fürchtete um ihn. Seit er fort war, lastete diese Angst auf ihrer Brust, sie zwängte sie ein bei jedem Atemzug. Manchmal vergaß sie schon, wie es gewesen war, als sie noch frei atmen konnte.

Damals, am Strand an der Ostsee, hatten die roten Fahnen im Sturmwind geflattert, was hieß, dass auch geübte Schwimmer nicht ins Wasser gehen sollten. Und Vater war trotzdem weit rausgeschwommen, die Wellenberge verdeckten ihn. Sie war noch klein gewesen. Vor Furcht war sie am Strand auf und ab gelaufen und hatte ihn gerufen.

Schließlich kam er zurück ans Ufer, nass und heldenhaft, und sagte: »Hast du etwa Angst um mich gehabt, kleine Prinzessin!«

Diesmal kam er nicht zurück. Seine warme Stimme fehlte. Seine Klugheit. Seine Umarmung. Gerade jetzt, wo ihr Leben zusammenbrach, vermisste sie ihn stärker denn je. Sie fragte: »Weißt du, wo er ist?«

Iljas Blick wurde hart. »Wir sollten das Thema lassen.«

»Du weißt es, aber du darfst es mir nicht sagen.«

Er nickte.

»Ich reise sowieso nicht hin«, sagte sie. »Kann ich gar nicht. Kann doch niemand. Sag mir nur einen Namen, eine Stadt in der Nähe wenigstens, damit ich auf der Karte sehen kann, ob es dort schön oder hässlich ist. Ist er in Sibirien?«

Etwas war anders mit Ilja heute. Er wirkte fahrig, und seine Uniform war nachlässig zugeknöpft, einer der Knöpfe in der Mitte stand offen.

»Was ist los?«, fragte sie.

Er zögerte. »Es kann sein, dass ich heute zum letzten Mal hier bin, Nelly.«

»Wie meinst du das?«

»Ich habe einen Fehler gemacht. In Moskau sind sie nicht besonders gnädig mit Leuten, die Fehler machen.«

Hieß das, der Kontakt zu Vater brach ab? Würde sie nie wieder einen Brief von ihm erhalten, nie wieder von ihm hören? Bestürzt sank sie auf die Bettkante nieder. »Und mein Vater?«

Er lächelte müde. »Das ist dein einziger Gedanke. So wichtig bin ich dir.«

»Nein, ich ...« Sie musste nachdenken. Ihr Herz flatterte in der Brust. Sie durfte Vater nicht für immer verlieren. Wenn sie jetzt nichts aus Ilja herausbekam, war ihre letzte Chance verspielt. »Du warst damals so freundlich zu mir. Ich war noch ein Kind. Du hast mir die Laterna magica gebracht, du hast mich ... Du hattest Mitleid. Und seitdem kommst du jedes halbe Jahr, wenn es geht, und lässt mich den Kontakt zu Papa aufrechterhalten. Glaubst du, das bedeutet mir nichts?« Sie sah ihn an. »Glaubst du, das macht nichts mit mir?«

Er errötete, nur ein wenig, aber sie konnte es sehen. Er kam näher. Behutsam setzte er sich neben sie auf das Bett. Sie spürte seine Uniform an ihrem Arm, harter, unbequemer Stoff.

Letzte Woche hatte der Fahnenappell zur Eröffnung des mündlichen Abiturs stattgefunden. Ohne sie. Wenn sie jetzt auch noch Vater verlor …

Ilja war etwas blass, und seine leicht nach innen fallenden Wangen machten sein Gesicht lang. Aber er hatte schöne Augen. Er sagte: »Ich hatte eine kleine Schwester. Swetka. Als sie keine drei Jahre alt war, bekam sie Scharlach. Damals gab es noch keine Antibiotika. Swetka musste auf die Isolierstation des Krankenhauses. Dort musste ich sie abgeben und wieder gehen. Das hat sie nicht verstanden. Warum lässt mich der geliebte Bruder allein unter lauter Fremden, muss sie gedacht haben. Sie hat gebrüllt. Am nächsten Tag kam ich wieder, um sie zu besuchen. Swetka hat mich durch die Scheibe in der Zimmertür gesehen und ist fast verrückt geworden vor Freude – aber ich musste vor der Tür stehen bleiben und durfte nur durch die Scheibe winken. Das war furchtbar für sie. Die Krankenschwester sagte mir, ich solle nicht kommen. Ich drehte mich um und ging, und ließ meine verzweifelte Schwester zurück. Swetka ist kurz darauf gestorben. Sie hat nie erfahren, dass es mir das Herz zerrissen hat, sie alleinzulassen. Ich konnte ihr nie erklären, warum ich nicht ihr Krankenhauszimmer betreten durfte.«

Was für eine furchtbare Geschichte. Warum erzählte er sie? War sie jetzt die kleine Schwester, die er zurücklassen musste, ohne ihr helfen und Briefe von ihrem Vater bringen zu können?

Er kam und ging wie ein Kapitän. Und er brachte ihr immer etwas mit, das ihr Leben wärmte: Nachrichten von Vater. Mehr wusste sie nicht über ihn.

»Damals, als wir deinen Vater abgeholt haben, hätte ich dich hassen müssen. Ihr Deutschen habt meinen Bruder umgebracht und meinen Onkel. Aber ich konnte dich nicht hassen. Ich habe das

Kind in dir gesehen, das verängstigte Mädchen. Meine Schwester habe ich nicht beschützen können. Bei dir, beim feindlichen Mädchen, wollte ich es wiedergutmachen.«

»Ich danke dir«, sagte sie. Er sah traurig aus. Sie wusste, was er sich wünschte. Sie nahm seine Hand, zog sie zu sich und küsste die Handfläche. Dann den Daumen. Und die Finger, einen nach dem anderen.

Er entzog sich, legte die Hand dann aber an ihre Hüfte, beugte sich vor und küsste sie auf den Mund. Seine Hand tastete sich an ihrer Hüfte hinauf, der Daumen rührte an ihre Brust. Sie musste ihn zurechtweisen, er ging eindeutig zu weit, sie wollte die Hand zurückstoßen, aber sie spürte plötzlich eine Erregung, die sie verwirrte. Sie ließ es geschehen, küsste ihn zurück, atmete heftig. Sie verspürte einen Durst nach Zärtlichkeit, der sie selbst überraschte. Mit pochendem Herzen streifte sie ihm die Uniformjacke ab, das Hemd. Sein muskulöser, straffer Oberköprer erregte sie noch mehr. Nun begann er seinerseits, sie zu entkleiden. Sie wunderte sich über sich selbst, dass sie es zuließ, dass sie seine begehrlichen Blicke genoss. Als seine Hände ihre Haut berührten, war es, als würde sich eine Feder in ihr lösen, die das Begehren bisher noch zurückgehalten hatte. Hundert Gedanken wollten sie bremsen, wollten ihr die Dummheit ihres Handelns verdeutlichen. Sie wurden fortgeflutet.

Dass er sie so sehr begehrte! Und sie ihn! Hände. Bauch an Bauch. Sein Atem nahe ihrem Ohr. Sie umfasste seinen Rücken, sein Gesäß ... Wieder und wieder spürte sie seine Lippen auf ihrem Körper.

Als es vorüber war, kehrten die Gefühle in sie zurück, die sie zu vertreiben gesucht hatte. Sie gönnten ihr nicht einmal diese wenigen Augenblicke des Ausatmens und Entspannens. Der Schutz, den seine Arme boten, genügte nicht, auch nicht die Wärme seiner Brust.

Ohne ein Wort erhob sie sich und zog sich an. Ilja sah ihr zu. Ihn schien seine Nacktheit nicht zu stören.

Als sie angezogen war, setzte sie sich wieder auf das Bett, aber so, dass sie Ilja nirgendwo berührte. Sie zog die Knie an den Körper und umschlang sie mit den Armen.

»Kuibyschew an der Wolga«, sagte er.

»Ich will mehr wissen.«

»Wenn ich darüber zu viel rede, muss ich dich am Ende noch töten.«

Sie verzog den Mund. »Ich will es trotzdem wissen. Er ist mein Vater!«

»Du weißt, was er macht?«

»Seine Arbeit hat mit Flugzeugen zu tun.«

Er nickte. Und seufzte schließlich wie jemand, der spürte, wie sein innerer Widerstand bröckelte. »Nach dem Krieg haben wir uns Wissen von euch geholt. Wer weiß, wo wir stehen würden, wenn wir nicht in Prag eine Zugladung voller Raketenarchive der Nazis gefunden hätten. Und wir haben Labors abtransportiert, haben alle Geräte mitgenommen, weil wir wussten, dass wir den Westen Berlins an die Amerikaner abgeben mussten. Die Amerikaner ihrerseits haben Technologie in Thüringen, Sachsen-Anhalt und Sachsen geplündert, wo sie konnten, die Bauteile für einhundert V2-Raketen aus Nordhausen abtransportiert und über tausend Techniker dazu, bei Zeiss in Jena haben sie Fachleute und Speziallinsen und Patententwürfe abgeholt. Alles nur, damit uns die Sachen nicht in die Hände fallen. Was meinst du, weshalb sie die Vereinbarungen von Jalta gebrochen haben und über die abgesprochene Frontlinie hinaus in Richtung Osten vorgedrungen sind? Sie haben Thüringen nur aus einem Grund besetzt: Weil sie wussten, dass dort der Schwerpunkt der deutschen Atomversuche und des deutschen Raketenbaus lag.«

Die Amerikaner, dachte sie. Die Retter. In der DDR nannte man sie Imperialisten, aber insgeheim dachte jeder gut von ihnen.

Naturgemäß war die russische Perspektive auf Amerika nicht so positiv.

»Aber sie haben's nicht geschafft«, sagte Ilja, »die Zeit bis zum Rückzug im Juni fünfundvierzig war zu kurz, um alles abzutransportieren. Die Düsenmaschinenfabriken von BMW in Staßfurt standen noch. Die Fertigungsanlagen der Junkers AG in Dessau. Und in Nordhausen fehlten zwar die Wissenschaftler und die Raketenteile, aber von den Maschinen und Gerätschaften war noch vieles da.«

Während Ilja erzählte, sah sie es wie in einem Film vor sich: Wie das Werk in Nordhausen mit sowjetischen Spezialisten wieder aufgebaut wurde. Dann das Zentralwerk in Bleicherode, das auf Lenkraketensysteme spezialisiert war. In Niedersachswerfen und bei Rheinmetall-Borsig in Sömmerda liefen Teile vom Band und wurden zugeliefert. Raketen wurden nach Kasachstan geschickt und dort getestet, sie flogen mit fauchendem Feuerschweif in den Himmel hinauf, legten sich waagerecht und jagten zum Horizont.

»Im Grunde haben wir das Raketenprogramm der Nationalsozialisten weitergeführt. In Kasachstan in Semipalatinsk hat neunundvierzig auch der Atomwaffenversuch funktioniert, und wir haben endlich mit den Amerikanern gleichgezogen. Bald hatten wir Raketen, die viel weiter reichten als die V2 und genauer zielen konnten. Heute sind wir bei mehreren Tausend Kilometern und atomaren Sprengladungen von Tausenden Kilogramm Gewicht. Siemens in Halle, die auf elektronische Steuerungs- und Radarsysteme spezialisiert waren, haben wir ebenfalls reaktiviert, die Heinkel-Werke in Warnemünde und Oranienburg. Öffentlich haben wir gesagt, wir hätten das gesamte deutsche Kriegspotenzial zerstört, in Wirklichkeit haben wir aber die Produktion von Raketen in den alten V2-Werken gleich wieder anlaufen lassen. Und in den Flugzeugfabriken wurde eine neue Generation sowjetischer Jagdflugzeuge entworfen und gebaut. Leuna hat in Bitterfeld

Düsentriebstoff hergestellt, Junkers in Dessau Düsenjäger, Siebel in Halle Bomber.«

War es das, was Vater tat? Kriegsmaschinen bauen? Es passte nicht zu ihm. Er trug gern Wollpullover und konnte eine halbe Stunde am Fenster stehen und dem morgendlichen Zwitschern der Vögel zuhören. Er aß mit solcher Freude ein Honigbrot, dass man sein Gesicht leuchten sah. Er wollte doch keinen neuen Krieg!

Ob er jetzt wohl Russisch sprach? Sicher trug er inzwischen russische Kleidung, so viele Jahre hielten Hosen und Hemden nicht. Er lief in russischen Schuhen, sagte Спасибо und Доброе утро.

»Wir haben sogar Wissenschaftler aus dem Westen abgeworben, mit Erfolg. Zum Beispiel ist Ernst Friedrich übergelaufen, ein Experte für Radar- und Antiradargeräte für Unterseeboote. Auf dem Gebiet der heutigen DDR haben wir nach dem Krieg nicht nur Raketen und Flugzeuge gebaut, auch Artillerie, Panzer, chemische Waffen, alles auf der Basis von Plänen und Waffensystemen, die noch während des Krieges von deutschen Waffenfabrikanten entwickelt worden waren. Und alles natürlich streng geheim.«

»Und dann?«

»Kam der 22. Oktober 1946.« Er strich ihr sanft eine Strähne hinter das Ohr. »Du gefällst mir, weißt du das?«

»Um drei Uhr früh habt ihr an unsere Tür gehämmert. Ich bin mit einem solchen Schrecken aufgewacht! Vater hat die Tür geöffnet, und ihr kamt rein und habt die Schränke zugenagelt. Ihr habt alles rausgetragen, selbst die Stühle und das Geschirr.« Was hatte Vater mit all dem Hausrat gemacht? Das hatte sie sich oft gefragt. Aß er bis heute von ihren Tellern und weinte manchmal, wenn er ihre, Nellys, Tasse in der Hand hielt?

»Ihr wurdet nicht geschlagen.«

»Da waren die Maschinenpistolen … Ihr habt uns im Lastwagen zum Bahnhof gebracht wie Vieh. Alle Straßenkreuzungen waren abgesperrt. Überall Militär. Dabei war's doch mitten in der

Nacht! Sei vernünftig, hat Vater zu meiner Mutter gesagt, aber sie hat geweint und gesagt, sie geht nicht mit. Zu sehen, wie sich Papa und meine Mutter verabschieden, für immer vielleicht, wie sie beide weinen! Und dann mit Mama am Bahnsteig stehen zu bleiben und zu sehen, wie der Zug ausfährt und Papa aus dem Fenster schaut, stumm, betroffen. Er darf mir nichts darüber schreiben in den Briefen. Sonst hätte er längst die Fragen beantwortet, die ich ihm tausendmal gestellt habe.«

»Was fragst du ihn?«

»Warum? Warum habt ihr ihn deportiert? Was hat er denn getan?«

»Ihr wart nicht die Einzigen. Überall wurden in dieser Nacht die Wissenschaftler und Techniker des Waffenprogramms abgeholt. Danach hat man die Fabrikkomplexe leer geräumt, hat alles verpackt und es nach Russland geschickt. Manche Anlagen haben wir mit Dynamit gesprengt.« Er schwieg. »Deinem Vater geht es gut. Er wird gut behandelt. Damit das so bleibt, musst du den Mund halten. Hörst du?« Er sah sie an. »Wenn du jemandem davon erzählst, was ich dir gerade gesagt habe, landet ihr, deine Mutter und du, im Gefängnis. Und dein Vater wird es genauso zu spüren bekommen.«

Und du, dachte sie. Schon wieder riskierst du alles für mich. Unwillkürlich strich sie ihm über das Haar, er zog sie an sich, küsste sie. Sie sagte: »Konnte Vater nicht hier in Deutschland für euch arbeiten?«

»Die Waffenproduktion war illegal. Im Alliierten Kontrollrat hatten wir unterschrieben, alles Kriegspotenzial zu vernichten. Es standen Inspektionen der anderen Siegermächte an, sie hätten die Fabriken gefunden und uns Vertragsbruch vorwerfen können. Natürlich haben die westlichen Medien von der Deportation der Techniker und Wissenschaftler Wind bekommen und die Geschichte ausgeschlachtet, aber so sah es nach Techniktransfer aus und nicht nach Waffenproduktion, und wir konnten unser Gesicht wahren.

Glaube nicht, wir waren die Einzigen, die so gehandelt haben! Auch die Briten und Amerikaner haben Wissenschaftler ›evakuiert‹, bei denen hieß das ›Project Paperclip‹.«

»In der Zeitung stand, die Wissenschaftler hätten vorteilhafte Verträge unterzeichnet und wären gern der Einladung in die Sowjetunion gefolgt. In Wahrheit habt ihr sie verschleppt!«

»Wie gesagt, es geht ihm gut.«

»Das sagst du mir seit Jahren. Wann kommt er nach Hause?«

»Einige Wissenschaftler sind schon wieder auf deutschem Boden, sie dürfen nur über nichts reden, und wir haben verhindert, dass sie nach Berlin ziehen. Dein Vater wird auch eines Tages gehen dürfen. Das Dilemma ist: Er ist wirklich gut. Und gute Leute will man behalten.«

»Kannst du ihn nicht befreien und nach Hause schicken?«

»Nelly, du bist zu klug für solche Vorschläge. Du weißt selbst, dass das die hohen Tiere entscheiden, nicht Leute wie ich.«

»Aber du kennst hohe Tiere, oder?«

»Sogar das höchste Tier, ja.«

»Dann sag ihm ...«

»Ich stehe in seinen Diensten. Nicht er in meinen. Auf diese Unterscheidung legt er Wert.«

Sie legten ihre Hände ineinander und saßen da, still, während draußen die Sonne unterging. Es tat ihr gut. Woher kam diese Zuneigung zu Ilja? Lag es nur daran, dass er ihre Verbindung zu Vater war, dass er ehrlich mit ihr war und ihr von ihm erzählte? Sie achtete seinen Mut. Und sie war ihm dankbar. Sie bereute es nicht, dass sie mit ihm geschlafen hatte. Aber liebte sie in ihm nicht Vater? In ihm und durch ihn, war es nicht der verzweifelte Versuch, ihre Liebe zum Vater zu übermitteln?

»Ich bin von der Schule geflogen. Ich werde mir einen Anwalt nehmen, vor Gericht wird schon rauskommen, dass das alles Lügen sind über die Kirche.«

Ilja sagte: »Es gab mal einen Anwalt in Berlin, der hieß Kemritz. Zu dem gingen alle, die mit der Sowjetischen Besatzungszone Probleme hatten. Erst hat er für die Gegner gearbeitet, er war Major bei der Abwehr, beim deutschen Geheimdienst. Da habe ich bereits von ihm gehört. Dann, nach dem Krieg, ist er Anwalt geworden. Er hat im Osten von Berlin seine Kanzlei aufgemacht. Alle Unzufriedenen dachten, wenn sie zu ihm gehen, hilft er ihnen. Nur dass sie am Ende umkamen oder zumindest ins Sonderlager.«

»Warum das?«

»Kannst du's dir nicht zusammenreimen? Kemritz arbeitete für den NKWD. Seine Rechtsanwaltskanzlei war eine Falle. Er hat die unsicheren Elemente angelockt, und mit seiner Hilfe hat man sie kaltgemacht.«

»Du meinst, wenn ich zum Anwalt gehe ...«

»... wird dir der Anwalt geduldig zuhören, und wenn du aus dem Büro bist, ruft er jemanden an.«

»Aber wir haben doch eine Verfassung!«

»Auf dem Papier, ja.«

Er meinte es gut mit ihr, das spürte sie. Als er sie an sich zog, spürte sie wieder diese Erregung und erneut überließ sie sich dem Sinnentaumel. Was hatte sie zu verlieren, warum nicht davon kosten? Irgendwann sah sie plötzlich auch kurz Wolfs Gesicht vor sich, wie sonderbar.

Als Ilja das Haus verließ, fühlte er sich wie ein Junge, der etwas Verbotenes und Gefährliches getan hatte und doch stolz darauf war und wusste, dass er es nie bereuen würde. Er hatte Nelly geküsst. Und sie hatte all seine Zärtlichkeiten erwidert. Seit sie zu einer jungen Frau aufgeblüht war, hatte er davon geträumt, Nelly zu verführen. Ihr erster Liebhaber zu sein. Es war Wahnsinn, wenn das ans Licht kam, wäre er am Ende, aber es war ein schönerer Wahnsinn als der, den er Tag für Tag für seine Dienstherren ausführte.

Erst später dachte er an seinen Einsatz im Rahmen der Aktion Ossoawiachim zurück. Wie sie in den Flugzeugwerken Arbeiter gejagt und mit Knüppelhieben in die Ergebung geprügelt hatten. Davon hatte er Nelly nichts erzählt.

20

Er richtete seine Polizeimütze, wischte sich über die Stirn, auf die kalter Schweiß getreten war. Der Schlüssel zitterte ein wenig, als er den Waffenschrank aufschloss. Lotte hatte es ihm bei ihrem letzten Rendezvous bereits gesagt: Die Stimmung in den Fabriken war im Keller. Überall wurde laut geschimpft.

Sie waren verabredet für heute Abend. Daraus würde wohl nichts werden.

Wie hatte der Ministerrat gerade jetzt die Arbeitsnormen aller Branchen um zehn Prozent erhöhen können? Man wolle die Arbeitsproduktivität erhöhen und streng gegen Bummelanten vorgehen. Aber mit den vielen Republikflüchtlingen, die überall am Förderband und an den Maschinen fehlten, war es schon schwer genug gewesen, die gesetzten Ziele zu halten.

Und das, während es in den Läden an so vielem fehlte! Die wenigen Waren wurden immer schamhafter auf die Regale verteilt, damit sie nicht leer aussahen. Zucker gab es nicht, Mehl war ausverkauft, sobald es in die Läden kam, Hülsenfrüchte fehlten, Reis, selbst Kartoffeln. Und frisches Gemüse erhielten ausschließlich Kinder und Diabetiker. Zuteilungskarten für Milch waren nutzlos geworden, weil es im Laden keine Milch mehr gab, nur in manchen Fabriken wurde zum Werkessen noch ab und an Milch ausgegeben. Seit Wochen wurde es immer schlimmer. Und ausgerechnet jetzt, auf dem Tiefpunkt der Versorgung, wurden von der Bevölkerung besondere Anstrengungen bei der Arbeit erwartet.

Die Fahrpreisermäßigungen für Arbeiterfahrten fielen weg. Und Handwerker erhielten überhaupt keine Lebensmittelkarten mehr, sie sollten sich in der teuren HO zu doppelten und dreifachen Preisen versorgen. Wobei sich selbst dort die Regale allmählich leerten, wie er gestern bei dem Versuch hatte feststellen müssen, in der HO für Lotte Butter zu kaufen.

Heimeran stellte sich auf den Platz und zog die Trillerpfeife heraus. Sein gellender Pfiff hallte zwischen den Gebäudewänden hin und her. Die Männer rannten los, sie sammelten sich. Einige von ihnen waren bei der NSDAP gewesen, viele bei der Wehrmacht. Ihr Dienst bei der Kasernierten Volkspolizei galt als Bewährungsprobe. Wobei sie in Wahrheit bisher eine ruhige Kugel geschoben hatten. Das heute aber war etwas anderes als am Kasernentor Ausweise, Urlaubs- und Ausgangsscheine zu kontrollieren.

Sie standen stramm, die Gesichter gerade nach vorn gerichtet. Der Unteroffizier vom Dienst machte ihm Meldung.

In dem Moment trat der Offiziersanwärter Ludivic aus dem Haus und sagte: »Genosse Hauptfeldwebel, der Genosse Oberleutnant bittet Sie ins Büro.«

Letzte Lagebesprechung vermutlich.

Er nickte und richtete noch einmal einen scharfen Blick auf die Männer. Er gab ihnen kein »Rührt euch«, er ließ sie weiterhin strammstehen. »Übernehmen Sie«, befahl er dem Unteroffizier und folgte Ludivic ins Gebäude.

Im Büro nahm er vor dem Schreibtisch des Oberleutnants Haltung an. Ludivic verkrümelte sich auf einen bloßen Blick des Oberleutnants hin.

»Sie werden gleich ausrücken, Genosse Hauptfeldwebel«, sagte der Oberleutnant.

»Jawohl, Genosse Oberleutnant«, erwiderte er.

»Warum machen Sie dann so ein Gesicht?«

»Ich verstehe nicht, Genosse Oberleutnant.«

»Oh, Sie verstehen sehr wohl. Es passt Ihnen nicht, dass Sie die Aufrührer in den Leuna-Werken festsetzen sollen. Glauben Sie, ich lasse Sie mit dieser mangelhaften Klassenhaltung überhaupt aus der Kaserne?«

Du meine Güte. Wie lange beobachtete ihn der Oberleutnant schon? Er musste sich besser zusammennehmen. »Es ist wegen der Normerhöhung.«

»Die Normerhöhung finden Sie ungerecht? Fallen Sie bloß nicht auf die Propaganda des Klassenfeindes rein. Ich bin enttäuscht von Ihnen, Genosse! Die Normerhöhung war aus betriebswirtschaftlicher Sicht längst überfällig. Ist Ihnen das nicht klar? Wir haben immer noch mit Normen aus den mageren Nachkriegsjahren gearbeitet, aber diese Zeiten sind vorbei, wir kehren allmählich zu einer Wirtschaft zurück, die sich mit der Vorkriegszeit messen kann. Die meisten Betriebe haben die Normen regelmäßig übertroffen, und dann mussten Prämien gezahlt werden. Die haben den Staatsetat belastet.«

»Aber die Grundlöhne sind so gering, dass die Arbeiter auf die Prämienzahlungen angewiesen sind! Vierhundert Mark, davon kann man doch keine Familie ernähren. Nur zusammen mit den Prämien haben sie ihr Auskommen.«

»Überlegen Sie sich gut, auf welcher Seite sie stehen.« Der Oberleutnant bekam schmale Lippen. »Ich habe Sie im Blick, Kunze. Die Lage ist ernst. Wer jetzt nicht hart gegen Schädlinge und Spione vorgeht und die unsauberen Elemente beseitigt, ist hier fehl am Platz.«

Ihm schwirrte der Kopf. Es klang so richtig, was der Oberleutnant sagte! Andererseits passte es mit der Realität nicht zusammen. »Ich werde treu meinen Dienst versehen, Genosse Oberleutnant. Darf ich Sie trotzdem noch etwas fragen?«

»Tun Sie das.«

»Warum sind die Läden leer, wenn es mit der Wirtschaft aufwärtsgeht?«

»Weil wir das Wachstum nicht in die Konsumgüterproduktion investieren, Sie Trottel, sondern in den Ausbau der Schwerindustrie. Ich hätte gedacht, dass Sie diese Zusammenhänge verstehen. Wir waren im ersten Jahr nach dem Krieg auf hundertfünfzig Tonnen runter bei der Stahlproduktion, und jetzt sind es schon wieder über zwei Millionen Tonnen! Es geht voran! Wir steuern auf einen neuen Krieg zu, der Klassenkampf verschärft sich, Kunze. Und Sie stehen an vorderster Front. Da brauche ich jemanden, auf den ich mich verlassen kann. Jemanden, der schießt, wenn er einen CIA-Spion vor sich hat oder einen imperialistischen Aufwiegler.«

»Selbstverständlich können Sie sich auf mich verlassen.« Er zögerte. »Was sage ich den Männern?«

»Der Westen wird in den nächsten Wochen ausgiebig über die Bedarfslücken und den Unmut bei uns in der Bevölkerung berichten. Das kann ich in den Köpfen der Männer nicht gebrauchen. Also befehlen Sie, dass die Radios auf unseren Sender eingestellt und die Skalen mit Heftpflaster überklebt werden. Die Unteroffiziere haben das täglich in den Mannschaftsstuben zu überprüfen. Es ist streng verboten, andere Sender zu hören. Sagen Sie denen, dass die Amerikaner planen, Ostberlin zu besetzen. Ich brauche meine Männer in Kampfbereitschaft, ist das klar?«

»Zu Befehl, Herr Oberleutnant.«

Etwas versöhnlicher sagte der Oberleutnant: »Ich erzähle Ihnen eine Geschichte, dann verstehen Sie, was ich meine. Nach dem Krieg kommen die Leute in ihr Dorf zurück und finden es zerstört vor. Es ist Winter, und es herrscht eisige Kälte. Ein einziger Raum ist noch intakt. Wer darf darin wohnen – die Alten, die Kranken, die Schwangeren? Die richtige Antwort lautet: der Erbauer der zukünftigen Häuser für alle, der sollte darin wohnen, weil er der Architekt und Planer der Zukunft ist! Wir sind der erste deutsche Staat der Arbeiter und Bauern, wir haben den Faschismus beseitigt und die Ausbeutung und Unmenschlichkeit. Natürlich gibt es im

Westen momentan gewisse Annehmlichkeiten und bestimmte Auswirkungen der ungehinderten Privatinitiative und freien Konkurrenz – darauf fallen wir jedoch nicht herein! Wenn man genau hinschaut, sind die weniger angenehmen Auswirkungen des Kapitalismus deutlich zu sehen: Massenentlassungen bei der ersten kleinen Absatzkrise, die Aufrüstung zum Krieg ...«

Er blinzelte. »Aber gibt es die Aufrüstung nicht auch bei uns?«

»Nein, wir rüsten für den Schutz des Friedens. Das muss Ihnen doch klar sein. Meine Güte, Kunze! Reißen Sie sich zusammen und machen Sie die gekauften Verbrecherhorden in Leuna dingfest! Wir haben dieses Nest viel zu lange geduldet. Genosse Ulbricht ist dort während einer Rede tätlich angegriffen worden! Die haben mit Schraubenschlüsseln und Bierflaschen nach ihm geworfen! Ich will sie bis zum Abend in Bautzen haben.«

»Jawohl, Genosse Oberleutnant!«

Heimeran trat wieder nach draußen. Er durfte das Ziel nicht aus den Augen verlieren. Was sollte der Oberleutnant von ihm denken! Wenn der seine Beobachtungen in die Kaderakte schrieb, war er die nächsten Jahre von allen Beförderungen ausgeschlossen.

Er stellte sich vor seine Männer und brüllte: »Sie sind ab sofort in Alarmbereitschaft versetzt. Es herrscht Urlaubssperre! Sie erhalten scharfe Munition. Danach begeben Sie sich zu den Mannschaftswagen. Rowdys und vom Ausland bezahlte Aufrührer und Agenten wollen im Chemischen Großbetrieb Leuna den Aufbau der sozialistischen Gesellschaft stören. Wir werden dort unsere Pflicht erfüllen. Ich erinnere Sie an den Eid, den Sie geleistet haben, und daran, dass Sie bei Missachten des Eids unter der Militärgerichtsbarkeit stehen und sich schwerster Strafen, auch der Todesstrafe, gewahr sein müssen.«

Die Männer machten grimmige Gesichter. Sie waren bereit, ihren Dienst zu tun. Karabiner und Maschinenpistolen wurden aus den Patronenkisten mit Munition bestückt, jeder Soldat bestätigte die Anzahl erhaltener Patronen mit seiner Unterschrift. Die Patronenkisten waren außerhalb der Dienststelle im Bunker gelagert und nur mit Erlaubnis der Sowjets freigegeben worden. Wenn sie hier kämpften, stand ihnen die riesige Union der Sozialistischen Sowjetrepubliken bei.

Das Tor wurde geöffnet. Der Soldat war zu faul, sich nach dem Riegel herunterzubeugen, der den Torflügel in einer Öffnung im Boden verankert hatte, und in gebückter Haltung mit dem Riegel in der Hand neben dem Torflügel herzulaufen. Er ließ ihn einfach über das Pflaster rattern.

An jedem anderen Tag hätte Heimeran ihn angebrüllt, ihm Beschädigung von Volkseigentum vorgeworfen und ihn zur Verantwortung gezogen. Heute aber stieg er wortlos in das Führerhaus eines der H3A-Mannschaftswagen. Er spürte etwas in sich fortbröckeln, und ihm fehlte zu seinem eigenen Entsetzen die Kraft, sich dagegenzustemmen.

21

Lawrenti Beria fegte eine vertrocknete Fliege vom Fensterbrett. Er sah das Auto halten, die Mitglieder der deutschen Delegation stiegen aus. Ihre Gesichter waren verschlossen. DDR-Ministerpräsident Otto Grotewohl ging voran, ganz Würdenträger. Walter Ulbricht folgte ihm mit zackigem Schritt. Er war eigentlich der mächtigste Mann der DDR, war es schon gewesen, als er bloß Grotewohls Stellvertreter gewesen war. Ihm folgte in kluger Zurückhaltung Fred Oelßner, der ehemalige Leiter der Abteilung Parteischulung, Kultur und Erziehung, nun Mitglied des Politbüros und Chefredakteur der SED-Zeitung *Einheit*. Die DDR-Regierung, wie Schulbuben zur Schelte ins Direktorenzimmer nach Moskau gerufen. Allerdings ohne Pieck, der gerade eine Kur auf der Krim machte.

»Genosse Beria, verzeihen Sie.«

Unwillig blickte er sich um.

Ein Untergebener buckelte. »Es ist ein furchtbarer Fehler passiert. Für die Sitzung sind Pappbecher statt Gläser gedeckt worden, und man hat nur Tee als Getränk bereitgestellt. Soll ich den Sitzungsraum rasch neu bestücken lassen?«

Beria sah ihn eine Weile an, unentschlossen, ob er eine Antwort überhaupt wert war. Dann sagte er: »Wenn Sie glauben, dass es ein Fehler war, hätten Sie keine Zeit verlieren sollen mit Ihrem Herumgefrage. Sie hätten längst handeln sollen.«

Der Untergebene wurde blass um die Nase.

»Aber Sie sind nicht sicher, ob es sich um ein Versehen handelt oder um meine Anordnung. Aus Feigheit stehen Sie hier und wollen für etwas Läppisches wie Getränke eine Anweisung von mir persönlich.«

Der Mann begann zu zittern.

»Die Pappbecher hat man auf meinen Befehl hin aufgestellt. Lassen Sie den Raum, wie er ist.«

Unterwürfig dankte der Mann und schlich fort.

Beria wandte sich erneut zum Fenster. Inzwischen war das Auto nicht mehr zu sehen. Immer schon hatte es ihm mehr Freude bereitet, etwas aufzubauen, als es einzureißen. Sollte er die DDR weiter aufbauen oder sie abstoßen? Er war noch nicht zur Gänze entschlossen. Dass sein Agent Ilja Kolschetow versagt und keine Wanzen in Adenauers Amtssitz untergebracht hatte, machte diese Abwägungen noch schwieriger. Adenauer würde sich denken können, wer dahintersteckte, und noch misstrauischer werden.

Er, Lawrenti, wäre ein exzellenter Ingenieur geworden. So wie er ein exzellenter Geheimdienstler geworden war. Dies war nun die Maschine, die er verstand und im großen Stil erweiterte und veränderte: Das Getriebe der Macht, mit dem sich die Geschicke des größten Landes der Erde und damit auch der Erde selbst steuern ließen.

Wie sich Bergleute zwangsläufig ein rußiges Gesicht und schmutzige Hände holten, holte er sich bei der Arbeit an dieser Maschine ebenfalls Dreck unter die Fingernägel, moralischen Dreck, das war nicht zu vermeiden.

Immerhin hatte er verhindert, dass sie Sergo, seinen Sohn, in diese moralischen Abgründe mit hineinzogen. Jedes Angebot für politische Ämter oder eine staatlich-militärische Ausbildung für ihn hatte er abgelehnt und ihn stattdessen gedrängt, Ingenieur zu werden. So, wie er, Lawrenti, es hatte werden wollen. »Ich kenne kaum einen Tschekisten, der seinen Job mag«, hatte er ihm gesagt, »und wer ihn mag, der ist ein Schurke.« Es entsprach der Wahrheit. Er selbst war einer geworden.

Anfangs war er es vielleicht noch nicht gewesen. Da hatte er wirklich aufhören wollen, als er merkte, dass die Geheimdienstarbeit aus Lügen und Morden und dem unmoralischen Verformen von Menschen bestand. Er hatte Briefe an die Parteioberen geschrieben und darum gebeten, aus dem Dienst entlassen zu werden, damit er seine Studien als Ingenieur fortsetzen und sich der Ölindustrie widmen könne. Schon damals war ihm klar gewesen, dass darin die Zukunft lag. Aber sie hatten alle seine Gesuche kühl abgelehnt.

Habe ich Gutes getan? Habe ich nur Menschen verdammt, oder auch welche gerettet? Er dachte an den Juden Dimitri Tiomkin, dem er geholfen hatte, in die Vereinigten Staaten von Amerika zu entkommen, und der dann durch seine Filmmusik für *High Noon* zu Ruhm und Geld gelangt war. Hatte er nicht auch die Filmmusik zu Hitchcocks *Der Fremde im Zug* geschrieben? Tiomkin hatte vor Freude getanzt, als er ihm den Plan mitgeteilt hatte, wie er ihn in die USA bringen würde, er hatte einfach Lawrentis Hände genommen und einen Tanz aufs Parkett gelegt.

Über die Jahre hatte Lawrenti die Sowjetunion verstehen gelernt. Die Bolschewiken herrschten wie die Zaren, sie unterdrückten die nicht russischen Völker und etablierten die Macht der Russen. Die äußeren Sowjetrepubliken waren für die russischen Funktionäre Kolonien, sie erhielten nur ein Hundertstel des Wertes, den sie zur Wirtschaft der Union beisteuerten. Nicht einmal die Ukraine durfte komplette Produkte herstellen, immer lieferten die Republiken nur Teile, das Produkt wurde in Russland zusammengebaut. Man hielt sie abhängig. So gut er konnte, hatte er dagegengesteuert, er hatte in Georgien Orangen- und Mandarinenplantagen anpflanzen lassen, Eisenbahnlinien gebaut und die Ölfelder erschlossen. Er versuchte, die transkaukasischen Republiken unabhängiger zu machen, wenigstens Brot und Strom sollten sie selbst herstellen, ohne importieren zu müssen.

Stalin hatte ihn bis zu einem gewissen Grad gewähren lassen, zugleich aber seine Absichten unterlaufen, indem er im großen Stil in den Republiken Russen ansiedelte.

Nichts war Zufall gewesen bei Stalin, auch nicht, dass er jeden Tag Uniform und Reitstiefel trug oder im Winter den Mantel mit Wolfsfellbesatz und die Pelzmütze, oder dass in seiner Datscha das Polarbärenfell lag, mit aufgerissenem Maul.

Ich habe von ihm eine Menge gelernt, dachte er. Und ich habe ihn überflügelt.

»Die Herren sind bereit«, meldete eine Stimme hinter ihm.

»Sollen warten.« Ja, auch Chruschtschow, Molotow und Malenkow. Es schadete nicht, wenn sie unterbewusst verinnerlichten, dass ohne ihn nichts ging.

Erst vergangene Woche hatte er den anderen aus dem Politbüro Tonbänder vorgespielt von einem von Stalins Tobsuchtsanfällen, »Foltert sie!«, hatte Stalin immer wieder gebrüllt, »Foltert sie, bis ihnen die Gedärme rausquellen!« Da hatten die anderen endlich eingesehen, dass die Schauprozesse der letzten Jahre revidiert werden mussten. Stalin war doch am Ende nur noch zwischen Weltherrschaftsträumen und der Angst vor den Amerikanern hin und her geschwankt. Mal glaubte er, seine heimliche Aufrüstung der Sowjetunion würde ihn einen großen, letzten Krieg gewinnen lassen, bis er den ganzen Planeten unterworfen hatte – dann wieder fürchtete er einen Angriff der mächtigen Amerikaner. Diese panische Angst vor Verrätern! Sie alle hatten Blut an den Händen. Dafür hatte Stalin gesorgt, dass keiner von ihnen eine weiße Weste behielt, sie alle steckten mit drin, je tiefer, desto besser. Wer sich weigerte, sich die Hände schmutzig zu machen, galt als verdächtig und wurde abgesägt.

Und er, Beria, spielte den Henker. Diese Rolle war ihm sicherer erschienen. Am besten war es, wenn alle Angst vor einem hatten. Auch jetzt noch fürchteten sie um ihr Leben, die anderen Alphatiere. Allen voran Nikita Chruschtschow. Immer wieder meldeten ihm die Agenten, dass Chruschtschow heimlich Verbündete für eine Palastrevolte suchte, um ihn, Lawrenti, zu entthronen.

Mit Schwung löste er sich vom Fenster, schritt den Flur entlang und betrat das Sitzungszimmer. In den Gesichtern Molotows, Chruschtschows und Malenkows las er Ärger wegen der Wartezeit. Die Gesichter der Deutschen aber waren bleich vor Angst. Sie lasen die Zeichen richtig. Dass es keinen Wein gab und keine Pralinen, nicht einmal Mineralwasser, sondern bloß Tee aus Pappbechern, war eine deutliche Degradierung. Außerdem waren die drei Deutschen auf seine Anweisung nur von einem Offizier der Kremlwache statt von einem ZK-Mitglied hereingeführt worden – ein weiteres deutliches Zeichen, dass sie in Ungnade gefallen waren.

Die Deutschen nahmen in der Mitte Platz, wie Angeklagte. Oelßner sprach fließend Russisch, er besaß sogar die sowjetische Staatsbürgerschaft. Er glaubte wahrscheinlich, sich dadurch aus der verzwickten Lage herauswinden zu können. Ulbricht, der gelernte Möbeltischler, machte sich – seinem verschwitzten Hemdkragen nach zu urteilen – am meisten Sorgen. Offenbar ahnte er, dass sie drauf und dran waren, ihn fallen zu lassen. Er, der selbst genug andere verraten hatte. Lawrenti hatten ja die Verleumdungsbriefe des fleißigen Bienchens Ulbricht erreicht. Nun war er selbst an der Reihe. In der Bevölkerung war er noch unbeliebter als in der Partei.

Grotewohl, der gelernte Buchdrucker und Kaufmann aus Braunschweig, der 1933 als SPD-Abgeordneter gegen das Ermächtigungsgesetz gestimmt hatte, der nach Elsers Attentat auf Hitler sechs Wochen in Untersuchungshaft gesessen hatte, der nach dem Krieg als Vorsitzender des Zentralausschusses der SPD schneller als alle erwartet hatten, für eine Verschmelzung mit der KPD plädiert hatte, Grotewohl, der vor Kurzem noch mal neu geheiratet hatte und gern malte und fotografierte, setzte auf Ausstrahlung. Auf Würde. Keine schlechte Taktik, dachte Lawrenti anerkennend.

Er löste den Blick von den Deutschen und ließ ihn über die anderen Anwesenden streifen, Malenkow, Molotow, Mikojan, Chruschtschow, Bulganin, Kaganowitsch, und Semjonow und Gretschko, die als Berater hinzugezogen worden waren. Dass sie auf sein Startsignal warteten, ohne dass es dazu Absprachen gegeben hätte, erfüllte ihn mit Genugtuung. Er nickte er Malenkow zu.

Malenkow sagte: »In den vergangenen zwei Jahren sind fast eine halbe Million Menschen aus der DDR in den Westen geflohen. Erklären Sie uns das.«

Grotewohl räusperte sich, aber bevor er etwas sagen konnte, antwortete Ulbricht: »Das ist der feindlichen Propaganda zu verdanken, die gezielt von Westdeutschland aus betrieben wird.«

So wollt ihr spielen? Mit Nebelkerzen? Beria stand auf und schlug die Hand auf den Tisch. »Ausflüchte!«

Das Wort hing drohend im Raum, in dem jetzt eine unerträgliche Spannung herrschte.

Nach einer längeren Pause fuhr er leise fort: »Ich sage Ihnen die wahren Gründe, mein lieber Ulbricht: Bauern wollen den landwirtschaftlichen Produktionsgenossenschaften nicht beitreten, in die Sie alle hineinzwingen wollen. Fünfhunderttausend Hektar Land sind bei Ihnen verlassen und liegen brach! Händler und Geschäftsleute fürchten die Abschaffung des Privateigentums und die Beschlagnahme ihrer Waren. Und der Rest der Bevölkerung leidet darunter, dass Sie die Menschen nicht mit Lebensmitteln und Konsumgütern versorgen können. So sieht es aus!« An den Gesichtern der Deutschen konnte Beria ablesen, dass er ins Schwarze getroffen hatte. Welch ein Glück, dachte er, dass ich innerhalb des SED-Politbüros Informanten habe, die mit dem Kurs der SED nicht einverstanden sind und mich auf dem Laufenden halten: den Chefredakteur des *Neuen Deutschland*, Rudolf Herrnstadt, einen ehemaligen Mitarbeiter des sowjetischen Geheimdienstes, und den Chef des Ministeriums für Staatssicherheit Wilhelm Zaisser.

Jetzt machte Ulbricht ein trotziges Gesicht. »Die westdeutschen Industrieunternehmen werben gezielt Techniker und Ingenieure ab.«

»Aber warum gelingt ihnen das. Doch nur, weil Ihre politische Arbeit minderwertig ist! Sie überzeugen die Menschen nicht. Und Sie sind unfähig, sie angemessen mit Nahrung und Kleidung zu versorgen.«

Ulbricht, Grotewohl und Oelßner zogen die Köpfe ein.

Malenkow sagte: »Wir haben im ZK der KPdSU die Lage diskutiert, um Ihnen die nötigen Empfehlungen zu geben.«

Viel zu zahm. So durfte man nicht mit denen reden. In scharfem Ton ergänzte Beria: »Wir verlangen eine sofortige Kurskorrektur und dazu eine schriftliche Stellungnahme von Ihnen. Machen Sie die Zwangsgründungen von LPGs rückgängig. Überarbeiten Sie den Fünfjahresplan. Verbessern Sie die Versorgung. Und hören Sie auf, sich die Kirchen zum Feind zu machen! Die DDR muss attraktiv werden. Nur so lässt sich die Massenflucht stoppen.«

»Dafür brauchen wir Zeit«, stammelte Ulbricht.

Beria lachte bitter. »Verstehen Sie nicht, was hier geschieht? Das ist ein Wettkampf mit den Alliierten, ein Wettkampf um das Wohlwollen der deutschen Bevölkerung. Und uns fehlen die Mittel, über die Amerika verfügt. Gleich nach Kriegsende haben sie gigantische Lieferungen an Nahrung nach Deutschland gebracht, und jetzt fördern sie mit dem Marshallplan die Wirtschaft. Man könnte meinen, es kostet sie nichts. Und Sie? Sie haben nichts Besseres zu tun, als Ihre Geburtstagsfeierlichkeiten vorzubereiten!« Er lächelte Ulbricht kalt an, dem nun die von ihm selbst befohlenen aufwändigen Vorbereitungen zur Feier seines sechzigsten Geburtstages hoch unangenehm wurden. »Paraden wollen Sie haben, hat man mir mitgeteilt. Pompöse Jubelfeiern. Und das Volk soll bis zu Ihrem Geburtstag am 30. Juni die Normen um zehn Prozent übertreffen. Sogar einen eigenen Film hat die DEFA über Sie drehen müssen, *Baumeister des Sozialismus – Walter Ulbricht.*« Dann wurde er plötzlich ernst. »Ich sage Ihnen was. Dieser überflüssige Film verschwindet im Archiv. Und die Bücher, die Sie in einer Millionauflage zu Ihren Ehren haben drucken lassen, werden eingestampft. Haben Sie mich verstanden?«

Ulbricht nickte.

»Bereiten Sie ein Kommuniqué vor, in dem Sie sich beim Volk für Ihre Fehler entschuldigen und den neuen Kurs ankündigen.«

Die drei gescholtenen Schulbuben sanken auf den Stühlen noch tiefer in sich zusammen. »Bitte«, sagte Grotewohl kleinlaut, »geben Sie uns etwas Zeit, das Ganze vorzubereiten. Die Parteigenossen werden nicht verstehen, weshalb wir derart zurückrudern. Geben Sie uns wenigstens zwei Wochen.«

»In zwei Wochen haben Sie vielleicht keinen Staat mehr!«, donnerte Beria. Warum ließ ihn Chruschtschow das Zusammenstauchen der SED-Führung allein übernehmen? War er müde? Verkatert? Er bemerkte einen kurzen Blickwechsel zwischen Chruschtschow und Andrej Gretschko, dem neuen Chef der sowjetischen Truppen in Deutschland.

Das war kein müder Blick gewesen und keiner, der das Geschehen hier im Raum kommentierte, dafür würde man sich länger anschauen, um die Mimik des anderen zu lesen. Chruschtschow hatte sofort wieder die Lider gesenkt und zu Boden gesehen, und Gretschko hatte sich zum Fenster abgewandt, nachdem sich für eine Sekunde ihre Blicke begegnet waren. So etwas machte jemand, der etwas zu verbergen hatte. Jemand, der konspirativ vorging. Beria wurde kalt und anschließend wieder heiß. Er hatte zu tun! Er musste raus hier!

Warum hatte ihm niemand Gretschko gemeldet? Die Berichte der Agenten waren in den letzten Tagen spärlicher gekommen, und dass Chruschtschow ausgerechnet ihn mit in seine Verschwörung einbezog, war allen entgangen.

Rasend sammelte sein Verstand zusammen, was er über Gretschko wusste und wie es mit Chruschtschow in Verbindung zu bringen war. Gretschko war Geheimdienstchef in Kiew gewesen. Chruschtschow war mit ihm gemeinsam gegen den bewaffneten Widerstand ukrainischer Nationalisten vorgegangen. Wenn er es sich recht überlegte, verband die beiden einiges.

Die nächsten zwei Wochen entschieden, ob es weiterhin eine DDR geben würde oder nicht. Aber sie entschieden womöglich auch, ob er, Lawrenti Beria, weiterhin am Steuerruder dieses gewaltigen Schiffes stand. Und wenn er nicht am Steuerruder stand, dann versank er in den Fluten.

22

BERLIN, 11. JUNI 1953

Ich bin Mitarbeiterin in der Evangelischen Bahnhofsmission gewor-
den, um Reisenden zu helfen, die in Bedrängnis geraten sind, Kin-
dern, Kranken und Verletzten. Aber schon im Ausbildungskurs war
dem Unterricht eine ausgesprochen westliche Tendenz anzumerken.
Die Gesetze der Regierung wurden verunglimpft und uns in falscher
Weise dargestellt. Es war eine bewusste negative Einstellung zu
den Gesetzen und Verfügungen der Regierung der Deutschen Demo-
kratischen Republik und ihrer Gesellschaftsordnung zu spüren, die
uns mitunter auch in Worten der RIAS-Hetze dargebracht wurde.

Um die Jahreswende 1952 erhielt ich die Anweisung, auf Ge-
schehnisse besonderer Art zu achten, die sich im Bereich des Bahn-
hofsgeländes zutragen. Diese sollte ich in Sonderberichten übergeben.
Gemeint waren Geschehnisse militärischer Art.

Ich habe von Truppentransporten berichtet, die aus Einheiten
sowjetischer Truppen, der Transportpolizei oder der Kasernierten
Volkspolizei bestanden, auch darüber, dass die Waggons gelegentlich
mit Geschützen, Panzern oder Kraftfahrzeugen beladen waren. Bei
anderer Gelegenheit berichtete ich von den Versorgungsschwierig-
keiten, die zeitweise in der Lebensmittel- oder Brennstoffzuwendung
auftraten.

Ich bin mir bewusst, dass diese Angaben, die ihrem Inhalt nach po-
litischer, wirtschaftlicher und militärischer Art waren, in keiner Weise
mit den karitativen Aufgaben im Zusammenhang stehen. Ich habe
selbst durch meine mündliche und schriftliche Berichterstattung dazu
beigetragen, das rechtswidrige Handeln der Evangelischen Bahnhofs-

mission gegenüber der Deutschen Demokratischen Republik zu unter-
stützen. Ich werde versuchen, diese meine Schuld etwas abzutragen,
indem ich mir auf dem Wege der Pflege und Fürsorge an den Bürgern
der Stadt Berlin ein neues Betätigungsfeld schaffen werde.

»Das unterschreibe ich nicht«, sagte Nelly und schob das Blatt
von sich.

Die Mutter schob es ihr wieder hin. »Sie haben gesagt, dass du
zur Schule gehen darfst. Du kannst dein Abitur machen und studieren, wenn du das unterschreibst!«

»Ach ja? Und morgen steht es in der Zeitung.«

»Kann sein. Wer erinnert sich in drei Wochen daran? Lass sie
ihren kurzen Triumph haben. Dein Studium und deinen Beruf hast
du fürs ganze Leben.«

»Ich tu's nicht. Das ist verlogener Mist, und du weißt es.«

Mutter schloss die Augen. Sie drückte sich Daumen und Zeigefinger in die inneren Augenwinkel. »Wie kommt es, dass es dir
nichts ausmacht, deine Mutter zu belügen, aber der Stasi eine kleine
Lüge unterzujubeln, ist für dich zu schwer?«

»Es tut mir leid, dass ich gelogen habe. Aber das wird nicht besser dadurch, wenn ich noch mal lüge, Mama.«

Die Mutter trat an den Herd heran und stützte die Arme auf,
sie sprach zur Wand: »Ich habe dir alle Freiheiten eingeräumt,
die man sich nur denken kann. Du durftest zur Jungen Gemeinde
gehen, obwohl ich diesen Bibelglauben unsinnig finde. Du konn-
test Freundinnen einladen, aufbleiben, solange du wolltest, jedes
Buch lesen, das dir unter die Finger gekommen ist. Dieses eine Mal
wirst du auf mich hören.« Sie drehte sich um. »Unterschreib das
Papier!«

Nelly stand auf. »Ich unterschreibe nicht, Mama. Und für Erziehung ist es zu spät. Tut mir leid.«

Sie ging in ihr Zimmer, setzte sich auf den Fußboden, den Rücken ans Bett gelehnt. Dieses verlogene Bekennerschreiben. Wollte

man es am Wandbrett der Schule aushängen? Es vielleicht in der Zeitung abdrucken? Oder sie am Ende doch damit vor Gericht bringen?

Und Wolf, wie er vor dem Jugendkreis gestanden und bekannt hatte, dass er sich von der Staatssicherheit hatte anwerben lassen. Seit wann arbeitete er für die? Womöglich war schon ihre Begegnung am Müggelsee kein Zufall gewesen. Die Stasi hatte doch gewusst, dass man sie am nächsten Tag aus der Schule ausschließen würde. Da hatte sie Wolf geschickt, damit er aufpasste, dass sie keinen größeren Schaden anrichtete.

Sie ärgerte sich über Gott. Jeden Abend schüttete sie ihm ihr Herz aus, und was tat er? Nichts. Es ging immer noch weiter bergab.

Sie kniete sich vor das Bett und zog die verstaubte Kiste darunter hervor. Ihre Wundermaschine. Sie öffnete die Kiste und hob die Laterna magica auf den Schreibtisch. Selbst das Stromkabel der Maschine war alt, es war mit einem textilen Gewebe umwickelt. Sie mochte das Gefühl, wenn sie mit den Fingern daran entlangfuhr. Nachdem sie es in die Dose gesteckt hatte, schaltete sie die Lampe ein. Vorsichtig führte sie ein Glasbild in den Schlitz.

Eisbären erschienen an ihrer Zimmerwand in einer wunderbaren, unberührten Schneelandschaft am Nordpol. Sie wünschte sich dorthin, mit Schneeschuhen an den Füßen und einer dick gepolsterten Jacke, die Kapuze auf dem Kopf und am Rand der Kapuze ein Fell, das ihr ein wenig das Gesicht kitzelte. Sie wünschte sich, die frische kalte Luft zu atmen und den Eisbären zuzusehen, wie sie über den Schnee trotteten.

Als sie zu frieren begann, wechselte sie das Bild. Nun war sie im Dschungel, umgeben von Baumriesen, grünen Ranken und Lianen. Ein kleines Äffchen kletterte zu ihr herunter und nahm, die Augen kugelrund und groß, eine Banane aus ihrer Hand. Es huschte wieder den Baum hinauf, setzte sich auf einen Ast und begann, die

Banane zu schälen. Andere Affen kamen, um mit ihm zu streiten. Sie kreischten und sprangen auf und ab. Das Äffchen schimpfte zurück. Nelly musste lachen.

Sie nahm das Bild heraus und reiste mit dem nächsten zu den Pyramiden in Ägypten. Was für gewaltige Bauwerke, bis in den Himmel hinauf! Sie fühlte sich winzig zu Füßen dieser Monumente. Beduinen ritten auf Kamelen gemächlich heran. Sie gaben den Tieren mit einem Zungenschnalzen den Befehl, sich niederzulegen, und die Kamele gehorchten. Aber anstatt abzusteigen, bot ihr der vorderste Beduine die Hand dar und lud sie ein, mit ihm auf seinem Kamel zu reiten. Sie stieg auf. Das Kamel erhob sich. Wüstenwind wehte heiß und trocken, und vom Fuß der Pyramide winkte –

Das Klingeln riss sie aus ihren Gedanken. Mutter öffnete die Wohnungstür. Eine Männerstimme war gedämpft zu hören. War das nicht …? Sie sprang auf und stürzte in den Flur. Herr Kunstmann stand dort, ihr Lehrer für Deutsch und Geschichte.

»Nelly, bitte komm wieder zur Schule.«

»Aber ich bin doch rausgeschmissen worden.«

»Das haben sie zurückgenommen. Es ist eine Schande, wenn jemand wie du kein Abitur macht.«

»An mir soll's nicht liegen.« Sie lächelte.

»Aber erwarte nicht zu viel, ja? Es wird dich niemand auf deine Abwesenheit ansprechen, du bist einfach wieder da. Es wird sich auch keiner bei dir entschuldigen. Das geht denen nicht über die Lippen. Nimm an ihrer Stelle meine Entschuldigung an.«

»Aber Sie haben doch gar nichts getan!«

»Doch, geschwiegen habe ich, anstatt etwas zu sagen.«

»Die Prüfungen sind schon vorbei. Bin ich dann nächstes Jahr dran, muss ich die Klasse wiederholen?«

»Nichts musst du wiederholen. Fang besser gleich zu lernen an. Zwei Schüler waren krank. Für sie und für dich richten wir eine Nachprüfung ein.«

Wolf streifte die Schuhe von den Füßen und ging auf Socken durch den Flur. Er öffnete die Wohnzimmertür. Der Vater saß auf dem Sofa und starrte vor sich hin ins Leere. Zuerst meinte Wolf, er sei betrunken. Aber weder war das Gesicht gerötet, noch waren die Augen glasig.

»Papa.« Er räusperte sich. »Die Sache mit der Staatssicherheit tut mir leid.«

»Jetzt fang du nicht auch noch an.« Vater sagte es, ohne sich auch nur einen Millimeter zu bewegen. Er sah weiter starr vor sich hin.

Jetzt fang du nicht auch noch an? Ihm dämmerte etwas, das er kaum glauben konnte. Wusste der Vater gar nichts von seiner Haft? »Ich hole mir Hausschuhe.« Er ging zurück in den Flur.

Mutter, wie immer in der Kittelschürze, fragte: »Was sagt er?« Sie sah verschreckt aus. »Vater ist eigenartig, schon den ganzen Tag.«

»Hol ihm am besten ein Bier aus dem Keller, Mutti.« Er wartete, bis sie fort war, dann sah er sich verstohlen Vaters Schlüsselbund am Schlüsselbrett an. Der verschrammte Büroschlüssel hing am Ring, als habe er nie gefehlt. Wie war er hierhergelangt? Hatte die Stasi ihn heimlich wieder daran befestigt?

Mit Hausschuhen an den Füßen kehrte er ins Wohnzimmer zurück. »Was ist passiert, Papa?«

Wortlos wies Vater auf das *Neue Deutschland* auf dem Nierentisch. KOMMUNIQUÉ stand in Großbuchstaben auf der Titelseite. Wolf überflog den Artikel. ... seitens der Regierung der Deutschen Demokratischen Republik in der Vergangenheit eine Reihe von Fehlern begangen ... Lebensmittelkartenversorgung ... Interessen der Einzelbauern, Einzelhändler, Handwerker vernachlässigt ... Ernste Fehler in den Bezirken, Kreisen und Orten ...

Er sah hoch. Das hatte es noch nie gegeben. Die Regierung gab Fehler zu, gravierende Fehler! Sonst waren die Zeitungen immer voller Jubelmeldungen gewesen, übertroffene Ziele wurden gefeiert, Gegner verhöhnt. Das Kommuniqué aber klang reichlich zerknirscht. Er las weiter.

Folge war, dass zahlreiche Personen die Republik verlassen haben … Reihe von Maßnahmen durchgeführt werden, die die begangenen Fehler korrigieren … Zwangsmaßnahmen für Bauern, Handwerker, Einzelhändler und private Betriebe ausgesetzt werden … Bauern … die Möglichkeit erhalten, auf ihre Bauernhöfe zurückzukehren … republikflüchtige Personen sollen das beschlagnahmte Eigentum zurückerhalten … aus den Oberschulen entfernte Schüler sofort wieder zum Unterricht zuzulassen … Preiserhöhungen für Marmelade, Kunsthonig und andere Süß- und Backwaren rückgängig zu machen … Fahrpreisermäßigungen für Arbeiter, Schüler und Lehrlinge wiederherzustellen …

Du meine Güte. Das klang nach einer Bankrotterklärung. Die Regierung wankte. »Du hast davon aus der Zeitung erfahren?«, fragte er ungläubig.

Vater nickte. »Niemand hat es für nötig befunden, mich zu informieren«, sagte er tonlos, »dass sämtliche politische Entscheidungen der letzten Jahre hinfällig sind. Plötzlich soll alles falsch gewesen sein, was wir gemacht haben. Das Volk wird uns verhöhnen. Man wird uns auf der Nase herumtanzen.«

Er setzte sich neben Vater und legte ihm den Arm um die Schulter. Es fühlte sich seltsam an, er hatte das noch nie getan. Unbeholfen nahm er den Arm wieder weg. Er sagte: »Das muss doch gar nicht sein. Es gab in letzter Zeit etwas Ärger, aber diese neuen Maßnahmen werden die Bevölkerung vielleicht versöhnen.«

Vater wendete den Kopf und sah ihn an. »Du irrst dich, Wolf. Und die Regierung irrt sich auch. Wir haben damit nur das Gesicht verloren. Ich hab's gesehen, auf dem Weg von der Kreisleitung nach Hause, ich habe die aufmüpfigen Blicke der Leute gesehen. Für die ist es eine Sensation, die lesen das mit Genugtuung. Mich hat jemand auf der Straße angehalten und auf mein Parteiabzeichen gezeigt und gesagt: ›Du kommst auch noch dran.‹ Die Widerständler wissen jetzt, dass sie nicht allein sind. Sie wissen jetzt, dass es viele Unzufriedene gibt. Wir haben Schwäche gezeigt, und das wird man uns bitter spüren lassen.«

23

Einer nach dem anderen wurden die Bauarbeiter zum Polier in die Baubude hineingerufen und erhielten in bar ihren Wochenlohn ausgezahlt. Sie hatten gut verdient in den letzten Monaten, Drei fünfzig Mark in der Stunde. Immerhin vollendeten sie gerade das Renommierprojekt der DDR, die Stalinallee. Heute jedoch bekamen sie weniger, durch einen neuen Kollektivvertrag im Mai war ihnen bereits ein Zehntel abgezogen worden, und diesen Freitag fehlte ein weiteres Zehntel, weil die Normen erhöht worden waren. Die Bauarbeiter murrten. Zwanzig Prozent weniger Lohn, das spürte jeder von ihnen empfindlich, da fehlten ein Zwanzig-Mark-Schein und vier Zwei-Mark-Scheine beim Wochenlohn.

Jemand sprach das Wort *Streik* aus. Das Wort wurde von einem zum nächsten getragen. Dieses Wort hatte Macht.

Bald kam ein zweites Wort hinzu: *Montag*.

Am Montag blieben die Arbeiter in ihren Baubuden an der Straße sitzen. Sie erklärten, die Normerhöhung und die Lohnkürzungen müssten rückgängig gemacht werden, vorher rühre sich keine Hand.

Die Gewerkschaftsfunktionäre rotierten, sie versuchten, ihre Leute zum Arbeiten zu bewegen, die Gewerkschaft arbeitete mit der SED zusammen, und die wollte keinen Streik. Aber die Bauarbeiter verlangten eine Resolution. Zähneknirschend schrieb der Gewerkschaftsvorsitzende sie nieder. Die Bauarbeiter zwangen ihn, das Wort *bitten* zu streichen und an dessen Stelle das Wort *fordern* zu setzen. Sie wollten keine zahmen Wörter mehr haben. Sie schickten die Wörter in den Krieg.

Ministerpräsident Otto Grotewohl erhielt die Resolution. Er runzelte die Stirn bei der dreisten Forderung, er solle die Normerhöhung zurücknehmen und sich bis zum nächsten Morgen dazu äußern. Grotewohl beschloss, nicht zu antworten. Sollten die Arbeiter doch zu ihm kommen. Wenn sie erst über den roten Teppich seines Amtszimmers gingen, würde ihnen ganz feierlich und demütig zumute werden, und sie würden klein beigeben.

Die Bauarbeiter fertigten unterdessen Durchschriften an, sie vermehrten die Wörter und schickten sie auf andere Baustellen. Auch am nächsten Morgen erschienen sie zwar zur Arbeit, rührten aber keinen Finger. Sie warteten auf Grotewohls Antwort.

Als die ausblieb, schickten sie Boten zur Baustelle des Krankenhauses Friedrichshain. Der Direktor des Krankenhauses fing die Boten ab und ließ die Zufahrtstore schließen.

Die Boten verbreiteten die Nachricht, ihre Bauarbeiterkollegen seien eingesperrt worden. Fünfhundert Männer machten sich daraufhin auf den Weg und brachen die Tore des Krankenhauses auf. »Grotewohl soll uns antworten«, sagten sie. »Kommt mit, wir marschieren gemeinsam zum Haus der Ministerien!«

Das Transparent, das sie am 1. Mai herumgetragen hatten, trug noch die Aufschrift: »Aus Anlass des 1. Mai hat Block 40 freiwillig die Normen um 10 Prozent erhöht«. Damals hatten sie sich nicht getraut, dagegen aufzubegehren. Sie drehten das Transparent herum und schrieben auf die Rückseite: »Wir Bauarbeiter fordern die Senkung der Normen«. Damit zogen sie los. Bald waren es zweitausend Demonstranten. Der Nieselregen konnte ihnen nichts anhaben. Der Lindwurm wälzte sich über den Strausberger Platz Richtung Alexanderplatz. Bauarbeiter schwärmten mit Fahrrädern und Motorrädern zu anderen Baustellen aus und riefen ihre Kollegen zusammen. Der Lindwurm wuchs, er wurde breiter, sein

Schwanz länger, er schob sich über den Alexanderplatz, die Rathausstraße entlang, über den Marx-Engels-Platz. Volkspolizisten erschraken bei seinem Anblick und wichen zurück. Das Ministerium für Staatssicherheit geriet in helle Aufregung.

Schon erreichte der Wurm die Straße Unter den Linden. Dann die Friedrichstraße. Vor dem Haus der Ministerien in der Leipziger Straße kam er zum Halt, zehntausend Menschen dick. Zwei SED-Funktionäre, Heinz Brandt und Robert Havemann, die sich schon in der Wilhelmsstraße in die Spitze des Zuges eingereiht hatten, versuchten die Demonstranten zu beruhigen, doch als Havemann begann, auf die »Spalter im Westen« zu schimpfen, wurde Unmut laut.

Die Radiosender der DDR funkten, dass die Normerhöhung zurückgenommen sei. Umsonst. Der Lindwurm war da, und er war groß und stark geworden. Er brüllte aus Tausenden Kehlen, Grotewohl solle herauskommen. Die hohen, grauen Fassaden des Regierungssitzes warfen die Rufe dröhnend zurück. Mittlerweile drängten sich zehntausend Menschen bis in die Seitenstraßen und bis auf das benachbarte Ruinengrundstück. Doch Grotewohl und Ulbricht tagten einige Kilometer entfernt in der Parteizentrale. Grotewohls Büro, dessen Fenster zum Innenhof hinausgingen, ließ über den Pförtner ausrichten, die Protestierenden mögen sich an das zuständige Ministerium wenden.

Die Polizei zog sich ins Haus zurück und schloss von innen die Scherengitter vor den Türen, um die Funktionäre im Haus der Ministerien zu schützen. Sprechchöre schallten mit neuer Wucht über den Platz. Jetzt öffnete sich ein Scherengitter, und Fritz Selbmann wagte sich heraus, der Minister für Hüttenwesen und Bergbau. Hinter ihm folgten zwei Helfer, sie trugen einen Tisch aus dem Haus. Dann schlossen die Polizisten das Gitter wieder.

Mutig ließ sich Selbmann vom Lindwurm verschlucken. Seine Helfer stellten ihm mitten in der Menge den Tisch hin. Er kletterte hinauf. Der Lindwurm wurde still, er atmete und lauschte. Selbmann war wegen seiner proletarischen Aura beliebter als die meisten seiner Genossen.

Selbmann entfaltete einen kleinen Zettel. »Genossen! Arbeiter der Stalinallee!«, rief er. »Zwölf Jahre Diktatur der deutschen Rüstungsindustrie und Banken und der von ihnen vorbereitete und geführte faschistische Raubkrieg waren eine grausame Lehre für das deutsche Volk. Wir haben gelernt, dass mit den Kräften der Reaktion in Deutschland endgültig Schluss gemacht werden musste, dass endlich den Monopolisten und Junkern die Macht in Deutschland entrissen und in die Hände des Volkes gelegt werden musste, dass endlich und zum ersten Mal in der deutschen Geschichte eine friedliche deutsche Regierung und ein friedlicher deutscher Staat geschaffen werden mussten.«

Der Lindwurm knurrte. Man konnte Selbmann kaum noch verstehen.

»Der gewaltige Kampf der Arbeit gegen das Kapital hat die Arbeiter aller Länder riesige Opfer gekostet. Viel Arbeiterblut ist geflossen bei der Verteidigung des Rechtes auf ein besseres Leben und auf eine wirkliche Freiheit. Maßlos sind die Verfolgungen, denen die Regierungen die Kämpfer für die Arbeiterklasse aussetzen.« Er bemerkte, dass man ihn durch die Pfiffe und das Schimpfen nicht mehr hören konnte. Verärgert rief er: »Hört mir zu! Ich bin doch selbst ein Arbeiter.« Wie zum Beweis streckte er seine kräftigen Hände vor.

Die Menge lachte höhnisch. »Von wegen!«, rief jemand. Ein anderer schrie: »Das hast du längst vergessen!«

Er setzte erneut an. »Liebe Kollegen —«

»Zu fett, zu fett.« Die Menge tobte. »Du bist nicht unser Kollege.«

Er wurde vom Tisch gezogen. Ein Bauarbeiter stieg stattdessen hinauf und rief: »Was du uns erklärt hast, interessiert uns überhaupt nicht. Wir wollen frei sein. Unsere Demonstration richtet sich nicht nur gegen die Normen. Und wir kommen nicht nur von der Stalinallee, sondern aus ganz Berlin. Das hier ist eine Volkserhebung. Wir fordern freie und geheime Wahlen!«

Donnernder Beifall brauste über den Platz. Selbmann wollte etwas erwidern, wurde aber niedergebrüllt. Ein Arbeiter sprang auf den Tisch, sprach davon, dass er unter dem NS-Regime im Konzentrationslager gesessen habe – jetzt verlange er, dass später niemand hier auf dem Platz für seine Anwesenheit bestraft werde. Selbmann, der am Tisch ausharrte, sicherte ihm das zu. Er nutzte die schweigende Zustimmung der Menge dazu, eine FDJ-Instruktorin auf den Tisch zu hieven. Kaum dass ihre Uniformjacke und ihre blaue Bluse ihre Funktion sichtbar gemacht hatten, wurde sie ausgepfiffen. Doch Ella Sarre, so stellte sie sich nun vor, streifte die Uniformjacke ab und warf sie in die Menschenmenge, die nun vor Begeisterung johlte. Empört berichtete sie, hier auf dem Platz FDJ-Funktionäre gesehen zu haben, die die Namen einiger Versammelter notierten. Selbmann war wie versteinert, dann aber geistesgegenwärtig genug, auf den Tisch zu steigen und zu verkünden, die Regierung habe beschlossen, die Forderungen nach Rücknahme der Normerhöhung vom 28. Mai zu erfüllen. Für einen Augenblick herrschte wieder Stille. Doch nun stieg ein Steinträger auf den Tisch, schob den Minister für Erz, Bergbau und Hüttenwesen beiseite und rief: »Wir sind hier nicht nur wegen der Normen! Wir fordern den Rücktritt der Regierung.« Beifall brandete auf. Ein neues Wort wurde geboren: *Generalstreik*.

24

HALLE/SAALE, 16. JUNI 1953

Der Stubendurchgang zählte zu den Ritualen, die er liebte. Heimeran betrat hinter dem Oberleutnant und dem Politstellvertreter die nächste Stube. Auch hier lagen bis auf den Soldaten, der Stubendienst hatte, bereits alle in den Betten, die graue Wolldecke bis zur Brust hochgezogen, und hatten sich lässig auf einen Ellenbogen aufgestützt. Wie seine Kinder erschienen ihm die Soldaten. Er kannte jeden mit Namen, wusste, wo sie herkamen, was ihre Stärken und Schwächen waren. Er konnte ihnen den Tag zum Genuss oder zur Hölle machen, konnte sie bestrafen und erziehen, er führte sie, wie ein guter Vater seine Familie führte. Und wie ein Familienvater besuchte er sie am Abend an ihren Betten, um ihnen gute Nacht zu sagen.

Der Stubendiensthabende machte Meldung. »Genosse Oberleutnant, Genosse Unterleutnant, Genosse Hauptfeldwebel: Stube mit zwölf Mann belegt, bereit zur Nachtruhe. Stube gereinigt und gelüftet!«

Sie sahen nach, ob alles sauber war. Heimeran fuhr mit dem Finger über die Oberkante der Schranktüren. Natürlich hatten die Soldaten gewusst, dass er das tun würde, und er wusste, dass sie es wussten und extra hier gewischt hatten, damit er nichts auszusetzen hatte. Er lächelte zufrieden. Der Oberleutnant sah währenddessen nach, ob jeder seine Sachen auf dem Hocker zu einem ordentlichen Stapel geschichtet hatte. Der PK öffnete ein Nachtschränkchen. Die Unterwäsche war penibel in gleicher Breite auf Kante ausgerichtet. Auch der Fußboden war gewischt und gebohnert. Es war Dienstag, am Sonnabend hatten die Männer auf seinen Befehl hin die Fenster geputzt und die Toiletten mit Salzsäure und Sand geschrubbt. Alles blitzte, immer noch.

Der Oberleutnant und der PK verließen die Stube. Als Letzter ging er, Heimeran, und sagte: »Gute Nacht.«

Die Männer erwiderten seinen Gruß. Er wusste, sie fürchteten ihn, aber sie liebten ihn auch. Er schloss die Tür. Heute würden sie gut schlafen. Ihnen standen keine Manöver und keine Übung um Mitternacht bevor. Und er würde über sie wachen. Er war diese Nacht OvD. Er liebte diese friedlichen Stunden im Büro, in denen niemand störte, niemand anrief, niemand hereinplatzte. Nach dem letzten Zahltag war die Buchhandlung mit einem großen Büchertisch hier gewesen, und er hatte sich zwei Romane gekauft. Am meisten freute er sich auf die Erzählung von Anna Seghers, das Buch war nicht dick, *Der Mann und sein Name* hieß es oder so ähnlich.

Volkspolizei-Inspekteur Zaspel wurde 2:09 Uhr nachts aus dem Bett geklingelt. Der Generalinspekteur war am Apparat. Er fragte: »Wie viele Männer haben Sie in der Polizeischule in Aschersleben?«

»Dreihundertfünfzig, wenn man alle Kurse zusammennimmt«, sagte Zaspel schlaftrunken und leicht verwirrt.

»Geben Sie die Dienstpistolen und Polizeiknüppel aus und versetzen Sie die Männer in Marschbereitschaft. Dann schicken Sie sie zu uns nach Berlin.«

»In Ordnung. Gleich morgen?«

»Nein, sofort.«

Schlagartig war er wach. Der Streik der Berliner Bauarbeiter an der Stalinallee. Scheinbar weitete sich der Widerstand aus. »Einsatz der Schusswaffe?«, fragte er.

»Nach Vorschrift oder auf besonderen Befehl.«

Er bestätigte und legte auf. Mit zitternden Fingern wählte er die Nummer der Polizeischule. Kaum hatte er alles in die Wege geleitete, läutete erneut das Telefon.

Es war der Generalinspekteur. »Alarmieren Sie die Angehörigen der Volkspolizei und der Kasernierten Volkspolizei.«

»In Ordnung«, stammelte er.

»Beordern Sie die Amtsleiter und Politstellvertreter zu den Ämtern und weisen Sie alle Dienststellen an, scharf auf Berliner Gruppen zu achten. Wenn jemand in die Betriebe einzudringen versucht, nehmen Sie alle Beteiligten fest und übergeben Sie sie dem MfS. Der Leiter Ihrer Bezirksverwaltung des MfS, Oberstleutnant Vödisch, ist bereits informiert.«

Zaspel schluckte trocken. »Jawohl, Genosse Generalinspekteur.«

Hauptfeldwebel Heimeran Kunze war in seine Lektüre vertieft. Dieser Walter Retzlow war eine abgründige Romangestalt. Trieb sich nach dem Krieg in den Trümmerhalden Berlins herum und machte sich als Schlosser nützlich. Als er zufällig mit einem Mann verwechselt wurde, der im KZ gesessen hatte, ließ er den Dingen ihren Lauf und fälschte seine Vita. Jetzt war er Heinz Brenner. Weder seine Freundin noch die Kollegen merkten etwas. Manche Sätze aus dem Buch brannten sich förmlich in Heimerans Seele: »… bodenlos war die Welt. Er war schon daran gewöhnt, dass sie leer und bodenlos war, so dass er nicht mehr darunter litt.« Jetzt war Heimeran an der Stelle, wo der Schwindel auffiog und ein Staatsanwalt nachdachte, ob das, was Retzlow getan hatte, »Schädlingsarbeit« sei. Nein, es scheint eher milde auszugehen, dachte Heimeran gerade, als in den stillsten Stunden der Nacht das Telefon auf seinem Schreibtisch schrillte. Er hob den Hörer ab und nahm den Befehl mit zusammengekniffenen Lippen entgegen. Er legte auf, stürzte in den Gang und brüllte in die Stuben: »Alarm!«

Lotte König war bereits wach. Pechschwarz klebte der Schatten des gegenüberliegenden Hauses am kohlschwarzen Himmel, alle Fenster waren dunkel, nur ihres sandte einen frühen Lichtschein in die Nacht hinaus. Sie kehrte zurück zum Herd, im Topf kochte das Wasser, für jedes ihrer Kinder lag eine Kartoffel darin. Für die Schulpause. Brot gab es mal wieder nicht. Das letzte hatten sie gestern gegessen.

Bemerkte sie auf dem Heimweg, wie sich vor einem Geschäft eine Menschenschlange bildete, stellte sie sich sofort an. Manchmal war es nur ein Gerücht, dass eine Lieferung kommen würde, Brot oder Wurst oder Lauch oder Radieschen: Man stand stundenlang an, oft genug vergeblich, weil das Gerücht sich in Luft auflöste. Traf tatsächlich eine Lieferung ein, so hatte man nur dann eine Chance, etwas zu kaufen, wenn man weit vorn in der Schlange postiert war. Aber wie sollte Lotte sich früh genug anstellen, wenn sie bei der Arbeit war?

Thomas sah schon wieder so abgemagert aus, er war erst sechs, er würde mehr Fett und Kohlenhydrate für eine gute Entwicklung brauchen. Gestern hatte es für jeden lediglich ein trockenes Stück Brot gegeben, sie hatten zwar nichts gesagt, als sie mit leeren Mägen ins Bett gegangen waren, doch sie waren hungrig gewesen, das hatte sie gespürt.

Die Treffen mit Heimeran nagten an ihrem Gewissen. Statt sich von der Nachbarin, deren Mann einen guten Posten in der Druckfarbenfabrik hatte, vertreten zu lassen, hätte sie jeden Abend hier zu Hause sein müssen. Letzte Woche allein hatte sie sich dreimal mit Heimeran verabredet. Aber diese Begegnungen, diese Zärtlichkeiten waren es, die ihr Selbstbewusstsein und neue Freude am Leben gaben. Davon profitierten schließlich auch die Kinder, oder etwa nicht?

Seitdem sie auf der Welt waren, hatte Lotte ihre Gedanken, ihre Wünsche, ihre politischen Einmischungswünsche hintangestellt, hatte Jahre damit verbracht, die Jungs zu wickeln, zu füttern, zu waschen, anzuziehen und wieder auszuziehen, zu trösten, zu loben und zu ermahnen. Jetzt brach sie aus diesem Kokon aus. Sie war wieder Lotte König, sie spürte sich selbst, sie kannte sich und wusste, was sie wollte.

Irgendwann würden ihre Aktenvermerke gelöscht werden, wenn sie schön die Füße stillhielt und noch ein paar Jahre die Toiletten der Waggonfabrik Ammendorf putzte. Seit der Kindheit hatte sie davon geträumt zu studieren, Germanistik und Philosophie, sie hatte gelesen, was sie in die Finger bekam, hatte die halbe städtische Bibliothek durch. Besonders die Romane von Heinrich Mann hatten es ihr angetan. Der verstand die Frauenherzen und geizte nicht mit Kritik am Imponiergehabe der Männer. Wenn es nur endlich losging! Sie wusste genau, in den meisten Ämtern saßen Frauen, die halb so viel auf dem Kasten hatten wie sie, nur die richtige politische Biografie hatte sie dorthin befördert.

Sie war stolz auf Vater, auch darauf, dass er Sozialdemokrat gewesen war. Selbst wenn es ihr derzeit das Leben schwer machte. Da redeten sie so viel davon, wie die Kommunisten sich mit den Sozialisten hätten vereinigen müssen, um Hitler die Stirn zu bieten, und welcher Glücksfall es war, dass aus KPD und SPD im April 46 die SED geworden war – aber inzwischen hatten in der SED nur noch die Kommunisten das Sagen und misstrauten allen, die einst zur SPD gehört hatten. Ihr Vater hatte genau das vorausgesehen. Er hatte immer gesagt: Erst vereinigen sie sich mit uns, dann machen sie uns mundtot.

Gut, dass er nicht mehr mit ansehen musste, wie seine Enkel hungerten.

Sie schrieb einen Zettel.

Für jeden eine Kartoffel. Stefan die große, Thomas die mittlere, Valentin die kleine und dazu den halben Apfel, werd gesund,

mein Kleiner! Streitet nicht. Bin um vier wieder zu Hause,
vielleicht gibt's heute Abend wieder Brot, ich bemühe mich.
    Hab euch lieb, meine drei!
    Mama

Sie zog den Kittel an und die Arbeitsschuhe. Dann löschte sie das
Licht, der Drehschalter schnappte. Leise öffnete sie die Wohnungstür, trat hinaus und zog die Tür hinter sich zu.

Schon im Treppenhaus fröstelte sie. Das musste die Müdigkeit
sein. Unten hörte sie das Rumpeln der Straßenbahn. Sie bräuchte
nur einzusteigen, dann würde sie bequem sitzen, gewärmt zwischen den anderen Fahrgästen, bis sie die Fabrik erreicht hatte. Aber
sie stieg nicht ein. Sie sparte die fünfzehn Pfennig.

Niemand war um diese Uhrzeit freiwillig auf der Straße. Müde
schoben die Leute ihre Fahrräder an der Ampel wieder an, saßen
auf und traten in die Pedale. Selbst die Menschen in der Straßenbahn starrten stumm nach draußen in die dunklen Straßen.

Bald würde ihr Großer aufwachen, er hatte den Wecker und die
Aufgabe, die Kleineren zu wecken. Welches Glück, dass der Große
so vernünftig war. Er konnte Streit schlichten und dirigierte die
Kleinen wie ein gütiger Vater durchs Leben. Nur dass er diese
Rolle in seinem Alter eigentlich noch nicht ausfüllen sollte.

Vielleicht wurde es ja etwas mit Heimeran. Dann bekamen die
drei endlich wieder einen Vater. Sie musste nur die Scheidung
durchsetzen. Aber das war nicht einfach, wenn der Mann im Westen lebte.

Der vertraute Weg. In der Kaserne rannten die Männer wild
herum, wohl eine Übung. Armer Heimeran. Am Ende betrat sie
das Fabrikgelände und grüßte den Pförtner. Er nickte zurück. Lo-
komotiv- und Waggonbau Ammendorf – du hast mich wieder. Bei
den Toiletten im Bereich D-Zugbau würde sie sich wieder ärgern.
Warum waren Männer solche Schmutzfinken, sobald sie nicht zu

Hause waren? Sie hatte den Verdacht, dass es mit der Wut auf die Normerhöhungen zusammenhing. Seitdem das Regime die Normen erhöht hatte, war den Arbeitern das letzte bisschen Respekt vor dem Eigentum der LOWA vergangen.

In der Holzabteilung schwiegen die Maschinen. Hatte es einen Unfall gegeben? Die Tischler und Gehilfen standen beisammen und redeten. Lotte gesellte sich dazu, sah besorgt nach Blutflecken auf der Kleidung.

»Hast du nicht RIAS gehört?«, fragten sie einen Kollegen.

»Ich hab keine Zeit dazu, Radio zu hören«, verteidigte er sich. »Außerdem ist der RIAS bei mir gestört, die haben doch diese Störsender aufgestellt. Könnt ihr den klar empfangen? Von den westlichen Sendern kriege ich nur die deutschsprachige BBC rein.«

Also ein größeres Unglück? Etwas, worüber sogar das Radio berichtete? In der DDR ging die Parole um: Im RIAS kommt erst die Musik und dann die Hetze für den Krieg. Aber wenn es ein Unglück gegeben hatte, würde man es in den hiesigen Zeitungen und Radiosendern herunterspielen. Der Radiosender im Westen berichtete genauer.

»In Berlin streiken die Bauarbeiter. Und andere auch«, sagte einer.

»Wir sollten uns solidarisch zeigen. Ist doch Käse, wie das läuft in letzter Zeit. Im *Neuen Deutschland* schreiben sie dauernd davon, wie es im Westen bergab geht, wie der Kapitalismus in den letzten Zügen liegt und alle im Elend leben – ja, waren die überhaupt mal drüben in den letzten Jahren? Dort geht es seit der Währungsreform wirtschaftlich steil bergauf! Entweder, die sind dumm und verblendet von ihren Feindbildern, oder sie wollen uns bewusst eine Gehirnwäsche verpassen. Wer will denn das lesen, dauernd diese Produktionsreportagen, diese Brigadeporträts, die Baustellen und Hochöfen und die Forderung nach mehr Leistung.«

»Vorsicht«, warnte der Brigadier. »Für solche Hetze kannst du vor Gericht landen.«

»Wart's ab, bald landet ihr Rotkehlchen vor Gericht!«

Lotte verschlug es den Atem. Hatte er den Parteigenossen gerade wirklich Rotkehlchen genannt? Hinter vorgehaltener Hand nannte man so die Leute, die SED-Mitglieder anzuwerben versuchten. Aber doch nicht, wenn ein mächtiger Parteigenosse es hörte!

»Unsere Partei –«, setzte der Brigadier an.

Er wurde hitzig unterbrochen. »Unsere Partei, was soll das für eine Partei sein? Es gibt keine Meinungen, keine Diskussion, alle Entscheidungen werden von der Führung getroffen. Das ist doch bloß eine Scheinpartei! Gleichschaltung nennt man so etwas. In Wirklichkeit herrschen wir Arbeiter gar nicht.«

Die anderen pflichteten dem Hitzkopf bei. »Ihr macht immer große Worte vom Menschheitstraum und habt doch nichts von der Welt gesehen. Wir dürfen ja gar nicht raus aus unserem Land, aus unserem kleinen Schuhkarton! Für euch ist jeder schon kriminell, wenn er die DDR verlassen will.«

Der Brigadier schwieg. Sicher merkte er sich die Namen der rebellischen Werktätigen und würde sie später der Staatssicherheit melden. Begriffen die nicht, in welcher Gefahr sie schwebten?

»Man muss bloß die Sachen, die es bei uns in den Läden gibt, mit denen vergleichen, die in Westberlin oder in Westdeutschland zu haben sind – dann wird einem alles klar«, sagte ein junger Lehrling.

»Ist das nicht kapitalistisch«, ergänzte ein anderer, »dass wir nach Leistung bezahlt werden? Wer Aktivist ist und mehr produziert, kriegt Leistungslohn. Wie kann das im Kommunismus sein, Akkordarbeit?«

Der Brigadier brummte: »Das ist nicht dasselbe wie im Kapitalismus. Bei uns wird das Akkordsystem nicht missbraucht, um die menschliche Arbeitskraft auszulaugen. Es wird zum Interesse der Allgemeinheit eingesetzt, um eine Mehrproduktion zu erzeugen, die allen zugutekommt.«

Im Eifer ihrer Diskussion merkten die Arbeiter nicht, dass jetzt Männer vom Betriebsschutz die Halle betraten. Erst als Lotte zischte: »Vorsicht!«, schauten sie auf, verstummten augenblicklich und drehten sich rasch um.

»Was ist hier los, warum arbeiten Sie nicht?«

»In Berlin wird gestreikt.«

»Das hat uns nicht zu kümmern.« Die Männer vom Betriebsschutz strahlten eine beherrschte Autorität aus. Sie hatten es nicht nötig zu schreien, weil sie wussten, dass ihre Anweisungen Gewicht hatten.

»Aber uns kümmert, ob wir was zu essen auf dem Tisch haben. Durch die Normerhöhung fallen uns sämtliche Zuschläge weg. Wie soll ich von nicht mal zweihundertfünfzig Mark im Monat meine Familie ernähren?«

Der Brigadier machte den Männern vom Betriebsschutz Zeichen, dass sie sich zurückhalten sollte. Er sagte beruhigend: »Das verstehe ich ja. Wir berufen später eine Betriebsversammlung ein, ja? Da wird alles geklärt. Aber jetzt erst mal an die Arbeit!«

Offenkundig hatte der Brigadier Angst. Das konnte nur bedeuten, dass der Streik in Berlin Kreise zog und für große Unruhe sorgte.

»Wir brauchen keine Betriebsversammlung mit politischen Floskeln und Vertröstungen. Wir wollen konkret von Ihnen wissen, was die Betriebsleitung unternimmt, damit sich unsere Lebensbedingungen verbessern! Marx ist siebzig Jahre tot, und wir Arbeiter haben immer noch nicht genug zu essen auf dem Teller, und das im Staat der Arbeiter und Bauern!«

»Das ... äh ...« Der Brigadier wechselte verzweifelte Blicke mit dem Betriebsschutz. »Das wird sich doch alles bessern.«

Jetzt wurden auch die Männer vom Betriebsschutz unsicher. So aufmüpfig hatten sie die Belegschaft noch nie erlebt.

»Wir gehen zur Werksleitung.«

»Das werden Sie nicht tun! Sie arbeiten, oder —«

»Oder was?«

Sie sah einen weiteren Blickwechsel. Der Brigadier wagte nicht, die Drohung auszusprechen: dass er die Staatssicherheit rufen werde.

Von draußen hörte man Buhrufe und Pfiffe. Lotte sah durch die Fenster einen Pulk von zweihundert oder dreihundert Arbeitern zum Verwaltungsgebäude ziehen. Die Tischler sahen es auch. Sie ließen die Männer vom Betriebsschutz stehen und gingen nach draußen.

Lotte überlegte kurz und schloss sich ihnen an. Endlich bewegte sich etwas. Endlich wurde offen ausgesprochen, was sowieso die meisten dachten. Von der alten, verschorften Wunde wurde der Verband gelöst und frische Luft herangelassen.

Draußen sah sie, wie aus den Toren der anderen Abteilungen ebenfalls Männer und Frauen quollen, die vom D-Zugbau, die vom Schmalspurbau, Holzklasse, Polsterklasse, bald stand die ganze Belegschaft, über zweitausend Waggonbauer, auf dem Hof. Sie riefen wütend nach der Werksleitung. Doch im Verwaltungshaus blieben Türen und Fenster geschlossen.

Vier junge Männer schleppten eine brusthohe Kiste heran. Sie wurden mit Jubel empfangen. »Die Rednertribüne ist eröffnet«, rief jemand.

Stille senkte sich über den Platz. Alle starrten erwartungsvoll auf die Kiste, die jedoch niemand bestieg. Keiner wagte sich aus dem Schutz der anonymen Masse hervor.

»Die schreiben sich den Namen auf«, knurrte der Tischler neben ihr. »Und in der Nacht kommen sie zu dir nach Hause und holen dich.«

Minutenlang starrten die Arbeiter so auf die leere Bühne, als würden sie darauf warten, dass ein Gast eingeflogen würde. Schon lösten sich die ersten von der Menge und trotteten zurück in die

Hallen. Die Staatssicherheit erledigte unsichtbar ihre Aufgabe und erstickte das Aufbegehren, bevor es überhaupt zu leben begann, sie zog einen schwarzen Sack aus Angst darüber und schnürte ihn zu.

Und wenn man nichts Verbotenes sagte? Sie konnten einen doch nicht vor Gericht stellen, weil man die Wahrheit ausgesprochen hatte. Lotte machte einen Schritt auf die Kiste zu. Würden die Waggonbauer auf eine Frau hören? Sie gehörte nicht mal wirklich dazu. Wenn Vater mich hier sehen könnte. Ein Streik in der Fabrik wie in seinen alten Zeiten. Und ich ... Sie fühlte ihr Herz im Hals pochen. Mit zittrigen Knien kletterte sie auf die Kiste und richtete sich auf. Eine musste den Anfang machen.

Hunderte Gesichter sahen sie erwartungsvoll an. Sie bekam plötzlich Angst, wäre am liebsten wieder hinabgestiegen, bis sie sich zwang, etwas zu sagen: »Es gibt in Halle schon wieder kein Brot. Und wenn es welches gibt, dann ist es minderwertig.«

Die Männer nickten. Die ersten fingen an zu klatschen, immer mehr applaudierten, schließlich pfiffen sie und trampelten und johlten. Lotte hörte Rufe wie: »Arbeiter, greift zur Macht!«

Das gab ihr Zeit, ihre Gedanken zu ordnen und ihre Aufregung zu meistern. Sie fuhr fort: »Ich verlange auch, dass die Preise in den HO-Läden gesenkt werden. Ich habe drei Kinder. Sie sollen Brot und Butter bekommen.« Der neuerliche Beifall nahm ihr alle Angst. »Dass die Intelligenz eigene Läden hat, ist nicht gut, Läden, in denen bessere Waren angeboten werden. Solche Privilegien gehören abgeschafft. Unsere Geduld ist zu Ende.«

In den Applaus mischten sich Rufe wie: »Nieder mit der Regierung!« Da gab sie alle Zurückhaltung auf, ließ sich von der Gewalt des Augenblicks treiben und erschrak beinahe selbst, als sie sich sagen hörte: »Es ist doch völlig egal, unter welcher Regierung wir leben – Hauptsache, wir können bald besser leben!«

Unter dem Jubel der Versammelten stieg sie von dem Behelfspodest. Ihr schwindelte vor Euphorie, aber was würde Heimeran wohl von ihr denken, wenn ihm vielleicht jemand zutrug, was sie hier gesagt hatte?

Ihr Auftritt hatte den Bann gebrochen. Ein junger Mann im Schlosseranzug sprang auf die Kiste, und ein älterer Arbeiter kletterte ebenfalls hinauf. Der junge Schlosser rief: »Wir haben lange genug darauf gewartet, dass sich was bessert. Jetzt ist Schluss!«

Der Ältere ergänzte: »Wir schließen uns dem Streik der Berliner Bauarbeiter an!«

Die zweitausend Waggonbauer reckten die Fäuste in die Höhe und brüllten Zustimmung. Nur leise widersprach der Brigadier mitten aus dem Pulk heraus: »Lassen Sie sich nicht von Falschmeldungen aus Berlin und von faschistischen Provokateuren zu Handlungen hinreißen, die Sie …«

Buhrufe und Pfiffe übertönten seine Worte. Die Menge strömte durch das Werkstor und setzte sich Richtung Stadt in Bewegung. Lotte lief mit. Das Streikrecht ist im Gesetz verankert, das hatte Vater ihr immer wieder gesagt, auch im Gesetz der DDR. Wie eine Lawine wälzte sich der Pulk der zweitausend Männer und Frauen die schnurgerade, vierspurige Merseburger Straße entlang und nahmen an jeder Kreuzung, jedem Fabriktor weitere Menschen in die Menge auf. Wo sie Plakate mit SED-Propaganda streifte, riss die Lawine sie von den Zäunen herunter.

Wir sind so viele, dachte Lotte, da können sie nicht Einzelne herausgreifen und in den Kellern und Gefängniszellen verschwinden lassen. Sie werden auf uns hören müssen.

Vor der Druckfarbenfabrik blieb die Menge stehen und entsandte Boten. Es gelang, die Werkssirene zu aktivieren, sie jaulte auf und ließ die Arbeiter vor den Hallen zusammenströmen. Geduldig wartete die Lawine, bis sich ihr der Großteil der Arbeiter angeschlossen hatte. Dann walzte sie, um einiges gewachsen, weiter zur MTS-Leitwerkstatt, wo sich das Spiel wiederholte.

»Spitzbart, Bauch und Brille«, riefen die Streikenden im Chor, »sind nicht des Volkes Wille.« Und dann wurden die damit Gemeinten konkreter skandiert: »Ulbricht, Pieck und Grotewohl machen uns den Magen hohl.« Wie sollte die Staatssicherheit zweitausendfünfhundert Namen aufschreiben? Lotte fühlte aufs Neue die Begeisterung aufsteigen. Wildfremde Menschen umarmten sich. Auch sie drückte Kollegen, die sie nur vom Sehen kannte oder gar nicht, an sich. Eine ausgelassene Stimmung breitete sich aus, beinahe wie auf dem Jahrmarkt. Sie alle wurden zu Kindern, frei und ungezwungen. Jetzt erst merkten sie, wie die Überwachung sie eingeschüchtert und gelähmt hatte, und atmeten auf.

Da, die Kaserne. Etwas in ihrem Bauch verknotete sich. Glücklicherweise stand Heimeran nicht am Tor. Und glücklicherweise war es verschlossen. Sicher würde man die Kasernierte Volkspolizei schicken, um des Volksauflaufs Herr zu werden. Was dann? Die Wachen hinter dem Torgitter sahen ohnmächtig zu, wie der Protestzug an ihrer Kaserne vorüberzog.

War das vorhin gar keine Übung gewesen, sondern eine Reaktion auf die ersten Warnmeldungen aus den Betrieben?

Eine Straßenbahn fuhr den Demonstranten entgegen. Verwirrt bremste der Fahrer. Bevor das Gefährt von der Lawine umspült wurde, rannte er nach hinten ins zweite Führerhaus und kehrte mit der Bahn um in Richtung Stadt. An der nächsten Haltestelle aber stiegen die meisten seiner Fahrgäste aus und liefen dem Demonstrationszug entgegen, um sich ihm anzuschließen, und weiter hinten kam ihm schon eine neue Bahn aus der Stadt entgegen: Es ging nicht mehr vor und nicht zurück.

Schließlich holte ihn die Menschenmenge ein und machte ein Weiterfahren unmöglich. Die Spitze der Lawine leckte nach einem Lastwagen am Straßenrand. Sie schluckte ihn, Männer stiegen ein, und bald gab ihn die Lawine wieder frei, man machte ihm Platz. Die Streikenden schickten ihn mit Boten zur Chemischen Fabrik und zu den Braunkohlegruben. Auf Fahrrädern wurden weitere Boten aus der Menge ausgespien, Boten, die vorausfahren und die Betriebe zum Mitmachen auffordern sollten. Alte Arbeiter, die bereits vor der Hitlerzeit Erfahrungen mit Streiks gesammelt hatten, übernahmen das Kommando.

Überall begegnete Lotte dem Schatten ihres Vaters. Das war es, was er getan hatte. Das war es, weshalb man ihr bis heute nicht traute. Zu Recht, wie sich jetzt erwies. Sie hatte es im Blut.

Die Poliklinik kam in Sicht. Ärzte traten aus den Türen. Sie betrachteten die Demonstranten, dann lösten sich einzelne Ärzte vom Gebäude und tauchten in der Menge unter, vereinigten sich mit ihr.

»Die HO macht uns k. o.!«, begann Lotte einen neuen Sprechchor. Im Nu fielen Hunderte mit ein, und kurz darauf donnerte die ganze Masse ihre Worte. Es war erhebend.

Am IFA-Werk saugte die Lawine zweihundert weitere Arbeiter auf. Als sie kurz nach elf Uhr die Maschinenfabrik Nagema erreichte, erlebte sie die erste Gegenwehr. Man war gewarnt worden und hatte die Tore verrammelt. Der Betriebsschutz hatte sogar Eisenbleche als Sichtblenden an den Gittern befestigt. Niemand konnte hinein- und niemand hinaussehen. Aber die in der Lawine wussten, hinter den Toren lauschten begierige Ohren. Also gaben sie ihnen Sprechchöre. Sie riefen nach den Brüdern und Schwestern hinter den Toren, schon sahen die Ersten neugierig über die Mauer, zwei junge Frauen, höchstens zwanzig, kletterten auf Bäume und die Dächer von Fahrradschuppen, um einen Blick auf die Streikenden zu erhaschen, und man hörte die scharfen Rufe des Betriebsschutzes: »Runter da!«, die aber einfach ignoriert wurden.

Die Demonstranten rüttelten an den Werkstoren. Endlich wurde eines von innen geöffnet, die Arbeiter der Maschinenfabrik hatten den Betriebsschutz und die Pförtner überrumpelt. Die Menschen strömten hinein, die Masse schluckte, wen sie konnte. Viele Maschinenarbeiter hörten auf zu arbeiten, blieben allerdings schüchtern abwartend auf dem Hof stehen. Die Werksleitung verbreitete die Meldung, dass in Werk IV der Nagema eine Betriebsversammlung stattfinde, auf der über die Normen beraten würde, worauf die meisten sich dorthin begaben.

Die Protestler merkten, dass sie hier nichts mehr ausrichten konnten, und gingen zurück auf die Straße. Dort schloss sich ihnen ein Autobus an, in dem vierzehn Chemiearbeiter aus Leuna saßen. Sie hatten an die Seite ihres Fahrzeugs geschrieben:

Wir holen unsere politischen Gefangenen aus Halle.

Es war Mittag, als die langsam voranschreitenden Demonstranten den Thälmannplatz am Bahnhof erreichten. Sie waren jetzt sicher achttausend, mühelos verstopften sie den verkehrsreichsten Platz des Landes, wo sich sonst fünf Straßenbahnlinien trafen, eine Bahn alle sechs Minuten auf jeder Linie, und Leute einstiegen und ausstiegen und zur anderen Haltestelle rannten, wütend angebimmelt von den Straßenbahnen, die sie knapp vor dem Bug geschnitten hatten. Jetzt kam kein Auto mehr durch und keine Straßenbahn. Selbst die Fahrradfahrer mussten absteigen.

Das Haus der SED-Kreisleitung, blütenweiß angestrichen und mit Propagandasprüchen behängt, ärgerte die Demonstranten. Ein Lehrer hatte Kreide dabei. Er fragte: »Was schreiben wir an die Tür?« Lotte schlug vor: »Verzogen nach Moskau. Haus zu vermieten.« Begeistert folgte er ihrem Vorschlag. Die Demonstranten rissen währenddessen die Transparente herunter, die sie ohne Leitern erreichen konnten. Da sprang die Tür auf, und der Wachschutz erschien. Die Männer donnerten: »Was soll das? Lassen Sie das!« Murrend ließ der Lehrer die Kreide fallen. Einige Funktionäre sahen aus den Fenstern und schimpften. Die Menge antwortete mit einem tiefen Grollen. Sie spie dutzendweise wütende junge Leute aus, die auf die Eingänge des Gebäudes zustürmten.

Dass der Demonstrationszug, ohne einmal gehemmt zu werden, bis zum Thälmannplatz gelangte, stürzte die SED-Bezirkssekretärin Gerda Haak in Verzweiflung. Unverzüglich fuhr sie zur Sowjetischen Kommandantur in die Richard-Sorge-Straße.

Die Kommandeure der sowjetischen Truppen im Bezirk Halle, General Chromjakow und General Bjelow, empfingen sie sofort. Gerda Haak schilderte die Lage und fragte zaghaft, ob man nicht den Einsatz bewaffneter Kräfte in Erwägung ziehen solle.

Chromjakow und Bjelow tauschten kurze Blicke, bevor Ersterer erklärte: »Im Augenblick erscheint das wenig sinnvoll. Falls die Volkspolizei sich nicht durchsetzen sollte, stehen die Soldaten der Roten Armee vorerst nicht bereit. Sie nehmen gerade an einem Sommermanöver außerhalb der Stadt teil.«

Als er die Fassungslosigkeit im Gesicht der Besucherin las, beeilte sich General Bjelow hinzuzufügen: »Ich glaube, wenn man die Demonstranten jetzt ein wenig gewähren lässt, haben sie sich bald abreagiert und werden am Nachmittag wieder friedlich arbeiten. Es ist daher klug, wenn die Volkspolizei sich bloß an Plätzen zeigt, wo es öffentliche Gebäude zu schützen gilt, und auch dort nur in kleinen Gruppen.«

Und Chromjakow sagte in strengerem Tonfall: »Waffen dürfen ausschließlich bei direkter Gefahr für Leib und Leben benutzt werden. Wir werden VP-Inspektor Zaspel eine entsprechende Order geben.«

Gerda Haak nickte stumm und verabschiedete sich eilig.

25

Seit acht Uhr, als er seinen Laden aufgeschlossen hatte, liefen Menschen lärmend und in Gruppen an seinem Schaufenster vorüber. Für sie gab es nur eine Richtung: gen Stadtzentrum. Niemand beachtete sein Geschäft, keiner schien jetzt Zeitmesser zu brauchen.

Jemand rüttelte lautstark an der Eingangstür des HO-Ladens gegenüber. Als Vorsichtsmaßnahme war der Laden wohl geschlossen worden. So wie er seinen abgeschlossen hatte und nur für einzelne klopfende Kunden öffnen würde.

Um ihn herum tickten die Uhren. Es klang aufgeregt heute, ein sorgenvolles, nervöses Ticken. Die Welt veränderte sich. Und etwas rief nach ihm, forderte ihn auf, teilzuhaben an dem Aufruhr. Sein altes Ich, das die frische Luft und den Regen und die weiten Spaziergänge aus der Stadt hinaus geliebt hatte, versuchte, das neue, vorsichtige Ich abzuschütteln. Dann sah er wieder die enge Zelle vor sich und spürte die Schläge und dachte: Die laufen alle dem Staatssicherheitsdienst ins Messer.

Mit einem lauten Krachen zerbarst irgendwo in der Nähe eine Glasscheibe. Erschrocken spähte er hinaus: Aufständische griffen den HO-Laden an. Sie fegten die gezackten Glassplitter notdürftig mit Steinen und Zaunlatten von den Rahmenrändern, dann kletterten sie in den Laden und raubten, soweit er sehen konnte, vor allem Ölsardinen, Most und Reis. Immer mehr von ihnen stiegen in das Geschäft ein und kehrten die Arme bepackt mit Lebensmitteln zurück. Schließlich war der Laden leer, und der Raubzug verebbte.

Was, wenn sie auch sein Geschäft plünderten? Die Uhren waren wertvoll. Er musste hierbleiben und sie bewachen. Er war geworden wie die Leute, die er immer verachtet hatte. Jetzt war er auch einer, der sich an seinen Besitz klammerte.

Dabei war sein Laden winzig, er besaß nicht mal zwei Arbeitstische. Immer wenn er eine Großuhr repariert hatte, musste er sämtliches Werkzeug vom Tisch räumen, um sich anschließend einer Kleinuhr widmen zu können, für die er filigraneres Werkzeug benötigte. Und sonst war da nur noch die Auslage im Schaufenster, dazu einige Regulatoren an den Wänden, ein paar Kuckucksuhren, zwei Kaminuhren, drei Standuhren.

Er blieb stehen, schloss die Augen. Lauschte dem Ticken um sich herum, dem ruhigen Takt der Standuhren, dem feinen Ticken der verschiedenen Schwingsysteme, Unruhwellen mit Zylinder, Roskopfwellen, Aufsteckwellen mit Körnerspitzen, Wellen mit Trompetenzapfen.

Er fasste einen Entschluss. Und sofort spürte er, wie gut er ihm tat. Mit schnellen Griffen nahm er Armbanduhren aus dem Schaufenster. Nicht seine wertvollsten, sondern solche, die kostbar aussahen, ohne es zu sein, zum Beispiel die Junghans mit Metall-Chrom-Gehäuse, Stiftanker, Pfeilerwerk, ohne Steine. Nach kurzem Zögern ging er zurück in den Laden und öffnete eine der Schubladen. Mit Ehrfurcht entnahm er ihr die Armbanduhr mit Chronografen von Glashütte und steckte auch sie ein.

So würde er den Aufstand unterstützen können.

Er schloss den Laden ab und warf einen letzten wehmütigen Blick durchs Schaufenster. Vielleicht würde alles gestohlen sein, wenn er zurückkehrte, und die Inneneinrichtung zerstört. Dennoch war es richtig. Er marschierte los.

Als er bei Nelly klingelte, sagten ihm die Eltern, sie sei zur Bahnhofsmission gegangen, um den Erschöpften zu helfen. Er fuhr zum Ostbahnhof, doch bei der Bahnhofsmission hatte man von Nelly seit Tagen nichts gehört, es hatte wohl auch Unstimmigkeiten mit der Volkssolidarität gegeben, man habe den Betrieb erst seit Kurzem wieder aufnehmen können.

Ein ungutes Gefühl beschlich ihn. Er drängte sich mit Gewalt in die letzte Stadtbahn, der Nahverkehr breche zusammen, hieß es, jeder wollte noch in diese Bahn gelangen. Im Schritttempo brachte ihn die überfüllte Bahn zum Bahnhof Spindlersfeld zurück. Er hastete zur SED-Kreisleitung in der Gutenbergstraße 33.

Die Demonstranten belagerten bereits das Gebäude. Als er den Polizisten am Eingang seinen Ausweis vorzeigte und etwas von Dringlichkeit und inoffizieller Mitarbeit für das MfS faselte, wurde er eingelassen. Vater war drinnen von Mitarbeitern umringt, die Luft war zum Schneiden dick. Vater sagte: »Lasst euch nichts vormachen, Genossen, das sind keine Arbeiter, das können keine richtigen Arbeiter sein! Arbeiter würden doch nicht gegen die Arbeitermacht demonstrieren. Da ist kein einziger richtiger Arbeiter dabei.«

Einer fragte kleinlaut: »Wäre es der sozialistischen Sache nicht dienlicher, das Parteiabzeichen bei diesem verschärften Klassenkampf kurzzeitig einmal in der Hosentasche verschwinden zu lassen? Wir könnten das Gebäude durch die Hintertür –«

»Ihr wollt wegen dieser Rowdys Frieden, Einheit, Demokratie und Sozialismus aufgeben?«, schimpfte Vater.

»Mit Verlaub, Genosse Uhlitz, du sitzt geschützt in deinem Dienstwagen, aber wir müssen zu Fuß –«

»Stalin, Lenin und Thälmann haben alles gegeben, damit Lüge und Ausbeuterei ein Ende haben. Da werdet ihr eure Überzeugung doch nicht verstecken, bloß weil ein paar Halbwüchsige Parolen rufen, zu denen sie der Westen aufgehetzt hat? Ich sag euch was: Wer sein Parteiabzeichen abnimmt, braucht es morgen nicht mehr anzustecken. Ich werde persönlich dafür Sorge tragen, dass jeder aus der Partei ausgeschlossen wird, der sich heute feige verhält.« Er sah in die Runde. »Ich erwarte von euch, dass ihr euch als Agitatoren unter die Menge mischt und sie davon überzeugt, dass sie einen Fehler begehen. Habt ihr mich verstanden? Und glaubt nicht, ich selbst halte mich zurück. Ich habe einen Lautsprecherwagen der FDJ angefordert. Damit werde ich für alle hörbar verkünden, dass die Normerhöhung zurückgenommen ist und dass es kein Pardon für die gibt, die jetzt Volkseigentum beschädigen.« Er sah Wolf an. »Mein Sohn ist soeben eingetroffen, um mich zu begleiten. Komm, Wolf.«

Wie bitte? »Ich bin nicht …« Da hatte der Vater ihn schon am Arm gegriffen und aus dem Raum gezerrt.

Nun gut, vielleicht war es besser so. Vor den anderen hätte er sowieso nicht von Nelly anfangen können. »Papa, ich mache mir Sorgen um jemanden«, begann er.

»Ich auch«, knurrte Vater.

Tatsächlich wartete am Hinterausgang ein Lautsprecherwagen, ein Framo V 901. Auf das Dach waren zwei waschschüsselgroße Lautsprecher montiert, einer zeigte nach vorn, einer nach hinten. Ein FDJ-Funktionär übergab Vater den Schlüssel.

»Du fährst«, sagte er und reichte ihn an Wolf weiter.

»Einverstanden. Ich helfe dir, wenn du mir dann auch hilfst. Ich muss das Mädchen suchen, das ich liebe.«

»Für Liebe ist jetzt nicht die Zeit. Ich brauche dich hier, Wolf.«

Er zögerte. »Hilfe gegen Hilfe. Entweder du schlägst ein, oder ich gehe.«

Vater kniff die Augen zusammen. Dann zuckte er die Achseln. »In Ordnung.« Er stieg auf der Beifahrerseite ein.

Wolf setzte sich auf den Fahrersitz. Wenn das der Preis war, den er zahlen musste, um Nelly zu retten, war er dazu bereit. Er zündete den Motor. Der Zweitakter ratterte los. »Wohin soll's gehen?«

»Erst mal die Oberspreestraße rauf.«

Wolf blinkte rechts und bog in die Oberspreestraße ein. Aber er kam nicht weit. Zu viele Menschen waren auf der Straße. Er rollte im Schritttempo weiter.

Vater nahm das Mikrofon und drückte einen Knopf. Draußen knackte es laut. »Jugendfreunde und Werktätige«, hallte Vaters Stimme von den Hauswänden wider, »der Ministerrat der Deutschen Demokratischen Republik hat beschlossen, die Normerhöhung wieder zurückzunehmen. Es gibt keinen Grund mehr zu demonstrieren. Kehren Sie an Ihre Arbeitsplätze zurück.«

Durch die Fensterscheiben sah Wolf drohende Blicke voller Wut und Misstrauen. Er konnte nicht umhin, seinen Vater zu bewundern. Scheinbar war er wirklich überzeugt von dem, was er sagte. Und er war bereit, sich dafür einzusetzen.

»Lassen Sie sich von den Hetzparolen des RIAS nicht beeindrucken«, sagte Vater über die Lautsprecher. »Die amerikanischen Aggressionstruppen und ihre westdeutschen Handlanger wollen einen dritten Weltkrieg. Wir wollen den Frieden. Wir werden eine bessere Gesellschaft aufbauen, ohne Kapitalisten.«

Was waren Vaters Gehabe und sein Kommandoton zu Hause. Er glaubte an etwas. Er kämpfte für eine Sache.

Angelockt durch die Lautsprecher, strömten nun auch die Aufständischen, die vor dem Gebäude der Kreisleitung gestanden hatten, zum Auto. Die Menschenmenge wurde immer dichter. Da war kein Durchkommen mehr mit dem Auto.

Sie klopften gegen die Scheiben. Junge Kerle in seinem Alter stemmten sich gegen den Wagen, als wollten sie ihn umkipppen, und tatsächlich schafften sie es, ihn ein wenig in Schräglage zu bringen. Abrupt ließen sie ihn wieder los und jubelten, als er zurückschwankte und sie drinnen durchgeschüttelt wurden. Nun schob die Menge von der anderen Seite. Sie fanden einen Rhythmus, sie schaukelten das Auto hin und her. Das Holzgerippe des Kastenwagens knirschte bedrohlich.

»Wir müssen hier raus, Papa.«

Vater nahm das Mikrofon und rief über die Lautsprecher: »Dieser Wagen ist Volkseigentum!«

»Na, dann gehört er ja uns«, grölten die draußen.

»Treten Sie zurück!«, forderte Vater.

»Papa, das hat keinen Sinn.« Wolf fasste nach dem Mikrofon und versuchte, es dem Vater aus der Hand zu winden. »Ich finde es stark, was du dich getraut hast. Aber im Moment kannst du hier nichts ausrichten.«

Sie beide wurden in dem Gefährt hin und her geworfen, während die Meute draußen johlte. Was würden sie mit ihnen anstellen, falls sie auszusteigen wagten? In ihrem Hass konnte die Menge zum Lynchmob werden. Aber jetzt Gas zu geben, auf die Gefahr hin, dass er etliche Menschen zerquetschte oder überfuhr, kam auch nicht infrage. »Komm, wir steigen aus«, sagte Wolf.

»Ich bin froh, dass du hier bist, mein Sohn«, sagte Vater. »Danke, dass du das mit mir durchstehst.«

Sie nickten sich zu und öffneten auf dieses Zeichen hin gleichzeitig die Türen. Die Menschenmenge jubelte. Sie hatten gewonnen, sie hatten die Käfer aus der Schachtel geschüttelt. Wolf erhielt Stöße und Knüffe, er sah zu seinem Vater hinüber, der noch mehr Schläge einstecken musste. Wolf kämpfte sich zu ihm durch.

Schon waren Aufständische in das Auto eingestiegen. Sie riefen über die Lautsprecher: »Es hat keinen Zweck – der Spitzbart muss weg!« Die Menge skandierte es mit ihnen, wieder und wieder. Dann wechselten sie die Parole. »Wir machen uns selber frei – wir brauchen keine Volkspolizei!« Erneut wurde der Ruf begeistert von der Menge aufgenommen.

Vater sah sich irritiert um. Er konnte das nicht begreifen, natürlich nicht. Er hatte immer geglaubt, den Menschen etwas Gutes zu tun mit seiner Arbeit. Wolf schob ihn durch die Menge. Als sie an den Rand gelangt waren, sagte er: »Ich bringe dich nach Hause, Papa.« Behutsam nahm er ihm die ovale Anstecknadel, das Parteiabzeichen, vom Revers.

26

Als sie die Wohnung der Schwiegereltern verließen, verspürte Katharina eine Enge im Hals. Die Unterhaltung mit Marcs Mutter, die früh gealtert und resigniert wirkte, war in ernster Stimmung verlaufen. Im Treppenhaus hielt sie Marc fest und zog ihn in eine Umarmung. Stumm standen sie da und hielten sich gegenseitig, weil das Leben so kostbar war und Freude so leicht verloren ging.

Viel zu kurz währte die Umarmung. »Wir sollten uns ranhalten«, sagte er. »Die meisten Läden haben zugemacht. Wenn das so weitergeht mit den Demonstrationen, kriegen wir die Woche kaum noch was. Und Papa schafft es nach der Arbeit nicht, sich noch irgendwo anzustellen. Ich will nicht, dass die beiden Hunger leiden.«

Natürlich würden sie nicht bloß gelben Zucker kaufen. Marcs Mutter fehlte der Überblick. Und der Vater ... Wenn Marc und er sich sahen, sagten sie selten etwas, sie drückten sich nur die Hand. Katharina nickte ihm dann zu, sie hätte gern seinen Arm gestreichelt, aber sie wagte es nicht, Marcs Vater war genauso verschlossen wie er, und er strahlte zudem eine strenge Unnahbarkeit aus, die durch das Leid marmorn geworden war, als hätte es ihn weiter dem Leben entrückt.

Sie traten auf die Straße. Direkt vor ihnen schlug ein Arbeiter einem Mann die Faust ins Gesicht. Katharina stolperte zurück, sie war entsetzt von dem plötzlichen Ausbruch der Gewalt. Am Hemd des Geschlagenen blitzte das Parteiabzeichen, die zwei Hände von KPD und SPD, die sich vor wehender rote Fahne gefasst hielten.

Sie wollte dem Mann aufhelfen, ihm blutete die Nase. »Geht es?«, fragte sie.

Aber bevor er antworten konnte, nahm Marc sie am Arm und zog sie weiter.

»Wir können ihn nicht einfach in der Gosse sitzen lassen!«, protestierte sie.

»Heute schon.«

Sie sah in das wütende Gewoge von Menschen. »Ich verstehe das nicht. Die SED hat sich entschuldigt, das muss doch auch etwas gelten.«

»Der gefährlichste Augenblick für eine schlechte Regierung ist der, wo sie sich zu reformieren beginnt. Wusste schon Tocqueville.«

Sie musste nachdenken. Wie so oft hatte Marc ihr etwas Kluges hingeworfen, an dem sie lange kauen würde, bis sie es schlucken und verdauen konnte. *Der gefährlichste Augenblick für eine schlechte Regierung* ... »Du meinst, sie haben durch die Entschuldigung Schwäche gezeigt und den Unzufriedenen erst Mut gemacht? Dann war es also ein Fehler, die Normerhöhung und die Zwangsgenossenschaften zurückzunehmen?«

»Kein Fehler, Katharina. Aber sie hätten es früher tun müssen.« Er führte sie am Straßenrand entlang und wich den größeren Menschenaufläufen aus.

»Auf welcher Seite stehen wir, Marc?«

»Wir halten uns raus.«

Lotte war wie im Rausch. Endlich konnte sie etwas bewegen. Längst waren sie nicht mehr nur die Waggonbauer und die Arbeiter aus den benachbarten Fabriken. Studenten liefen in der Menge mit, Angestellte, Hausfrauen, Rentner. Ganz Halle war, so schien es, auf den Straßen. Und wenn der Buschfunk stimmte, war es in anderen Städten des Landes genauso, in Dresden, Leipzig, Magdeburg, Berlin.

Durch Rufe verständigten sich die Aufständischen. Wie von unsichtbarer Hand dirigiert, teilte sich die Menge in drei größere Gruppen auf. Eine Kolonne strebte zur Strafvollzugsanstalt II in der Kleinen Steinstraße, eine zweite zum Marktplatz. Lotte selbst marschierte in der dritten Kolonne zur SED-Bezirksleitung und zum Rat des Bezirks. In diesem Zug waren die meisten einige Jahre jünger als sie selbst, wie sie nach einer Weile registrierte, viele Studenten und Schüler darunter. Gemeinsam rissen sie das Propagandatransparent auf dem Marx-Engels-Platz herunter. Eine fröhliche Arbeit.

Diesmal hatte sie niemand zu einer staatlichen Lobfeier herbestellt, heute gab ihnen keiner vor, was sie zu sagen und wofür sie einzustehen hatten. Am 1. Mai war es Pflicht gewesen, mit einer roten Papiernelke am Kragen mitzumarschieren, sonst bekam man Ärger an der Arbeitsstelle, man »verweigerte sich dem Kollektiv«, das war »Vereinzelung«, die »ins Abseits führte«, ein Abseits, das natürlich durch politische Strafen für den geleisteten Ungehorsam erst verursacht wurde. Sie hatte sich immer bemüht, die Gängeleien ins Lächerliche zu ziehen, um die Entwürdigung des Zwangsmarschierens ertragen zu können, sie hatte genuschelt bei den Liedern, die angestimmt werden mussten, oder heimlich die Augen verdreht. Welche Freiheit war das heute im Vergleich dazu! Sie sagten, was sie dachten. Sie gingen, wohin sie wollten, und das als ganzes Volk, als Einwohner von Halle.

Über ihnen hing Ulbricht, unversehrt, am Parteihaus. Sein Konterfei mit dem siegesgewissen Lächeln bedeckte mehrere Stockwerke. »Der muss runter«, sagte sie, und die anderen stimmten ihr zu. Auch das Transparent DER SOZIALISMUS SIEGT! sollte fallen.

Es klirrte, und Scherben regneten herab. Lotte sah erschrocken hoch. Wieder landete ein Stein in einem Fenster, und die Scheibe zerbarst. »Leute, da drin arbeiten Menschen!«, rief sie.

Was, wenn jemand von einem Stein getroffen wurde? Die unteren Fenster waren vergittert, genauso wie die Eingangstür, vor die man offenbar Eisengitter gezogen hatte, als die Menschenmenge sich näherte. Vier Aufständische versuchten jetzt, mit einer Leiter in ein Fenster im ersten Stock einzudringen, wo es keine Gitter gab. Plötzlich erschienen Polizisten im Fenster und schlugen mit Knüppeln auf sie ein. Einer stürzte herab, die drei anderen flohen die Leiter hinunter. Die Polizisten warfen die Leiter um, sie krachte zu Boden.

Gebäude wie dieses waren immer von Polizei bewacht, Objektbetriebsschutz nannte sich das. Wenn sie hineinwollten, mussten sie an denen vorbeikommen. Aber wie?

Sie rannte geduckt, um nicht von Steinen getroffen zu werden, von der wütenden Menge weg zum Hoftor und sah zwischen den Gittern hindurch. Triumphierend drehte sie sich zu den Aufständischen um. »Kann jemand das Tor aufstemmen? Im Hof sind die Fenster frei!«

Dutzende Männer lösten sich aus der Menge und eilten zu ihr. Einer schien Schlosser zu sein oder Ingenieur, er gab Kommandos, ließ Latten heranholen und sie fachmännisch so ansetzen, dass sie das Tor aufhebelten. Kurz darauf strömten Hunderte durch die breite Toröffnung. Lotte wurde mit ihnen in den Hof gerissen. Etwas sträubte sich in ihr. Im Hof wurde man leicht eingekesselt. Wenn jetzt die KVP ausrückte oder ein paar Mannschaftswagen der Polizei eintrafen – gegen Waffengewalt würden sie nichts ausrichten können.

Wieder splitterte Glas. Schon kletterten die Ersten durch eine scherbenstrotzende Höhlung, schnitten sich, kletterten blutend weiter. Sie öffneten von innen andere Fenster. Es gab kein Halten mehr. Zu Dutzenden stiegen sie in das Gebäude ein. Sollte sie besser draußen bleiben? Lotte zögerte.

Noch hatte sie nicht das Gefühl, sich strafbar gemacht zu haben. Sie hatte die Jungs, für die war sie verantwortlich! Wenn man sie hier im Gebäude schnappte, drohte ihr eine längere Haft. Was geschah dann mit den Kindern? Wer sorgte für sie?

Andererseits: Wenn der Aufstand glückte, um wie viel besser würde die Zukunft ihrer Kinder aussehen! Sie wollte keinen Leistungswettkampf haben, wie die ihn drüben im Westen hatten, kein ständiges Höher, Schneller, Weiter, bei dem die Schwachen zurückfielen und irgendwann wertlos erschienen. Aber die Freiheit! Aussprechen zu dürfen, was man dachte, zu studieren, auch wenn man kein Kommunist war, Kritik zu üben und Dinge zu verbessern und anzupacken, ohne dass einer von den Oberen einen gleich schikanierte oder gar wegsperrte.

So weit waren sie schon gekommen. Sie konnte jetzt nicht aufgeben.

Lotte stieg hinter den anderen die Leiter hinauf und durch ein Fenster und fand sich in einem Büroraum mit zwei Schreibtischen wieder. Sie kannte die Büros in der Fabrik, weil sie einmal jemanden von deren Putzkolonne vertreten hatte. Im Vergleich dazu war das hier das Himmelreich der Büros: Schreibmaschinen, Durchschlagpapier, modern geformte Schreibtischlampen aus Bakelit, Telefone, jedes mit einer dezenten, stoffumhüllten Hörerschnur. In einer Federschale lagen im großen Fach Bleistifte, in den kleineren Fächern Schreibfedern, Büroklammern und Lochverstärkerringe. Einen Stenoblock sah sie, Dokumentenmappen aus Leder. Liebevoll ließ sie ihre Finger über eine Anspitzmaschine streichen und drehte verzückt die Kurbel. In einem herausziehbaren Schubfach der Anspitzmaschine lagen Bleistiftspäne. Sie hob einen Stempel hoch, drückte ihn auf das Stempelkissen und anschließend auf das Deckblatt des Stenoblocks. »Nur für den Dienstgebrauch«, stand jetzt darauf.

Lautes Gelächter lockte sie in den Flur hinaus und in einen Nachbarraum. Hier warfen Studenten Propagandaliteratur aus dem Fenster, unter dem Gejohle der Demonstranten draußen auf dem Platz. Parteiprogramme, ein Büchlein über Stalin und eine Ulbricht-Biografie lagen in großen Kartons bereit, das Zimmer schien die Vertriebsabteilung der SED zu sein. Die Studenten kippten die Bücher aus dem Fenster. Die Broschüren falteten im Sturz ihre Blätter auf, als wollten sie fliegen, sie taumelten flatternd nach unten zu den am Boden zerschellten Bildern Piecks und Ulbrichts und Stalins, die wohl aus den anderen Zimmern geflogen waren, und zum in sich verbogenen und zu Bergen und Tälern aufgefalteten Riesenporträt von Ulbricht, das man von der Hauswand gelöst und hinabgestürzt hatte.

Lotte ging wieder in den Flur. Was verbarg sich hinter den anderen Türen? Sie rüttelte an einigen von ihnen. Alle waren verschlossen. Dabei mussten doch in den Büros bis eben noch Leute gearbeitet haben. Hatten sich die Herrschaften von der SED-Bezirksleitung darin eingeschlossen? Bei den Studenten wurde es leiser, anscheinend verloren sie die Lust an der Plünderung mediokrer Propagandaschriften. Schon kamen sie in den Flur und stiegen nach kurzer Beratung im Treppenhaus ins nächsthöhere Stockwerk. Lotte blieb. Sie lauschte an einer Tür.

»... endlich da?«, hörte sie eine gedämpfte Frauenstimme. »Hier wird alles demoliert! ... Ja, aber Sie haben uns bereits vor zehn Minuten ... Eingeschlossen, im Zimmer. Nein, noch nicht ... Hören Sie, ich habe Angst! Das ist bloß eine Holztür. Es könnte jeden Moment ...«

Sie löste sich von der Tür und schlich den Flur entlang. Dieses Haus bildete den Knoten der Macht, von hier aus liefen die Fäden in die Betriebe, Schulen, die Universität, zum MfS und zur Polizei, jede kritische Äußerung wurde aufgezeichnet, jeder skeptische Blick, und die Strafen wurden bürokratisch verwaltet wie die Belobigungen für Treue und Engagement, den einen verbot man Reisen ins Ausland, den anderen gestattete man sie, die einen erhielten bevorzugt Wohnungen, Essen, seltene Luxusartikel, die anderen

wurden mit einem geheimen Vermerk von jeder beruflichen Be-
förderung ausgeschlossen oder gar dauerhaft degradiert.

Und sie, Lotte, stand ungehindert im Allerheiligsten und verbreitete Furcht. Ja, die Diener der Macht fürchteten sie! Die politischen Agitatoren, Verwalter von Strafen, Gesetzeshüter und Or-
ganisatoren der Warenströme hatten sich in ihre Zimmer
verkrochen. Es war ein genauso ungehöriges Gefühl wie damals,
als sie kurz nach Kriegsende auf der verödeten Autobahn Fahrrad
gefahren war.

Vielleicht musste die SED das Gebäude bald räumen, und eine
andere Regierung kam, eine, die demokratisch gewählt wurde und
nicht nur mit theaterhaft gefalteten Zetteln, auf denen keine wirklichen Wahlmöglichkeiten angeboten wurden.

Die Rufe der Demonstranten draußen entfernten sich. Die Meute
zog weiter, schien es. Lotte wandte sich zum Gehen. Vorhin waren
im Treppenhaus viele Stimmen gewesen, scheinbar war die Tür unten aufgebrochen und man musste nicht mehr die Leiter nehmen.

Jemand kam ihr aus dem Treppenhaus entgegen, ein Mann in
dunklem Anzug. Er fragte barsch: »Was haben Sie in diesem Haus
zu suchen?«

Sofort war der Zauber verflogen. Ihr kleines Ich, das triumphierend den Kopf gehoben hatte, zog sich unter Entschuldigun-
gen und Verbeugungen zurück. Lotte stammelte: »Also … ich …«

»Verlassen Sie auf der Stelle das Gebäude! Hier haben nur die
Mitarbeiter der Partei Zutritt.«

»Ja, ich verstehe.«

Da kamen, ebenfalls vom Treppenhaus her, die Studenten zurück. »Und wer sind Sie?«, fragten sie keck.

Der Mann drehte sich um. »Werner Bruschke, Ratsvorsitzen-
der«, sagte er. Den Rücken hielt er durchgestreckt, den Kopf hoch
erhoben. Von Angst keine Spur. Er verströmte Überlegenheit.
»Auch Sie haben sofort das Haus zu verlassen!«

Die Studenten lachten. »Zeigen Sie erst mal Ihren Ausweis.«

»Ich bin Ihnen gegenüber nicht ausweispflichtig.«

Wieder lachten sie. Unsanft schubsten sie ihn zum Treppenhaus. »Ich glaube, Sie gehen und nicht wir.«

Werner Bruschke wehrte sich, hielt die Studenten fest. Sie packten im Gegenzug ihn, es wurde ein Gerangel und Gestoße. Lotte schlich zum Ausgang. Sie hatte bereits die halbe Treppe nach unten genommen, da sah sie Uniformierte hinaufkommen, das ganze Treppenhaus war voll mit Polizei, und Bruschke rief jetzt von oben: »Hilfe!« Sie kehrte um. An den rangelnden Männern kam sie aber nicht vorbei. Schon waren die Polizisten da, sie rissen die Kämpfenden auseinander, zwangen die Studenten mit geübten Griffen, die schmerzverzerrte Gesichter verursachten, in die Knie.

Für einen Moment war der Weg zum Treppenhaus frei. Lotte stürzte los. Sie übersprang ganze Treppenzüge, hielt sich am Geländer fest und flog von einem Treppenabsatz zum nächsten, verfolgt von zwei Polizisten, gerade noch erreichte sie den Ausgang, rannte, rannte, endlich ein Trupp Demonstranten, und dort noch mehr, da vorn die ganze Menge, die sich die Ludwig-Wucherer-Straße entlang vom Marx-Engels-Platz entfernte. Lotte schrie: »Im Haus der Einheit sind welche von uns gefangen genommen worden! Wir müssen sie befreien!«

Ihr Ruf wurde wie ein Echo nach vorn und zu den Seiten weitergegeben. Der Demonstrationszug kam ins Stocken. Endlich wendete er sich um. Aus dem träge vorwärtsrollenden Menschenmeer lösten sich Hunderte Männer wie Kämpfer, sie rannten voran in Richtung Haus der Einheit. Lotte rannte mit ihnen und führte sie zum Hintereingang des Gebäudes und die Treppe hinauf.

Im Flur hatten die Polizisten den Studenten gerade Handschellen angelegt und wollten sie abführen. Jetzt wurden sie mitsamt Bruschke von den zurückkehrenden Aufrührern überrollt. »Festnehmen!«, befahl Bruschke verzweifelt.

Aber die Demonstranten schlugen den Polizisten die Mützen vom Kopf, sie stießen sie, rissen ihnen die Schulterstücke herunter, schnappten nach den Waffen. Wie Ameisen drangen sie von überallher ins Gebäude ein, Lotte konnte unten im Haus weitere Fenster zerspringen hören, sie hörte Getrappel auf der Treppe, Rufe vom Haupteingang, Pfiffe auf dem Hof, in den Fluren, den Zimmern.

Zwei Polizisten, die sich wehrten, wurden niedergeschlagen. Sie bluteten aus ihren Kopfwunden. Während die Aufständischen mit den Ordnungshütern beschäftigt waren, floh Bruschke nach oben. Lotte bemerkte es und rannte ihm nach, ein Stockwerk höher sah sie gerade noch, wie er hinter sich die Tür einer Besenkammer zuzog. Sie kehrte um. »Wo ist der hin?«, fragten die Studenten wütend, und die Aufständischen begannen, die Türen des Flurs aufzubrechen. Unter den Schreibtischen kauerten die Mitarbeiter, sie wimmerten, krochen hinter große Töpfe mit Zimmerpflanzen, verbargen sich notdürftig hinter Papiereimern. Keiner wusste etwas. Und Lotte schwieg. Sie fürchtete, in ihrem Hass würden sie Bruschke lynchen.

Die Männer ließen ihre Wut an Stühlen und Schränken aus, schlugen und traten und rissen, das Holz zersplitterte. Die Staatsmacht hatte die Aufständischen herausgefordert, und das war die Antwort. Lotte verließ das Haus. Beinahe wäre es schiefgegangen. Beinahe hätte sie ihre Kinder verloren oder vielmehr ihre Kinder sie, Lotte. Sie musste vorsichtiger sein.

Weitere Mannschaftswagen rauschten heran und hielten vor dem Gebäude, vierzig Polizisten stiegen aus. Ehe sie sich versahen, wurden sie schon von den Aufständischen überrumpelt und entwaffnet. Kfz-Mechaniker öffneten die Motorhauben der Lastwagen und schraubten die Ventileinsätze aus dem Motor, um ein Weiterfahren zu verhindern. Polizeitrillerpfeifen wurden als Souvenir erbeutet, Schulterklappen und Mützen mitgenommen. Nun erreichten mit dem Tross auch die älteren Arbeiter den Platz, sie ermahnten die jüngeren, den Polizisten nichts anzutun. »Die waren anständig«, sagten sie, »vergreift euch nicht an denen.« Die Polizisten bedankten sich, sie schleppten ihre verwundeten Kameraden fort. Als die Polizisten vertrieben worden waren, schraubten die Kfz-Mechaniker wieder die Ventile ein, viele sprangen hinten auf die Ladefläche, und unter dem Jubel der Menge zog man mit der Beute fort vom geplünderten Haus.

Ein Summen und Fluchen in der Kaserne, ein Brummen und Auf-und-ab-Gehen und Lauschen auf einen Telefonanruf, einen einzigen Anruf aus Berlin, wütendes Weghören, wenn die Parolen der Aufständischen herüberhallten, ungeduldige Blicke der Soldaten auf ihre Offiziere. Einige Arbeiterinnen rannten zum Tor und luden die Wachhabenden ein, sich ihnen anzuschließen. Heimeran wusste nicht, ob er die Demonstranten für ihre Dreistigkeit bewundern oder verachten sollte. Er fragte sich, ob Lotte wohl mitmachte, und gab sich selbst die Antwort: ja, mit Sicherheit. Hoffentlich passte sie auf sich auf.

Jetzt sah er den Oberleutnant aus dem Gebäude treten. Überall auf dem Hof wandten sich ihm die Gesichter zu, aber seine Miene war starr, nichts war darin zu lesen. Er überquerte den Hof, kam näher und näher.

Schon Sekundenbruchteile, bevor er es aussprach, erkannte Heimeran am Leuchten seiner Augen, was der Oberleutnant ihm mitzuteilen hatte. »Wir sehen nicht länger zu, Genosse Hauptfeldwebel. Das war der Anruf aus Berlin, endlich.«

Heimeran hatte große Mühe, ein lautes Aufstöhnen des Entsetzens zurückzuhalten, sein Herz begann wild zu pumpen. »Scharfe Munition?«, fragte er, als er sich gefasst hatte.

Der Oberleutnant schien seine Verwirrung zu genießen und bestätigte. »Geben Sie Karabinergewehre, Maschinenpistolen und leichte Maschinengewehre aus. Und dann alle Truppen auf die H3A-Mannschaftswagen.«

27

HALLE/SAALE, 17. JUNI 1953

Im roten Ziegelbau der Strafvollzugsanstalt I lauschten die Häftlinge erregt den Rufen und Zerstörungsklängen, die aus der Stadt in ihre Welt der Gitter und Mauern hineinwehten. Was geschah da draußen? Es klang, als wäre ein Krieg ausgebrochen. Als die Rufer sich näherten, Hunderte, Tausende Rufer, konnten die Häftlinge einzelne Wortfetzen verstehen: *Wahlen ... Freiheit ... Leben.* Diese Worte trieben einigen von ihnen Glückstränen in die Augen: Geschah er endlich, der Umbruch, der Neuanfang, für den sie selbst vergeblich gestritten hatten?

Das Gefängnis glich in seinen Umrissen einem liegenden Ochsen, im Volksmund hieß es »Roter Ochse«. Bis 1945 hatten die Nazis hier Widerständler hingerichtet, dann hatte der sowjetische Geheimdienst NKWD das Gefängnis übernommen und war kaum zimperlicher mit denen umgegangen, die nicht in das neue ideologische System passten. Schließlich war der rote Ziegelbau im vergangenen Jahr der DDR übergeben worden, und nun führte sie ihn als Zuchthaus für Kriminelle und politische Gegner.

Katharina hatte geglaubt, in der kleinen Straße »Am Kirchtor«, im Schatten der hohen Gefängnismauer, würde es ruhiger sein. Aber als Marc und sie in die Straße einbogen, sahen sie sich siebenhundert Demonstranten gegenüber, die im Chor riefen: »Gebt die Gefangenen frei! Gebt unsere Brüder frei!« Sie warfen Steine gegen das Tor, jetzt schleppten sie sogar einen Balken heran und rammten ihn dagegen. Das Tor erbebte. Noch hielt es stand.

»Sollen wir nicht ...?«

Marc zog sie weiter. »Da sind wir gleich vorbei.«

In diesem Moment wurden Wachen über der Gefängnismauer sichtbar. Sie richteten einen Feuerwehrschlauch auf die Menge, die so schnell nicht vor dem Wasser zurückweichen konnte. Die Aufständischen rannten auseinander. Katharinas Kleid wurde bis zu den Knien klatschnass. Das Wasser war kalt. Sie wich mit einem Kreischen zurück.

Marc zog sie weiter. »Komm!«

Der Schlauch verschwand und mit ihm die Wachen. Marc führte Katharina über die nassglänzende Straße, auf der sich zögerlich die Aufständischen aufs Neue versammelten. Im Tor ging eine Luke auf, und dort erschien jetzt der Feuerwehrschlauch, wie ein Wurm ragte er ein Stück heraus, und schon schoss der kräftige Wasserstrahl mitten in die Menge. Katharina wich erneut zurück und riss Marc mit sich.

Verblüfft sah sie, wie junge Leute sich gebückt von den Seiten ans Tor schlichen, den Schlauch packten und ihn ein Stück weit herausrissen, um ihn den Gefängniswachen aus den Händen zu ziehen. Sie wendeten ihn um, obwohl er sie nass spritzte, und spritzten nun ihrerseits durch die Luke auf den Gefängnishof. Von drinnen hörte man Schreie. Ein Kommando war zu hören, der Schlauch erschlaffte. Der Gefängnisdirektor hatte wohl das Wasser abstellen lassen. Die Aufständischen feierten ihren Erfolg.

»Ist das nicht ...« Katharina zeigte auf eine kleine Frau. »Das ist doch Lotte!«

Marc blieb stehen. »Vorsicht!« Er zog Katharina zurück, als ein 5-Tonnen-Lastwagen im Rückwärtsgang eine Gasse in der Menge durchpflügte und auf das Gefängnistor zuraste. Er rammte es mit seiner Ladefläche und drückte es ein. Etwas zerbarst, und die schweren Torflügel öffneten sich nach innen.

Der Blick auf den Gefängnishof ließ Katharina das Blut in den Adern gefrieren. Durch das hintere Tor strömten KVP-Soldaten auf den Platz, sie hielten Gewehre im Anschlag, ein Offizier schrie: »Zurück! Sonst wird geschossen!«

Aber die Aufständischen drängten weiter vor.

Zwei Warnschüsse fielen.

Marc sagte: »Wir müssen verschwinden.« Er rief nach Lotte, die mit anderen auf den Gefängnisplatz rannte, doch sie hörte ihn nicht.

Aufständische erreichten die vorn stehenden Soldaten und fassten nach den Waffen, die Soldaten hieben mit den Gewehrkolben nach ihnen. Und dann hallte der Befehl über den Hof: »Feuer!«

Gewehrschüsse krachten. Hier und dort und da sanken Menschen zusammen, die anderen rannten kreischend auseinander. Noch ein Schuss, etwas pfiff heran und verstummte dicht neben ihr mit einem dumpfen, satten Schlag.

Katharina hörte Marc gurgeln. Seine Hand an ihrem Arm glitt ab. Er sank neben ihr nieder. Sie warf sich über ihn. Blut! Überall an ihm war Blut! Sie bettete seinen Kopf, tastete hilflos über seinen Leib, sie flehte um Hilfe.

Heimeran senkte das Gewehr. Er hatte über die Menge schießen wollen, hatte niemanden treffen wollen. Die Kugel musste vom Baum abgeprallt sein, es war unmöglich, dass er diesen Mann dort getroffen hatte! Er wollte niemanden töten. Doch nicht so, dachte er. Doch nicht ich.

Eine Frau beugte sich über den Mann, sie schrie, ihr Entsetzen sprang ihn kalt an. In seinen Ohren verhallte der Schuss, lange, er hallte und hallte und hallte von den roten Gefängnismauern wider. Wie gelähmt stand Heimeran da. Er wollte sich verkriechen, wollte Kind sein, die Zeit zurückdrehen, einen anderen Beruf lernen, nicht Polizist, nicht Wachtmeister, Offiziersanwärter, Oberwachtmeister, Hauptwachtmeister, nicht die Umstellung auf KVP und Armee, nicht Hauptfeldwebel.

Die Aufständischen flohen, aber nicht alle, er sah Lotte. »Lotte! Hier!«, schrie er. Einer seiner Männer lud nach, wollte anlegen, er brüllte: »Feuer einstellen!« Er rannte hin, konnte sich gerade noch davon abhalten, dem Mann die Waffe aus der Hand zu reißen, Lotte machte kehrt und rannte auch, der Mann senkte die Waffe, er hatte es gerade rechtzeitig abwenden können.

Befehle geben, Heimeran, du musst weiterkämpfen. Es ist dein Beruf. Deine Pflicht.

Ein Mann löste sich aus der fliehenden Meute, Katharina sah es wie durch einen Schleier. Der Mann kauerte sich neben sie, zog seine Jacke aus und presste sie auf Marcs Wunde. Im Nu war der Stoff blutgetränkt. »Geben Sie mir Ihr Tuch!«

Sie tat es, und er wickelte Marc das Tuch um den Bauch und zog, wo die blutige Jacke auf der Wunde auflag, einen straffen Knoten. »Kommen Sie«, sagte er. »Ich bin Arzt, meine Wohnung ist ganz in der Nähe. Vielleicht können wir ihn retten. Nehmen Sie die Füße.« Er fasste Marc unter den Achseln und hob ihn auf.

Katharina starrte auf das Blut. Marc durfte nicht sterben, doch nicht Marc!

»Die Füße«, drängte der Arzt.

Wie betäubt griff sie nach Marcs Beinen. Gemeinsam schleppten sie ihn den Fußweg entlang, zwischen vor Panik schreienden Menschen, forthumpelnden Verletzten, jungen Leuten hindurch, die wütend die Fäuste Richtung Gefängnis ballten.

Irgendwann ging es eine Treppe hoch, sie legten Marc auf den kalten Fußboden, der Mann schloss eine Wohnungstür auf. *Prof. Dr. Matzel* stand auf einem getöpferten Schild neben der Klingel.

»Marc, verlass mich nicht.« Sie streichelte sein Gesicht.

Der Arzt hob die Schultern an, sie trugen Marc in die Wohnung, in eine fremde Küche. »Auf den Tisch«, sagte der Professor. Er holte ein Gerät, klappte es auf. Legte Marc eine Manschette um den

Arm. Dann pumpte er einen Gummiball, die Manschette blähte sich, und eine Quecksilbersäule im Gerät stieg in die Höhe. Er steckte sich Stethoskophörer in die Ohren und legte die Membran auf Marcs Arm. Jetzt ließ er die Luft aus der Manschette. Die Quecksilbersäule sank.

Er riss sich die Hörer von den Ohren und löste den blutigen Verband von Marcs Bauch. Mit einer Küchenschere schnitt er ihm das Hemd auf. Er sah sich die Wunde an, aus der Blut floss. »Dunkles Blut. Das ist die Leber.«

»Ist das schlimm?«

Er sah sie nicht an. »Wir müssen in die Uniklinik. Die haben gute Leute da, die haben im Krieg jeden Tag Schussverletzungen operiert.«

Während sie Marc hinaustrugen, sprach sie in Gedanken mit ihm, oder laut, sie wusste es nicht, Marc, bitte, Marc, verlass mich nicht, du musst es schaffen. Ein Auto. Der Arzt schloss es auf, sie legten Marc hinein. Er blutete den Rücksitz voll. Die Fahrt wie im Albtraum. Es kam ihr endlos lange vor, bis sie endlich in der Klinik eintrafen. Die Lysolgeruch stach ihr in die Nase.

Marcs schlaffe Hand.

»Bitte bleiben Sie draußen. Wir müssen operieren«, sagte ein Arzt.

Warten.

Angst.

Nicht denken können vor Angst.

Die Tür öffnet sich. Ein trauriges Gesicht. Ein Kopfschütteln.

28

BERLIN, 17. JUNI 1953

Am Vortag waren sich Regierung und Politbüro während der Parteitagung im Friedrichstadt-Palast noch in gegenseitigen Ovationen ergangen. Erste Nachrichten über die Demonstranten draußen beantworteten sie im festlich beleuchteten Saal mit Faustschütteln. Man werde sich von dem Mob der Straße nicht unter Druck setzen lassen!

Jetzt, einen Tag später, wurden die Regierungsmitglieder kleinlaut. Hundertfünfzigtausend Aufständische marschierten in mehreren kilometerlangen Demonstrationszügen durch den Ostteil Berlins. Sie stürmten Polizeireviere, zündeten Autos an. Besorgt brach man die Sitzung des Politbüros ab, eilte zu den dunklen Luxus-Limousinen und floh in einem Konvoi aus der Stadt, die Gardinen vor den Autofenstern zugezogen, nur ab und an angstvolle Blicke nach draußen werfend. Die Aufständischen erkannten den Regierungskonvoi sofort und stemmten ihm wütend ihre Fäuste entgegen. Die Chauffeure mussten Umwege fahren, um nach Karlshorst zu gelangen. Dort standen zwei sowjetische Soldaten vor einem Metalltor, das sich bald öffnete. Sie fuhren eine Allee hinauf, an der rechter Hand die Verwaltungsgebäude und die Mannschaftsunterkünfte lagen, hinter denen sich der große Aufmarschplatz befand. Weiter hinten erkannten sie die Panzerhalle. Sie hielten vor einem alten grauen Gebäude.

Wladimir Semjonow stellte die SED-Führung in einem seiner Tagungszimmer zur Rede. Neben ihm: Marschall Wassili Sokolowski. Er musste frisch aus Moskau eingeflogen worden sein, ein

Kriegsheld, von 1943 bis 1944 Stabschef und oberster Befehlshaber der sowjetischen Westfront, jetzt Erster Stellvertreter des Verteidigungsministers der Sowjetunion und Chef des Generalstabs. Damit war klar, wie die Sowjetunion die Lage bewertete. Es drohte Krieg.

»Wie konnte das passieren?«, schimpfte Semjonow. Er war ein Deutschlandexperte, hatte über deutsche Philosophie promoviert und war in der Zeit des Hitler-Stalin-Pakts Botschaftsrat in Berlin gewesen sowie bei Kriegsende Berater der in Berlin residierenden Sowjetmarschälle. 1953 kurzzeitig wieder bei der dritten Abteilung in Moskau, war er vor zwei Wochen, am 5. Juni, nach Berlin zurückgekehrt mit der Direktive, für liberalere Zustände in der DDR zu sorgen.

Ulbricht hielt für einen Moment seinem bohrenden Blick stand, dann sah er zu Boden. Nur Rudolf Herrnstadt wagte eine Antwort. »Der Umschwung war übereilt, wir hätten mehr Zeit gebraucht, der Bevölkerung den neuen Kurs zu erklären.« Damit gab er indirekt den Sowjets die Schuld, sie hatten ja schließlich den Kurswechsel verlangt.

Wladimir Semjonow konterte: »Im RIAS haben sie gerade behauptet, es gebe in der DDR keine Regierung mehr. Ist nicht weit von der Wahrheit entfernt, oder?« Wutschnaubend verließ er mit Marschall Sokolowski den Raum.

Ulbricht, Grotewohl, Herrnstadt und Zaisser, der Chef des Staatssicherheitsdienstes, sahen sich mit großen Augen an. Sie waren jetzt nicht mehr gefragt. Wenn noch jemand die Krise lösen konnte, dann die Sowjets. Ulbricht sagte leise: »Aus!«

Semjonow telefonierte mit Beria. Der war schon zornig, als er den Hörer abnahm, und nach dem Lagebericht umso mehr. Alles, was er sich von Verhandlungen mit dem Westen versprochen hatte, war verloren. Schlug er den Aufstand nieder, war er in den Augen des Westens kein Verhandlungspartner mehr, mit dem man lächelnd vor den Pressekameras Verträge über eine deutsche Wiedervereinigung schließen konnte. Ließ er die Aufständischen aber gewähren, verlor er die DDR an den Westen, ohne auch nur irgendeine Gegenleistung erhalten zu haben.

»Wozu haben wir das Ministerium für Staatssicherheit!«, fauchte er in den Hörer.

Semjonow stand am Telefon stramm. Berias Wut konnte ihn leicht den Kopf kosten. »Das MfS hat etliche von den Aufständischen festgenommen.«

»Erschießen.«

»Wie viele?«

Beria schwieg kurz. »Achtzehn. Und machen Sie die Hinrichtungen durch Flugblätter und Zeitungsberichte publik.«

Semjonow gab zu erkennen, dass er verstanden habe.

»Wie ist der Zustand der KVP und der Volkspolizei?«

»Die können kaum die eigenen Gebäude sichern.«

»Sind unsere Divisionen bereits im Einsatz?«

»Einzelne Panzer und Spähwagen. Die motorisierte II. Armee ist unterwegs, gegen vier Uhr am Nachmittag müsste sie die Berliner Außenbezirke erreichen, also die 1. und die 14. Mechanisierte Division und die 12. Panzerdivision mit sechshundert Panzern.«

»Sorgen Sie dafür, dass dieser Aufstand endet. Ich schicke währenddessen eine Sondergruppe von Geheimdienstveteranen nach Berlin, Golidse, Fedotow und Fadeikin und weitere, ich schicke Ihnen die erfahrensten Experten des MWD und dazu genügend Mitarbeiter. Wir werden drei Dutzend Untersuchungsgruppen bilden mit je sechzig Offizieren. Die sollen die Umstände der Revolte aufdecken und die Themen feststellen, die von den reaktionären Kräften ausgenutzt werden konnten, um die breite Masse zu regierungsfeindlichen Äußerungen zu provozieren. Außerdem will ich die Rädelsführer haben! Für den 20. Juni beraumen wir eine Sitzung mit der Führung des MfS an. Wir müssen das MfS und die

Grenzpolizei stärken. Sorgen Sie außerdem für eine verlässliche Bewachung von Gefängnissen und MfS-Einrichtungen. Wenn wir jetzt nicht handeln, verlieren wir dieses Land!«

Währenddessen küssten wildfremde Menschen sich vor Freude auf die Wangen, weil sie glaubten, es sei mit der SED-Herrschaft zu Ende. Nun müssten bloß noch irgendwie die Funktionäre weg, und dann sei man auch wieder zusammen in Deutschland. Acht Jahre seien sie gefesselt und geknebelt gewesen, acht Jahre hätten sie nicht sagen dürfen, was sie dachten. Jetzt sei die Stunde der Freiheit da. Die SED und ihre Funktionäre sollten sich verziehen, bevor sie der gerechte Zorn des Volkes treffe. Es lebe die Junirevolution von 1953, riefen sie siegesgewiss.

Nelly war mit zwei Schulfreundinnen unterwegs. Plötzlich mochte man sie wieder, man habe sie immer gemocht, es sei ja nur nicht erlaubt gewesen. Sie stand mit ihren Klassenkameradinnen vorm Brandenburger Tor. Gemeinsam feuerten sie einen Mann an, den alle Horst riefen. Er hatte im nördlichen Torhaus eine unverriegelte Tür entdeckt und war im Inneren eine Treppe hinauf und durch eine Deckenluke auf das Dach des Torhauses gelangt. Von dort führte eine weitere schmale Steintreppe zum geheimen Saal über dem Brandenburger Tor und eine Luke direkt hinter der Quadriga auf das Dach. Er und einige Begleiter kletterten, mit Seilen gesichert, zur Krone hinauf. Jetzt holte er die rote Fahne ein. Nelly warf bange Blicke zu den Grenzsoldaten, die hier standen, aber keine Miene verzogen und nichts unternahmen. Horst schnitt die Fahne vom Seil und warf sie herunter. Nelly und ihre Kameraden klatschten Beifall, und die Fahne wurde sogleich zerstückelt.

Der erneute Jubel blieb Nelly in der Kehle stecken. Auf gewaltigen Reifen fuhr ein Panzerspähwagen vorüber, obenauf hockte ein sowjetischer Soldat mit Stahlhelm hinter einem Maschinengewehr. Sie wollte die Klassenkameraden warnen. Ihr Warnruf ging in einem rasselnden Geräusch unter, einem Dröhnen und Scheppern und lautem Motorengeheul. Eine Erinnerung jagte ihr kalte Schauer über den Leib.

Das Geräusch des Krieges.

Mitten durch die Volksmenge pflügte ein sowjetischer Panzer und verbreitete Dieselgestank. Schwarze Abgaswolken vernebelten den Platz. In der letzten Zeit hatten sich kaum Militärfahrzeuge in der Öffentlichkeit gezeigt, man hatte beinahe vergessen können, dass man in einem besetzten Land lebte. Doch der Panzer stellte die Lage klar.

Nellys Kindheit war wieder da. Die Angst im Luftschutzbunker, jeden Augenblick unter Tonnen von Schutt begraben zu sein, dann das Donnern der Steine, das Bersten der Balken, Mutter, Vater und sie, die sich an die Kellerwände pressten, und wie die Decke unter der Last des einstürzenden Hauses über ihnen zusammenbrach und ein Dutzend anderer Schutzsuchender zermalmte. Staub. Und Stille, die lauter war, als jedes Hilferufen hätte sein können. Sie hatten darauf gewartet, dass jemand stöhnte oder darum bat, herausgezogen zu werden. Aber es blieb still, und die Stille begleitete sie, als sie aus dem Loch hinauskletterten.

Von ihrem Haus hingen noch zwei Zimmer in der Luft wie in einer Puppenstube, zwei Zimmer ihrer Wohnung, die Rückwand des Hauses stand, und daran klebten Wohnzimmer und Schlafzimmer, das Sofa stand ordentlich da, der Tisch, bloß die Stehlampe war umgekippt. Im Bücherregal waren die Bücher fein säuberlich aufgereiht, und an der Wand hing das Foto von Tante Hilde. Die Zimmer waren aufgeräumt, sie hätten Besuch empfangen können. Nur führte keine Treppe mehr hinauf. Mutter hatte, mit staubbedecktem Gesicht, gesagt: »Gott sei dank haben wir es hinter uns.« Nelly hatte damals nicht verstanden, was sie meinte. Den einstürzenden Keller? Oder das immer befürchtete Ereignis, dass einem alles, was man hatte, in einer Bombenexplosion zerfetzt wurde?

Später begriff sie, dass die Angst Mutter so sehr zermürbt hatte, dass sie regelrecht froh war, als endlich das schreckliche Ereignis eingetroffen war.

Heimlich war sie einige Tage später die Ruine hinaufgeklettert und hatte ihre Lieblingsbücher gerettet. Die Toten hatte sie nicht sehen sollen, aber sie hatte den Blick dennoch nicht von ihnen abwenden können, den vielen Toten in den Straßen.

Und jetzt war er wieder da, der Krieg. Er war aus einem Nachmittagsschläfchen erwacht, munter wie eh und je.

Sie fühlte sich, als hätte sie es nicht bis zur Wand geschafft und wäre unter einer tonnenschweren Last begraben. Als wären all die Jahre seit dem Kriegsende nur ein Aufschub gewesen, eine kleine Galgenfrist.

Im Schritttempo bahnte sich der Panzer einen Weg durch die Menschenmenge. Das Rasseln der Ketten, das war der Krieg. Von den Maschinengewehren und der Kanone waren die Schutzhüllen abgenommen, Mündungsschoner hieß es bei der Kanone, ein Kriegskind kannte solche Begriffe. Der Panzer war gefechtsbereit, ein T 35 mit 500 PS, einer Panzerkanone Kaliber 53, zwei Maschinengewehren und fünf Mann Besatzung.

Die hatten schwere Waffen, die Aufständischen hingegen hatten nichts. Sie waren wehrlos.

In der offenen Turmluke stand der Panzerkommandant in schwarzer Einsatzkombi mit Haube. Nelly musterte sein Gesicht. Etwas Eigenartiges geschah mit ihr. Plötzlich konnte sie ihn nicht mehr hassen. Sie meinte sogar, ihn zu verstehen. Seine Miene war ernst, wie die eines besorgten Vaters.

Noch vor wenigen Jahren waren die Deutschen es gewesen, die seine Stadt niederbrannten, alles was er sich mühselig aufgebaut hatte. Vielleicht hatte seine Frau um Gnade gebeten, vielleicht hatte sie gesagt: Ihr seid doch ein Kulturvolk. Bitte verschont uns. Seine Großmutter hatte den anrückenden Deutschen vielleicht ihre

Heiligenbilder entgegengehalten, um Jesu Christi willen, hatte sie gesagt, aber die Deutschen waren erbarmungslos gewesen.

Und anstatt sie voller Verachtung und Genugtuung anzusehen, anstatt seinen Panzer mitten hineinrasen zu lassen in die protestierende Meute, blickte er streng und besorgt und ließ den Panzer langsam fahren.

Junge Männer griffen den Panzer mit Steinen an, sie warfen Flaschen und Pflastersteine, und der russische Kommandant wandte nur den Kopf. Er schrie nicht und schoss nicht.

»Iwan, idite domoi!«, schrie die Menge. Geh nach Hause, Iwan! Er will nichts sehnlicher als das, dachte Nelly. Er tut seinen Dienst, aber es macht ihm keine Freude. Ob Ilja auch in einem dieser Panzer saß? Oder bewachte er eine hochgestellte Persönlichkeit, flog ein Flugzeug, funkte den Stand der Dinge nach Moskau in den Kreml? Sie wusste so wenig über ihn. Seinen Körper, seine Begierde kannte sie nun, und die Erinnerung daran ließ sie wohlig erschauern. Vielleicht wurde das bald anders. Wenn er überlebte, wenn sie ihn für seine Fehler nicht hart bestraften.

Weitere Panzer fuhren auf den Platz. Hektisch versuchten ihre Klassenkameraden, anstelle der roten Fahne Schwarz-Rot-Gold zu hissen. Sie staunte über einen rothaarigen Jungen aus der Parallelklasse, den sie bisher immer für besonders linientreu gehalten hatte und der nun mutig hochpreschte. Plötzlich Geschosssalven. Die Sowjets feuerten mit Maschinenpistolen. Entsetzt sah sie zum Brandenburger Tor. Die Fahne hing auf Halbmast, ihre Klassenkameraden gaben auf und kletterten eilig hinunter. Sie flohen in Richtung Westen. Wenn die Revolution scheiterte, und das schien plötzlich unabwendbar, würden sie nie in den Osten zurückkehren dürfen, wo sie harte Strafen zu erwarten hätten.

Von seinem Panzer herab versuchte der sowjetischer Offizier, die Menschenmenge zu beruhigen. Er sprach gebrochenes Deutsch. »Besser gehen nach Hause«, sagte er.

In der aufgeheizten Stimmung beschimpften ihn die Aufständischen. Andere schrien: »Nieder mit der SED! Wir wollen freie Wahlen!«

Wieder Warnschüsse aus Maschinenpistolen. Einer der Panzer richtete drohend das Kanonenrohr auf die Menschenmenge. Erschrocken sah Nelly in das Gesicht ihres Panzerkommandanten. Jetzt war es vor Wut verzerrt. Sein Blick glühte. Bald würde es kein Pardon mehr geben.

Sie fasste einen Entschluss. »Lasst mich los«, sagte sie zu den Freundinnen. Dann trat sie vor den Panzer.

Schüsse aus automatischen Waffen peitschten über die Köpfe der Demonstranten hinweg. Wolf duckte sich. Plötzlich richteten die Russen ihre Maschinenpistolen mitten hinein in die Menge und feuerten. Dutzende brachen mit Schussverletzungen zusammen. Es gab Geschrei. Die Menge stob auseinander, in alle Richtungen flohen Menschen. Tote wurden weggeschleift.

Wolf rannte. Er fühlte sich, als sei er in einen Albtraum hineingeraten. Ein neuer Krieg brach los!

Ein Panzer fuhr vorüber, mit erdiger Kruste bespritzt, als käme er gerade von einer Geländeübung im Brandenburger Umland. Ein Demonstrant geriet ihm vor die Ketten, wurde zu Boden gerissen und überfahren. Knochen knackten. Er schrie wie von Sinnen, es waren tierische Laute, Wolf blieb schockiert stehen. Der Mann zuckte noch, dann ersparte ihm eine Ohnmacht die höllischen Schmerzen. Behutsam nahmen Freunde ihn auf, mühten sich, die zerquetschten Gliedmaßen zusammenzuhalten, und brachten ihn fort. Einer der Träger schüttelte den Kopf, ein anderer heulte. Demonstranten errichteten ein Holzkreuz aus Stuhlbeinen an der Stelle.

Wolf rannte weiter. Er sah, wie sowjetische Soldaten gemeinsam mit der deutschen KVP kriegsmäßig Schussstellungen in den

Parkanlagen einnahmen, Maschinengewehre aufstellten, Sandsäcke aufschichteten. Immer mehr Panzer kreuzten durch den Demonstrationszug, sie spalteten ihn auf und drängten die Menschen in die Seitenstraßen ab.

Er kehrte um. Als er an der Stelle vorüberkam, wo das Holzkreuz gestanden hatte, war es verschwunden. Polizisten hatten am Blutfleck Stellung bezogen.

Alles drehte sich in seinem Kopf, ein blinkendes Schwungrad ohne Sinn.

Aufständische wurden zu einem Armeelastwagen getrieben, eingekesselt und festgenommen. Einem zweiten Einkesselungsversuch entkam er mit Mühe. Er rannte um sein Leben. Dann blieb er abrupt stehen. Nelly. Mitten im Gewühl. Sie stand vor einem Panzer, Schönheit gegen brachiale Gewalt, und der Panzer stoppte. Ein langer Blickwechsel zwischen ihr und dem Panzerkommandanten. Nelly hasste ihn nicht, sie sah ihn an wie einen Freund. War das der Russe, der ihm vor ihrem Haus gedroht hatte? Nein, der hatte anders ausgesehen. Was die Russen an ihr fanden, verstand er, aber was hatte Nelly mit den Russen?

Um sie herum flohen die Menschen. Nur vier Männer in Zivil rannten nicht weg, sie gingen auf Nelly zu und packten sie und schleiften sie zu einem Militärjeep. Der Panzerkommandant sah ihr nach. Wolf schluckte. Staatssicherheit.

Er überwand seine Furcht und folgte den Männern. Nelly strampelte, sie wehrte sich, biss sogar einen der Männer in den Arm. Er schrie empört auf und versetzte ihr einen kräftigen Hieb mit dem Ellenbogen. Die Männer warfen sie in den Jeep, wo sie von der russischen Militärpolizei in Empfang genommen wurde. Der Jeep fuhr los. Schritttempo, wegen der Menschenmenge. Wolf zögerte kurz, dann lief er nebenher.

Vorsichtig sah er sich nach den Stasimännern um. Sie mischten sich wieder unter das Volk und blieben zurück. Als er meinte, aus ihrem Blickfeld hinausgelangt zu sein, zog er drei seiner Uhren aus der Jackentasche und hielt sie dem Offizier hin, der auf dem Beifahrersitz saß. *»Ja umoljaju«*, flehte er und deutete auf Nelly.

Der Offizier setzte eine eiskalte Miene auf. Er zog seine Pistole und richtete sie auf Wolf.

Wolf wich zurück. Sie schossen scharf heute, sicher erwartete den Offizier keinerlei gerichtliche Untersuchung, wenn er ihn hier über den Haufen schoss. Aber was war das? Der Mann blickte noch einmal auf die Uhren, machte mit der freien Hand ein Zeichen, der Daumen wies auf eine Hausecke. Gleichzeitig gab der Offizier ein russisches Kommando, und der Fahrer bog in die Seitenstraße ein.

Er begriff. Das Ganze sollte diskreter ablaufen. Er steckte die Uhren wieder ein und lief dem Wagen hinterher. Nelly hielt sich das blutüberströmte Gesicht. Sie stöhnte. Dieser Hund, ein Mädchen so zu schlagen!

Hier waren es schon weniger Leute, und als sie ein weiteres Mal abbogen, war eine ruhige Straße erreicht. In einer Toreinfahrt ließ der Offizier den Wagen anhalten. Er stieg aus und trat in die Einfahrt. Wolf folgte ihm klopfenden Herzens. Er zeigte die drei Uhren.

Der Offizier besah sie prüfend, dann schüttelte er den Kopf.

Das konnte nicht sein, das waren doch gute Modelle, warum gefielen sie ihm nicht? Die Russen liebten Uhren. Nach dem Krieg hatte man oft Rotarmisten auf der Straße mit zwei Armbanduhren gesehen, an jedem Handgelenk eine, Damen- oder Herrenuhren, es war ihnen gleich. Uhren galten ihnen als Siegestrophäe. Er hatte sich zuerst darüber gewundert, dann hatte er erfahren, dass man in der UdSSR eine Uhr als Belobigung für große Erfolge erhielt. Die besten waren die »Komandirskie«, die Kommandeursuhren. Und als besondere Auszeichnung galt eine Schweizer Uhr. Stalin hatte, so erzählte man sich, in der Schweiz zwei komplette Uhrenfabriken aufgekauft und sie in Leningrad wieder aufbauen lassen.

Das berühmte Foto, auf dem Soldaten die sowjetische Staatsfahne auf dem Reichstag hissten, musste retuschiert werden: Einer der Soldaten hatte mehrere erbeutete Uhren am Handgelenk.

Der Offizier trug Orden und Ehrenzeichen in einer solchen Menge und in so vielen Varianten an seiner Uniformbrust, dass es Wolf nicht wunderte, wenn bei diesem Übermaß an Blech nur Uhren als wirklich wertvolle Geschenke galten.

Er zog die Glashütte hervor und erklärte: »Je teurer die Uhren, desto besser die Hemmung. Stahl auf Stahl erzeugt große Reibung, teure Uhren haben Rubine als Lager und Paletten, das vermindert die Reibung und den Verschleiß. Das hier ist eine Herrenarmbanduhr mit Chronograf, vor dem Krieg produziert und ein Spitzenmodell von Glashütte, fünfzehnliniges Chronografenwerk mit Dreißig-Minuten-Zähler, Möglichkeit von Additionsstoppungen und mit einundzwanzig Steinen, also Rubinen im Uhrwerk, mit Stoßsicherung, monometallischer Schraubenunruh, autokompensierender Breguet-Spirale, Kaliber neunundfünfzig.« Wolf zeigte auf sich: »Ich bin Uhrmacher. Das ist meine beste Uhr im Geschäft.«

Das Gesicht des Offiziers leuchtete. Hatte er etwas von seinem, wie ihm jetzt bewusst wurde, viel zu hochtrabenden Wortschwall verstanden? »Gutt. Gutt.« Er legte die Uhr gleich an. Dann gab er seinen Leuten einen Wink. Die Arme, die Nelly fest im Griff hatten, lösten sich von ihr.

Als der Jeep fortfuhr, hielt Wolf stumm Nelly in den Armen. Sie schluchzte.

29

HALLE/SAALE, 17. JUNI 1953

Zitternd saß Lotte im Bett, die drei Kinder um sich, alle gemeinsam von der Bettdecke umschlungen. Ein Lautsprecherwagen bog in die Straße ein. Laut hallten die Worte von den Hauswänden wider:

Über die Stadt Halle ist der Ausnahmezustand verhängt. Demonstrationen, Versammlungen und Zusammenrottungen jeder Art sind verboten. Jeder Aufenthalt auf den Straßen ist von einundzwanzig Uhr bis vier Uhr verboten. Im Fall von Widerstand wird von der Waffe Gebrauch gemacht.

Wenn sie die Kinder nur behalten konnte! Von fern hörte man das Rasseln der Panzerketten. Einzelne Schüsse fielen, dann wieder eine Salve aus einer Maschinenpistole.

In der Fabrik brauchte sie nicht mehr aufzutauchen. Irgendein Verräter war sicher in der Meute gewesen, ein Spitzel der Staatssicherheit, oder jemand gab ihren Namen preis, um seine eigene Haut zu retten.

Und eine andere Arbeitsstelle? Die würde man ihr doch ebenfalls verhageln, wenn erst bekannt wurde, warum sie nicht länger in der Waggonfabrik arbeiten konnte. Wie sollte sie die Kinder versorgen?

Sie schlang die Arme enger um ihre Jungen.

Heimeran war dort gewesen, im Gefängnis. Sie hatte das Entsetzen in seinem Gesicht gesehen, als er sie erblickte. Selbst wenn er ihr die Beteiligung am Aufstand verzieh – seine Vorgesetzten würden ihm die Hölle heiß machen, sollte er sie weiterhin treffen.

Irgendwie überleben wir, dachte sie. Im ersten Jahr nach dem Krieg haben wir in einem zerbombten Haus gewohnt, da hat es ins Zimmer geschneit! Auch das haben wir geschafft. Da war Stefan nicht mal zwei Jahre alt gewesen. Jetzt sind die Jungs schon größer, wir stehen das gemeinsam durch.

Wieder Schüsse draußen. Stefan fragte: »Was machen wir, wenn ein Mann mit einem Maschinengewehr in die Wohnung kommt?«

»Das wird nicht passieren.«

»Und wenn doch?«

»Dann rufen wir die Polizei.« Als würde die Polizei ihr, einer Aufständischen, helfen.

»Aber die Polizei ist doch nicht rechtzeitig da«, beharrte er. »Vorher hat der uns alle erschossen!« Er sprang auf. Die anderen folgten ihm, selbst Valentin. Mit wütender Begeisterung sammelten sie Brotmesser, den Feuerhaken, einen harten Briefbeschwerer. Valentin schleppte einen Eimer heran.

»Was willst du mit dem Eimer?«, stellte Stefan ihn zur Rede.

Valentin war den Tränen nahe. Er machte ein trotziges Gesicht. Schließlich sagte er: »Den tun wir ihm über den Kopf. Dann sieht er nichts!«

»Das ist 'ne gute Idee«, versuchte Thomas, den Kleinen zu trösten.

Alle drei Jungs trugen ihre kurzen Hosen mit Hosenträgern, die Kniestrümpfe hochgezogen, nur bei Valentin waren sie runtergerutscht, weil sie zu groß waren. Sie sollten aufbruchsbereit sein, falls das Haus Feuer fing.

Lotte rief sie wieder ins Bett. »Soll ich euch von den Prinzessinnen erzählen? Vorher müsst ihr aber die Messer und den Schürhaken und den Briefbeschwerer und den Eimer wegräumen.«

Ohne Murren gehorchten sie und saßen bald wieder an sie geschmiegt im Bett. Sie liebten die Geschichte von den Prinzessinnen: wunderschönen Mädchen in einem fernen Land, die auf sie warteten. Lotte wusste, dass zumindest Stefan längst begriffen hatte, dass es sich um ein Märchen handelte. Aber sie las in seinen Augen den sehnsüchtigen Wunsch, es würde die Mädchen wirklich geben.

Sie redete ihnen sanft zu, streichelte dem Kleinen die weichen Haare am Hinterkopf, sang ihnen Lieder vor, bis es draußen dunkelte und ruhiger wurde und die Kinder in ihren Armen eingeschlafen waren. Die Ruhe über der Stadt war kein Frieden. Sie war die Lautlosigkeit des Scheiterns.

Lotte konnte nicht schlafen. Sie lauschte auf die Atemzüge ihrer Kinder. Marc und Katharina mussten ihnen helfen. Vielleicht konnte ihr Marc über seine Kontakte an der Universität eine Stelle besorgen. Oder sie halfen ihnen wenigstens mit Nahrungsmitteln, in den ersten Wochen aus.

Sie sah auf den Wecker auf dem Nachttisch. Eine halbe Stunde nach Mitternacht. Erwins Wecker. Zu seinem schrillen Klingeln waren sie jeden Morgen gemeinsam aufgestanden, Erwin war in die Zuckerfabrik gegangen, sie hatte Stefan schulfertig gemacht und Thomas und Valentin in den Kindergarten gebracht.

Die Haustür klappte. Um die Uhrzeit kam noch jemand nach Hause? Es war schließlich Sperrstunde! Wie war der an den Polizisten vorbeigekommen? Laute Schritte auf der Treppe. Das war nicht einer, das waren mindestens fünf Männer.

Ihr Herz schlug schneller. Angst kroch ihr in die Kehle.

Die Schritte verharrten. Das war ihre Etage. Donnernde Fäuste an der Tür. Lotte zuckte zusammen. Die Kinder wachten auf. »Was war das?«, fragte Thomas.

»Bleibt im Bett«, sagte sie.

Wieder das donnernde Pochen.

Sie stand auf, ging in den Flur und machte Licht. »Bleibt im Bett«, sagte sie noch einmal und schloss die Schlafzimmertür. Dann machte sie die Wohnungstür auf.

Strenge Männergesichter. »Lotte König?«

»Das bin ich«, brachte sie mit Mühe heraus.

»Sie sind festgenommen.«

»Ich … Ich habe Kinder. Es ist sonst niemand hier.«

»Wir bringen sie in ein Heim.«

»Aber … die Kleinen können doch nicht …«

»Das hätten sie sich früher überlegen müssen.«

Die Schlafzimmertür ging auf. Stefan stand da, in seinem Gesicht das Grauen einer zerstörten Kindheit. Er hatte eine Heidenangst. Sie sah seine Hände, die sich an die Enden der kurzen Hose klammerten wie bei einem Fünfjährigen. Die Augen waren weit aufgerissen. »Mama?«

»Ich muss mit den Männern gehen. Stefan, sie bringen dich und Thomas und Valentin in ein Haus, wo ihr weiterschlafen könnt.«

»Nein!« Seine Augen füllten sich mit Tränen. »Wir wollen mit dir mitkommen.«

Jetzt erschienen auch Thomas und der Kleine. Valentin rannte zu ihr. Sie nahm ihn auf den Arm. »Ihr müsst jetzt tapfer sein«, sagte sie. Dabei rannen ihr selbst die Tränen über die Wangen.

»Mami«, winselte der Kleine, »du kannst nicht weggehen.«

Grob wurde er ihr aus den Armen gerissen. Inzwischen schrien sie alle drei. Es schnitt ihr tief ins Herz. Männer packten sie und stießen sie zur Treppe. Das verzweifelte Rufen ihrer Kinder hallte durch das Haus.

»Bitte, die Kinder«, schluchzte sie, als sie an der Tür der Nachbarin vorüberkamen. Die Frau nickte stumm.

»Die kommen ins Heim«, sagte der Mann, der sie voran zerrte, kalt. »Sie brauchen hier keine Absprachen zu treffen.«

Katharina stand im Wohnungsflur. Es war Nacht. Sie hatte niemandem Bescheid gegeben. Niemand außer ihr und dem Arzt wusste von Marcs Tod. Seine Eltern, die musste sie benachrichtigen, aber sie tat es nicht, für die Eltern lebte Marc noch, und damit auch ein wenig für sie.

Sie konnte nicht schlafen gehen, weil Marc nicht sagte: »Ich geh ins Bett.« Das hatte er jeden Abend gesagt. Oft hatte sie sich darüber geärgert. Sie hatte eigentlich noch lesen oder Radio hören wollen, aber sie hatte gewusst, dass er dann auf sie wartete, und zu lesen oder Radio zu hören, während er wartete, vergällte ihr die Freude daran. Manchmal hatte sie es trotzdem getan. Sie hatte sein Warten dann regelrecht gefühlt. Er rief nicht nach ihr, aber sie hatte gewusst, er ärgerte sich. So lange zögerte sie es hinaus, bis er doch rief: »Kommst du?« Dann war sie erbost und auch ein wenig erleichtert ins Bett gestiegen und hatte ihm eine gute Nacht gewünscht.

Sie wusste ja, er brauchte nicht ihre Gegenwart zum Einschlafen, sondern er brauchte das Gewohnte. Es ging ihm nur darum, dass jeder Abend wie der vorhergehende war, eine Abweichung davon machte es ihm unmöglich einzuschlafen.

Die Wohnung war jetzt still. Als wäre niemand hier. Sie war ja niemand, im Grunde war es egal, ob sie da war oder nicht, für wen zählte das überhaupt noch? Innerlich fühlte sie sich tot, genauso gestorben wie Marc, ein bisschen da draußen vor dem Gefängnis, und richtig im Krankenhaus.

Jetzt konnte sie den hässlichen Schuhschrank wegwerfen, den er immer hatte behalten wollen. Aber plötzlich liebte sie ihn, weil er ihn geliebt hatte. Seine braunen Latschen standen da, bereit, ihm die Füße zu wärmen, während er durch die Wohnung ging. Sie kauerte sich hin, nahm einen der Latschen hoch und befühlte ihn.

Sie stand auf und ging ins Wohnzimmer. Machte Licht. Sie stellte den Sessel so, wie er es immer hatte haben wollen, darüber hatten sie sich oft gestritten, er hatte ihn gern im Licht, sodass er lesen konnte, aber sie fand, der Sessel stehe dann störend im Raum, wenigstens konnte er ihn doch nach dem Lesen wieder ordentlich an seinen Platz rücken! Jetzt schob sie ihn liebevoll ins Licht. Sie würde ihn für immer dort stehen lassen. Verzeih, Marc. Verzeih mir, dass ich es dir so schwer gemacht habe.

Wahrscheinlich hatte sie die Reibereien gebraucht, um überhaupt zu spüren, dass er da war, um ihn zum Reden zu bringen und dazu, sie wahrzunehmen. Wie es in der Wohnung aussehen sollte, da hatte sie eine ganz genaue Vorstellung gehabt, und diese Vorstellung hatte sich beinahe täglich geändert, immer wieder hatte sie etwas umgeräumt, das hatte ihm nicht gefallen, mitunter hatte sie sogar die Zimmer umgewidmet, er musste dann mit anpacken, den Schrank, das Bett, das Sofa schleppen, weil sie fand, dass es im anderen Raum kühler war und man dort besser schlafen konnte oder dass sich der andere Raum von der Größe her besser als Wohnzimmer eignete. Jetzt würde sie alles so lassen, wie es war, jetzt wollte sie nichts mehr verändern, eine Veränderung würde Marc endgültig aus ihrem Leben verscheuchen, ihn und die Erinnerung daran, wie sie mit ihm hier gesessen hatte.

Sie wusste wieder, was gut an ihm war: der Humor am Morgen, wenn sie noch völlig verschlafen war. Wie er, ohne zu murren, jedes Mal die Flaschen hochgetragen hatte. Seine zerknitterten Hosen.

Morgen könnte sie Rosenkohl kochen. Das war in den letzten Jahren nie möglich gewesen. Er hatte es nicht ausgehalten, wenn die Wohnung danach roch. Aber sie würde keinen Rosenkohl kochen. Nie wieder.

Ein weiterer Grund fiel ihr ein, warum sie sein frühes Zubettgehen nicht gemocht hatte: Sie wusste, dass er nur für die Universität schlafen ging. Er opferte ihren gemeinsamen Abend, um am nächsten Tag ausgeruht zu sein für die Uni. Zumindest hatte sie das geglaubt. Wenn er doch morgen in die Uni ginge, und sie sich wenigstens auf seine Heimkehr freuen könnte!

Sie zog die Uhr auf. Es war nicht nötig, aber die Handgriffe gaben ihr für einen Moment das Gefühl von Ordnung und Beständigkeit. Die gleichmäßig tickende Uhr teilte ihr Leben in wohldosierte Sekunden auf, eine Sekunde nach der anderen, ein Atemzug nach dem anderen, alles hatte seine Richtigkeit, alles war an seinem Platz, sie hier im Wohnzimmer, Marc im kühlen Keller des Krankenhauses.

Ein Schrei in ihrem Inneren, wie in einer großen Höhle.

Sie musste daran denken, wie sie vergangene Woche allen Mut zusammengenommen und ihn gefragt hatte: »Wollen wir kuscheln?«

Er hatte etwas barsch geantwortet: »Vielleicht morgen früh. Ich bin müde.«

Das hatte sie verletzt. Sie schämte sich sowieso, diese Frage zu stellen, und dann wies er sie ab, als habe sie eine Perversität geäußert. Sie schliefen schließlich doch miteinander, aber Marc war ihr dabei wie ein Fremder gewesen.

Am nächsten Morgen hatte er zu ihrer Verblüffung versucht, ein Gespräch über Intimes zu beginnen. Sie hatten beide keine Übung darin, es war das erste Mal in ihrer Ehe, dass sie über so etwas sprachen. Er hatte gefragt, ob es ihr gefalle, wenn er ihr Gesäß knete beim Geschlechtsakt, er wolle nichts tun, das sie abstoßend fände. Sie hatte nicht einmal gewagt, Ja zu sagen, sie hatte nur nicken können und anschließend betreten geschwiegen.

Aber seine kindliche Freude, wenn er etwas Technisches entdeckte! Eine neue Dunkelkammerleuchte. Ein neuer fotografischer Vergrößerer. Dass man die Saiten eines Eierschneiders anschlagen konnte und sie einen Akkord ergaben.

Alles war ihm lieber, als sich mit ihr, Katharina, unterhalten zu müssen.

Wie glücklich er war, dass in der Exakta Varex der Lichtschacht mit nur einem Handgriff gegen einen Prismensucher ausgetauscht werden konnte, und dank des Prismensuchers das kopfstehende und seitenverkehrte Bild seitenrichtig und aufrecht zu betrachten war!

Vielleicht hatte er sie, Katharina, gar nicht geliebt, sondern war einfach froh gewesen, dass da jemand war, der für ihn kochte und ihm die Wäsche wusch und sein Schweigen akzeptierte. Seine wahre Liebe hatte der Fotografie gegolten.

Überhaupt die Dunkelkammer. Sie hatte sämtliche Vorräte in der Küche unterbringen müssen, die sowieso schon viel zu klein war, nur damit er die Vorratskammer für seine Freizeitbeschäftigung hatte haben können. Und wehe, sie betrat die umgebaute Vorratskammer, ohne ihn zuvor um Erlaubnis zu fragen.

Sie stand auf und ging in den Flur. Lange stand sie vor der Tür zur Vorratskammer. »Dunkelkammer!«, hatte Marc sie immer korrigiert, als würde seine Fotografiererei beleidigt, wenn der Raum zum Entwickeln der Fotos keinen offiziellen fachgerechten Namen trug.

Eine unbegreifliche Scheu hielt sie davon ab, die Tür zu öffnen. Er hat mich also erfolgreich erzogen, dachte sie. Wie irrational zu fürchten, er könne mit ihr schimpfen, wenn sie jetzt die Kammer betrat. Dabei lebte er doch gar nicht mehr.

Lebte nicht mehr.

Lebte nicht.

Das schwere Gewicht drückte ihre Brust nieder. Marc lebte nicht mehr.

Sie nahm den Knauf in die Hand und öffnete die Kammer. Licht fiel aus dem Flur hinein, Licht, das er immer hatte draußen halten wollen.

Da war das Vergrößerungsgerät. *Manufoc* stand darauf. Dort die Entwicklungsdosen, Schalen, die braunen Flaschen mit Glasstöpseln, die Fotothermometer.

Ach, Marc.

Was hatte er da überhaupt fotografiert? Einen Stein. Na toll. Nächstes Foto: alte Knöpfe. Nächstes Foto: ein paar verschwommene Lichter, die sich in der Saale spiegelten. Warum fotografierte er nie Menschen? Warum hatte er sie, Katharina, nie fotografiert?

Da, ihr Nachthemd, er hatte es aufgenommen, wie es zum Lüften auf einem Bügel an der Schlafzimmertür hing. Na immerhin was von ihr.

Und hier der Schriftzug der Goethe-Lichtspiele, wo sie gemeinsam *Roman einer jungen Ehe* gesehen hatten.

Sie stutzte.

Ein Schaudern lief ihr über den Rücken. Noch einmal von vorn.

Der Stein, das war doch der große Stein an der Saale, wo sie sich das erste Mal geküsst hatten!

Und die alten Knöpfe, die lagen in ihrer Knopfkiste, da, der Knopf, den sie mit einem Stoffrestchen bezogen hatte, weil er noch von der Oma war und sonst so altbacken aussah.

Die verschwommenen Lichter, das war das Laternenfest gewesen, da hatten sie in wenigen Stunden so viel wie sonst in einem Monat zusammen gelacht. Geschmückte Boote waren über die Saale gefahren, Musik spielte, es hatte sogar eine kleine Tanzfläche auf einem der Boote gegeben, dort tanzten glückliche Paare, mitten auf dem Fluss. Schwimmende Lichterkerzen waren saaleabwärts Richtung Trotha gegondelt. Sie hatte sich bei Marc untergehakt, und er hatte ihre Hand gestreichelt.

Auf den Fotos ging es um sie! Auf jedem der verdammten Fotos! Sie wühlte durch die Fotostapel auf dem Tisch. Sie, schlafend, in den Kissen. Ein Teller Graupensuppe, weil sie ihn so schön dekoriert hatte mit Herzchen, aus dunklem Brot ausgeschnitten. Ihre Schuhe. ATA-Scheuersand, daneben ein kleines Wurzelmännchen, sie hatte ihm das Männchen im Wald geschenkt, ein Fundstück.

Ihre Hand, wie sie die Katze der Nachbarin streichelte. Ihre Zahnbürste neben seiner im Glas.

Sie schluchzte. Marc, warum hast du mir das nie gesagt. Marc!
Warum wusste ich nicht, dass du mich liebst?

Und jetzt bist du tot.

30

Heimerans Augen brannten, als hätte man ihm Essig hineingeträufelt. Er musste schlafen. Die Füße schmerzten bei jedem Schritt. Er holte sich beim Fleischer Böhlert Pferdebrühe und ein Brötchen für zwanzig Pfennig. Die Brühe war versalzen, aber er war so hungrig, dass er sie hastig verschlang und sich dabei den Mund verbrannte.

Mit vor Schmerz pochendem Gaumen überquerte er den Hallmarkt. Vor dem Volkspolizeikreisamt wachten sowjetische Soldaten. Sie ließen ihn eintreten. Ein Oberwachtmeister empfing ihn mit tadelndem Blick. »Wo wart ihr gestern?«

»Hatten beim ›Roten Ochsen‹ zu tun«, erwiderte er müde.

»Die haben uns angegriffen. Hörst du? Angegriffen! Zum Glück hatten wir das Hoftor vorsorglich mit einem Lastwagen blockiert. Wir haben die Fenster im Erdgeschoss mit Karabinerschützen besetzt und denen ordentlich Feuer gegeben, sonst hätten die sich nie zurückgezogen.«

»Heftige Nacht.«

»Die Arbeiterklasse kann solche Aufstände nicht wollen. Das kann nur eine bewusste Provokation des Westens gewesen sein. Der Klassengegner will uns schaden.«

Er sagte müde: »So viele Leute? Alle vom Westen gesteuert?«

»Jedenfalls haben wir hier den Beweis, dass die unterlegene Klasse nicht freiwillig abtritt. Wenn du mich fragst, war das ein letztes Aufbegehren der Bürgerlichen, die nicht einsehen wollen, dass jetzt die Zeit der Arbeiter und Bauern anbricht. Die haben von unserem Geld studiert, hinten und vorne haben wir sie bedient! Und zum Dank stellen sie sich offen in die Reihen der Feinde des Sozialismus! Aber wir werden ihnen das schon noch austreiben.«

»Ich suche eine Lotte König, kannst du für mich mal nachsehen, ob sie auf der Liste steht?«

Der Oberwachtmeister überflog einige Papiere, während er mit dem Finger die Zeilen hinabrutschte. Dann blieb der Finger stehen. »Die haben wir schon. Das MfS hat sie in der Nacht geholt.«

»Verstehe. Da ist ein Fehler passiert. Ich kümmere mich selbst darum.«

»Ein Fehler? Glaub ich nicht.«

Er grüßte und ging. Es war eine Viertelstunde Fußweg vom Hallmarkt zur Dr.-Richard-Sorge-Straße zur Kreisdienststelle des MfS. Halle war nicht wiederzuerkennen. Auf den Straßenkreuzungen standen Panzer, vor den wichtigen Gebäuden waren schwere Maschinengewehre in Stellung gebracht mit eingelegten Patronengurten, daneben saßen je zwei MG-Schützen. MP-Schützen kontrollierten jedes vorbeifahrende Auto. Ihn grüßten sie knapp, als er auf dem Fußweg vorüberkam. Seine Uniform zeigte, dass er auf der richtigen Seite stand.

Am »Roten Ochsen« hatten sie den Angriff abwehren können, aber in der Vollzugsanstalt II hatten die Aufrührer tatsächlich die Gefangenen befreit, mit Brecheisen hatten sie die Zellentüren aufgebrochen und zweihundertfünfundvierzig Häftlinge herausgeholt, die mussten jetzt wieder eingefangen werden. Die meisten waren in der Nacht noch geschnappt worden, doch es liefen immer noch welche frei herum.

Außerdem hatten die Aufständischen nicht bloß fünf Lastwagen und zwei Lautsprecherwagen gestohlen, sondern auch zwei BMW von SED-Funktionären. Beide Limousinen waren bislang nicht wieder aufgetaucht. Wahrscheinlich machten ein paar junge Arbeiter gerade mit ihren Freundinnen damit eine Spritztour.

Warum hatten die Demonstranten die Gefängnisse stürmen müssen? Reichte es nicht, durch die Straßen zu ziehen und Parolen zu rufen?

Wieder und wieder sah er den Mann zusammenbrechen, auf den er versehentlich geschossen hatte. Er hatte sich erkundigt, der Mann war gestorben. Als er den Nachnamen erfahren hatte, war es ihm wie Feuer durch den Leib gefahren. Er hieß König. Ein Cousin von Lotte, sie trug ihren Mädchennamen. Nie durfte sie erfahren, dass er es gewesen war, der den Schuss abgegeben hatte. Nie.

Er wies sich aus und wurde in das Gebäude eingelassen. Als er erklärte, weshalb er hier war, führte man ihn zu einem Offizier der Staatssicherheit. Das Gesicht des Mannes war schmal wie ein Beil.

»Lotte König ist Mutter«, sagte er.

»Eine richtige Mutter hätte sich so nicht verhalten.«

»Sie hat sich durch die Feindpropaganda verwirren lassen.«

»Das glaube ich nicht«, sagte der Schmalgesichtige. »Sie ist Rädelsführerin. Die war gleich von Anfang an dabei, in Ammendorf in der Waggonfabrik, von da ging's los. Die sind nach einem festen Plan zur Druckfarbenfabrik gezogen, dann zur Ifa, zur Nagema und so weiter. Entweder ist diese Frau ein kriminelles Element, oder sie ist ein gekauftes Subjekt des Klassengegners. Aber das Lachen wird ihr bei uns noch vergehen.«

»Von Offizier zu Offizier, ich bitte Sie, überdenken Sie den Fall noch einmal.«

Der Mann musterte ihn abschätzig. »Und ich rate Ihnen: Lassen Sie sämtliche Verbindungen zu dieser Frau fallen. Sie sind bei der Kasernierten Volkspolizei?«

»Hauptfeldwebel, ja. Ich habe mit meinen Männern heute Nacht den ›Roten Ochsen‹ verteidigt.«

Ein winziges Lächeln zog um die Mundwinkel des Schmalgesichtigen. »Wunderbar. Wir betreiben einen kleinen Teilbereich des Geländes. Genau dort sitzt Frau König in Untersuchungshaft. Sie haben also dazu beigetragen, dass wieder Recht und Ordnung einzieht.«

»In diesem Fall ist es nicht Recht, sondern Ungerechtigkeit.«

Das Lächeln verschwand. »Gehen Sie. Sofort. Sonst sehe ich mich genötigt, Ihre Aussagen zu protokollieren und gewisse Schlüsse zu ziehen.«

Sie maßen sich mit Blicken. Ihm war nicht danach, Unterwürfigkeit zu zeigen, im Gegenteil, am liebsten hätte er dem Kerl eine gescheuert. Vor unterdrückter Wut spannte sich ihm der Nacken an. Aber der Mann besaß die Macht. Also sagte er steif: »Wie Sie meinen, Genosse.«

Der Kerl hob arrogant die Brauen. Oberlehrerhaft sagte er: »Genosse Major, heißt das.«

Offensichtlich erwartete er, dass Heimeran den Titel wiederholte, aber das brachte er nun wirklich nicht mehr über die Lippen, auch wenn ihm der Mann vom Dienstrang her überlegen war. Es gab keinen Grund, sich von ihm maßregeln zu lassen wie ein Offiziersanwärter. »Ich weiß nicht, wo Sie heute Nacht gestanden haben. Bei mir am ›Roten Ochsen‹ gab es drei Tote, und am Nachmittag nochmal zwei Tote. Als Unterstützung eintraf, sind wir abgerückt und haben den Marktplatz geräumt und die Menschenmenge in die Nebenstraßen abgedrängt, und dabei hat eine Frau einen Lungenschuss erhalten, während wir ihrem Ehemann die Hand durchschossen haben. Dann haben wir die Nacht über sämtliche Ausfallstraßen besetzt, wir und die sowjetischen Freunde, und die Herumstreunenden aufgegriffen. Ich bin müde, wissen Sie? Und während wir hier über eine Mutter streiten, deren Kinder wahrscheinlich gerade in irgendein Heim verschleppt werden, streiken immer noch die Belegschaften von vierunddreißig Fabriken, zwei Kaufhäusern, vom Bahnpostamt und den Reichsbahnwerkstätten, und die entflohenen Häftlinge hauen in den Westen ab

oder stellen wer weiß was an, während wir über eine Reinemachfrau streiten, die im Gefängnis festgehalten werden muss, wie eine
Schwerverbrecherin.« Als er das steinerne Gesicht des Oberleutnants sah, drehte er sich nach der Tür um. »Aber wie Sie meinen.«

31

BONN, 21. JUNI 1953

Im Plenarsaal des Bundeshauses schwiegen die Abgeordneten würdevoll, wie es sich für eine Trauerveranstaltung gehörte. Vorn hielt Bundespräsident Theodor Heuss seine Ansprache. Konrad Adenauers Miene war nach außen steinern. In seinem Inneren hingegen arbeitete es.

Etwas Besseres als dieser Aufstand hätte ihm nicht passieren können. Gleichzeitig schämte er sich, den Tod dieser armen Menschen als politischen Siegeszug zu empfinden. Es war eine eigenartige Gefühlsmelange wie damals, als sie für den Tod seiner Schwester Elisabeth gebetet hatten. Der Arzt Dr. Lohmer, mit Vollbart, goldenem Zwicker und dunklem Anzug, hatte ernst von einer Gehirnhautentzündung gesprochen, er, Konrad, hatte durch die angelehnte Tür alles mitgehört. Ich weiß nicht, ob sie durchkommt, hatte er erklärt, und offen gesagt weiß ich auch gar nicht, ob man es wünschen soll, denn geistig gesund wird sie wohl kaum wieder werden. Vater hatte den Arzt noch hinaus zum Wagen gebracht, dann kam er mit totenblassem Gesicht zurück, und sie knieten sich alle nieder und beteten, Gott möge Elisabeth zu sich nehmen und ihr das grausame Schicksal ersparen. Daraufhin war Mutter aufgesprungen und laut weinend hinausgelaufen. Zwei Tage später starb Elisabeth im Alter von einem halben Jahr. Die Mutter hatte sich anschließend tagelang in ihr Zimmer eingeschlossen. Sie war nicht einmal zur Beerdigung gegangen.

Heuss sprach vom teilnehmendem Denken an Menschen, die ihren Glauben an das Recht auf Freiheit mit dem Tode bezahlt hatten. Er, Adenauer, versuchte, teilnehmend an sie zu denken, aber er konnte nicht anders, er empfand einen gewissen Triumph. War der Aufstand im Osten nicht eine Bestätigung für seine politische Linie? Jetzt hatten die Sowjets ihr wahres Gesicht gezeigt. Und auch der SPD musste nun klar werden, dass Verhandlungen mit ihnen moralisch nicht zu vertreten waren.

Natürlich hatte der Osten seine eigene Interpretation der Dinge. Heuss kam gerade darauf, und Adenauer hörte ihm wieder etwas aufmerksamer zu. Der Präsident wies darauf hin, dass er dreiunddreißig Jahre lang selbst in Berlin gelebt habe und die Berliner kenne, das Geschwätz über »Agenten« und »Provokateure« sei eine Ausrede. Nur die Primitiven der Regierungsleute in Ostberlin könnten wohl an ihre eigenen Kommuniqués glauben. Tatsache sei, dass Arbeiter gegen eine Regierung rebelliert hätten, die als Arbeiterregierung hatte gelten wollen. Es gehe hier um die Freiheit des Menschen in seinem politischen, in seinem religiös-kirchlichen Bekenntnis, dass er frei von Angst und Bedrängnis den Sinn seines Lebens selber suchen und zu erfüllen trachten könne.

Am liebsten hätte Adenauer sein Quartheft geöffnet, in das er sich immer Notizen zu den außenpolitischen Fragen machte. Aber das ging nicht, während der Trauerfeier etwas zu notieren, wäre pietätlos erschienen. Also versuchte er, im Kopf etwas vorzuarbeiten. Er würde noch heute Telegramme an Eisenhower, Churchill und den französischen Ministerpräsidenten Mayer versenden. Wobei ihm deren Antworten längst klar waren. Churchill würde ihn bitten, doch einzusehen, wie behutsam die Russen vorgegangen seien und dass kein Blutbad angerichtet worden sei, sondern alles in allem nur sieben standrechtliche Erschießungen und vierzig sonstige Todesopfer zu beklagen seien. Es sei doch selbstverständlich, dass die Sowjets nicht ruhig zusehen könnten, wie die Ostzone in Anarchie und Aufruhr versinke.

US-Präsident Eisenhower dagegen würde feststellen, Russland sei eine Hure, und auch wenn sie neue Kleider anhabe, bleibe sie dieselbe Hure, und die USA würden sie von ihrem jetzigen Strich wieder in den Hinterhof treiben.

Am Ende würden die westlichen Alliierten überhaupt nichts unternehmen. Die Sowjetunion war militärisch zu stark, einen dritten Weltkrieg wollte niemand riskieren. Und eine deutsche Wiedervereinigung mit ungewissem Ausgang war ebenfalls ein zu großes Wagnis.

Er teilte diese Meinung. Wie aber ließ sich verhindern, dass seine politischen Gegner aus der Sache Gewinn zogen? Sie konnten das Ereignis hinstellen, als habe die ostdeutsche Bevölkerung mit hohem Blutzoll deutlich gemacht, dass sie eine Wiedervereinigung herbeisehne. Dieses Blutopfer konnte man nicht ergebnislos in Vergessenheit geraten lassen.

Am besten forderte er selbst die Wiedervereinigung. So nahm er ihnen den Wind aus den Segeln. Gleichzeitig musste er den Aufruf mit Bedingungen verknüpfen, die für die Russen nicht zu erfüllen waren, sonst gingen sie noch darauf ein und brachten erneut die Westanbindung der BRD ins Wanken.

Also eine Regierungserklärung, die eine friedliche Wiedervereinigung forderte, und als Vorbedingung Presse- und Versammlungsfreiheit, Zulassung von Oppositionsparteien und demokratische Rechtsformen zum Schutz der Menschen gegen Willkür und Terror. Selbstverständlich auch die Öffnung aller Zonenübergänge und die Aufhebung des Sperrstreifens. Dann erst könnten freie Wahlen abgehalten werden, und man könne ein vereinigtes Land bilden.

Er hatte das Gefühl, mahnend von Heuss angesehen zu werden. War sein Gesichtsausdruck allzu geistesabwesend?

Heuss sagte: »Sie konnten zwar die Regierung nicht zum Abtreten veranlassen. Diese ist, wenn auch eingeschüchtert, noch

vorhanden und hat die formale Macht an die tatsächliche Macht –
die russischen Panzer – abgetreten. Aber die moralische Macht ist
ihr vollends weggezogen worden, sie ist von Hunderten oder Tausenden Stahlarbeitern, die von Henningsdorf nach Berlin zogen,
auf ihrem Weg zertrampelt worden.«

Wäre es besser gewesen, wenn er gleich nach Berlin geflogen
wäre? Aber dann hätte man ihm wiederum vorwerfen können, er
selbst würde die Aufstände anheizen oder dazu aufrufen. Es war
schon richtig gewesen, dass die Amerikaner dem Rias einen Maul-
korb auferlegten. Nachrichtensendungen und Berichte über die
Demonstrationen im Osten waren das eine, aber Interviews mit
Aufständischen, die ins Funkhaus im Westen gekommen waren,
das wäre zu weit gegangen.

Im Osten lastete man die ganze Revolution sowieso schon dem
Westen an. Heute hatte in der Sonntagsausgabe des *Neuen Deutsch-
land* ein großer Artikel über »die faschistische Brut der Adenauer,
Ollenhauer, Kaiser und Reuter« gestanden, darunter das Foto eines
»Provokateurs« aus Westberlin mit dem Kommentar: »Texashemd
mit Cowboy, Texaskrawatte mit der Abbildung nackter Frauen,
Texasfrisur, Verbrechergesicht – das sind die Ritter der ›abend-
ländischen Kultur‹, die typischen Vertreter der amerikanischen
Lebensweise.«

Morgen, beim Trauerakt für die Getöteten des Aufstands, wurden hunderttausend Berliner vor dem Schöneberger Rathaus erwartet. Er, Adenauer, würde die große Rede halten. Am besten
forderte er auch dort die Wiedervereinigung. In Gedanken formu-
lierte er: *Das ganze deutsche Volk hinter dem Eisernen Vorhang ruft
uns zu, seiner nicht zu vergessen, und wir schwören ihm in dieser feier-
lichen Stunde: Wir werden seiner nicht vergessen. Wir werden nicht
ruhen, und wir werden nicht rasten – diesen Schwur lege ich ab für das
gesamte deutsche Volk –, bis auch sie wieder Freiheit haben, bis ganz
Deutschland wieder vereinigt ist in Frieden und Freiheit.*

Natürlich war das im Augenblick utopisch. Das Gebot der Stunde war, die Füße stillzuhalten. In Panmunjon verhandelte man gerade über einen Waffenstillstand, Korea wurde voraussichtlich entlang des 38. Breitengrads aufgeteilt in einen kommunistischen Norden und einen freien Süden. Eine neue Verschärfung des Kalten Kriegs wäre jetzt deutlich kontraproduktiv.

Heuss kam zum Ende. Man konnte das am Absenken seiner Stimme hören. »Eine Welt kann wohl durch Panzer zertrümmert, aber nicht aufgebaut werden. Heute früh im Posteingang lag ein Brief an mich. Eine alte, zitternde Hand, ohne Unterschrift, zwei Fünfmarkscheine für die Hinterbliebenen der Berliner Opfer waren beigelegt. Und die nahm ich entgegen als Zeugnis eines starken Wissens um die Pflicht des Tages. Gebt dem deutschen Menschen das eingeborene Recht zu seiner staatlichen Selbstgestaltung!«

Als er zum Schluss noch freie Wahlen für das deutsche Volk gefordert und die Verpflichtung durch das Grundgesetz betont hatte, applaudierten die Abgeordneten und Regierungsangehörigen, und auch er, Adenauer, spendete pflichtschuldigen Applaus, während er sich bemühte, die Formulierungen für die geplante Regierungserklärung nicht zu vergessen.

32

BERLIN, 21. JUNI 1953

Henner Uhlitz bemerkte, wie seine Frau, während sie die Kaffee-
tassen in die Kommode räumte, immer wieder mit einer Mischung
aus Verwunderung und Besorgnis zu ihm herüberschaute. Das
war nur verständlich. Seit Stunden las er die Zeitungen durch. Was
über das Geschehen in Berlin geschrieben wurde, hatte er schon
gestern ausführlich gelesen, ein Genosse hatte ihm heute früh
nun auch die Zeitungen aus Halle gebracht, wo es ebenfalls
zum Aufruhr gekommen war, und sie ihm mit verschwörerischer
Miene kommentarlos in die Hand gedrückt. Ich muss aufpassen,
hatte Henner da gedacht, man sieht mir meine Zweifel offenbar
schon an.

FREIHEIT
Mitteldeutsche Tageszeitung
Organ der Sozialistischen Einheitspartei Deutschlands/
Bezirk Halle (Land Sachsen-Anhalt)
Preis: 0,15 DM   Donnerstag, 18. Juni 1953

Erklärung der Regierung der Deutschen Demokratischen Republik

Maßnahmen der Regierung der Deutschen Demokratischen Republik
zur Verbesserung der Lage der Bevölkerung sind von faschistischen
und anderen reaktionären Elementen aus Westberlin mit Provokationen und schweren Störungen der Ordnung im demokratischen Sektor

von Berlin beantwortet wurden. Diese Provokationen sollen die Herstellung der Einheit Deutschlands erschweren.

Der Anlass für die Arbeitsniederlegung der Bauarbeiter in Berlin ist durch den gestrigen Beschluss in der Normenfrage fortgefallen.

Die Unruhen, zu denen es danach gekommen ist, sind das Werk von Provokateuren und faschistischen Agenten ausländischer Mächte und ihrer Helfershelfer aus deutschen kapitalistischen Monopolen. Diese Kräfte sind mit der demokratischen Macht in der Deutschen Demokratischen Republik, die die Verbesserung der Lage der Bevölkerung organisiert, unzufrieden. Die Regierung fordert die Bevölkerung auf:

1. Die Maßnahmen zur sofortigen Wiederherstellung der Ordnung in der Stadt zu unterstützen und die Bedingungen für eine normale und ruhige Arbeit in den Betrieben zu schaffen.

2. Die Schuldigen an den Unruhen werden zur Verantwortung gezogen und streng bestraft. Die Arbeiter und alle ehrlichen Bürger werden aufgefordert, die Provokateure zu ergreifen und den Staatsorganen zu übergeben.

3. Es ist notwendig, dass die Arbeiter und die technische Intelligenz in Zusammenarbeit mit den Machtorganen selbst die notwendigen Maßnahmen zur Wiederherstellung des normalen Arbeitsverlaufes ergreifen.

Die Regierung der Deutschen Demokratischen Republik, Otto Grotewohl, Ministerpräsident

Provokateure am Werk

In Halle und einigen anderen Städten unseres Bezirks ist es im Laufe des gestrigen Tages zu Unruhen gekommen.

Worin liegen die Ursachen? Die Feinde unserer Werktätigen in Westdeutschland haben verstanden, was es für sie bedeutet, dass unser Zentralkomitee und unsere Regierung die falschen Maßnahmen der letzten Zeit rückgängig gemacht haben, um die Lebenslage der Bevölkerung zu verbessern und die Rechtssicherheit zu stärken. Sie wissen, dass ihnen damit ihre Felle wegschwimmen werden. Deshalb versuchen sie alles, um das normale Leben zu beeinträchtigen, um zu zerstören, was uns allen gehört. Sie bieten alles auf, um Gewalttaten zu provozieren.

In Dessau wurde ein Agent des »Kampfbundes gegen Unmenschlichkeit« aufgegriffen, der mit Westgeld reichlich versehen war. In Halle und zahlreichen anderen Orten ist einwandfrei festgestellt worden, dass höhere Offiziere der ehemaligen faschistischen Wehrmacht an der Spitze der randalierenden Horden standen. In der Bezirkshauptstadt haben die Banditen einen Volkspolizisten ermordet.

Die Bevölkerung wird keinesfalls dulden, dass solche verbrecherischen Elemente weiter ihr Unwesen treiben. Nachdem von den Werktätigen die erste Überraschung gewichen ist, werden sie gemeinsam mit den Organen der Staatsmacht, die jetzt unnachsichtig gegen alle Ruhestörer vorgehen werden, für Ordnung sorgen. In Berlin ist die freche Provokation bereits vollständig zusammengebrochen. Sorgen wir jetzt für Ordnung in der Republik.

An alle ergeht der dringende Ruf: Lasst euch nicht wegen irgendwelcher Verärgerungen zu Unbesonnenheit hinreißen. Bewahrt ruhig Blut! Geht eurer normalen Arbeit nach! Schlagt den Provokateuren auf die Finger, dass ihnen Hören und Sehen vergeht!

Henner stöhnte laut auf und murmelte: »Die machen sich's sehr, sehr einfach.« Seine Frau sah erneut zu ihm herüber, und er war sich ganz sicher, dass sie nicht ahnte, wie er diesen Ausruf gemeint hatte. Für einen Moment überlegte er, morgen sein Parteiabzeichen abzugeben und aus der SED auszutreten. Und dann? Sie ständen vor dem Nichts, Friederun würde über die unweigerlich folgenden Zurücksetzungen und materiellen Verluste in Verzweiflung ausbrechen, und selbst Wolf würde die Folgen zu spüren bekommen und seinen Laden schließen müssen. Dabei war eigentlich das einzig Gute an diesem Aufstand, dass er dadurch seinem Sohn wieder nähergekommen war. Wenn er bedachte, dass seine Genossen Wolf einfach weggesperrt hatten, und ihm, dem Kreisleiter erst davon berichtet hatten, als er endlich wieder freikam. Hatten die nie Unsinn gebaut, wenn sie verliebt waren? Erst hatte er seinen Sohn zusammenstauchen wollen, als er erfuhr, was er da ausgefressen hatte. Die Wut über die drakonische Strafe hatte ihn daran gehindert. Jetzt war er froh darüber. Er spürte neuen Respekt vor ihm, und er war überrascht gewesen, wie sehr der Junge ihm beigestanden hatte. Ja, da war fast so etwas wie ein wortloses Einverständnis gewesen, als sie in dem Wagen saßen und nicht wussten, wie sie sich angesichts der wutschnaubenden Meute draußen verhalten sollten.

Er griff zur nächsten Zeitung, der jüngsten Ausgabe, und las.

FREIHEIT
Mitteldeutsche Tageszeitung
Organ der Sozialistischen Einheitspartei Deutschlands / Bezirk Halle (Land Sachsen-Anhalt)
Preis: 0,15 DM   Sonnabend, 20. Juni 1953

Das energische Vorgehen der Sowjettruppen, der Staatsorgane und der friedliebenden Bürger hat den Frieden in Deutschland gerettet

Werktätige des Bezirks Halle zu der Kriegsprovokation »Tag X«: »Mir sind die Augen geöffnet worden« ... »Wir lassen uns unsere Errungenschaften nicht nehmen« ... »Die Provokateure streng bestrafen!« ... »Wir stehen fest hinter Partei und Regierung« ... »Wir erklären, dass wir mit den faschistischen Provokationen nichts gemein haben, und wir verurteilen deshalb ganz entschieden alle Putschversuche. Weil wir erkannt haben, dass die Agenten Adenauers und ausländischer Mächte unseren friedlichen Aufbau zerstören wollen, stehen wir fest hinter der Partei der Arbeiterklasse und unserer Regierung« ... »Wir müssen in Zukunft wachsamer sein.«

SS-Kommandeuse und kriminelle Elemente im »Führungsstab« Der Provokateure

Die randalierenden Banditen, die im Auftrag ihrer monopolkapitalistischen Drahtzieher am Mittwoch die Straßen unserer Bezirksstadt unsicher machten, handelten nach einem teuflischen Plan. Sie wussten genau, dass sie für ihr verbrecherisches Vorhaben niemals unsere Werktätigen gewinnen würden. Darum waren sie gleich zu Beginn ihrer Provokation fieberhaft bemüht, solche Helfer zu finden, die zu jeder Untat bereit sind. Die erste Handlung dieser vom Westen gekauften Provokateure war deshalb auch die Erstürmung des Gefängnisses in der Kl. Steinstraße. Hier fanden sie solche üblen Subjekte wie die 42-jährige Erna Dorn, die als ehemalige SS-Kommandeuse des berüchtigten Frauenkonzentrationslagers Ravensbrück über genügend »Fachkenntnisse« verfügte.

Die SS-Kommandeuse Dorn war von unseren demokratischen Staatsorganen wegen ihrer bestialischen Verbrechen zu 15 Jahren Zuchthaus verurteilt worden. Sie hatte sich u. a. an Erschießungen weiblicher Häftlinge beteiligt und die wegen ihres antifaschistischen Kampfes eingekerkerten Frauen bei geringster Gelegenheit grausam mit der Reitpeitsche misshandelt. Gleich nach ihrer gewaltsamen »Befreiung« aus der Haft wurde die SS-Bestie Dorn in den »Führungsstab« der Provokateure aufgenommen.

Sie war eine von denen, die auf dem Hallmarkt mit den Parolen des amerikanischen RIAS die hallesche Bevölkerung aufzuputschen versuchten.

Bei ihrer Festnahme wurde ein Brief gefunden, der an ihren Vater gerichtet war und ein bezeichnendes Licht auf die Provokateure und ihre Hintermänner wirft. In dem Brief heißt es: »Es ist so weit, wir ziehen die alte geliebte SS-Uniform wieder an.«

Als Komplizen der SS-Kommandeuse wurden von dem Banditengesindel ebenfalls gewaltsam aus dem Gefängnis geholt: die 29-jährige Margarete Schulze, die wegen der bestialischen Ermordung ihrer kleinen Kinder zu lebenslänglichem Zuchthaus verurteilt wurde; die 24-jährige Erika Schipanski, die eine ganze Anzahl krimineller Verbrechen auf dem Gewissen hat und eine üble Verbreiterin von Geschlechtskrankheiten war, sowie die ihrem gerechten Urteil entgegensehende Kindermörderin Weise.

Welcher ehrliche Bürger unserer Stadt liest nicht mit Schaudern diese Namen von Verbrechern, die zum Abschaum der Menschheit gehören und von den westlich inspirierten Terroristen wieder auf die friedliebende Menschheit losgelassen wurden?

Die Feinde unserer Republik brauchen zur Verwirklichung ihrer finsteren Pläne solche Subjekte, weil sie genau wissen, dass diese faschistischen Bestien, Mörder und anderen kriminellen Verbrecher zu jeder Gemeinheit bereit sind.

Mit Abscheu wird sich heute jeder Werktätige unserer Deutschen Demokratischen Republik, der sich unüberlegt zu nicht zu verantwortenden Handlungen hinreißen ließ, von diesen verbrecherischen Elementen distanzieren und froh darüber sein, dass es unseren Machtorganen gelang, diesen Abschaum der Menschheit wieder dingfest zu machen. Beschämt und nachdenklich geworden, stehen sie heute vor unseren klassenbewussten Arbeitern, die unbeirrbar und voll Vertrauen in diesen ereignisvollen Tagen zu unserer Arbeiterregierung standen und dadurch entscheidenden Anteil an dem Siege über die Feinde unserer Deutschen Demokratischen Republik hatten.

Der Tag X, was für eine schöne Bezeichnung, um sich jede inhaltliche Auseinandersetzung zu ersparen, dachte Henner. Nein, das war nicht mehr seine Partei. Aber er taugte nicht zum Helden. Er würde weiter mitmachen. Niemals, das schwor er sich, würde er jemanden anschwärzen, zumindest das war er sich schuldig. Er spürte, wie sich eine tiefe Niedergeschlagenheit in ihm ausbreitete.

Plötzlich war Friederun an seiner Seite. Hatte er etwa laut vor sich hin gesprochen? Sie nahm sein Gesicht in ihre Hände und sagte: »Hauptsache, wir halten zusammen.«

Nelly beobachtete gespannt, wie der Pfarrer zur Kanzel ging. Was würde er zu den Aufständen sagen? Er konnte das nicht übergehen. Er konnte nicht über eine Begebenheit aus der Bibel predigen, die sich vor zweitausend Jahren zugetragen hatte, und unkommentiert lassen, was bei ihnen diese Woche geschehen war.

Sie sangen einen Choral: »Wach auf, wach auf, du deutsches Land«. O ja. Das war mutig. Der Text war von 1561, aber natürlich dachten alle beim Singen an die gegenwärtige Lage. Nelly sang besonders laut mit. »Die Wahrheit wird jetzt unterdrückt, die Lüge wird gar fein geschmückt, die Wahrheit höhnisch auch verlacht …«

Und dann die Predigt. Der Pfarrer hatte offensichtlich Angst, mit eingezogenen Schultern sagt er: »Mitglieder der Jungen Gemeinde dürfen wieder zur Schule gehen, andere ihr Studium fortsetzen. An ihrer großen Freude nehmen wir Anteil und freuen uns mit ihnen.« Er sandte einen flatternden Blick in die Zuhörerschaft, der so gar nicht nach Freude aussah, und widmete sich dann einer Exegese der Stillung des Sturms aus Matthäus 14,22–33.

Bitterer Zorn stieg in ihr auf. Das konnte es doch nicht gewesen sein! Sie hörte noch zehn Minuten zu, dann stand sie auf und verließ unter den fragenden Blicken der anderen die Kirche. Der Pfarrer würde genau wissen, weshalb sie ging.

Wenn Glaube für ihn bedeutete, dass man sich in sein kleines, stilles Alltagsleben zurückzog und alle Hoffnungen auf das spätere Leben im Himmel richtete, dann wollte sie mit ihm nichts mehr zu tun haben.

Sie betete wütend: »Welchen Sinn hat der Glaube an dich, Gott, wenn er nichts mit dem Leben zu tun hat? Mit unserem Leben!« Andreas war heute gar nicht erst zum Gottesdienst gekommen. Vielleicht saß er auch in Haft. War der Pfarrer nicht gerade dann verpflichtet, etwas zur Ungerechtigkeit zu sagen und die Freilassung von Andreas zu verlangen?

Jesus war anders gewesen. Er hatte um der Liebe willen sämtliche roten Linien der damaligen Gesellschaft übertreten. Er hatte sich mit einer Samariterin unterhalten, allein am Brunnen, obwohl sich das damals nicht schickte, mit Frauen in der Öffentlichkeit zu sprechen, und schon gar nicht mit solchen, die dem falschen Glauben anhingen und zudem moralisch verwerflich lebten wie diese, die ihren fünften Mann hatte. Er hatte sich mit Zöllnern angefreundet, die damals jeder verabscheute. Hatte Beerdigungsfeiern platzen lassen. Die Elite des Landes wegen ihrer Heuchelei beschimpft. Einem Hauptmann der verhassten römischen Besatzungsmacht hatte er größeren Glauben bescheinigt als seinen eigenen, jüdischen Jüngern.

Sie stutzte. Hieß das, sie sollte mit den Russen reden? Aber sie hatte es ja versucht. Die Stasi hatte den Versuch vereitelt.

Jedenfalls war es ein Unding, dass Andreas in der Jungen Gemeinde von den Geschwistern Scholl und Mahatma Gandhi redete, und wenn dann mal wirklich etwas passierte, tat der Pfarrer, als sei nichts gewesen. Aber die Menschen waren nicht mehr dieselben wie vor den Demonstrationen. Sie hatten etwas erlebt, einen Zusammenhalt, ein gemeinsames Anrennen gegen die kraftlosen politischen Phrasen. Klar, sie waren gescheitert und waren jetzt enttäuscht und verzweifelt. Manche stürzten sich in die Arbeit, als könnte das den Schmerz über das Scheitern betäuben, sie sagten: »Was hilft's. Die Arbeit muss ja doch getan werden.« Andere waren beschämt. Ihr Stiefvater Lutz zum Beispiel. Wie stolz war er gewesen über seinen Aufstieg zum Leiter der Reparaturbrigade bei der Eisenbahn, manchmal hatte er schon wie einer dieser Parteioberen gesalbadert, aber seit dem Aufruhr wich er Nellys Blick aus und verstummte förmlich. Noch verdruckster und verunsicherter verhielt sich seither ihre Mutter, obwohl Nelly ihr kein Sterbenswörtchen von ihrem Treiben am Brandenburger Tor erzählt hatte.

Nelly sah aus dem Augenwinkel ein dunkles Auto, das langsam auf der Straße neben ihr herfuhr. Sie erschrak. Das war doch sicher die Staatssicherheit. Was wollten die von ihr? Sie wieder einfangen?

Ihr Herz flatterte in ihrer Brust wie ein kleiner, ängstlicher Vogel. Zwar hatte Wolf sie aus den Händen der Russen befreit, aber der Demonstrationszug war immer wieder fotografiert worden – vielleicht hatte die Staatssicherheit sie auf einem der Fotos unter den vielen Tausenden Demonstranten erkannt und war jetzt hier, um sie abzuholen.

Was, wenn das Folgen für ihren Vater in Russland hatte? Wenn man ihn deshalb verhörte oder schlug?

Das Auto hielt. Ihre Nerven waren zum Zerreißen angespannt. Sprangen gleich die Türen auf, würde man sie festnehmen?

Sicher hatten auch in der Kirche Mitarbeiter der Staatssicherheit gesessen. Wenn der Pfarrer bei ihnen in der Jungen Gemeinde gewesen war, hatte er immer mutig seine Gedanken geäußert. Aber heute, wo in Berlin der Ausnahmezustand galt und Aufrührer nach einem kurzen Standgericht erschossen wurden, hatte er sich gut überlegen müssen, was er sagte.

»Bitte, Gott, verzeih mir mein hartes Urteil über unseren Pfarrer. Und bring mich heil nach Hause.«

Sie bog ab, machte hastige Schritte, verfiel in einen Laufschritt, rannte, rannte nach Hause.

33

HALLE/SAALE, 24. JUNI 1953

Auf dem Küchentisch lagen Marcs Fotos. Zärtlich legte sie die Fingerspitzen darauf. Diese Bilder hatte Marc ihr hinterlassen wie eine Botschaft. Als hätte er gewusst, dass er sterben würde. »Marc, Liebster«, sagte sie und erschrak vor dem Klang ihrer Stimme in der leeren Wohnung.

Warum hatte sie all die Jahre mit Marc verpasst? Warum hatte sie die Zeit mit ihm nicht genießen können? Sie hatte immer nur darauf gewartet, dass es besser wurde, dass er mehr mit ihr sprach, sich öffnete, dass sie näher zueinanderfanden. Dabei war ihr entgangen, was an kleinen Gesten bereits da gewesen war.

Begonnen hatte es gleich nach dem Krieg. Er war neunzehn gewesen, sie siebzehn. Ein tiefer Friede war über das Land gefallen. Die Straßen waren voller Schlaglöcher und lagen still da, die repräsentativen Hotels am Riebeckplatz, dem heutigen Ernst-Thälmann-Platz, waren zerstört, auch am Hallmarkt gab es Ruinen, das Leben ruhte, man sah kaum Männer in den Straßen. Die Fabriken blieben dunkel, die Maschinen in ihren Bäuchen schwiegen.

Und da war dieser langhaarige Kerl, der Jazzmusik hörte. Schon die Nazis hatten es nicht geschafft, ihn zu vereinnahmen, obwohl sie es versuchten über das Elternhaus, die Schule, Gruppendruck. Er hatte während des Krieges Jazz gehört, vielleicht aus Protest, vielleicht, weil ihm die Musik wirklich gefiel, das hatte er ihr nie erklärt, und lange Haare hatte er getragen, was ihm häufig Prügel einbrachte, bis ihn eine Gruppe kräftiger HJ-Burschen schließlich festhielt und ihm die Haare gewaltsam herunterschnitt.

Lange Haare seien weibisch, unmilitärisch und eines Deutschen unwürdig, sagten sie. Er sprach nicht gern von dieser Begebenheit, aber sie stellte sich vor, wie er heulte und tobte, während sie ihn festhielten, und wie er anschließend monatelang warten musste, bis ihm die verschnittenen Haare wieder einigermaßen nachgewachsen waren.

Nach dem Krieg hatte er erstaunt festgestellt, dass die Anhänger der Jazzmusik in Amerika gar keine langen Haare trugen, sondern kurze.

Sie hingegen war im Umgang mit den HJ-Leuten immer nachgiebig gewesen. Sie war nicht einverstanden, aber hatte sich davon nichts anmerken lassen. Sie hatte in den Ferien sogar am Straßenrand gestanden und Naziabzeichen und Kornblumen verkauft.

Zum ersten Mal sah sie Marc, als er auf einem Trümmerstück am Straßenrand saß und Gedichte las, irgendwas durch den Krieg Hindurchgerettetes, von Heinrich Heine. Sie war erst an ihm vorbeigegangen, hatte dann aber nicht den Gedanken ertragen können, dass sie ihn vielleicht nie wiedersah, und war zurückgekehrt, um ihn mit vor Angst weichen Knien anzusprechen.

Was er da lese?

Er hatte ihr stumm das Buch gereicht.

Ob sie sich das Buch einmal von ihm ausleihen dürfe?

Sie durfte.

Von da an hörten sie manchmal zusammen Musik. Wie schlimm war es für ihn, als die Russen anordneten, alle Radios müssten abgegeben werden! Es hatte eine lange Schlange an der Unversität gegeben, auch die Schreibmaschinen wurden auf Pferdewagen und Lastwagen geladen und fortgebracht. Sein geliebtes Radio, seine Freiheit, sein Ohr nach draußen.

Auch noch Jahre später war das Radiohören für ihn wie ein Entspannungsbad gewesen. Jetzt rauschte es immer bei politischen Sendungen des Westens, sie wurden bewusst gestört von der DDR, und leider erwischte das oft auch die Jazzsendungen. Marc ließ sich davon nicht einschüchtern. Was er liebte, liebte er. Sie dachte voller Sehnsucht: Und wen er liebte, liebte er.

Heute war seine Beerdigung.

Der Dekan der Universität war höchstpersönlich zu ihr gekommen und hatte ihr gedroht. Sie solle ihn die Beerdigung organisieren lassen, er würde den Sachverhalt richtig darstellen. Wenn sie sich nicht füge, könne man das auch ganz anders einordnen, dann würden ihr und Marcs Eltern aber die Folgen nicht erspart bleiben.

Und wieder war sie nachgiebig gewesen, sie hasste sich dafür, es erschien ihr, als habe sie Marcs Andenken geschändet.

Sie stand auf. Nahm den Wassertopf und hängte den Tauchsieder hinein. Beim Öffnen der Teedose überfiel sie ein stechender Schmerz. Pfefferminzduft. Das war immer Marcs Tee gewesen, Pfefferminz.

Es läutete.

Wenn das wieder der Dekan war, würde sie ihm sagen, sie habe es sich anders überlegt mit der Beerdigung, es sei ihr wichtig, dass sie in Marcs Sinn stattfinde. Sie ging zur Tür und öffnete.

Herr Krüger stand da, ein Stück Papier in den groben Händen. War das ein Telegramm? Und warum leuchteten seine Augen so?

Sie hatte Krüger immer im Verdacht gehabt, dass er Marc bespitzelte. Krüger führte das Hausbuch, jeder Besuch musste ihm gemeldet werden. Und bei jeder Begegnung, ob auf der Straße oder im Treppenhaus, hatte er sich so eigenartig bei ihr nach Marcs Vorankommen in der Universität und seinem Wohlergehen erkundigt. Er war ihr von Anfang an unsympathisch gewesen.

»Wir sind hier eine Hausgemeinschaft, Frau König«, sagte er. »Wir trauern alle mit Ihnen.« Nun hob er triumphierend das Stück Papier in die Höhe. »Sie werden nicht glauben, wer Ihnen geschrieben hat.«

»Wer?«

»Ich habe das Telegramm angenommen, weil Sie nicht zu Hause waren. Hier, lesen Sie, bitte.« Er überreichte es ihr.

Das Telegramm war am Tag zuvor um 23:05 Uhr in Berlin aufgegeben worden. Wie war das möglich? Da hatten die Postämter doch längst geschlossen! Jetzt las sie den Namen des Absenders: Erich Honecker.

Krüger strahlte sie an. Sie musste doch stolz sein, dass Erich Honecker ihr geschrieben hatte!

Sie las:

Liebe Frau König,
der Zentralrat der Freien Deutschen Jugend übermittelt Ihnen die tiefe Anteilnahme zu dem großen Leid, das Sie durch den Tod ihres Mannes betroffen hat. Gemeinsam mit Ihnen trauern die Mitglieder der Freien Deutschen Jugend, aus deren Reihen einer unserer besten unerschrockenen Kampfgefährten durch die schändliche Mordtat faschistischer Provokateure gerissen wurde. Marc ist durch sein mutiges Verhalten, seine unerschütterliche Treue zur heiligen Sache des Friedens und der Wiedervereinigung unseres Vaterlandes vorbildlich für jeden jungen deutschen Patrioten. Er hinterließ uns allen die Mahnung und Verpflichtung, unermüdlich die Machenschaften der Kriegsbrandstifter, in deren Auftrag Marc ermordet wurde, vor der gesamten Jugend zu entlarven und die faschistischen Provokateure ihrer gerechten Strafe zuzuführen. Seien Sie gewiss, dass die Mitglieder der Freien Deutschen Jugend Marcs Andenken stets in Ehren halten werden. Tausende junge Arbeiter und Bauern, Schüler und Studenten werden an seine Stelle treten und unseren gerechten Kampf für die Erhaltung des Friedens und die Wiedervereinigung unseres Vaterlandes zu einem siegreichen Ende führen.
In freundschaftlicher Verbundenheit
Zentralrat der FDJ
Erich Honecker

Pünktlich um halb zwei verließ Katharina das Haus, in Schwarz gekleidet. Zuerst begriff sie gar nicht, was anders war, so sehr war sie mit sich und ihrer Trauer beschäftigt. Dann aber blieb sie stehen und sah sich verwirrt um. Hatten die Sowjets die Bedingungen des Ausnahmezustands verschärft? Durften jetzt auch keine Straßenbahnen und Autos mehr fahren?

Sie kam zum verabredeten Treffpunkt in der Erwartung, dort den Dekan und Marcs Eltern vorzufinden. Aber es schien ihnen eine Demonstration in die Quere gekommen zu sein, wohl eine staatlich verordnete, es gab ein Meer von Fahnen, ganze Blöcke von Arbeitern und Polizisten und ...

und ...

... einen Leichenwagen.

Das war keine Demonstration. In diesem Sarg dort vorn lag Marc. Und auf diese Weise sollte Marc zu seinem Grab gebracht werden.

Sofort traten ihr die Bilder vom vergangenen 1. Mai vor Augen. Sie hatte am Straßenrand gestanden, weil Marc nicht hingehen wollte und damit man ihnen nicht den Vorwurf machen konnte, die Feierlichkeiten zu boykottieren, wenn Krüger nachfragte, ob sie da gewesen waren, tückisch nachfragte, weil er es natürlich kontrolliert und beobachtet hatte. Dort hatte sie Lottes Jungs gemeinsam mit anderen Pionieren ein Spruchband durch die Straßen tragen sehen: »Jungen und Mädchen! Seid glühende Patrioten für eure Heimat! Lernt und arbeitet für den Aufbau des Sozialismus!«

Mit solchen Aufzügen feierte der Staat sich selbst, ein stinkendes Eigenlob, und für ein solches stinkendes Eigenlob wollten sie auch Marc missbrauchen, sie wollten die kritischen Rufe der vergangenen Woche mit Hurrageschrei übertönen, ausgerechnet auf der Beerdigung von Marc, dem Stillen.

Mindestens fünftausend Menschen waren hier – von denen keiner Marc gekannt hatte.

Sie überlegte, umzudrehen und an der hässlichen Maskerade einfach nicht teilzunehmen. Dann sah sie Marcs Eltern eingeschüchtert hinter dem Dekan, Marcs Mutter stellte dauernd überflüssige Fragen und schüttelte den Kopf, und Marcs Vater versuchte verzweifelt, sie zu beruhigen.

Ich kann sie das nicht allein durchstehen lassen, dachte sie.

Als sie die Menschenmenge erreichte, die Polizeistaffeln und Betriebsgesandtschaften und das Fahnenmeer, und die Schwiegermama begrüßen wollte, gab der Dekan ein Zeichen, und die Blaskapelle lärmte los, sodass ihre Worte im Musikkrawall untergingen.

Der Fahnenblock setzte sich in Bewegung, gefolgt vom Leichenwagen. Die Schwiegermutter wollte seitlich ausbrechen, sie mochte diesen Lärm nicht. Katharina hakte sich bei ihr unter und zog sie mit. Dankbar nahm der Schwiegervater ihren anderen Arm.

Sie stellte sich vor, im Sarg läge ein anderer. Nur so war der Trauerakt zu ertragen. Sie zogen durch die Geiststraße, die Hermannstraße, die Puschkinstraße. Jemand schrie in eine Musikpause hinein: »Die VP, die Schweine! Erst haben sie ihn erschossen, und jetzt marschieren sie mit!«

Katharina wandte sich nach der Stimme um. Es war eine ihr unbekannte Frau, sofort waren drei Männer in Zivil da und packten sie und schleppten sie gegen ihren erbitterten Widerstand fort.

Erst jetzt bemerkte Katharina die Menschen am Straßenrand. Verschlossene Gesichter, wütende Blicke, auch auf sie. Die denken, ich bin auf der Seite der SED. Die denken, ich benutze Marcs Tod, um meine politische Meinung kundzutun, und entehre ihn damit, weil er den Aufstand wollte und ich nicht. Wie gern hätte sie ihnen die Wahrheit gesagt, wie gern hätte sie den ganzen Zug zum Stehen gebracht und erklärt, wie furchtbar sie das makabre Theater fand und dass sie selbst ein Opfer dieser Inszenierung war!

Sie marschierten über das Reileck. Die Reichardtstraße entlang. Über die Giebichensteinbrücke. Am Krug zum Grünen Kranz vorbei. Hatte Lotte nicht erzählt, dass sie sich hier seit einigen Wochen mit einem Kavalier traf? Eigenartig, Lotte war gar nicht gekommen. Oder lief sie da hinten im Meer der Menschen mit? Nein, sie würde bestimmt nach vorn zum Leichenwagen kommen.

Oder hatte Lotte vielleicht wie sie den gewaltigen Zug gesehen und war mutig genug gewesen, sich der Maskerade zu verwehren?

Seit über einer Stunde liefen sie schon durch die Stadt. Endlich kamen sie zum Friedhof. Hier reichte der Platz nicht, die Tausenden teilten sich auf und stellten sich rings um den Friedhof auf.

Der Sarg wurde in das vorbereitete Erdloch abgesenkt, die Blaskapelle spielte dazu, was für eine abscheuliche Musik, Marc hätte sich ein trauriges Jazzlied gewünscht, aber nicht diese Pomp-und-Gloria-Musik.

Kränze wurden gebracht. Jede Fabrik, jede Brigade, jede Universitätsabteilung brachte einen eigenen, die Stadt, die FDJ, die Schulen, die Kindergärten, die Lehrerschaften, Krüger, der Dekan, die Gefängnisleitung, alle hatten Kränze bestellt, Fotos wurden gemacht, offizielle für die Zeitung und inoffizielle von einem als Friedhofswärter verkleideten Staatssicherheitsmann, der seine Gießkanne immer wieder auf die versammelte Menschenmenge richtete, sicher war darin eine Kamera verborgen, er tat, als hätte er auf dem Friedhof zu tun, in Wahrheit wollte er festhalten, ob jemand gekommen war, der nicht von seiner Brigade dazu aufgefordert worden war, jemand, der Marcs Tod miterlebt hatte und die Wahrheit wusste und womöglich etwas Aufrührerisches plante.

Jetzt wurden ihr Nelkensträuße überreicht, das war obligatorisch, die Nelke war die Lieblingsblume der Kommunisten. Und dann die Reden. »Er hat sich große Verdienste beim Aufbau des Sozialismus erworben. Wir werden sein ehrenvolles Andenken bewahren. Die Sache des Sozialismus wird siegen!«

Endlich formierten sich die Blöcke zum Rückmarsch, die FDJ mit ihren Fahnen, die Universitätsangehörigen, die Betriebsbrigaden. Wieder wurden Leute festgenommen, einfach aus der Menge gegriffen und abgeführt. Was sie getan hatten, konnte Katharina nicht erkennen, wahrscheinlich waren sie bei der Erstürmung des »Roten Ochsen« dabei gewesen und hatten Marc die letzte Ehre erweisen wollen, und jetzt hatte die Stasi sie wiedererkannt und nutzte die Gelegenheit, sie unschädlich zu machen.

Wieder die grimmigen Gesichter der Zuschauer am Straßenrand. Nur ein KVP-Soldat, ein Offizier, stand da und hatte Tränen in den Augen – Tränen, die Katharina ein wenig trösteten.

34

HALLE/SAALE, 25. JUNI 1953

Das Licht geht an in der Zelle. Lotte muss aufstehen, das Bett hochklappen und sich an die Wand stellen. Tagsüber ist es verboten, sich zu setzen. Die Zellentür wird aufgeschlossen und der Kübel mit ihren Exkrementen rausgeholt. Die Waschschüssel lassen sie stehen, das Wasser darin ist drei Tage alt und stinkt, so wie sie selbst längst zu stinken begonnen hat. Sie hat keine Seife, kein Handtuch. Trotzdem wäscht sie sich, sobald die Tür wieder zu ist, sie wäscht sich mit dem Schmutzwasser von vorvorgestern. Zum Abtrocknen verwendet sie die Fußlappen aus den Holzpantoffeln, obwohl sie nach Schweiß riechen.

Eine Zahnbürste gibt es auch nicht. Sie reibt sich die Zähne mit dem Zeigefinger ab.

Das ist ihre Zelle: Metallbett, Strohsack, Waschschüssel, Kübel für die Notdurft. Hier wird sie heute auf und ab laufen, bis man sie wieder zum Verhör holt. Das vergitterte Zellenfenster ist von außen mit Holzbrettern zugenagelt, nur ein schmaler Lichtstreifen fällt herein.

Als sie von ihr Fotos gemacht haben von vorn, von links und von rechts, richtige Verbrecherfotos, und ihre Fingerabdrücke genommen haben, da war ihr klar geworden, dass sie ihre Kinder womöglich nie wieder sah. Sie würden im Erziehungsheim aufwachsen, man würde ihnen so lange sagen, dass ihre Mutter eine Kriminelle sei, bis sie es glaubten. Valentin zuerst, Thomas später und Stefan erst nach langem innerem Widerstand. Vielleicht würde ein SED-Kader sie adoptieren, eine andere Mutter würde mit ihnen

Hausaufgaben machen und eines Tages zu ihrer Hochzeit gehen, eine andere Mutter würde die Enkelkinder auf den Schoß nehmen, und niemandem würde auffallen, dass sie ihr, Lotte, ähnlich sahen, weil es sie nicht mehr gab, weil sie hier eingeschlossen war, um dem Land nicht länger schaden zu können.

Sie haben ihr versprochen, dass sie in zwei Wochen duschen darf, wenn sie sich ordentlich benimmt und mitarbeitet. Mitarbeiten, das heißt, ihre Fragen zu beantworten.

Es klopft an die Tür, mit dem Schlüssel auf Metall, das scheppert laut. Sie stellt sich gehorsam an die Wand. Die Zellentür geht auf, es gibt zwei Scheiben Brot, dazu einen Klecks Marmelade. Dann kracht die Tür wieder zu. Geredet wird hier nur im Vernehmungszimmer.

Diese Wut auf sich selbst. Sie hat sich von der Begeisterung des Aufstands hinreißen lassen und nicht mehr an ihre Kinder gedacht. Sie hört sie weinen, wenn sie abends auf dem Strohsack liegt, sie weiß, dass sie in ihre Kissen schluchzen, bis die Erzieherinnen ihnen mit Schlägen drohen. Warum hat sie nur so streng sein müssen, als Stefan vom Nachbarn beim Stehlen erwischt wurde? Eine ernsthafte Unterredung mit ihm hätte doch genügt, sie hätte keine zusätzliche Strafe verhängen müssen. Woran würden die Kinder sich in zwei, drei Jahren noch erinnern? Sie würden sagen, dass sie kaum zu Hause gewesen war, immer war sie arbeiten gewesen, oder sie hatte sich mit einem Offizier getroffen. Valentin würde auch ihre jetzige Abwesenheit nicht verstehen. Er würde meinen, dass sie ihn nicht sehen wolle. Dass er ihr egal geworden war.

Sie schrammte mit den Fingern die nackte Zellenwand entlang, bis ihr die Fingerkuppen brannten. Warum, warum, warum war sie so egoistisch gewesen, wie hatte sie ihre politischen Ziele über das Wohlergehen der Kinder stellen können!

Wenn sie Stefan, Thomas und Valentin doch nur öfter an sich gedrückt und ihnen versichert hätte, wie sehr sie jeden der drei liebte.

Sie hielt in der Bewegung inne. Den größten Gefallen tat sie den Kindern, wenn sie jetzt weiterlebte und versuchte, innerlich stark zu bleiben. Vielleicht gab es in ein paar Jahren wieder einen Aufstand, und dann glückte die Revolution, und sie kam frei.

Sie hatte bloß gesagt, was alle dachten, sie hatte bloß eine bessere Versorgung für sich und die Kinder eingefordert! Und dafür zertrümmerte man ihre Familie. Das tat die Regierung. Das taten die Schergen der SED. Musste einen das nicht erst recht in der Überzeugung bestätigen, dass man gegen diese Zustände auf die Straße gehen *musste?*

Ihre Wut fand einen neuen Kanal. Sie hatte unverantwortlich gehandelt, ja. Aber sie war es nicht gewesen, die Kinder und Mutter getrennt hatte. Sie schoss nicht mit Kanonen auf Spatzen.

Irgendwo in der Ferne läutete eine Glocke. Früher hatte sie Kirchenglocken nicht leiden können, was sollte das, hatte sie gedacht, diese ungefragte Lärmbelästigung, wieso mischte sich die Kirche in das Leben der Menschen ein. Jetzt aber war das Läuten ein wehmütiger Gruß von draußen. Es gab nicht nur die Schergen der Ungerechtigkeit, es gab auch Menschen, die beteten.

Sollte sie selbst beten? Das würde Gott durchschauen, dass sie jetzt bloß angekrochen kam, weil sie keinen anderen Ausweg mehr wusste. Sie hatte sich nie um ihn geschert, genau genommen hatte sie nie so recht geglaubt, dass es ihn überhaupt gab. Als Notnagel herzuhalten, musste ihm doch auch zu wenig sein.

Ihr Herz wollte trotzdem beten, irgendwie war da ein Gefühl, das hinaus wollte. Aber sie presste die Lippen aufeinander und schwieg. Schlüsselrasseln. Na also. Wieder ein Verhör. Gott hatte nichts zu sagen hier unten auf der Erde. Oder er wollte sie dafür bestrafen, dass sie nicht gebetet hatte. Das Durcheinander in ihrem Kopf raubte ihr die letzten Nerven.

Der Blick des Schließers. Voller Abscheu. Nein. Nicht wieder die Wasserzelle. »Was hab ich denn getan?«, winselte sie. »Bitte, ich will nicht …« Der stockdunkle Sarg aus Stein, hochkant gestellt, darin die Vertiefung, in die sie hatte steigen müssen, das eiskalte Wasser, das aus kleinen Löchern im Boden drang und ihr allmählich die Beine hochkroch. Wie es sich in die Häftlingskleidung saugte und ihr jede Wärme aus den Beinen zog, bis zu den Knien rauf, dann stoppte es, und sie stand. Irgendwann konnte sie die Füße nicht mehr fühlen und wusste nicht, ob sich die Zehen bewegten, wenn sie es versuchte. Endlich lief das Wasser ab, aber gleich darauf kam neues Wasser langsam emporgekrochen, und als sie die Kälte spürte, begriff sie, dass das alte Wasser durch ihre Körperwärme warm geworden war. Sie hatte gezittert, geschlottert vor Kälte. Einmal war sie sogar ohnmächtig geworden und an der Steinwand hinuntergerutscht. »Ich kooperiere doch!«

Der Schließer warf ihr Kleidung hin. Es war das Sommerkleid, das sie angehabt hatte, bevor sie verhaftet worden war. Eine Tücke der Vernehmer? Wollte man sie verwundbarer machen, indem man eine Freilassung andeutete, die dann mit höhnischem Gelächter abgebrochen wurde? Sie traute der Sache nicht.

»Anziehen«, sagte der Wachmann, ging raus und knallte die Zellentür zu. Sie zog die Häftlingskleidung aus und schlüpfte in ihr windblaues Kleid mit weißen Blüten. Die Kinder kamen zu Besuch! Das musste es sein. Egal, ob es ein Mittel der Vernehmer war, um sie zum Reden zu bringen, sie würde jede Sekunde davon auskosten, sie würde den Jungs sagen, dass sie sie liebte, würde es endlich sagen können! Sie wartete mit bebenden Händen, bis die Zellentür wieder aufgeschlossen wurde und man sie hinausführte.

An einer weißen Linie, die auf den Boden gemalt war, musste sie stehen bleiben, Gesicht zur Wand. Irgendwo klappten Türen und Schritte verhallten. Sie verhinderten, dass man in den Gängen einen Menschen sah, einen anderen Häftling oder einen Mitarbeiter der Staatssicherheit. Sie kannte das bereits. Eine rote Lampe erlosch. Jetzt konnten sie weitergehen.

Man gab ihr einen Entlassungsschein. Sie hätte heulen mögen vor Enttäuschung. Die Kinder, sie wollte die Kinder sehen! Den Schein hätte sie am liebsten zerrissen. Wenn die schon ein Täuschungsmanöver vornahmen, dann sollten sie bitte die Kinder herschaffen.

Das Scheppern eines Schlüsselbundes. Ein großes Tor. Plötzlich Sonnenlicht, das ihr ins Gesicht fiel. Sie stand auf der Straße Am Kirchtor. So weit gingen die? Sie spielten das Spiel bis zum Äußersten, damit ihr Schmerz größer war, wenn sie zurück ins Gefängnis gezerrt wurde. Die Sonne konnte sie nicht genießen, obwohl sie sich selbst dazu zwingen wollte, stattdessen musste sie sich innerlich wappnen, um den schrecklichen Moment durchzustehen, wenn man sie packte und zurück in die Zelle brachte.

Unter einem Baum sah sie die Silhouette eines Mannes. Jetzt trat er hervor. Er bewegte sich gemessen, als wäre alles in Ordnung, aber sie las in seinem Gesicht, dass gar nichts in Ordnung war, vermutlich sah sie schrecklich aus, vielleicht war er auch eingeweiht in das böse Spiel der Vernehmer. »Komm«, sagte eine vertraute Stimme. Es war Heimeran.

Sie schämte sich für ihre fettigen Haare und dafür, wie sie stank. Die Scham war ein Gefühl der normalen Welt, ein Gefühl von draußen.

Die Läden in der Großen Ulrichstraße.

M. Scheffel, Zeitungshandlung.

F. Wohlfahrt, Büromaschinen.

Biesterfeld & Co. GmbH, Salz- und Chemikalien-Großhandlung.

H. Milzark, Reiseeffekten.

Ota Schuhwaren.

HO Molkereiwaren.

Horn & Co., Seifengeschäft.

Als sie den Marktplatz erreichten und sie das Händel-Denkmal sah und den ausgebrannten roten Turm, nahm sie den ersten freien

Atemzug. Und dann Woolworth, inzwischen enteignet, aber immer noch unter demselben Namen seit 1933, kein Mensch wusste, wie er ausgesprochen wurde, nur, dass die Preise niedrig waren, in allen Kriegsjahren blieb das Geschäft in Betrieb, trotz judenfeindlicher Proteste vor den Schaufenstern, durch irgendwelche Beziehungen geschützt, man konnte so schön durch den Laden streifen und alle Waren in die Hand nehmen. Die Kinder. Die Kinder. Vielleicht würde sie ihre Kinder sehen.

»Ist es wahr?«, flüsterte sie.

»Was meinst du?« Auch Heimeran redete leise, als fürchtete er, dass sie belauscht wurden.

»Bin ich frei?«

Er drückte ihre Hand.

»Aber wie hast du das geschafft?«

Er blieb stehen. »Lotte, dein Cousin Marc ist erschossen worden. Ich habe … es gesehen. Die machen ihn zum Volkshelden, als hätte er sich den Aufständischen entgegengeworfen. Ein großes Tamtam, eine Beerdigung, als wär ein Staatsoberhaupt gestorben. Ich habe der Staatssicherheit gedroht, dass ich bezeugen kann, er war bei den Aufständischen. Hab ihnen gesagt, meine Aussage liegt unterschrieben bei einem westlichen Journalisten, und wenn ich mich in vier Wochen und danach alle weiteren vier Wochen nicht bei ihm melde, veröffentlicht er das Ganze.«

»Marc … ist tot?«

Er nickte.

»Die Stasi hat gesagt, ich könne gut für sie arbeiten, bei meiner Gewieftheit. Ich solle den Kontakt zu dem Westjournalisten halten. Ich hab versprochen zu schweigen, wenn sie dich im Gegenzug freilassen.«

»Du hast mich freigekauft.«

»Bedingung ist, dass auch du die Füße ruhig hältst von jetzt an. Versprich mir das. Selbst wenn du davon überzeugt bist, dass sich etwas ändern muss – es hat keinen Sinn, Aufruhr zu stiften. In den Betrieben werden jetzt ›Kampfgruppen der Arbeiterklasse‹ gegründet. Die verhindern in Zukunft das Ausbrechen von Unruhen gleich in den Betrieben. Und die Schutzpolizei erhält Autos, Motorräder mit Beiwagen, Stahlhelme, Wasserwerfer, Panzerspähwagen und Tränengasgranaten. Der siebzehnte Juni, der Tag X, wie sie ihn nennen, wird sich so schnell nicht wiederholen.«

»Werde ich die Kinder wiedersehen?«

»Sie kommen zu dir zurück. Ist alles arrangiert.«

Sie atmete mit einem tiefen Zittern ein. »Ich werde stillhalten. Ich werd nichts mehr sagen.«

»Gut. Ich wusste, du bist klug.«

Sie kaufte eine Ausgabe der neuen Kinderzeitschrift *Frösi,* und als sie am Abend ihre drei Jungs in die Arme schloss, flossen ihre Tränen wie ein Bach. Thomas beschwerte sich: »Mama, wir mussten Lebertran schlucken, jeden Morgen! Da wird einem übel. Der ist so fettig und stickig im Mund, und danach schmeckt man stundenlang alten Fisch, brrrr! Ich hab ihn fast nicht runtergekriegt, und Valentin hat gekotzt.«

»Lebertran ist gesund«, hörte sie sich sagen.

35

Seit Berias siebzehnjährige Geliebte Lilja Droschdowa eine Tochter zur Welt gebracht und er die Dreistigkeit besessen hatte, sie
nach seiner Mutter Marta zu nennen, wohnten seine Frau Nina
und der gemeinsame Sohn Sergo nicht mehr in seiner Moskauer
Vorstadtvilla. Ninas Schlafzimmer war seit Längerem unbenutzt.
Nur seine Dienstbotin Ella und sein Leibwächter Wassili waren da, als der Anruf kam. Beria sah zum Fenster hinaus, während er die Weisung entgegennahm. Das Berieselungsgerät warf
draußen im Garten in zarten Fontänen Wasser auf und nässte den
Rasen.

Beria hatte ein sonderbares Gefühl, als er an diesem 26. Juni
telefonisch zu einer Sondersitzung des Präsidiums geladen wurde.
Auf der Tagesordnung standen die Lage in Ostdeutschland und
die möglichen internationalen Konsequenzen. Drei Wochen zuvor, am 2. Juni, hatte er, Beria, »Maßnahmen« verkündet, die »ein
gesundes politisches Klima in der Deutschen Demokratischen
Republik schaffen« sollten. Er hatte auch offiziell vorgeschlagen
»Verhandlungen zur Wiedervereinigung eines demokratischen,
friedliebenden Deutschlands« aufzunehmen, deutsche Kommunisten wieder mit westdeutschen Sozialdemokraten reden zu lassen, Privatkapital in Maßen zu erlauben, Gefangene freizulassen.
Er hatte gespürt, dass vielen im Präsidium diese Vorschläge zu
weit gingen. Im Politbüro, wo er die Nummer zwei hinter Malenkow war, hatte er nach dem Geschmack der anderen neun Politbüromitglieder zu viel Macht auf sich vereint. Sie wollten es einfach

nicht begreifen – dass innerhalb von zwei Jahren eine halbe Million Bürger aus der DDR geflohen war, darunter achthundert Polizisten und dreihundert Parteimitglieder, reichte ihnen offenbar noch nicht als Zeichen, dass sie einschneidende Änderungen vornehmen mussten. Beria hatte versucht, in möglichst vielen Ländern Fakten zu schaffen. In Jugoslawien hatte er daran gearbeitet, die Spannungen mit Tito abzubauen, den Stalin am liebsten hätte umbringen lassen. In Ungarn hatte er Máyàs Rakosi gezwungen, den etwas zurückhaltenderen MWD-Agenten Imre Nagy zum Ministerpräsidenten zu machen. Im Osten hatte er die Chinesen und Nordkoreaner zu Friedensgesprächen gedrängt, der Wandel musste schnell und international sichtbar vonstattengehen, wenn er Chancen auf Erfolg haben wollte.

Aber Chruschtschow wurde zunehmend zum Problem. Wenn Berias Quelle richtig informiert war, ließ Chruschtschow gerade eine ganze Panzerdivision und zusätzlich noch eine motorisierte Schützendivision hierher nach Moskau verlegen aus Sorge vor Berias MGB-Einheiten. Über kurz oder lang lief es auf einen Machtkampf hinaus.

Er sehnte sich plötzlich nach Sosnowka, dem weißen Haus inmitten hoher Kiefern, den zahmen Bärenjungen und den Füchsen im Freigehege, den Kanarienvögeln, Katzen, Hunden. Dort war er nicht Lawrenti Beria, der Geheimdienstchef und mächtigste Mann der Sowjetunion. Dort war er einfach er selbst. Ihm fehlte das vertraute Miteinander. Das Kennen und Gekanntwerden, das Lachen über Marotten, die eigenen und die des anderen. Die schönen jungen Frauen, die er hier in die Villa lud, verwöhnten seine Sinne, aber sein Herz verkümmerte dabei.

Er ließ seinen Chauffeur kommen und ging mit ihm zu seinem Fuhrpark. Es war ihm egal, dass er wieder der Einzige in einem zerknitterten Anzug und ohne Krawatte sein würde. Ein Eimer mit einem Lederlappen stand zwischen dem Packard, der noch gar nicht gewaschen, und dem Mercedes, der vorgesäubert war. Nur der ZiS 110 blitzte in der Sonne. Trotzdem, aus einer Laune heraus, wies er Chrustaljow an, den Mercedes zu nehmen.

Kurz vor zwölf Uhr, dem Sitzungsbeginn, trafen sie ein, und beim Betreten des Sitzungssaals sah Beria, dass schon fast alle da waren. Ein paar von den Wachoffizieren kannte er, sie hatten ihn ehrerbietig gegrüßt, das hatte ihn ein wenig beruhigt. Die Spannung im Saal war mit den Händen zu greifen, er musste sofort die Initiative übernehmen, also warf er die lederne Aktentasche auf den Tisch, setzte sich an Chruschtschows Seite und wandte sich an Malenkow, der an seinem Präsidententisch etwas schrieb: »Georgi Maximilianowitsch, wir müssen dringend etwas wegen der Ereignisse in Berlin unternehmen.«

Ohne die Augen von seinen Papieren zu heben, unterbrach ihn Malenkow: »Lawrenti Pawlowitsch, in wenigen Augenblicken beginnt die Sitzung, dieser Punkt steht auf der Tagesordnung. Sie können sich dann dazu äußern.«

Beria war bestürzt. In einem solch kühlen Ton hatte Malenkow bisher noch nicht ihm geredet. Stand er nicht mehr auf seiner Seite? Er starrte auf Malenkow; dann war dieser Schwächling also umgefallen und hatte sich auf Chruschtschows Seite geschlagen. Früher, in langweiligen Politsitzungen, hatte Beria oft heimlich Malenkow porträtiert, hatte dessen Pfannkuchengesicht mit den Mongolenaugen und der in die Stirn fallenden Schmalzlocke ins Karikaturhafte verzerrt, während er Chruschtschow einen Bulldoggenschädel verpasst hatte.

Das rote Lämpchen an der elektrischen Wanduhr blinkte zwölf Mal auf – Malenkow klopfte mit seinem Stift auf den Tisch und erklärte die außerordentliche Sitzung des Politbüros und der Regierungsmitglieder für eröffnet. Während Beria sich die Brillengläser reinigte und aus seiner Tasche einige Unterlagen holte, ergriff Chruschtschow das Wort.

»Wir müssen als Kommunisten offen und klar die gegenwärtige Lage überprüfen und die neuen Wege zum Sieg des Sozialismus aufzeigen. Aus diesem Grunde, Genossen, schlage ich vor, dass wir zunächst den Fall des Genossen Beria erörtern.«

Beria zuckte zusammen. Er schaute sich um, fast alle Anwesenden im Saal nickten zustimmend oder riefen sogar laut: »Ja, genau.« Beria versuchte es mit Vertraulichkeit. Er hatte Chruschtschow so oft nach Hause gebracht, wenn dieser sturzbesoffen gewesen war. Seine Tochter ging in dieselbe Schule wie Berias Sohn Sergo. Er legte ihm freundschaftlich die Hand auf den Arm und flüsterte ihm zu: »Was ist denn los mit Ihnen, Nikita? Was sollen diese Witze?«

Aber Chruschtschow stieß seine Hand fort und antwortete so laut, dass es jeder im Saal hörte: »Sperren Sie die Ohren auf! Sie werden es schon begreifen.« Er wandte sich an alle: »Was gegenwärtig in Ostberlin geschieht, ist nichts anderes als der Verrat an den Interessen der Sowjetunion.« Er verwies darauf, dass Beria die Zahl der sowjetischen Sicherheitskräfte in Ostdeutschland zur Unzeit reduziert hatte und damit den Aufständischen in die Hände gespielt habe. Dann betrieb Chruschtschow eine Generalabrechnung mit Beria, kam auf dessen Handlungsweisen im Jahre 1939 zu sprechen und sagte. »Beria ist niemals Kommunist gewesen, sondern ein berechnender, egoistischer Karrierist, der unsere Partei als idealen Weg betrachtete, seine größenwahnsinnigen, kriminellen, auf Spionagetätigkeiten zielenden Pläne zu verwirklichen.«

Beria schüttelte den Kopf. Sie wollen mir Stalins Terror unterschieben, dachte er. Sie werden es so darstellen, als hätte ich all die Todeslisten aufgestellt und nicht er, als wären die Verfolgungen auf meinem Mist gewachsen. Aber das war eine Lüge. Im versteckten Archiv befanden sich die Unterlagen, die er über Chruschtschow gesammelt hatte, über den von ihm angeordneten Mord an über fünfzigtausend Menschen im Jahr 1937, über seinen brachialen Umgang mit den Kulaken und den ukrainischen Nationalisten und den Bischöfen der Ukraine. Wenn er diese Beweisstücke jetzt nur hier hätte!

Er erhob sich und bat um das Wort, damit er sich verteidigen könnte.

Voller Erregung sprang Bulganin auf und rief: »Ich habe schon lange vor ihm um das Wort gebeten!« Ohne ein Signal abzuwarten, fing Bulganin an, einen vorbereiteten Vortrag zu halten, der auf ähnliche Anschuldigungen wie die seines Vorredners hinauslief.

Beria setzte sich und hörte fassungslos zu, wie bald auch Molotow, Kaganowitsch und Perwuchin über ihn herzogen. Dann kam Mikojan an die Reihe, der wie immer auf Ausgleich bedacht war: »Ich bin überzeugt, diese offene, freundschaftliche Kritik im Sinne des Bolschewismus wird dem Genossen Beria helfen, seine Fehler zu erkennen und die notwendigen Lehren aus ihnen zu ziehen. Ich bin überzeugt, dass es unserer kollektiven Führung hilft, in Zukunft besser zu sein, entschlossener zu sein.«

Es herrschte betretenes Schweigen. Malenkow saß ebenfalls wie versteinert da. Beria schaute von einem zum anderen. Er räusperte sich, stützte beide Händeflächen auf den Tisch. Wenn sie nicht völlig von Propaganda vergiftet waren, mussten seine Argumente sie überzeugen. Dass es schwer werden würde, sie zu einem Umdenken zu bringen, war ihm von Anfang an klar gewesen. Gerade als er ansetzte zu sprechen, stand Chruschtschow auf, eilte zum Pult des Vorsitzenden Malenkow und drückte dort auf einen Knopf.

Der Geheimknopf.

Er sah zu Molotow hinüber. Er, Beria, war es doch gewesen, der Molotows jüdischer Frau Polina das Leben gerettet hatte, indem er sie vor Stalins Furor bewahrte und sie lebendig wieder aus dem Arbeitslager holte, das war erst vor wenigen Wochen gewesen! Rechnete der alte Gefährte ihm das nicht an? Beria suchte Blickkontakt zu ihm, aber Molotow wandte den Blick schnell ab. Warum ließ er ihn jetzt im Stich?

Im nächsten Augenblick wurden die Seitentüren des Sitzungssaals aufgerissen, und Militärs stürmten mit gezogenen Pistolen, einer sogar mit einer Maschinenpistole im Anschlag heran. Angeführt wurden sie von General Schukow. Eigentlich war das Tragen von Handfeuerwaffen im Kreml strengstens untersagt. Es war Moskalenko, der sein Maschinengewehr direkt auf Berias Rücken richtete. Beria fuhr zusammen, versteifte sich dann. Reglos saß er auf seinem Stuhl und schrieb mit dem Stift das Wort »Alarm« auf das Papier.

Malenkow, der lange Zeit wie paralysiert gewirkt hatte, gewann seine Fassung zurück und sagte: »Als Vorsitzender des Ministerrats der UdSSR fordere ich Sie auf, Lawrenti Beria festzunehmen und den zuständigen Justizbehörden zu übergeben.«

Die Marschälle und Generäle führten ihn ins Sekretariat, wo sie ihn zu Boden warfen. Beria fiel dabei die Brille herunter, und als er sie suchen wollte, zerrte man ihn zurück. Es half ihm nichts, dass er sagte, er könne so nichts sehen. Sie packten ihn, zerrten ihn durch das Gebäude und stießen ihn in ein Fahrzeug. Er wurde in die Armeebaracken gebracht. Er setzte sich auf die Pritsche und dachte an Marta, seine Mutter, die ihr Leben lang Christin geblieben war und sogar Sergo heimlich hatte taufen lassen. Er dachte an die Reformen, die er eingeleitet hatte, an die neue Sowjetunion, die er hatte auf den Weg bringen wollen.

Wo waren seine Getreuen beim Militär, rührte keiner die Hand für ihn? Für den Fall der Fälle hatte er kürzlich Fallschirmspringer beim Militär instruiert, ihm zur Hilfe zu kommen, wenn es nötig wäre. Er wartete Stunde um Stunde.

Dann wurde er aus der Zelle geholt und mit verbundenen Augen abtransportiert. Den neuen Aufenthaltsort erkannte er auch so, kaum, dass sie ihn betraten: der Betongeruch, die Kühle hinter den dicken Mauern, der Widerhall der Schritte. Man hatte ihn in einen unterirdischen Betonbunker verlegt. Einer der Fallschirmspringer musste geredet haben. Jede Hoffnung auf einen Fluchtversuch oder auf Hilfe von außen war illusorisch geworden.

36

Das Mädchen rekelte sich auf dem Hocker, als wollte sie ihn verführen. Sie lachte ihn an und zog dabei die hübsche Nase kraus. Wieder und wieder drückte Ilja den Auslöser. Sie glaubte, die Portfoliomappe mit Bildern, die er ihr versprochen hatte, sei ihr Einstieg ins Filmgeschäft. Er staunte, wie gut diese Methode schon seit Wochen funktionierte. Es war die Idee von Kurt Pape gewesen, seinem Geschäftspartner, auf diese Weise Mädchen für den Nachtklub zu gewinnen.

»Wunderbar machen Sie das«, sagte er.

Sie zwitscherte einen Dank und änderte die Beinhaltung. Nicht mit ihm flirtete sie, auch wenn es so aussah – sie flirtete mit der Kamera, und indem sie mit der Kamera flirtete, hoffte sie auf ein Engagement für einen Kinofilm, auf Ruhm und Tausende Filmzuschauer. Stattdessen würden die Soldaten der US Rhein-Main Air Base auf sie fliegen.

Er machte ein paar letzte Fotos, dann richtete er sich hinter dem Kamerastativ auf. »Sie sind gut! Wissen Sie, ein Portfolio mit Bildern für die Bewerbung ist das eine, aber es geht nichts über persönliche Kontakte. Die Filmleute müssen Sie kennenlernen! Ein Freund und ich betreiben ein Lokal hier in Frankfurt, da gehen öfter Regisseure und Produzenten hin. Hätten Sie Lust, dort mit mir was zu trinken und mit ein paar Leuten ins Gespräch zu kommen? Natürlich auf meine Kosten.«

Sie stutzte. »Warum laden Sie mich ein? Ich meine, was haben Sie davon?«

»Wenn Sie erfolgreich sind, werden wir ebenfalls erfolgreicher. Unsere Kundinnen sind bereits ins Filmgeschäft eingestiegen, nur spielen sie bisher in kleineren Produktionen. Bei Ihnen wird das anders sein, das sehe ich sofort. Sparen Sie sich den Umweg über mühsame Bewerbungen. Kommen Sie, ich stelle Sie den wichtigen Leuten vor.«

Sie zögerte noch.

Er sah auf die Uhr. »Wissen Sie was, es ist sieben Uhr durch, lassen Sie uns gleich in den Klub gehen. Da ist jetzt noch nichts los, umso besser kann man sich unterhalten.« Er bot ihr seinen Arm dar. Sie gab nach und hakte sich unter.

Wie sie duftete. Dem blumigen Parfumduft schien sich der feine Duft ihrer Haut beizumischen. Bei einer wie ihr begriff jeder, weshalb Frauen im Spionagegewerbe als Druckmittel eingesetzt wurden.

Kurt würde sich wieder als Produzent ausgeben, damit hatten sie die Kleine bald an der Angel. Über die nächsten Tage und Wochen würde sie allmählich Gefallen am schönen Leben finden, während sie belanglose Gespräche über Filmprojekte führte. Dann ging ihr das Geld aus, und sie würden ihr großzügig helfen, bis sie schließlich kleine Gegenleistungen einforderten –, keine, die wehtaten, das Mädchen musste bloß weiter feiern, trinken und tanzen und sich auch mal zu den US-Soldaten setzen. Zum letzten Schritt, die Soldaten auszuhorchen und ihre Taschen zu durchsuchen, war es dann nicht mehr weit.

Auf dem Weg zum Lokal lullte Ilja das Mädchen durch belangloses Geplauder ein. Und als sie das schummerige Lokal betraten, wartete er an ihrer Seite beim Eingang, bis sich ihre Augen an die schwache Beleuchtung gewöhnt hatten. Sie sollte sich nicht fürchten. »Kommen Sie«, sagte er, »ein Cocktail zur Stärkung ist jetzt genau das Richtige.« Die Bar war frei, an einem Tisch zur Rechten saßen ein paar Soldaten und vertranken ihren Sold.

Jetzt hing alles davon ab, wie überzeugend Kurt die Rolle des Produzenten spielte. Tagsüber war er bei der US Rhein-Main Air Base angestellt, er, Ilja, hatte ihn dabei erwischt, wie er illegal Kugellager aus US-Militärbeständen in der DDR verkaufte, und ihn damit unter Druck gesetzt. Es war nicht schwer gewesen, ihn davon zu überzeugen, gegen üppige Bezahlung ein windiges Unternehmen mit ihm aufzubauen, auch wenn die Sorge, eines Tages als russischer Agent enttarnt und hingerichtet zu werden, den Mann anfangs stark bedrückt hatte. Ich bin nur ein kleiner Ganove, hatte er gejammert, keiner, der das große Ding durchzieht. Dafür stellte er sich jetzt allerdings sehr geschickt an.

Ilja setzte sich mit dem Mädchen an die Bar und bestellte ihnen Cocktails. Wenn man daran dachte, wie es den Menschen im Osten Deutschlands ging ... Hier feierten sie Partys, mit Fleischsalat und Käsespießen und Toast mit Ananas oder Mandarinenstückchen, während im Osten die Butter noch rationiert war und lediglich auf Lebensmittelmarken ausgegeben wurde.

Hier ließen die Damen sich einmal in der Woche vom Friseur die Haare waschen und legen, sie trugen Stöckelschuhe und nahtlose Nylonstrümpfe. Er sah ja im Fotoatelier die modischen Fotografien auf dem Umschlag der Zeitschriften *Constanze, Frau im Bild, Vogue* oder *Harper's Bazaar*, die sie dort zur Inspiration ausgelegt hatten: Schauspielerinnen in Abendkleidern, Mannequins in nerzverbrämten Mänteln oder weiten Röcken über drei rüschenbesetzten Petticoats. Er hatte all das erst kennenlernen müssen, anfangs hatte er erstaunt beobachtet, wie ihre angeworbenen Spioninnen die rüschenbesetzten Petticoats durch einen Eimer mit Hoffmanns Stärke zogen und sie anschließend an einer Leine im Badezimmer trocknen ließen. Sie trugen mindestens drei Petticoats übereinander, und dann darüber einen weiten Rock. Am besten gefiel ihm Stephanie, wenn sie das türkisfarbene Kleid mit dem Petticoat darunter trug. Ein Fischbeinring war in den Saum eingezogen, sodass er sich spreizte wie eine Krinoline. Worte, die er vor einigen Wochen noch gar nicht gekannt hatte.

Der Kommerz sollte ihn abstoßen. Stattdessen faszinierten ihn die Eleganz und die Lebensfreude. Im Osten trug man im Alltag eine Schürze über Rock und Bluse, um die guten Sachen zu schonen, werktätige Frauen gingen mit Kopftuch und Aktentasche zur Arbeit.

Was war bloß los mit dem Kommunismus? War das eine Utopie, die sie nie erreichen würden? Oder war es die Wirklichkeit, die schon heute in der Sowjetunion heranwuchs, von der jeden Tag ein Stückchen mehr wahr wurde? Dann geschah das allerdings so kriechend langsam, dass der Westen zumindest vorerst klar die Oberhand gewann. Die jungen Leute fuhren hier mit ihren Motorrollern, ihrer Vespa oder ihrer Lambretta, mit siebzig, achtzig, neunzig Sachen fröhlich lachend die Straßen auf und ab, es war schwer, sich dem jugendlichen Aufbruchsgefühl zu entziehen und sie für ihren Freiheitsdurst nicht zu mögen. Zumal er die Gegenseite kannte, die Furcht in den Augen der Russen, die Angst vor Polizeiwillkür und Festnahmen.

Die Mehrheit der Deutschen glaubte an ein Kulturgefälle von West nach Ost, mit Hochkultur in Westeuropa und Barbarentum im Osten, in Russland. Da konnte die Sowjetunion noch so viele Musikgruppen, Symphonieorchester und Theatertruppen entsenden, um den Deutschen die Überlegenheit der russischen Kultur vorzuführen und die höhere Gesellschaftsstufe, auf der sich die Sowjetunion dank des Marximus-Leninismus befand.

Die Blockade Berlins vor fünf Jahren war ein Fehler gewesen. Durch die Luftbrücke waren die Amerikaner die beliebten Retter geworden, den Russen gehörte die Rolle der bösen Blockierer, die bereit gewesen waren, eine ganze Stadt dem Verhungern preiszugeben. Überhaupt konnten sich die Briten, Franzosen und Amerikaner als Befreier stilisieren, während der Roten Armee der Makel anhaftete, Millionen von Einwohnern aus den Ostgebieten vertrieben zu haben. Die Verschiebung Polens und der Verlust der Ostgebiete für die Deutschen waren hierzulande immer noch nicht verschmerzt.

War er, Ilja, in der DDR, dröhnte ihm die Dankbarkeit gegenüber der Sowjetunion von allen Transparenten und Propagandatafeln entgegen. Aber er wusste, im Herzen empfand sie keiner, man wollte die Russen los sein, man verachtete sie.

Der Gedanke daran machte ihn wütend. Wie konnten die Deutschen nicht dankbar sein für die Befreiung von den Nationalsozialisten? Wieso glaubten sie immer noch den Unsinn, der ihnen von der Nazipropaganda eingeredet worden war über die »Steppenhorden aus Asien«? Zwölf Jahre lang war ihnen eingebläut worden, die sowjetische Zivilisation sei eine minderwertige jüdisch-bolschewistische Kultur. Viele Frauen trugen bei Kriegsende Zyankalikapseln oder Rasierklingen bei sich, um sich im Notfall das Leben nehmen zu können. Ja, es hatte Vergewaltigungen gegeben, aber doch auch bei den Amerikanern, den Franzosen, den Briten!

Die russische Kultur war brachial im Krieg, aber sie war auch fein und klug, das bewiesen Puschkin, Tschechow, Dostojewski, Prokofjew, Tschaikowski, Schostakowitsch.

Das Gespräch mit dem Mädchen plätscherte dahin. Er musste aufpassen, sich mit der Wortwahl nicht zu entlarven. Sagte man zum Beispiel »Büchse« statt »Dose«, verriet man sich auch bei akzentfreiem Deutsch als Ostdeutscher. Er hatte eine ganze Liste von Wörtern umtrainiert und sich für ihren Gebrauch sensibilisiert.

Wo blieb Kurt?

»Wissen Sie«, sagte er, »die Russen spielen wunderbar Klavier, sie können das, ganz wehmütig und emotional. Und sie haben große Literatur.« Was redete er da? Sie hatten doch gerade von Filmen gesprochen, von *Casablanca*, der von Hollywood für die deutsche Kinofassung umgearbeitet worden war. Wieso sprach er etwas aus, das er nur still hatte denken wollen?

Eiskalt durchfuhr es ihn. Stand er unter Drogen? Er sah sein leeres Cocktailglas an. Was hatte er da getrunken? Hatte ihm das Mädchen etwas ins Glas getan? Wie hatte er so unaufmerksam sein können! Sie war jedenfalls nicht die, für die sie sich ausgab. Gehörte sie zur CIA? Zum MI6? Er durfte im Redefluss nicht stocken, durfte sich jetzt nichts anmerken lassen. Sie sollte glauben, dass er seinen Zustand nicht bemerkt hatte, dann hatte er noch eine Chance zur Flucht.

Er sagte: »Nehmen wir den siebzehnten Juni, die Unruhen. Schon wieder sollen die russischen Soldaten die Bösen gewesen sein.« Verstohlen blickte er zu den Soldaten hinüber. Die Sache war abgekartet. Also waren das vermutlich keine US-Soldaten. Man hatte ihm hier aufgelauert. Würde er es an ihnen vorbei zum Ausgang schaffen? »Aber Sie müssen bedenken, dass fast alle dieser Soldaten im Zweiten Weltkrieg gekämpft haben. Die haben Freunde und Familienangehörige verloren, jeder von ihnen. Man hat sie streng isoliert, die meisten sprechen kein Deutsch, nur manche Offiziere. Und nun sagt ihnen ihr Vorgesetzter, dass es einen faschistischen Putsch der Westmächte gegeben hat, man versetzt sie in höchste Alarmbereitschaft, auf Kampfalarm, das heißt doch für sie: Es steht Krieg bevor oder er ist schon ausgebrochen. Ist doch klar, dass sie nicht zimperlich mit den Aufständischen umgehen.« Junge, war er geschwätzig. Er wollte einen Satz sagen, und es kamen sieben Sätze aus seinem Mund. Ein Teil von ihm sträubte sich dagegen, die Selbstbeherrschung zu verlieren, während ein anderer Teil bereits völlig seiner Kontrolle entglitten war.

»Was ist Ihr Auftrag hier?«, fragte das Mädchen freundlich lächelnd. »Wer sind Ihre Kontaktpersonen?«

»Wie meinen Sie das?« Er musste Zeit gewinnen. Schon sprudelten ihm Namen durch den Kopf und wollten, wollten, wollten ausgesprochen werden.

»Erzählen Sie mir von Ihrem letzten Auftrag aus Moskau.«

»Aus Moskau? Ich … Also, das kam über … Mittelwelle im Radio, Sie wissen schon, die Zahlenkolonnen.« Halt die Klappe!, schrie er sich in Gedanken an. Er sollte gehen. Er verkniff sich einen weiteren prüfenden Blick zu den Soldaten, um sich nicht zu verraten, und stand auf. »Ich müsste mal kurz zum Stillen Örtchen.«

Jetzt kamen die Soldaten herüber.

»Das lassen Sie bleiben.« Das Mädchen griff nach seinem Kinn und zwang ihn, sie anzusehen. Jetzt erschien sie ihm gar nicht mehr so schön, sie hatte einen kalten Blick, und um ihren Mund viel zu strenge Züge. »Ich habe Sie etwas gefragt.« Plötzlich wechselte Sie die Sprache, sie redete jetzt Russisch, tadelloses Muttersprachen-Russisch. »Was war Ihr letzter Auftrag aus Moskau? Wann hatten Sie zuletzt Kontakt zu Ihrem Führungsoffizier?«

»Ich habe keinen Führungsoffizier«, sagte er und hätte sich am liebsten die Zunge abgebissen.

Jetzt wurde sie aufmerksam. Ihre Brauen hoben sich.

Die Soldaten stellten sich um ihn herum, sie sahen aus wie Schlägertypen, würde man ihn umbringen nach der Befragung? Er musste die Kontrolle über sich bewahren. Das Einzige, was er noch hatte und sie von ihm wollten, war sein Wissen. Wenn er es ihnen vorenthielt, lebte er weiter.

Nur wollte ihm sein Verstand nicht mehr recht gehorchen. Analyse!, brüllte er in Gedanken. Punkt eins: Das Mädchen spricht gutes Russisch. Folgerung: Sie gehört nicht zur CIA und nicht zum MI6. Sie gehört …

Sie …

»Sie machen einen Fehler«, sagte er. »Ich stehe auf Ihrer Seite!«

»Tun Sie nicht«, sagte die Frau. »Sie haben den falschen Stammbaum.«

Endlich begriff er. Sie gehörte zur GRU. Stalin hatte sich zwei voneinander unabhängige Geheimdienste gehalten, die GRU und den NKWD, später MGB. Jetzt schickte die Regierung die GRU, um ihn, Ilja, einzukassieren.

Punkt zwei: Die Regierung will wissen, was ich weiß. Beria ist aber informiert. Folgerung: Etwas muss mit Beria geschehen sein.

Es kostete ihn alle Kraft, seine Gedanken zu dirigieren. Sie wollten ausweichen, wollten davonflattern wie Schmetterlinge.

»Wie viele Agentinnen haben Sie angeworben?«

»Zwei«, lallte er. Bloß nicht nach Beria fragen. Jedes Mal, wenn er den Namen im Mund führte, würde er seine eigene Verurteilung wahrscheinlicher machen. Er musste argumentieren, dass er Beria nur fünf Mal, nein, besser nur drei Mal gesehen habe und seine ganze Loyalität der Sowjetunion galt.

Dieses widerliche Mittel in ihm. Sie hatten die Drogen perfektioniert, so hatte es sich beim Training nicht angefühlt. Alles drehte sich um ihn. Er hörte sich aus großer Entfernung sagen, dass er nichts zu gestehen habe.

»Sie haben doch längst gestanden. Wissen Sie es denn nicht mehr?«

Stimmte das? Er konnte sich nicht erinnern, was er gesagt hatte. Nein, das musste eine Falle sein. Diese Frau bohrte in seinem Verstand, sie grub mit langem Finger in seinen Gehirnwindungen. Reden musste er, die Droge zwang ihn dazu. Alles, was er tun konnte, war, den Redefluss von den gefährlichen Gebieten wegzusteuern. »Es gibt doch gar keinen kommunistischen Spion mehr. Haben Sie Marx und Engels durchgearbeitet? Träumen Sie noch von der Weltrevolution? Wir tun's doch nur noch fürs Geld. Oder weil wir nichts anderes gelernt haben. Weil wir uns stark fühlen, wenn wir in der Weltpolitik mitmischen.«

»Wer hat Sie ausgebildet?«

»Ich habe im Krieg für die vierte Verwaltung des NKGB gearbeitet, Sabotage und Diversion, unter Leitung von Pawel Sudoplatow.«

»Ihre Aufgabe?«

»Operationen im Hinterland der deutschen Front und Liquidation missliebiger Zielpersonen.«

»Was haben Sie nach dem Krieg gemacht?«

»Ich hatte Einsätze in Rumänien und Österreich. Seit einigen Jahren bin ich in der Deutschen Demokratischen Republik.« Dass dies nicht mehr im Auftrag des Geheimdienstes geschehen war, sondern in direktem Auftrag durch Lawrenti Beria, musste sie nicht wissen. »Zuletzt ging es um die Wiedervereinigung.« Sag ihn nicht, sprich den Namen Adenauer nicht aus! Etwas anderes, sag was anderes zur Wiedervereinigung. Er hatte das Gefühl, durch ein Meer von Worten zu schwimmen. Das Meer wurde zu tückischem Gallert, er versank darin, strampelte, ruderte. »Ich ... verstehe das nicht. Ohne das Uran aus dem Erzgebirge kann die ... Sowjetunion keine weiteren Atombomben bauen. Wie kann sie da ein neutrales, wiedervereintes Deutschland wollen? Momentan arbeiten über hundert... über hundert... über hundertdreißigtausend Menschen ... im geheimen Uranbergbau ... bei der Wismut, das sieht mir nicht so aus, als würde ... würde man das beenden wollen.« Allmählich schwand ihm das Bewusstsein.

Die Frau sagte: »Schafft ihn raus.«

Als er aufwachte, saß er auf einem harten Holzstuhl. Seine Kleidung troff von Wasser, und ihm rannen kalte kleine Rinnsale aus den Haaren den Nacken und die Stirn hinunter und tropften von den Augenbrauen. Die Frau hielt einen leeren Eimer in der Hand. Ihn fröstelte.

Das Zimmer war leer, eine Art Waschküche, mit Blutspritzern an den weißen Fliesen. Vor ihm saß auf einem Stuhl ein Mann mit angeklatschtem Scheitel und Schlupflidern, die seinem Blick etwas Scharfes, Raubvogelartiges gaben. Oberst Pawel Alexejewitsch Schilow, Leiter der MGB-Abteilung »OK«, nachrichtendienstliche

Aufklärung. Er war für die Spionage in den Westzonen zuständig, seine Abteilung hieß seit letztem Jahr Abteilung »B«, aber Ilja tat, als wüsste er es nicht. »Oberst Schilow, Sie sind doch bei der OK, Sie müssten doch verstehen, welch gute Arbeit ich mit dem Nachtklub getan habe.«

»Das kann ich nicht beurteilen«, antwortete Schilow ungerührt. »Mich haben die Ergebnisse Ihrer Arbeit nie erreicht.«

Weil ich nur Beria Bericht zu erstatten hatte, dachte Ilja. Er sprach es nicht aus. Die Wirkung der Droge war verflogen.

»Sind Sie der Sowjetunion loyal ergeben? Sind Sie ein Verräter? Ich kann es nicht beurteilen.« Schilow trug keine Uniform, hatte sich aber den Rotbannerorden an die linke Hemdtasche gesteckt, den höchsten Orden für militärische Heldentaten. Die goldenen Weizenähren blitzten, die rote Fahne verdeckte Hammer, Pflug und Fackel, golden auf Rot schimmerten die kyrillischen Buchstaben CCCP. »Wir wissen, dass Sie für Beria gearbeitet haben. Sie gelten als unzuverlässig in Moskau.«

Ilja verstand. Das Ganze war ein Angebot. Er konnte sein Leben freikaufen. Dann würde ihn Berias Sturz nicht mit in die Tiefe reißen. »Ich könnte Ihnen den Beweis liefern, dass Beria während des Bürgerkriegs in Baku als Doppelagent auch für das antikommunistische Müsawat-Regime gearbeitet hat.«

Schilow lächelte. »Ich wollte gerade sagen: Sie gelten als unzuverlässig, aber auch als extrem fähig. Der Staat kann Sie nicht entbehren.«

Der Staat. Gemeint waren doch eher die gegenwärtigen Machthaber! Diesmal ließen sie ihn am Leben, diesmal kam ihm zugute, dass ihm durch das abschreckende Machtringen der Potentaten nach Stalins Tod Zweifel an deren Idealen gekommen waren und er den Unterlagen ein Blatt entnommen und es in seinem Schuh verborgen hatte. »Treue ist eine Hundekrankheit«, hatte Beria damals gesagt, und die Drohung angeschlossen: »Sie werden mir dennoch treu sein. Und sei es aus Angst vor dem, was ich Ihnen antun kann.«

Jetzt waren es andere, die ihm etwas antun konnten. Aber er hatte es satt zu kuschen. In seinem Kopf formte sich ein Plan. Er sagte: »Ich habe das Beweisdokument in einem Versteck in Berlin.«

»Gut. Bringen Sie es mir. Und bemühen Sie sich gar nicht erst, in Berlin Kontakt zu ehemaligen Verbündeten aufzunehmen. Berias Geheimdienstmitarbeiter sind bereits verhaftet und auf dem Weg nach Moskau.«

»Ich weiß nicht, von wem Sie sprechen.«

»Goglidse, Amajak Kobulow … Diese Namen sagen Ihnen nichts?«

»Nein.«

»Sie sind ein guter Lügner. Ob Sie auch andere Qualitäten haben, wird sich zeigen.« Er wechselte einen kurzen Blick mit der Frau. Sie nickte. »Ich bin nicht mehr bei der OK. Ich leite jetzt die Abteilung A-5. Kampf gegen antisowjetische Emigrantenorganisationen in Westdeutschland und Westberlin. Holen Sie aus Ihrem Versteck nicht nur den Beweis für Berias Schuld, sondern auch alles, was Sie an Ausrüstung haben. Ich möchte, dass Sie für mich arbeiten. Ganz offiziell.«

»Wie sieht diese Arbeit aus?«

»Sagt Ihnen die NTS etwas?«

Die NTS, die nationale Arbeitsallianz, war bereits in den dreißiger Jahren von Russen gegründet worden, die vor der bolschewistischen Revolution geflüchtet waren. Während des Zweiten Weltkriegs galt für sie die Maxime »weder Stalin noch Hitler«. Vor zwei Jahren waren in Karlshorst drei Sowjetoffiziere erschossen worden, weil sie der NTS nahestanden. Die Flugblätter der NTS versuchten, Sowjetsoldaten davon zu überzeugen, dass es eine bessere Welt gebe als den Sowjetkommunismus, der nur eine brutale Diktatur darstelle.

Sie gingen raffiniert vor, so viel stand fest: Sie fälschten die *Prawda* und sogar das Armeeblatt *Sowjetskaja Armija*, indem sie den Kopf der Zeitung und die obere Hälfte der ersten Seite originalgetreu nachdruckten. Der Rest der Zeitung enthielt Artikel mit NTS-Thesen und Aufrufen zum Widerstand.

Die Flugblätter hatten inzwischen eine Auflage von mehreren Millionen jeden Monat. Sie schlossen meist mit dem Slogan: »Für die Heimat! Tod den Tyrannen!« Nachts ließ man in Westberlin große Luftballons aufsteigen, die mit Wasserstoff gefüllt worden waren und bis zu dreitausend Meter hoch stiegen. Säurelunten lösten die Flugblattlast zu einem vorausberechneten Zeitpunkt, und dann fielen bis zu zehntausend Flugblätter einzeln vom Himmel. Aus irgendeinem Grund kannte die NTS das Gelände für geplante Manöver im Voraus, meist ließen sie genau dort Flugblätter herabregnen. Daraufhin mussten die Soldaten das Manöver abbrechen und in die Kasernen zurückkehren. Ostdeutsche Schulkinder sammelten dann die Blätter ein.

Zum Aufstand am 17. Juni gab es eine Extraausgabe, die sich an die Soldaten richtete: »Schießt nicht auf die unbewaffnete Volksmenge, sie verlangt nur das, wovon auch du träumst: Freiheit!«

In Frankfurt am Main betrieb die NTS den Radiosender Freies Russland, der den Soldaten der Roten Armee in der DDR zwar verboten war, aber sicher dennoch heimlich gehört wurde.

In der Vergangenheit waren häufiger NTS-Mitglieder aus Westberlin entführt worden, einige hatte man hingerichtet. Natürlich hatten die Amerikaner von den Aktivitäten der NTS erfahren. Sie unterstützten sie längst mit Geld, um ihre Schlagkraft zu erhöhen.

Schilow sagte: »Der NTS-Führer Georgi Okolowitsch lebt hier in Frankfurt. Sie werden ihn töten.«

»Ich verstehe.«

Er legte eine Zigarettenschachtel auf den Tisch. Als Schilow sie öffnete, sah Ilja achtzehn Zigarettenenden, sie war komplett gefüllt. »Die Zigaretten sind Attrappen, um die darunter befindliche Waffe zu verbergen.« Er nahm eine Zigarette heraus, und es zeigte sich, dass sie nur ein kurzer Stummel war. »Hier sehen Sie den Spannhebel. Hinter dieser Zigarette verbirgt sich der Lauf der Waffe.« Schilow zeigte auf das untere Ende der Schachtel. »Sie lösen sie hier aus. Geladen ist sie mit einer winzigen Bleikugel, die unsere operativ-technische Abteilung angebohrt und mit Rizin gefüllt hat. Das Loch ist mit Wachs verschlossen. Sie werden aus geringer Distanz schießen müssen, fünf bis sechs Meter, weiter sollten sie nicht vom Ziel entfernt stehen. Die Waffe schießt mit geringer Pulvermenge, was den Vorteil hat, dass man den Schuss nicht hört. Für das Ziel fühlt es sich an wie ein Insektenstich. Das Wachs löst sich durch die Körperwärme innerhalb einer Stunde auf, daraufhin gibt die Kugel das Gift frei. Haben Sie noch Fragen?«

»Nein, Genosse Oberst.«

»Gut. Bringen Sie mir die Unterlagen über Beria. Von Okolowitschs Tod werde ich in der Zeitung lesen.« Er reichte ihm die Hand. »Willkommen zurück im Geschäft, Genosse Kolschetow.«

37

BERLIN, 30. JUNI 1953

Nelly legte die Blätter mit dem Geschichtsstoff fort. Die Standuhr im Wohnzimmer hatte gerade elf Gongschläge von sich gegeben. Die Augen brannten ihr dort, wo die Lider den Augapfel berührten, und sie verspürte einen fortwährenden Drang zu gähnen, dem sie immer wieder nachgab. Das Gähnen trieb ihr Tränen in die Augen. Heute brachte das Lernen nichts mehr, sie konnte sich keine weiteren Zusammenhänge merken. Durch den stillen Wohnungsflur schlurfte sie ins Bad und putzte sich die Zähne. Lutz und Mutter schliefen schon. Hoffentlich schliefen sie und trieben nicht irgendwas. Es kam ihr immer noch wie ein Frevel vor, dass Mutter diesen Mann küsste, obwohl sie doch geschworen hatte, nur Vaters Lippen zu küssen, *bis dass der Tod euch scheidet*. Sie spuckte aus, nahm aus der hohlen Hand einen Schluck Wasser in den Mund, spülte, spuckte erneut. Dann trocknete sie sich die Hände ab.

Auf dem Rückweg in ihr Zimmer schaltete sie kurz das Licht in der Küche an. Immerhin, Mutter und er hatten das schmutzige Geschirr abgespült. Die Tür zum Verschlag hinter der Küche stand offen. Mutter kochte dauernd etwas ein. Der Verschlag war voll mit Hunderten Gläsern Eingemachtem. »Für schlechte Zeiten«, sagte sie immer und konnte nicht aufhören.

Und was waren das dann gerade für Zeiten? Immer noch wurde Vater in der Sowjetunion festgehalten.

Nimm dich zusammen, hörte sie Mutters Stimme in ihrem Kopf. Viele sind im Krieg Waisen geworden oder zumindest Halbwaisen, das Leben findet doch in den meisten Familien ohne Väter statt. Deiner lebt wenigstens noch. Was sollen denn all die Leute sagen, die aus ihrer Heimat vertrieben wurden oder ihre Väter im Krieg verloren haben? Schau nach vorn, kümmere dich um dein Leben! Wenn du über deine Kindheit jammerst, stehst du irgendwann ganz am Rand. Das will nämlich keiner hören.

Danke, Mama.

Sie schloss die Tür zu ihrem Zimmer und zog sich aus. Als sie in das rote Nachthemd geschlüpft war, löschte sie das Licht und legte sich ins Bett. Aber trotz der Müdigkeit konnte sie nicht einschlafen.

Sie dachte an die Einweckgläser im Verschlag. Hingen ihre Erinnerungen an Vater jetzt auch in solchen Einweckgläsern ihres Gehirns wie allmählich zerfasernde, ausbleichende Pfirsichhälften? Nach all den Jahren wusste sie kaum noch, wie sein Lachen klang. Und aß er weiter mit Begeisterung Wirsingsuppe mit Kümmel und Kartoffelstückchen? Die Menschen änderten sich. Im Oktober waren es sieben Jahre, dass sie ihn nicht gesehen hatte. Vielleicht hatte er die Hälfte seiner Haare verloren und trug jetzt Halbglatze. Vielleicht hatte er die Lebensfreude verloren, und seine Augen blickten stumpf, und er trank sich jeden Abend den Kummer von der Seele.

Ach, Papa. Hoffentlich hast du meinen Brief bekommen, meinen verzweifelten Hilferuf, und machst dich endlich auf den Weg nach Hause.

Wenn sie das Abitur bestand, wollte sie nicht mit dem Stiefvater feiern, am besten feierte sie überhaupt nicht, ohne Vater gab es eben keine Feier. Und wenn sie studierte, wem erzählte sie von den schwierigen Vorlesungen? Und wenn sie heiratete? Der Stiefvater würde sie nicht zum Altar führen, das würde sie ihm niemals zugestehen. Papa, führst du mich zum Altar?

Wahrscheinlicher war, dass sie nie heiraten würde. Ilja durfte nicht mit Deutschen fraternisieren, und ihre unreifen Mitschüler, die mit achtzehn immer noch Mau-Mau spielten und beim Rauchen vor dem Schulhof wie Cowboys posierten ... Nein. Da blieb sie lieber allein.

Wolf könnte sie heiraten. Er hatte sich zwar bei der Staatssicherheit verpflichtet und sich dann feige bei ihnen in der Jungen Gemeinde eingeschlichen, aber immerhin hatte er den Mut besessen, den Verrat vor allen zu gestehen, auch auf die Gefahr hin, dass sie ihn verachteten. Und dann hatte er sie aus den Händen der russischen Soldaten befreit, zu einem Zeitpunkt, an dem es ihn das Leben hätte kosten können.

Ein Knacken im Flur. Ihre Zimmertür öffnete sich leise. »Mama?«, flüsterte sie. Vermutlich fand sie wieder mal keinen Schlaf und suchte Trost.

Die Zimmertür schloss sich wieder.

Nellys Puls jagte. Sie richtete sich im Bett auf. »Mama? Sag doch was.«

Jemand war im Zimmer. Sie hörte ein Atmen aus der Dunkelheit und sah schemenhaft die Umrisse eines Oberkörpers. Das war nicht ihre Mutter.

Eine Männerstimme sagte leise: »Ich bin es.«

Ilja! »Wie kommst du hier rein? Und was willst du? Es ist mitten in der Nacht!«

»Nelly, hör mir zu. Liebst du mich? Kannst du mich lieben?«

Sie wusste doch nicht mal, wer er war.

Als könnte er ihre Gedanken lesen, fing er an, zu erzählen. Ein ganzes Leben erzählte er, von der Kindheit eines Außenseiters bis zum Studienbeginn, von ersten Kontakten zum Geheimdienst, dem Krieg, der über ihn hereinbrach, und je länger er sprach, desto fremder wurde er ihr.

»Wie viele«, fragte sie. »Wie viele hast du getötet?«

»Jeder Soldat der Roten Armee hat mehr Menschen auf dem Gewissen als ich.«

Ja, aber das war etwas anderes. Die hatten Offiziere gehabt, die hinter ihnen standen und jeden niederschossen, der sich nicht den Deutschen entgegenwarf. Ilja hatte sich an Einzelne angeschlichen und hatte sie mit eigenen Händen erdrosselt, er hatte sie vergiftet, erstochen. Sie erschauderte. Mit diesem Monstrum hatte sie geschlafen.

»Jeder Mensch ist auch ein Mörder«, sagte er. »Jeder Mensch trägt das in sich. Hast du noch nie jemandem den Tod gewünscht?«

Doch, das hatte sie. Warum war er hier? »Jagen sie dich?«

Er verstummte. Selbst seine Atemgeräusche hatten aufgehört. Endlich stieß er hervor: »Jemand war hier.«

»Nein, niemand. Ich dachte nur, weil du nachts gekommen bist.«

Erst wollte er es nicht glauben, aber dann setzte er sich auf ihren Bettrand. »Ich kann dich nicht romantisch umwerben, Nelly, nicht heute Nacht. Aber ich kann dir versprechen, dass ich mein Leben ändere. In mir trage ich einen anderen Mann. Dieser Mann war die ganze Zeit da, er hat zugesehen, wenn ich Leben beendet habe, er hat gelitten, weil ich ihn verleugnen und stummprügeln musste, aber er lebt, und ich werde ihn aufpäppeln und wieder ans Steuer lassen. Ich werde ein guter Mann sein, ein Mann, wie du ihn dir wünschst. Leicht wird es trotzdem nicht mit mir, das nicht.«

»Wie meinst du das?«

»Ich muss noch einen Auftrag ausführen.«

»Jemanden töten also.« Was, wenn diejenige ich bin?, dachte sie mit einem Frösteln. Es ist Nacht, er ist hier eingedrungen … Aber das konnte ja nicht sein, dann würde er sie doch nicht fragen, ob sie ihn liebte.

»Es muss sein. Ich brauche Zeit. Muss mich vorbereiten. Sonst schaffe ich's nicht, unterzutauchen und von ihrem Radar zu verschwinden. Dieses eine Mal muss ich noch tun, was sie von mir verlangen.«

Sie sahen sich an in der Dunkelheit. Nelly fürchtete ihn. Sie konnte riechen, dass er sie begehrte, dass er wieder mit ihr schlafen wollte. Aber damals war er ein anderer gewesen, ein Bote, der unter Lebensgefahr Nachrichten ihres Vaters überbrachte. Heute war er ein Schemen, ein Todbringer.

»Ich tauche unter und beginne eine neues Leben«, sagte er. »Du kannst dabei sein. Vertraust du mir?« Sie hörte an seiner Stimme, dass er ihre Antwort schon kannte. Es war kein Vorwärtsdrängen, kein Liebesdurst mehr darin. Iljas Stimme lahmte, weil er verletzt war.

Ich höre nie wieder etwas von Papa, dachte sie. Nie wieder. »Erzähl mir von Kuibyschew«, bat sie leise.

Er nickte. Das würde ihr Abschied sein, dass er von Kuibyschew sprach.

Er sagte, dass die Winter in der Oblast Samara lang seien und kalt, im November würden die Flüsse zufrieren, und erst im April beginne die Schneeschmelze und das Eis würde wieder brechen. Kuibyschew habe eine wichtige Rolle beim Sieg über Deutschland gespielt, hier seien in großen Betrieben Waffen und Munition produziert worden, unter anderem Zehntausende Schlachtflugzeuge Il-2, die von Kuibyschew aus an die Front geschickt worden seien.

»Was bedeutet der Name?«, fragte sie.

»Die Stadt ist nach einem Mann benannt, Walerian Wladimirowitsch Kuibyschew. Er war Kommandeur der Roten Armee und wurde einer der mächtigsten Männer unter Stalin. Früher hieß die Stadt Samara.«

»Also ist es so etwas wie Karl-Marx-Stadt.« Sie schluckte, weil ihr der Abschied wehtat. Der Abschied von Ilja, wie sie ihn früher gekannt hatte, und der Abschied vom Vater. »Und woran arbeitet Papa da? Ich meine, woran genau!«

»An einem Düsenflugzeug. Es ähnelt einer Rakete und soll die Schallmauer durchbrechen, so schnell wird es fliegen.« Es schien ihm Kraft zu geben, von der militärischen Macht der Russen zu sprechen. Hier war er der Starke. Auch wenn sie, das deutsche Mädchen, ihn wegschicken konnte, er war stärker gerüstet und konnte sie belehren über die Dinge. »Auch bei ballistischen Raketen sind wir den Amerikanern überlegen. Wir entwickeln verschiedene Antriebssysteme weiter, das deutsche System mit Alkohol und Sauerstoff, aber auch neue Systeme, die mit Paraffinöl und Sulfursäure angetrieben werden. Ein Deutscher, Dr. Pose, baut für uns U-Boote mit Atomantrieb. Sie können zwei bis drei ballistische Raketen abfeuern. Bald gehen sie in Betrieb. Einen atombetriebenen Eisbrecher haben wir schon.«

Er zögerte den Abschied hinaus, bis sein Redefluss sich erschöpft hatte. Es wurde kalt im Zimmer. Die Tür öffnete und schloss sich, lautlos, und er war fort. Kein Wort des Abschieds. Das erst machte ihr klar, wie schlimm ihre Abweisung für ihn gewesen sein musste.

Ein Zug rast durch die Nacht, ein Zug rast vom einen Deutschland ins andere, darin ein Mörder. Der Mörder bin ich. Und der, den ich töten werde, verschläft seine letzten Stunden. Morgen wird er aufstehen, wird missmutig die Zähne putzen, weil er noch schlafen wollte, und wird sich die Haare kämmen. Dabei ist es eine Verschwendung, dass er sich die Haare kämmt. Für wen will er schön sein? Das erledigen die Bestatter, die richten ihn noch mal her für die Beerdigung. Genauso ist es eine Verschwendung, dass er sich die Zähne putzt, wie es eine Verschwendung ist, dass er noch frühstückt, sein Körper wird das Brot nicht mehr verwerten können, das er mit einem Glas kalter Milch in den Magen spült.

Er wird seine Frau küssen, wenn er zur Arbeit aufbricht, und die kleine Tochter. An diesen Kuss werden die beiden, Frau und Tochter, noch lange denken. Weil es der letzte Kuss war. Weil sie sich fragen werden, ob er seinen Tod geahnt hat.

Und dann, wenn er aus dem Haus kommt, um zur Redaktion des Radiosenders »Freies Russland« zu gehen und neue antisowjetische Sendungen zu produzieren, werde ich hinter ihn treten und werde die Kugel aus der Zigarettenschachtel auf ihn abfeuern, am besten in den Oberschenkel, und er wird auf die Einschussstelle schlagen, als habe ihn eine Wespe gestochen, und wird ärgerlich fluchen. Und ich werde an ihm vorübergehen, die Schachtel in der Hand, als wollte ich mir eine Zigarette anstecken, und werde mitleidig lächeln, und er wird zur Arbeit gehen und wird die Sache vergessen, weil es nicht mehr schmerzt. Währenddessen wird sich in seinem Körper das Wachs erwärmen und wird die Öffnung in der Kugel freigeben und das Rizin tritt aus, und im Gebäude des Radiosenders wird er plötzlich Krämpfe bekommen und sein Herz wird stehenbleiben. Er wird sich an die Brust fassen. Zu Boden sinken. Und jeder wird meinen, er sei an einem Herzinfarkt gestorben.

Genau so wird es geschehen.

Warum lamentierst du, erster Ilja, warum weigerst du dich? Lass mich machen. Ich bin der Ilja, der dich überlebensfähig gemacht hat. Bevor ich dich zum Geheimdienst gebracht habe, warst du ein Hänfling, den der erste Wind weggeblasen hätte. Niemand hat dich geachtet. Niemand hatte Respekt vor dir. Und schau dir an, welche Fähigkeiten ich dir verschafft habe. Du warst an Stalins Sterbebett, hast Adenauers Ministerialdirigenten bearbeitet und Berias Sturz überlebt. Lass mich nur machen. Ich bringe uns weiter.

Was gehst du da so stumm und kopfschüttelnd neben mir her, erster Ilja? Mir gefällt das nicht, dass du plötzlich Ansprüche erhebst. Du hast erlaubt, dass ich die Regie übernehme und hast jahrelang zugesehen. Jetzt beschwere dich nicht.

Ilja sah sich selbst von außen zu, wie er im Morgengrauen die Wohnung in Frankfurt aufschloss. Wie er mit ruhiger Hand Kaliumnitrat und roten Phosphor ins Taschentuch gab und sie vermischte, vorsichtig, um keine Explosion auszulösen. Wie er die Mischung in einen hohlen Golfball einfüllte und ihn wieder verschloss.

Er sah sich selbst zu, wie er die präparierte Zigarettenschachtel einsteckte und den Golfball. Auf dem Weg zur Wohnung von Georgi Okolowitsch war es, als ginge er unsichtbar neben dem Mann her, der vorgab, Ilja Kolschetow zu sein. Dieser Mann war nicht aufzu- halten. Dieser Mann war stark. Er aber, der wirkliche, erste Ilja, war nie besonders stark gewesen, und heute war er besonders geschwächt, weil er Trauer empfand und verliebt war und Nellys Angst heraus- gehört hatte, Nellys Abscheu für den Mörder Ilja Kolschetow.

Wie habe ich zulassen können, dass ich der geworden bin, der ich heute bin?

Kann der Schwache den Starken niederringen? Der Schwache kann Dinge, die der Starke nie gelernt hat: Er kann das Mädchen Nelly lieben. Er kann weinen, weil sie nie wieder zusammenkom- men werden.

Damals hat der Schwache seinem Führungsoffizier angeboten, die Briefe von Nellys Vater nach Deutschland zu bringen. Normale Post kam nicht in Frage für die verschleppten Wissenschaftler. Dass sie über den Geheimdienst Briefe an ihre engsten Angehöri- gen schicken durften, war eine Vergünstigung, die sie sich durch gute Führung verdienen mussten. Nellys Vater verdiente sie sich. Drei Mal schrieb er an seine Frau, dann nur noch an Nelly. Er bat Ilja, die Briefe heimlich zu überbringen, die Frau sollte nichts da- von wissen. Er hatte mit ihr gebrochen, schien es. Und er, der erste Ilja, machte die Wege gern, weil er Nelly sah. Jedes Jahr liebte er sie ein wenig mehr, wäre er nur nicht so schwach gewesen, wäre er nur stärker gewesen!

Der erste und der zweite Ilja erreichen das Haus, in dem Georgi Okolowitsch wohnt. Der zweite Ilja will den Hahn der verborge- nen Waffe spannen, er will dem Feind der Sowjetunion im Eingang des benachbarten Hauses auflauern.

Aber der erste Ilja, der schwache Ilja, tut etwas, das den zweiten Ilja überrascht: Er betritt das Haus und steigt die Treppe hinauf, bis zur Tür, auf der *Okolowitsch* steht. Dort drückt er den Klingelknopf.

Nach kurzer Wartezeit öffnete sich die Tür. Das ist Okolowitsch, er kennt ihn von Bildern her.

Er sagt: »Mein Name ist Ilja Kolschetow. Darf ich Sie kurz sprechen?«

Okolowitsch bittet ihn in die Wohnung.

Es ist still, die Frau und die Tochter sind wohl nicht da.

Er spürt die Zigarettenschachtel an der Brust. Sie werden uns jagen, sagt der zweite Ilja, ich erledige die Aufgabe, sonst töten sie uns. Er zieht die Schachtel heraus, legt den Finger an den Abzug. Er sagt: »Georgi Okolowitsch, ich komme mit einem Auftrag aus Moskau zu ihnen. Das Zentralkomitee der Kommunistischen Partei der Sowjetunion hat Ihre Liquidierung angeordnet. Ich bin mit der Ausführung betraut.«

Okolowitsch weicht zurück. Er hebt die Hände schützend vor sich, er zittert vor Angst. »Bitte, ich ...«

Da sagt der erste Ilja: »Ich habe beschlossen, Sie nicht zu ermorden.« Er steckt die Schachtel weg.

Der zweite Ilja tobt.

Schweigend sehen sie sich an. Okolowitsch zittert immer noch. Er schöpft geräuschvoll Atem. Er muss schlucken. Immer wieder schlucken. Schließlich bringt er mühevoll hervor: »Ich danke Ihnen.«

Irgendwo in der Nähe war jemand, der überwachte, ob er seinen Auftrag ausführte. Vielleicht in einer der Wohnungen im Haus gegenüber. Vielleicht hier im Haus. »Hören Sie mir gut zu und tun Sie, was ich Ihnen sage. Man wird glauben, ich hätte Ihnen eine Kugel mit Rizin ins Fleisch geschossen, die nach einer Stunde zum Herzstillstand führt. Verlassen Sie das Haus und gehen Sie, ohne sich umzusehen und ohne Anzeichen von Eile, zur nächsten Polizeistation. Sagen Sie denen, was passiert ist, und bitten Sie um Polizeischutz. Verlassen sie das Polizeirevier erst, wenn Männer von der CIA eingetroffen sind, die Sie beschützen können, und wenn die CIA Ihnen sagt, wohin Sie gehen sollen. Wie weit ist es zur nächsten Polizeistation?«

»Zehn Minuten.«

So lange blieb ihm, um sein eigenes Leben zu retten. Sobald Okolowitsch im Revier eintraf, war er, Ilja, aufgeflogen. Dann begann die Jagd auf ihn. Vielleicht hatte sie auch schon begonnen. Er war vom Plan abgewichen. Moskau duldete keine Abweichler.

»Gehen Sie.«

»Und meine Tochter? Meine Frau?«

»Sie sind momentan nicht in Gefahr. Mein Auftrag waren Sie.« Er sah ihn noch einmal intensiv an. »Gehen Sie los. Und drehen Sie sich nicht um, gehen Sie nicht schneller als sonst. Man wird Sie beobachten.«

Georgi Okolowitsch zog die Schuhe an. Er schlüpfte in die Jacke. Bevor er die Wohnung verließ, sichtlich blass, sagte er noch einmal: »Ich danke Ihnen.«

Ilja nickte.

Er lauschte auf die Schritte Okolowitschs im Treppenhaus. Lauschte auf die Haustür. Auftrag nicht ausgeführt. Ilja Kolschetow – ein Konterrevolutionär. Zur Liquidation freigegeben. Wer versucht, zum Klassenfeind überzulaufen, wird erschossen.

Er zählte stumm bis zehn. Dann verließ auch er die Wohnung. Die Wände im Treppenhaus schienen ihn aus tausend Augen zu beobachten. Er trat aus dem Haus und wandte sich nach links, Richtung Bahnhof.

An einem der Fenster auf der anderen Straßenseite bemerkte er eine Bewegung, aber er sah nicht hin. Sie misstrauten ihm, weil er für Beria gearbeitet hatte. Er war ein potenzieller Verräter. Hoffentlich verriet sich Okolowitsch nicht durch allzu große Hast.

Als er die Route änderte, indem er in die Taunusstraße einbog, passierte ihn ein Auto. Fuhr es nicht eine Winzigkeit zu langsam? Ein Borgward-Hansa 1500, Kombi. Das Nummernschild … Er sah genauer hin. Es hing um eine winzige Nuance schief. Ein aufgeklebtes Nummernschild. Darunter würde sich ein Ostdeutsches verbergen. Sie waren da.

Der Wagen bog in die nächste Straße ein. Ilja lauschte. Er hörte einen hohen Ton, kurz nur, wie ihn die Bremsen beim Halt abgaben. Eine Autotür wurde geöffnet, sie schloss sich nicht wieder, jemand war ausgestiegen.

Ilja wechselte die Straßenseite. Er schlich sich zur Hausecke, hinter der sie lauern mussten. Ein Auto parkte diesseits der Ecke, ein blauer Opel Kapitän. In seinen Scheiben spiegelten sich der Himmel und die Straßenecke und hinter der Ecke eine Frau.

Sie.

Die Frau, die im Fotostudio gewesen war. Sie hielt eine zusammengelegte Tageszeitung in der Hand. Garantiert verbarg sie darin eine Pistole mit Schalldämpfer.

Er zog den Golfball aus der Tasche. Holte aus. Mit Wucht schleuderte er den Ball vor der Hausecke auf den Boden. Die Mischung aus Kaliumnitrat und rotem Phosphor explodierte mit lautem Krachen. Durch den Rauch und das Feuer sprang er voran. Er schlug die Agentin zu Boden. Rannte weiter. Bog in die Neue Mainzer Straße ein, hin zum Opernplatz.

An der Ruine des Opernhauses stürmte er vorbei, sie glich einem antiken Tempel, das Dach war offen, von Bomben weggesprengt. Männer und Frauen einer Bürgerinitiative standen davor, sie hielten ein Transparent in die Höhe: »Rettet das Opernhaus«. Als er vorbeirannte, hörten sie auf, ihre Spendenbüchsen zu schütteln, und sahen ihm ratlos nach.

Er erreichte die Bockenheimer Anlage, das US-amerikanische Konsulat war schon in Sichtweite.

Da hörte er hinter sich ein Kreischen aus vielen Kehlen. Die Spendenbüchsenschüttler, was hatten sie gesehen, das sie so entsetzte? Es kam nur eines infrage: eine Waffe. Er warf sich in den nächsten Hauseingang. Schon keuchte ein Schuss. Die Agentin.

Er sah sich die Tür an. Zwar würde er sie aufbrechen können, aber wenn er in das Haus floh, würde es ihm zur tödlichen Falle werden. Nein, er musste näher an das Konsulat herangelangen. Dann würden die amerikanischen Soldaten eingreifen.

Er zog sich das Hemd aus und warf es aus der Deckung. Sofort fielen zwei Schüsse, durchlöchert landete das Hemd auf dem Gehweg. So ging es nicht. Sie war zu schnell.

Dieses einfache Bartschloss würde leicht mit einem Haken zu öffnen sein. Er zog das Lederetui aus der Geheimtasche, entrollte es, zog den Sperrhaken heraus und führte ihn ein. Nach einer Drehung schnappte die Tür auf. Halbdunkel im Hausinneren. Die Treppe aus dunklem Holz, der Knauf des Handlaufs geschwungen. Ein eigenartiger Gedanke drängte sich in sein Bewusstsein: In diesem Treppenhaus sterbe ich.

Er schob ihn fort. Rannte die Treppe hoch, höher und höher.

An einer Wohnungstür im dritten Stock klingelte er Sturm und grub währenddessen schon das Lederetui heraus, diesmal war es ein Stiftschloss, das würde ihn wertvolle Minuten kosten. Er zog den Spanner heraus und führte ihn in den Zylinder ein, tastete mit einem Haken nach dem ersten Stift, setzte ihn. Er hörte, dass sich jemand unten an der Haustür zu schaffen machte. Setzte den nächsten Stift. Die Haustür öffnete sich, der Lärm vorbeifahrender Autos wurde lauter. Sie schloss sich wieder und dämpfte den Straßenlärm. Er setzte einen weiteren Stift. Jemand kam die Treppe hinauf. Rasch, rasch! Der nächste Stift. Schon war sie im Stockwerk unter ihm. Der letzte Stift, er drehte hastig mit dem Spanner das Schloss, stürzte in die Wohnung und warf die Tür hinter sich zu.

Panisch sah er sich um. Dort, die Küche. Er holte einen Stuhl. Neben der Wohnungstür das Bad, wenn er sich da hineinstellte und ihr den Stuhl über den Kopf zog, sobald sie die Wohnung betrat … Aber sie würde zuerst schießen.

Er sah hinauf. Hohe, stuckverzierte Decken. Über der Badtür befand sich ein Staufach. Er kletterte auf den Stuhl und fasste mit den Händen nach dem Fach. Indem er daran vor und zurück schwang, trat er nach dem Stuhl und ließ ihn ins Bad krachen. Dann zog er sich hoch, in kauernder Position passte er gerade so ins Fach. Alte Decken lagen hier und einige Koffer.

Die Tür öffnete sich. Ilja hielt den Atem an und verharrte reglos, um sich nicht zu verraten. Er konnte die Agentin nicht sehen, er sah nur das obere Ende der aufschwingenden Wohnungstür.

Wie sollte er den richtigen Moment erwischen? Da, ein Schatten auf der Tür. Er sprang. Im Sprung hielt er sich am Fach fest und versuchte, mit dem Arm die Flugbahn zu korrigieren. Die Agentin sah erschrocken hoch, konnte aber nicht mehr rechtzeitig den Arm mit der Waffe heben.

Schwarz ihr Gesicht. Schwarz und verbrannt die Kleidung. Sie gingen gemeinsam zu Boden.

Er schlug nach ihr. Die Schwärze ihres Kopfs färbte seine Faust. Mit der Linken hielt er ihren Arm, sie wollte die Hand aufrichten, um zu schießen, doch er drückte sie nieder, sie rangen um die Pistole. Endlich entwand er sie ihr, hielt den Lauf an ihre Schläfe. Da erlahmte ihre Abwehr, und sie sah ihn aus elfenbeinweißen Augen inmitten der rußigen Gesichtshaut an.

»Ich will niemanden mehr töten«, stieß er zwischen den Zähnen hervor. »Niemanden, auch nicht dich. Kapiert?«

Sie sah ihm in die Augen, regte sich aber nicht.

Er drückte die Waffe fester an ihre Schläfe. »Kapiert?!«

Jetzt deutete sie ein Nicken an.

»Sag Oberst Schilow, er soll mich von der Gehaltsliste streichen.«

Sie verzog keine Miene. Dennoch sah er es ihrem Blick an, sie verachtete ihn. Obwohl er ihr Leben verschonte. Und sie hielt ihn für todgeweiht.

»Mach das noch zehn Jahre«, sagte er, »und du kommst an denselben Punkt.«

Er hielt die Waffe weiter auf ihren Kopf gerichtet und stand vorsichtig auf. Dann verließ er, rückwärts gehend, die Wohnung, und warf hinter sich die Tür zu. Er stieg die Treppe hinunter und spähte immer wieder hoch. Kam sie ihm nach?

Sie würde sich das Gesicht waschen und sich Kleider aus der Wohnung rauben, wenn dort nur Männer lebten, dann eben ein Männerhemd. Damit würde sie das Haus verlassen und in der Menge der Bewohner von Frankfurt untertauchen.

Trotzdem beeilte er sich, ging zügig die Straße entlang. Kurz vor Erreichen des Konsulats warf er die Pistole unter ein parkendes Auto.

38

Der große Kremlpalast mit seinen siebenhundert Zimmern und den gewaltigen Sälen atmete den mondänen Geist der Romanows. Seit fünf Tagen tagten hier die zweihundertsechzehn Delegierten und Kandidaten des Zentralkomitees der Kommunistischen Partei der Sowjetunion. In den glänzend polierten Holzintarsien des Fußbodens spiegelten sich die Lichter ausladender Lüster. Das Parlament der Partei, das von Stalin zu einem bloßen Akklamationstheater degradiert worden war, gewann wieder an Macht.

Es gewann an Macht, seitdem Chruschtschow ihm vorstand.

Georgi Malenkow wusste, dass man ihm Weiblichkeit nachsagte. Er war nicht quadratisch gebaut wie Chruschtschow, sondern besaß schmale Schultern und breite Hüften, und für seine hohe Stimme war er seit der Schulzeit gehänselt worden. Aber er war klug, das war eine seltene Eigenschaft im Zentralkomitee, sie war es gewesen, die ihm die Ernennung zum Vorsitzenden des Ministerrats eingebracht hatte, zur Nummer eins im Staat.

Seit die Plenarsitzung begonnen hatte, fragte er sich, ob er nicht hätte wachsamer sein müssen. Chruschtschow hatte vor drei Monaten darauf bestanden, dass er die Parteiämter abgab, Parteiamt und Regierungsamt vertrügen sich nicht, er solle sich entscheiden. Den Parteivorsitz an Chruschtschow abzutreten, war ihm damals klug erschienen, damit war Chruschtschow kaltgestellt, hatte er gedacht, er war nun bloß noch einer von vier Sekretären des Zentralkommitees, dagegen verlieh das Amt des Ministerpräsidenten deutlich mehr Einfluss.

Jetzt aber wurde immer deutlicher: Der neue erste Mann des Staates war Nikita Sergejewitsch Chruschtschow. Zumindest gerierte sich der kleine, polterige Mann so. Der Bullterrier kletterte auf den Thron.

Wie konnte er das wagen? Und wie war er aufzuhalten?

Er feierte mit dieser eigens einberufenen Plenumssitzung, dass er es geschafft hatte, den gefürchtetsten Politiker des Landes auszuschalten: Innenminister Lawrenti Beria. Das Plenum war nur einberufen worden, um diesen Triumph darzustellen und die Verhaftung Berias nachträglich zu legitimieren. Der Coup beeindruckte tatsächlich. Noch war fraglich, ob er Chruschtschow und seinen Mitverschwörern nicht den Tod einbrachte. Sollte ihnen Beria entwischen, würde er keine Gnade kennen.

Wie stelle ich mich dazu?, dachte er. Wenn ich Beria verteidige, habe ich nach seiner geglückten Befreiung einen mächtigen Freund. Allerdings wusste niemand, wo der Gefangene untergebracht war.

Er musterte Chruschtschow. Diese selbstsicheren Gesten, diese streitlüsternen Blicke – war Beria womöglich längst tot? Wie konnte Chruschtschow sonst wagen, derart über den Geheimdienstchef und Innenminister herzuziehen?

Kaganowitsch, sicher von Chruschtschow angetrieben, sagte: »Beria wollte die Lehren von Marx, Engels, Lenin und Stalin unterminieren! Das war nicht nur eine Abweichung von der Parteilinie, sondern eine gefährliche konterrevolutionäre Verschwörung gegen die Partei und die Regierung.«

Die Delegierten applaudierten.

Chruschtschow war offenbar gewillt, Beria alles unterzuschieben. Er würde dessen Bild in den schwärzesten Farben malen, endlich hatte er einen Sündenbock. Beria würde als Stalins Schlächter gelten. So konnten sie dem Stalin-Kult den ersten Stoß verpassen, ohne Stalin selbst zu kritisieren – das würde noch für geraume Zeit nicht möglich sein, so sehr wurde er verehrt im Volk. Nein, stattdessen kritisierten sie seinen engsten Mitarbeiter. Wenn Stalins Geheimdienstchef ein brutaler Schlächter war, dann fielen auch einige Blutstropfen auf Stalins Rock. Zuerst würde man Beria Stalins Fehler unterschieben und später dann Stalin selbst demontieren.

Moment mal, dachte er, verteidige ich Beria, diesen tückischen Hund? Er staunte über sich, aber Beria tat ihm tatsächlich leid. Er wusste, Beria wurde gestürzt, weil er Beweise besaß, die alle anderen Politbüromitglieder belasteten. Auf diese Weise hatte ihm der Geheimdienst Macht verliehen, Beria saß auf Bergen belastenden Materials, er konnte sich jeden Einzelnen aus der Führung vornehmen. Es gab ja keinen, der nicht in irgendwelche Verbrechen verwickelt war. Mit Sicherheit suchten Chruschtschows Leute, während das Zentralkomitee hier debattierte, fieberhaft Berias geheimes Archiv, um die gefährlichen Unterlagen zu finden und zu vernichten, oder, was schlimmer war, sie zu benutzen.

Berias Verurteilung sollte die Partei reinwaschen. Deshalb wurde er als Bandit dargestellt, als ruchloser Mensch, Verräter, Spion, Vergewaltiger. So konnte man ihm alles anhängen, was sonst an der Partei kleben geblieben wäre.

Nun trat Chruschtschow ans Mikrofon. Er führte Kaganowitschs Rede nahtlos fort. »Beria wollte seine eigene Autorität stärken und dann, wenn er genug Macht hatte, die Partei zerstören. Die Diskussion über die deutsche Frage hat ihm die Maske vom Gesicht gerissen. Er ist ein Provokateur und imperialistischer Agent. Er hat vorgeschlagen, den Aufbau des Sozialismus in der DDR aufzugeben und dem Westen Konzessionen zu machen. Er hat wörtlich gesagt: ›Wir müssen ein demokratisches und neutrales Deutschland aufbauen.‹ Mit seiner ganzen Eloquenz hat er versucht, uns und die Partei davon zu überzeugen. Die Sowjetunion sollte sich damit zufriedengeben, Deutschland wiedervereinigt zu sehen zu einem bürgerlichen Land, ein bürgerliches Deutschland könne existieren, behauptete er, ohne mit den anderen imperialistischen

Staaten verbündet zu sein, es müsse weder aggressiv sein noch imperialistisch. Da wurde deutlich, dass Beria kein Kommunist war. Noch vor wenigen Wochen hat er hier in Moskau Genosse Ulbricht und die anderen deutschen Genossen auf eine Weise verleumdet, die uns die Schamesröte ins Gesicht getrieben hat. Die Deutschen fügten sich, nahmen die Normerhöhungen zurück, machten Konzessionen mit dem Ergebnis, dass es zu einem Aufstand der konterrevolutionären Kräfte kam. Diese Nachgiebigkeit war der Grund des 17. Juni, den sie jetzt in der Deutschen Demokratischen Republik den Tag X nennen.«

Er spürte, wie ihm die Anzughose nass geschwitzt an den Oberschenkeln und am Hintern klebte. Diese Rede ... Chruschtschow schlug, indem er Beria niedermachte, auch ihm, Malenkow, eine Ohrfeige ins Gesicht. Schließlich hatte er zusammen mit Beria den Vorschlag unterbreitet, den Sozialismus in der DDR aufzugeben. Es war eine Warnung, dessen war er sich sicher. Chruschtschow wollte ihm zu verstehen geben, dass er ihn kaltstellen würde, wenn er ihm bei Berias Sturz nicht zur Hand ging.

Aber noch war es nicht entschieden. Lebte Beria, war es womöglich klüger, sich auf seine Seite zu schlagen. Denn Chruschtschow würde ihn, Malenkow, auf dem Weg zur Macht beiseiteschieben, so viel stand fest.

Chruschtschow hielt ein angegilbtes Blatt Papier in die Höhe. »Dieses Schriftstück beweist, dass Beria schon vor Jahrzehnten als Spion in Baku dem antikommunistischen Müsawat-Regime zuarbeitete. Außerdem knüpfte er Intrigenbande mit dem abtrünnigen jugoslawischen Parteiführer Josip Tito. Er muss für seine Taten büßen.«

Ein zustimmendes Raunen ging durch das versammelte Zentralkomitee.

Als Nächstes trat Molotow ans Pult. Er sprach ruhiger. »Wir haben bisher keine Beweise, dass Beria auch in jüngster Zeit für einen ausländischen Geheimdienst gearbeitet hat. Aber darauf kommt es nicht an. Es ist mehr als deutlich, dass er der Bourgeoisie diente, dass er versucht hat, die Führung der bolschewistischen Partei zu zerstören, indem er fremde Gewohnheiten und Methoden einführte. Er wollte den Marxismus durch Amerikanismus ersetzen. Seine antisowjetischen Pläne gingen davon aus, dass er von den Imperialisten Hilfe erhalten würde, weil er nur von Feinden der Sowjetunion mit Unterstützung rechnen konnte, um Macht anzuhäufen.«

Musste ein Staat, der so viele Völker und eine derart weite Landmasse umfasste wie die Sowjetunion, nicht zwangsläufig mit harter Hand regiert werden? Aber das musste doch auch möglich sein, wenn diese harte Hand sich einer gerechten Justiz bediente, wenn es Gesetze gab, die für jeden galten. Stattdessen ging es immer wieder um persönliche Macht, ob unter Stalin oder jetzt unter Chruschtschow, und jeder Mächtige nahm sich heraus, seine persönlichen Feinde als Staatsfeinde zu bezeichnen.

Ach, diese ungezählten Opfer eines Systems, das sich selbst nur bestätigen konnte, indem es Schuldige produzierte, Schuldige an der Verzögerung des Reichs der Freiheit, das die Parteigründer angekündigt und dessen Pforten sich doch nicht geöffnet hatten.

»Er hat unserem Land geschadet«, sagte Molotow. »In Georgien oder der Ukraine und anderswo hat er bürgerliche, antisowjetische und nationalistische Intellektuelle beschützt. Die glaubten bald, sie könnten tun und lassen, was sie wollen.«

Gleich war er, Malenkow, an der Reihe. Wie sollte er sich zu der Sache stellen? Chruschtschow hatte den Generalstaatsanwalt ausgetauscht, um sicherzugehen, dass über Beria das gewünschte Urteil verhängt wurde. Hätte er das getan, wenn Beria längst tot war? Andererseits, war er wirklich das Risiko eingegangen, ihn am Leben zu lassen, auf die Gefahr hin, dass Elitetruppen des Geheimdienstes Beria befreiten?

Auf dem Weg zum Podium musterte er Chruschtschow. So sah niemand aus, der sich fürchtete. Chruschtschows Ellenbogen nahmen weiten Raum ein auf dem Tisch, und er blickte selbstzufrieden um sich wie ein Zar.

Beria hatte offenbar niemanden mehr, der ernsthaft versuchte, ihm zur Flucht zu verhelfen.

Er stellte sich an das Pult und sagte: »Glücklicherweise haben wir nur drei Monate gebraucht, um das wahre Gesicht dieses Abenteurers zu erkennen und diese Viper zu zertreten, diesen Tumor loszuwerden, der mit seiner Fäule die gesunde Atmosphäre des monolithischen leninistisch-stalinistischen Kollektivs vergiften wollte. Ich plädiere für den Ausschluss Berias aus der Partei. Über die Strafe für seine Taten soll das Oberste Gericht entscheiden.«

Das Plenum applaudierte, und ihm war, als zöge ein feines Lächeln um Chruschtschows Mundwinkel.

39

MOSKAU, 23. DEZEMBER 1953

Sie hatten ihm alles genommen. Als er um Bleistift und Papier bat, wurde dieser Wunsch ignoriert. Erst als er die Hoffnung schon aufgegeben hatte, trafen die erbetenen Materialien doch noch ein. Beria stellte sich vor, wie das Politbüro tagte und darüber debattierte. Rasch wurde ihm klar, warum sie ihm den Wunsch doch noch erfüllt hatten. Sie hofften, er möge Geheimnisse verraten, die sie ausnutzen konnten. Aber so leicht wollte er es ihnen nicht machen. Er schrieb einen Bittbrief an Malenkow und schlug noch einmal einen vertraulichen Ton an. »Jegor, Sie kennen mich doch. Warum haben Sie auf Chruschtschow gehört? Er ist der Sie dazu angestiftet hat, nicht wahr?« Doch tief in seinem Innersten wusste er, es war aussichtslos. Diese Bittbriefe waren lächerlich. Andererseits, was sollte er tun, allein in dieser nasskalten Zelle ohne Tageslicht? Draußen vor der Tür saß Stunde um Stunde General Batiziki, der offenbar persönlich für seine Bewachung abgestellt worden war. Beria dachte an Ilja Kolschetow, seinen Leibwächter und Spion, hatte der im Kreml in der Nacht vor Stalins Tod etwas gefunden, was gegen ihn, Beria verwendet wurde? Er hatte Ilja offensichtlich überschätzt, er hatte im Bundeskanzleramt versagt, sein Versuch, Wanzen anzubringen, war aufgeflogen, was für eine Peinlichkeit. Was er wohl jetzt machte. Lebte er noch? Schwärzte er ihn an?

Und dann dieser lächerliche Prozess, war es neun oder zehn Tage her? Sie hatten ihn in den großen Oktobersaal des Gewerkschaftshauses geführt, wo tausend Zuhörer hätten Platz finden können, aber es waren nur zweihundert zugegen. Auch dort ließ man Beria warten. Statt zehn Uhr war es schon elf Uhr, als ein alter Oberst mit gewaltigem Oberlippenbart den Saal betrat und mit Donnerstimmte verkündete: »Das militärische Sondergericht des Obersten Gerichtshofes der Union der Sozialistischen Sowjetrepubliken!« Alle Anwesenden erhoben sich, die Soldaten nahmen Haltung an und salutierten.

Als Erster erschien der Vorsitzende des Militärgerichts, Marschall Iwan Stapnowitsch Konjew, in ordensgeschmückter Galauniform im Saal. Protokollgemäß folgte ihm Nikolai Michailowitsch Schwernik, als Einziger in Zivil, dann der hochdekorierte Marschall der Luftstreitkräfte in hellblauer Paradeuniform und schließlich der Richter. Als Letzter trat in Erscheinung der Generalstaatsanwalt der UdSSR, General Roman Rudenko, der schon sowjetischer Hauptankläger beim Nürnberger Prozess gewesen war.

Wie schmeichelhaft für meine Wenigkeit, dachte Beria spöttisch.

Teilnahmslos hatte Beria das Vorlesen der Anklageschrift über sich ergehen lassen. Er habe mithilfe der Organe des Innenministeriums versucht, die Macht im Staat an sich zu reißen und habe gegen den Willen der Mehrheit der Mitglieder des Politbüros versucht, die Deutsche Demokratische Republik an die Bundesrepublik Deutschland zu verkaufen und zu diesem Behufe bereits eine Reihe feindseliger Akte unternommen. Dann nahmen sie sich seinen Lebenswandel vor, nannten ihn einen »abartig veranlagten« Mann, der im Luxus geschwelgt habe. Die Anklage hatte keinen Aufwand gescheut, sie hatten Parteifunktionäre, Schauspielerinnen, Opernsängerinnen, Prostituierte nach seinen Techniken beim Geschlechtsakt befragt. Beria versuchte wegzuhören. Dass die Anklage zum Ende gekommen war, merkte er erst, als sekundenlang Stille im Saal herrschte. Da entfuhr es ihm: »Das ist alles kompletter Unsinn. Wenn ich anfinge, Persönliches über Sie und die Kollegen in der Regierung zu erzählen, könnte ich andere Sachen auftischen!« Man wies ihn zurecht, verbot ihm das Wort, bis man ihm am Ende des ersten Prozesstages die Möglichkeit zu einer Verteidigung gab.

Beria straffte den Oberkörper, erhob sich, nahm alle Konzentration, deren er fähig war, zusammen. Er ging nur kurz und oberflächlich auf die Vorwürfe ein, die ihm zur Last gelegt wurden, denn er wusste, er hatte keine Chance, den Kopf aus der Schlinge zu ziehen. Er würde hier nicht um sein Leben betteln. Aber er konnte seine Würde wahren und sie blamieren in ihrer aufgeblasenen selbstgefälligen Machtgier, in ihrer Unfähigkeit, Fehler zu erkennen und zu überwinden, indem man neue Wege beschritt. Er würde ihnen noch einmal klarmachen, dass sie gar keine Kommunisten waren, sondern Reaktionäre, die sich an ihre Gewohnheiten klammerten. »Ich weiß sehr wohl, dass Ihr Urteil bereits seit Langem feststeht, aber ich werde friedvoll und mit reinem Gewissen sterben im Gedenken daran, dass ich der Partei stets treu ergeben war. Ich bin seit frühester Jugend ein überzeugter, aufrichtiger Kommunist gewesen. Dies werde ich auch mein Leben lang bleiben. Alles, was ich in meinem Leben vollbracht habe – und die Geschichte wird zeigen, dass ich viel getan und es gewissenhaft und ernsthaft getan habe –, tat ich für unsere mächtige Sowjetunion, auf dass sie erfolgreich und stark sein möge. Ich werde sterben, wie es eines Mitglieds der Partei würdig ist, und meine letzten Worte werden lauten: Ruhm und Macht der Sowjetunion!«

Er nahm wieder Platz. Seine Worte hatten gewirkt. Totenstille herrschte im Saal. Niemand hatte ihn unterbrochen, niemand kommentierte spöttisch seine Rede, wie es sonst immer in diesen Schauprozessen der Fall war, die dem Angeklagten jeden Hauch von Würde raubten. Er las in den Gesichtern der Menschen in den ersten Zuhörerreihen, dass ihnen bewusst wurde, wen sie hier in den Tod schickten, den Mann, den alle einst voller Respekt »das Schwert der Revolution« genannt hatten.

Das war vor neun oder zehn Tagen gewesen. Dann hatten sie ihn in die Zelle zurückgebracht. Er hatte viel an seinen Sohn gedacht, Sergo, der so gut aussah, den auch Swetlana, Stalins Tochter, gern geheiratet hätte, was er, Beria, als sein Vater ebenso zu verhindern gewusst hatte wie dass er in die Politik ging.

Jetzt drangen sie wieder in seine Zelle ein. »Raustreten!« Sie steckten ihn in eine Hinrichtungszelle, die sie eigens für ihn gebaut hatten. Sie zogen ihn aus, warfen achtlos seinen guten schwarzen Anzug zur Seite, er hatte nur noch Unterhosen an. Er wurde an ein Schutzschild aus Holz gefesselt, damit kein Querschläger einen Zuschauer treffen konnte. Das Seil riss seine Haut auf, schnürte das Blut so sehr ab, dass er das Gefühl hatte, seine Hände stürben ab. Er wollte etwas sagen, doch Generalsstaatsanwalt Rudenko trat auf ihn zu und stopfte ihm ein Tuch in den Mund. Eine Reihe von Männern stand ihm gegenüber, sie schienen sich nicht einigen zu können, wer der Henker sein sollte. In Wahrheit wollten sie ihn mit diesem Zaudern dazu bringen, dass er um sein Leben winselte, dass er Angst bekam und auf den Boden pisste, das wusste er nur zu genau. Endlich trat General Batiziki, der ihn sechs Monate bewacht hatte, hervor und nahm das Gewehr. Er zielte lange und umständlich. Legte noch mal neu an. Beria riss sich zusammen, er passte auf, dass ihm keine Flüssigkeit austrat, dass sein Körper straff blieb, zwang sich, diesen jämmerlichen General unverwandt anzuschauen, bis er den Schmerz, das Dröhnen in der Stirn fühlte und eine Kaskade von bizarren Bildern in seinem Kopf ausgelöst wurde … Sein Versuch, die DDR zu reformieren, der gescheiterte Versuch mit Ilja als Spion, war der eine Schritt zu viel gewesen, den er gewagt hatte, ging es ihm durch den Kopf, dieser Tag X hatte ihn das Leben gekostet, alles sinnlos, war sein letzter Gedanke.

40

Eine Kältewelle erfasste Europa. In Kürze sollten minus zwanzig Grad Celsius über die Stadt Berlin hereinbrechen. Über dem Teufelsberg sollte das Thermometer sogar bis minus 40 Grad sinken. Auf den Flüssen fuhren keine Schiffe mehr, die gesamte Binnenschifffahrt musste wegen Vereisung der Wasserstraßen eingestellt werden.

Ilja Kolschetow schlug den Kragen seines Mantels hoch. Er musste blinzeln, weil ihm feine Schneeflocken in die Augen geweht waren. Der Schnee flog wie weißer Sand durch die Straßen. An einem Kiosk blieb Ilja stehen. Das *Time Magazine* zeigte Konrad Adenauer auf dem Titelblatt. Er war zum »Man of the Year« gekürt worden. Auf dem Bild sah man neben ihm einen geborstenen schwarz-rot-goldenen Baum, der wieder erste Zweige trieb, und darunter den Satz: »In the councils of great powers, a new member.«

Er betrat die Kneipe, die er seit ein paar Wochen täglich besuchte, und bestellte sich einen Tee mit Wodka. Tempo-Tempo, sagten die Berliner, sie trieben einen zur Eile an, alles taten sie rennend, hastend, die Zeit war ihnen auf den Fersen. Und er war langsam geworden. Er stand im Weg herum.

Als Dolmetscher könnte er gutes Geld verdienen, er beherrschte Russisch und Deutsch nahezu perfekt. Aber momentan war das noch zu riskant. Die Russischdolmetscher, auch im Westen, wurden vom MGB überwacht, sie waren gute Quellen. Und dann, was würde er übersetzen? Bedeutungslose Wirtschaftskonferenzen.

Nelly. Der Gedanke an sie versetzte ihm immer noch feine Nadelstiche. Dem Schmerz folgte jedes Mal ein sehnsuchtsvolles Ziehen. Er trank einen Schluck. Ja, das tat gut.

Eine kleine alte Frau setzte sich ihm gegenüber. »Ich sollte Sie ohrfeigen.«

Er stutzte. »Jewgenia! Was tun Sie denn hier?« Er lächelte. Seit ihrem gemeinsamen Einsatz bei Adenauer hatte er nichts mehr von ihr gehört. Er war davon ausgegangen, dass die westlichen Geheimdienste sie kaltgestellt hatten.

Jewgenia erwiderte sein Lächeln nicht.

»Warum sehen Sie mich so böse an?«

»Weil Sie noch hier sind. Und zu allem Überfluss regelmäßig am selben Ort. Haben Sie denn gar nichts gelernt?«

Es kränkte ihn. »Ich bin nicht mehr bei der Tscheka.«

»Das weiß ich. Jeder weiß es, die ganze Szene redet von Ihnen. Vielleicht wurde ich ja beauftragt, Sie zu liquidieren?«

Das würde sie so nicht sagen, wenn es stimmte. »Sind Sie nicht.«

»Glück gehabt. Aber mehrere Gruppen sind unterwegs, um Sie zu finden und zu töten. Vielleicht schlagen sie heute Nacht zu, vielleicht morgen Nacht. Und Sie sitzen hier und trinken Tee mit Wodka.«

Stimmte das, was sie sagte?

»Glauben Sie etwa, der Kalte Krieg ist vorbei? Nur weil Sie ausgestiegen sind? Die Offiziere beim MGB sind stinksauer auf Sie. Die machen Sie fertig.«

»Ich bin unwichtig. Warum sollten die so eine Mühe auf sich nehmen. Außerdem ist das System im Osten völlig marode. Haben Sie gesehen? Adenauer auf dem *Time Magazine*. Und Churchill hat vor vier Wochen den Literaturnobelpreis erhalten. Die Welt hält zum Westen.«

Sie griff nach seiner Tasse und zog sie weg. »Keinen Schluck trinken Sie mehr. Ich werde Sie jetzt mal aufs Laufende bringen. Meinen Sie, die Atombombe war gegen Japan gerichtet? Nein. Sie war ein Signal an uns, an Stalin. Die Amerikaner wussten genau, dass er in der Lage war, auch noch den Rest von Europa zu erobern, wir hatten am Ende des Krieges vierhundert erfahrene Divisionen, bereit, wie Tiger auf ihre Beute zu springen. Die Eroberung des restlichen Europas hätte weniger als einen Monat gedauert. Die demokratischen Staaten sind nicht in der Lage, rasch zu handeln und Fakten zu schaffen, sie müssen sich immer erst der Zustimmung der öffentlichen Meinung versichern. Tito war bereits instruiert, mit den jugoslawischen Verbänden Italien und Österreich zu erobern, und wir hätten währenddessen Frankreich und Spanien überrollt. Aber dann zündeten die Amerikaner die Atombombe, und Stalin hörte, dass sie bereits in die Massenproduktion ging. Da ließ er die Pläne fallen.«

»Sage ich doch, diese Zeiten sind vorbei.«

»Halten Sie den Mund. Sie sind so was von vorgestern! Seit dem Koreakrieg wird kräftig um die Wette gerüstet. Die Amerikaner haben ihre Rüstungsausgaben verfünffacht, und sie wollen das Rheinufer befestigen, aus Sorge, wir könnten versuchen, sie dort zu überrennen.«

Er lachte. »Ich dachte, Sie zweifeln an der russischen Schlagkraft? Sie hören sich ja an wie ein Parteifunktionär! Vergessen Sie nicht, die westlichen Länder haben Radar, Jagdflugzeuge und Flugabwehrkanonen.«

»Aber um eine Tu-16 runterzuholen, müssen sechshundert Projektile sie treffen. Sechshundert! Und wir haben viele Geschwader von denen. Unsere Waffenproduktion läuft auf Hochtouren, Panzer, Raketen, Flugzeuge.«

»Ja, und würden wir nicht solche enormen finanziellen Mittel in die Rüstung stecken, könnte unser Lebensstandard genauso hoch sein wie der in den westlichen Ländern.«

Sie funkelte ihn wütend an. »Das mag sein. Die Welt ist aber leider nicht so, wie wir sie uns wünschen.«

Was wollte sie von ihm? »Was wollen Sie?«

»Du sollst leben, Bursche. Ich hab's schon vergeigt. Mach du es besser. Du wirst ein neues Gesicht brauchen.«

»Die CIA wacht über mich.«

Sie schüttelte den Kopf. »Du weißt doch, wie leicht es ist, jemanden zu töten. Geh in die USA und bau dir ein neues Leben auf, unter anderem Namen und mit verändertem Gesicht.«

Er sah in die blassgrünen Augen der alten Dame, und sie funkelte zurück in einer Mischung aus Wut und Fürsorge, die nur alte russische Damen hinbekommen. »Kann ich das?«, sagte er leise. »Ein neues Leben anzufangen ist nicht leicht.«

»Ich weiß.« Sie senkte den Blick. »Und jetzt geh.«

Er stand auf. Trat zur Tür. Dort drehte er sich noch einmal nach ihr um. »Danke, Jewgenia.«

Sie sah auf. »Schenja. Für dich Schenja.«

Nelly jagte auf Schlittschuhen über das dicke Eis der Müggelspree, an ihrer Seite fuhr Wolf. Es war etwas anderes, auf einem Fluss zu fahren. Sie mussten hier keine Runden drehen, sondern liefen immer weiter geradeaus. Nicht abbremsen zu müssen, keine Kurven zu fahren, die einen doch immer verlangsamten, sondern einfach frei geradeaus zu jagen, gab ihr das Gefühl von berauschender Freiheit. Das Eis war zwanzig Zentimeter dick, hatte die Feuerwehr versichert, es war ungefährlich. Und wegen der Kälte und des Schneetreibens waren gerade nur wenige Berliner auf dem Eis unterwegs.

Sie hatte den Schal über den Mund gezogen und atmete durch die Löcher im gestrickten Wollstoff. An der Außenseite bildete sich eine Eiskruste, die unter ihrem Ausatmen schmolz und erneut durch den Fahrtwind gefror. Sie spürte kleine Eisstückchen an den Lippen, wenn sie kräftig einatmete, Eispartikel, die sie durch den Schal zog. So schnell fuhr sie, dass der Wind in ihren Ohrmuscheln pfiff trotz der Mütze, die sie zur Hälfte bedeckte.

Die Bäume am Ufer rauschten vorüber. Der Himmel schüttete säckeweise weißen Schneestaub aus, und der Wind blies ihn über das Eis der Müggelspree, ordnete ihn zu kleinen Wirbeln an und zerwehte sie wieder.

Nelly fror an den Armen, immer wieder rutschten die Ärmel hoch durch die Schwungbewegungen beim Fahren, und dann biss die Kälte in die nackte Haut zwischen Handschuh und Ärmel. Aber es kümmerte sie nicht, die Brust war warm, und die Beine ebenfalls, durch das wilde Stampfen und Gleiten.

Sie war glücklich. Gleichzeitig kam sie sich vor, als wäre das Glück nur gespielt. Jeder Mensch auf dieser Welt musste in ihrer Lage glücklich sein. Warum fiel es ihr so schwer, dieses Glück zu empfinden und auszukosten? Armer Uhrmacher. Armer Wolf. Ihr Glück fuhr auf dünnem Eis, darunter dunkles, kaltes Wasser. Er schien es zu spüren, sah immer wieder verunsichert zu ihr hinüber.

Sie griff nach seiner Hand. Freudig fasste er zu. Jetzt fuhren sie langsamer, Hand in Hand. Sie schalt sich selbst eine dumme Pute, dass sie ihn nicht besser beschützte, diesen gutherzigen, fragilen Mann, der sich in ihr verloren hatte. Stattdessen dachte sie an Ilja, den Mörder. Es wäre gefährlich, vielleicht sogar tödlich gewesen, mit ihm zu gehen. Aber konnte es im Gegenzug nicht ein Leben voller Langeweile werden, wenn sie sich für Wolf entschied?

Wie bescheuert bin ich eigentlich?, dachte sie. Ich habe hier einen Mann, der mich liebt, und schwärme insgeheim von einem anderen. Man kann es sich auch selbst kaputtmachen. Sie schwor sich, Wolf nicht ziehen zu lassen, wie ihre Mutter Vater hatte ziehen lassen. Nein. Den Fehler machten sie in ihrer Familie nicht ein zweites Mal.

Indem sie unvermittelt eine Kurve fuhr, zwang sie Wolf dazu, ebenfalls eine Kurve zu fahren. Er lachte. Sie zog ihn näher an sich heran, bis sie auf den Schlittschuhen eine Kreisbahn beschrieben.

Dann blieben sie stehen, etwas wackelig, er musste sie stützen, weil sie das Gleichgewicht zu verlieren drohte.

»Herr Uhrmacher«, sagte sie, »was meinen Sie, tickt die Uhr des Lebens schnell oder langsam?«

»Gute Uhren können etwas sehr Beständiges sein. Und wenn es mal hakt, kann ich sie reparieren.«

»Na, das machen wir aber gemeinsam, dass das klar ist!« Sie löste sich aus der Umarmung und fuhr ein Stück weg von ihm. Dann reckte sie das Gesicht gen Himmel und streckte die Zunge aus, um Schneeflocken darauf zu fangen. Das hatte sie zuletzt als Kind getan. War das schon Glück? Hör auf, Nelly, lerne endlich zu ...

Zu ...

Lerne ...

Sie schloss den Mund. Ihre Arme sanken herab. Alle ihre Bewegungen gefroren.

Am Ufer stand ein Mann, schwarz gegen das Weiß der Uferböschung. Er war hager und groß. Sie sahen sich an. Er machte einen Schritt auf das Eis und kam langsam auf sie zu.

Sie konnte sich nicht rühren. Tränen schossen ihr in die Augen. Sie blinzelte. Versuchte, sich zusammenzureißen. Aber die Tränen flossen die Nase und die Wangen hinab.

»Stimmt etwas nicht?«, fragte Wolf und fuhr zu ihr heran. Seine Augen folgten ihrem Blick, und er blieb ebenfalls stehen.

Sie wagte nicht, einen einzigen Schritt mit ihren Schlittschuhen zu machen. Ihre Knie zitterten so sehr, dass Wolf sie stützen musste.

Der Mann ging langsam, wie jemand, der einen weiten Weg hinter sich gebracht hat. Als er sie erreicht hatte, sagte er: »Ich hab's versprochen, Nelly. Ich hab es dir versprochen.«

Und er umarmte sie und hielt sie fest, wie nur ein Vater sein eigenes Kind festhalten kann.

ANHANG

Der historische Kern dieser Geschichte

Aktion Ossoawiachim

Entgegen den Vereinbarungen mit den Alliierten, das gesamte deutsche Potenzial zur Rüstungsproduktion zu demontieren, produzierte die Sowjetunion im Osten Deutschlands Raketen, Flugzeuge und Waffen. Als Inspektionen von westlicher Seite drohten, wurden am 22. Oktober 1946 Tausende deutscher Wissenschaftler und Ingenieure samt ihren Familien in 92 Eisenbahnzüge verfrachtet, dazu Möbelstücke, Kleidung und eilig zusammengepackte Habseligkeiten. Russische Militärpolizei, NKWD-Agenten und russische Soldaten sperrten mitten in der Nacht Brücken und Straßenkreuzungen und drangen in die Wohnungen der Facharbeiter, Ingenieure und Wissenschaftler ein. Wo immer möglich, wurden die Deportierten höflich behandelt. Jeder Widerstand aber wurde im Keim erstickt.

Aus den Betrieben wurde das gesamte Inventar ausgeräumt, verpackt und ebenfalls gen Osten verfrachtet. Dazu zählten u. a. die Komplexe von Nordhausen und Bleicherode – ein Teil der unterirdischen Anlagen von Nordhausen wurde anschließend von sowjetischen Experten gesprengt –, Teile der AEG (Hochfrequenzgeräte und Nachtflugradar), GEMA (Entfernungsmesser und Visiereinrichtungen), Askania (Radar, Autopilotsysteme) und Kabelwerk Oberspree (Funkgeräte) in Berlin, Schott und Zeiss in Jena (wo man an Selbststeuer- und Stabilisierungsanlagen gearbeitet hatte), BMW in Stassfurt (Düsenaggregate), Siebel in Halle (Bomber), Junkers in Dessau (Düsenjäger). Auch Spezialisten für U-Boot-Peilung wurden aus Berlin mitgenommen. Spezialisten für den Flugzeugbau landeten in Kuibyschew, dem Zentrum der sowjetischen Flugzeugindustrie.

Der Codename der Aktion: Ossoawiachim (eigentlich eine sowjetische Jugendorganisation zur Unterstützung der Streitkräfte).

In den meisten Fällen begleitete die Familie die Fachleute. Mitunter nahmen die NKWD-Offiziere die falsche Frau mit, etwa das Hausmädchen oder eine Schwester statt der Ehefrau. Es sind auch herzzerreißende Abschiede überliefert, wo sich Einzelne unter Duldung der Offiziere entschieden, ihren Mann nicht zu begleiten.

Zwanzigtausend deutsche Wissenschaftler und Ingenieure arbeiteten in der Sowjetunion. Deutsche Fachleute unterstützten die Sowjets u. a. beim Bau von Turbinen, bei der Herstellung von synthetischem Gummi, im Bereich der Raketentechnik und im militärischen Flugwesen.

Nach der Gründung der DDR im Oktober 1949 durften viele der Wissenschaftler und Ingenieure aus der Sowjetunion nach Hause zurückkehren. Einem großen Teil von ihnen wurde das allerdings erst zwischen Mitte und Ende der Fünfzigerjahre gestattet. Briefe an die Angehörige durften nicht mit normaler Post geschickt werden, sie wurden durch Geheimdienstagenten überbracht.

Ohne die deutschen Raketenexperten hätten die Sowjets wohl nicht den weltweit ersten Satelliten ins Weltall schicken oder die erste Interkontinentalrakete entwickeln können. Die sowjetische Atombombe wäre ohne die deutschen Physiker um Jahre später gezündet worden.

Auch die Westalliierten warben Fachleute ab oder zwangen sie zur Ausreise, zum Beispiel in einer Aktion unter dem Codewort »Project Paperclip«.

Gehörten 1953 noch 83 Prozent der DDR-Bevölkerung der evangelischen Kirche an, waren es 1968 nur noch 22 Prozent. Ein Kahlschlag, der als »Erfolg« der SED-Propaganda bewertet werden kann. Erich Honecker gab am 15. April 1953 die »Liquidierung der Jungen Gemeinden« als Ziel aus.

Die Jugendbewegung der Kirchen war der Partei ein Dorn im Auge, da die evangelische Junge Gemeinde und die katholische Pfarrjugend in den Oberschulen großen Zuspruch fanden. Zwischen dem 1. Juni 1951 und dem 1. Juni 1952 wuchs die Junge Gemeinde von 72 550 Mitgliedern auf 108 417, die katholische Pfarrjugend von 22 609 auf 30 218, nicht zuletzt waren sie durch die teils oppositionelle Haltung der Jugendgruppen attraktiv für die jungen Menschen.

Im Frühjahr 1953 begann das Regime deshalb, engagierte Mitglieder der kirchlichen Jugend von den Oberschulen zu relegieren und veranstaltete Schauprozesse vor der versammelten Schülerschaft, in denen man den Mitgliedern der Jungen Gemeinde vorwarf, »Agenten der amerikanischen Imperialisten« zu sein. Die Atmosphäre jener Monate hat Uwe Johnson in seinem erst postum veröffentlichten Frühwerk *Ingrid Babendererde* eingefangen.

Über 70 Theologen und Jugendleiter wurden von der Staatssicherheit verhaftet, dazu viele Jugendliche. Man warf rund 3 000 Schüler und Studenten aus den Schulen und Universitäten, weil sie sich weigerten, die Junge Gemeinde bzw. die evangelischen Studentengemeinden zu verlassen. In manchen Städten mussten sie ihre Personalausweise abgeben und sich wie verurteilte Verbrecher regelmäßig bei der Polizei melden. Regierungstreue Jugendliche hatten den Kontakt zu ihnen abzubrechen. Viele der Relegierten flohen in den Westen.

Wie schon die Diktatur der Nationalsozialisten, versuchte auch die SED-Diktatur, eine politische Religion an die Stelle der christlichen Gesellschaftsprägung zu setzen. Zu Recht fürchtete man den Einfluss der Kirchen auf die Bevölkerung. Nach Stalins Tod am 5. März 1953 beispielsweise gingen viele Pfarrer in der Predigt darauf ein in der Hoffnung, nun einen Aufbruch und neue Möglichkeiten zum Widerstand zu finden – so predigte der Pfarrer in der Ostberliner Immanuelkirche vom Sterben, »und zwar vom Sterben der Teufel, besonders vom Sterben des Obersten aller Teufel«.

Überall, wo kirchliche Arbeit in die Öffentlichkeit hineinwirkte, ging man dagegen an. Nach 30 Verhaftungen und zahlreichen Zwangsschließungen stellten fast alle Stationen der Bahnhofsmission bis Ende Februar 1956 die Arbeit ein, es verblieben nur solche, die ihre Räume außerhalb der Bahnhöfe in kircheneigenen Gebäuden hatten, allerdings wurde ihnen das Betreten der Bahnhöfe und jede Tätigkeit auf bahneigenem Gelände untersagt. 1951 hatten noch Bahnhofsmissionen an 89 Bahnstationen bestanden, die 1,3 Millionen Personen betreuten.

Jetzt sollte deren Arbeit die Volkssolidarität übernehmen, ihre Mitglieder, »Volkshelfer« genannt, galten als aktive Erbauer des Sozialismus. Allerdings fanden sie keine große Akzeptanz, und man suchte eine Alternative, die auch in bürgerlichen Kreisen anerkannt war und das unterschwellige Aufbegehren über die Schließungen der Bahnhofsmissionen beendete. Unter Mitwirkung des Präsidenten der Volkssolidarität Lehmann wurde am 23. Oktober 1952 das Deutsche Rote Kreuz neu gegründet, das in der Sowjetischen Besatzungszone zuvor verboten worden war. Nach und nach übernahm das DRK die früher von der Bahnhofsmission genutzten Räume. Die öffentliche Wirksamkeit und Wahrnehmbarkeit dieser kirchlichen Arbeit war dem Staat ein Dorn im Auge gewesen.

Nellys »Geständnis« zur Bahnhofsmission im Roman stammt aus der Zeitung *Neues Deutschland* vom 18.2.1956, es wurde dort unter der Überschrift »Spionagestützpunkt Bahnhofsmission« als »Erklärung der ehemaligen Leiterin der Bahnhofsmission Potsdam, Eva-Luise Schneider« abgedruckt. Ähnliche »Geständnisse« wurden als Formular vielen anderen Mitarbeitern der Bahnhofsmission vorgelegt.

Andererseits wagte man nicht, die Arbeit der Kirchen gänzlich zu verbieten, aus Sorge hinsichtlich der Reaktion der Weltöffentlichkeit. Die DDR war das Schaufenster in Richtung Westen, die internationale Gemeinschaft sah sich aufmerksam an, wie es im Osten zuging.

Anfang Juni 1953 wurde die DDR-Regierung nach Moskau zitiert und streng zur Ordnung gerufen. Die Zwangskollektivierung in der Landwirtschaft, Repressionen gegen selbstständige Handwerker und Ladeninhaber und der allzu stürmische Gesellschaftsumbau in Richtung Kommunismus hatten für eine kaum zu bremsende Fluchtbewegung in den Westen gesorgt. Unter anderem befahlen die Sowjets, man solle behutsamer mit den Kirchen umgehen.

Daraufhin wurde den Kirchen in der DDR wieder mehr Freiraum für die Jugendarbeit gewährt, und die relegierten Schüler und Studenten durften größtenteils an die Schulen und Universitäten zurückkehren. Das Ziel blieb aber bestehen: die »Seuche der Religion« auf lange Sicht zu ersticken. Nur sollte dieser Kampf künftig durch Aufklärungsarbeit geschehen, nicht mehr durch offene Repressalien, da diese »den religiösen Fanatismus der rückständigen Schichten der Bevölkerung nur stärken« würden.

Bald darauf galt jedoch bis zum Ende der DDR wieder der Grundsatz: Wer nicht der FDJ angehörte, war in den meisten Fällen von Abitur und Studium ausgeschlossen.

Weil sich nach Stalins Ansicht der Klassenkampf in der Welt verschärfte und in absehbarer Zeit mit einem neuen Krieg zu rechnen war, befahl er den Ostblockstaaten 1952 eine forcierte Aufrüstung. Dies kostete die DDR zwei Milliarden Mark zusätzlich jedes Jahr, zehn Prozent der gesamten Staatseinnahmen, und zwang sie dazu, die Produktion von Konsumgütern zu drosseln. Die wirtschaftliche Lage verschlechterte sich spürbar.

Gleichzeitig versuchte man, die Bauern in landwirtschaftliche Produktionsgenossenschaften zu zwingen, indem man sie durch erhöhte Steuern und utopische Ablieferungspflichten unter Druck setzte und jeden, der seinen Aufgaben nicht nachkam, hart bestrafte, u. a. mit Gefängnishaft. Viele Bauern verließen entmutigt Haus und Hof und flohen über Westberlin in die Bundesrepublik. Im Frühjahr 1953 lagen bereits 13 Prozent der Anbaufläche in der DDR brach. Trotz Lebensmittelrationierung wurde es immer schwerer, in den Läden Brot, Kartoffeln, Milch, Gemüse und Fleisch zu bekommen. Auch die Kohleversorgung stockte, und es gab regelmäßig Stromabschaltungen.

Ab dem 1. Mai 1953 wurden zudem privaten Unternehmern, Händlern und Handwerkern die Lebensmittelkarten entzogen, insgesamt zwei Millionen Menschen. Ihnen blieben zum Einkaufen nur noch die teuren HO-Läden, in denen Lebensmittel ein Vielfaches kosteten. Außerdem belastete man die angeblich »absterbenden Klassen« mit einer erhöhten Einkommens- und Handwerkssteuer, erschwerte Kredite und schloss die Selbstständigen aus der Kranken- und Sozialversicherung aus.

Im ersten Halbjahr 1952 verließen 57 234 Menschen die DDR, im zweiten Halbjahr kehrten ihr 78 831 den Rücken, und in nur vier Monaten bis April 1953 flohen rund 120 000. Unter allen Flüchtlingen bis Juni 1953 befanden sich 20 000 selbstständige Landwirte, was für die Versorgung fatal war, aber auch 8000 Angehörige der Kasernierten Volkspolizei und 2700 SED-Mitglieder.

Dass es im Westen seit 1948 keine Lebensmittelrationierung mehr gab, während bei ihnen kein Ende absehbar war, empfanden die DDR-Bürger als Armutszeugnis. Zum dritten Jahrestag der DDR am 8. Oktober 1952 endete zwar die Rationierung von Brot, Marmelade und Kaffee-Ersatz. Die Rationierung von Zucker, Fleisch und Butter konnte aber erst 1958 abgeschafft werden.

Die Sowjetunion befahl die Regierung der DDR Anfang Juni 1953 nach Moskau und verlangte eine Kurskorrektur. Daraufhin wurde der Entzug der Lebensmittelkarten für Selbstständige aufgehoben, die Zwangsmaßnahmen in der Wirtschaft und Landwirtschaft wurden ausgesetzt, enteignete Privatgeschäfte und Bauernhöfe zum Teil zurückgegeben.

Allerdings vergaß man einen entscheidenden Punkt: Am 14. Mai war eine Erhöhung der Arbeitsnormen um durchschnittlich zehn Prozent beschlossen worden, die am 1. Juni in Kraft getreten war. Diese Normerhöhung bedeutete für die Arbeiter oftmals einen realen Lohnverlust von einem Viertel oder einem Drittel, was es vielen schwer machte, ihre Familie zu ernähren.

Dass die SED Fehler eingestanden hatte – im Land der Erfolgspropaganda eine Überraschung für viele –, machte der Bevölkerung Mut, für weitere Forderungen auf die Straße zu gehen, unter anderem für die Rücknahme der erhöhten Arbeitsnormen. Politische Forderungen schlossen sich dem an, man forderte den Rücktritt der Regierung, die Entfernung der ersten Sekretäre der SED sowie die sofortige Entlassung der politischen Häftlinge.

Die Figur des Marc König im Roman wurde inspiriert von dem Schicksal, das Gerhard Schmidt in Halle erlitt. Gerhard Schmidt studierte Landwirtschaft an der Martin-Luther-Universität Halle, ein Kommilitone beschreibt ihn als ruhigen Menschen, der die Zeitereignisse kritisch und genau verfolgte. Am 17. Juni 1953 war Gerhard Schmidt als jung verheirateter Doktorand mit seiner Frau unterwegs zu den Schwiegereltern. »Er war damals 27, ich 25 Jahre alt«, schrieb seine Frau im September 1990 an Prof. Dr. Manfred Hagen, nachdem ein Aufruf des Göttinger Geschichtsprofessors, den sie in der Zeitung las, sie bewog, ihr »jahrelanges Schweigen zu brechen«.

»Mittags fuhren Lastwagen durch die Richard-Wagner-Straße, von denen gerufen wurde: ›Nieder mit der Regierung‹. Wir beschlossen, in die Stadt zu gehen, und waren begeistert, wie von den öffentlichen Gebäuden die ›Sichtwerbungen‹ und Stalinbilder abgerissen wurden. Unser Weg [...] führte am Zuchthaus vorbei, wo eine große Menschenmenge ›Wir wollen freie Wahlen und keine Zuchthausqualen‹ rief. Ob das Eingangstor berannt wurde, konnten wir nicht sehen. Wir waren schon am Weitergehen, als das Tor aufgerissen wurde und die Polizei in die Menge schoss.«

Einer dieser Schüsse traf Gerhard Schmidt und verwundete ihn so schwer, dass er noch am selben Tag starb. Eine Zeitzeugin erinnert sich: »Vor meinen Augen wurde ein junger Passant getroffen, er schrie auf, hielt sich die Brust und klappte zusammen. Wir haben ihn in unser Haus geholt ... Mein Mann hat ihm eine Herzspritze gegeben und empfohlen, das Schussopfer sofort in eine chirurgische Klinik zu bringen. Aber auf dem Weg dorthin ist Gerhard Schmidt, so war sein Name, dann gestorben.«

Am Folgetag erschien die Kriminalpolizei bei der Witwe. In den Polizeiakten heißt es: »Schmidt kann nicht als Provokateur oder Gegner unserer Ordnung bezeichnet werden. Er geriet in den Demonstrationszug und wurde hier erschossen. Er ist als Opfer der Provokateure zu betrachten. Von wem er erschossen wurde, ist nicht bekannt.« Die Wahrheit wurde von Anfang an vertuscht, stattdessen erfand man die Legende vom jungen Märtyrer, der »für die heilige Sache des Friedens und der Wiedervereinigung« gestorben sei. Prof. Friedrich besaß den Mut, am 18. Juni vor rund hundert Studenten zu sagen, dass Gerhard Schmidt von einer verirrten Kugel getötet worden sei, und eine Gedenkminute abzuhalten.

Man drohte der jungen Witwe. Sie schrieb: »Die Studenten der Landwirtschaftlichen Fakultät hatten mit besonderem Elan an dem Aufstand teilgenommen. Prof. Stern erklärte den Eltern Schmidt, meinen Eltern und mir, die Uni würde das Begräbnis ausrichten. Er habe den Fall so zurechtgebogen, man hätte ihn ja auch ganz anders sehen können. Wörtlich: ›Sie haben zu schweigen, die Aasgeier werden kommen.‹«

Für die Beerdigung wurde der 24. Juni festgesetzt. Dabei dachte man Gerhard Schmidt eine besondere Rolle zu. Die anderen Todesopfer wurden in den frühen Morgenstunden desselben Tages heimlich beerdigt, ohne dass ihre Eltern oder Angehörigen informiert wurden, man teilte ihnen erst nachträglich mit, wo sich das Grab befand: Rudolf Krause, der beim Sturm auf die Haftanstalt beteiligt gewesen war und durch einen Kopfschuss getötet wurde, Kurt Crado, der ebenfalls am Sturm auf das Gefängnistor teilgenommen hatte und von einer Garbe aus einer Maschinenpistole getroffen wurde, und Manfred Stoye, der an einem Beckendurchschuss starb, wurden auf demselben Friedhof beigesetzt, die drei Gräber bewusst weit auseinanderliegend. Gerhard Schmidts Beerdigung aber sollte öffentlich inszeniert werden. Schon in der Polizeiakte ist dieser Plan festgehalten: »Benachrichtigung der Angehörigen 24 Stunden vor der Beisetzung, Benachrichtigung erfolgt durch einen Genossen der Universität, der die Angehörigen bei den notwendigen Vorbereitungen unterstützt (Kränze, evt. Pfarrer, Trauerkleidung usw.). Für die Durchführung dieser Maßnahmen ist die Kreisleitung in Halle verantwortlich. Auswertung nachträglich in der Zeitung (Bild). Tendenz: ›Opfer der Provokateure‹.« Handschriftlich am Rand findet sich die Bemerkung: *Evtl. größere Trauerkundgebung!*

Die Witwe schilderte später: »So wurde zu unserem Entsetzen ein Staatsbegräbnis mit Volksarmee, FDJ, Abordnungen der Betriebe und Kapelle in Szene gesetzt. Der Verkehr in der Stadt ruhte. Ich habe mich in Grund und Boden geschämt, wenn ich die grimmigen Gesichter der Passanten sah, die so dachten wie ich und nicht ahnten, dass wir nur die Opfer eines makabren Theaters waren.

Prof. Stern trug mir an, die ABF zu besuchen und dann ein Studium aufzunehmen. Wörtlich: ›Die ABF wird wie ein Mann hinter Ihnen stehen.‹ Da ich eine berufliche Karriere nicht den Mördern meines Mannes verdanken wollte, habe ich abgelehnt. Walter Ulbricht, der in Halle sprach, als die SED das Heft wieder in der Hand hatte, wünschte mich zu sprechen, ich habe es abgelehnt.

Unsere Post wurde in dieser Zeit ständig geöffnet. Einen Tag nach einer Reise in die BRD war die Sekretärin von Prof. Stern da. Ich musste berichten, wo ich war und mit wem ich gesprochen habe.«

Das »makabre Theater« ist in den Polizeiakten genau festgehalten. Warum man Gerhard Schmidt dafür auswählte, darüber lassen sich nur Vermutungen anstellen. Er war laut seiner Witwe »in der Bauernpartei als zahlendes Mitglied, wie Sie wissen werden, das beste Mittel, um nicht in die SED gepresst zu werden«, aber auch Mitglied der FDJ. Laut Polizeiakte besaß er »Abzeichen für gutes Wissen und Sportleistungsabzeichen. Schmidt wird nur gut beurteilt, war ruhig und zurückgezogen.« Vielleicht erschien er deshalb geeignet, als Märtyrer und Opfer der Aufständischen stilisiert zu werden.

Der Polizeibericht über das Begräbnis hält fest: »An dem Trauerzug anlässlich des Begräbnisses des durch Provokateure erschossenen FDJ-Funktionärs Gerhard Schmidt am 24.6.1953 nahmen ca. 4500 Personen teil, die sich aus FDJ und Betriebsdelegationen aller Stadtteile zusammensetzten.

Die o. g. Delegationen trafen sich um 14.00 Uhr am Universitätsring und setzten sich mit dem Fahnenblock an der Spitze um 14.10 Uhr in Bewegung. Die Beisetzung erfolgt auf dem Friedhof in Kröllwitz. Die Marschroute war folgende:

Geiststraße, Hermannstraße, Puschkinstraße, Reileck, Giebichensteinbrücke, Trifftstraße, Friedhof.

Um 15.55 Uhr war die Trauerfeier beendet. Die FDJ-Delegationen traten den Rückweg der o. a. Straßen wieder an und lösten sich in der Nähe der Ernst-Thälmann-Straße wieder auf (gegen 16.20 Uhr).

Durch die eingeteilten Sicherungskräfte der Volkspolizei wurden zwei männliche Personen, welche mit einem Kranz in der Hand sich in den Trauerzug einschmuggeln wollten, aber durch Werktätige als Provokateure vom 17.6.1953 erkannt wurden, festgenommen. Weiterhin wurde eine Frau an der Kreuzung Mühlweg, Ecke Bernburger Straße festgenommen, da sie während des Vorbeimarsches des Trauerzuges sich mit unflätigen Worten gegenüber der Volkspolizei äußerte.«

Sie hatte laut Polizeibericht gerufen: »Die VP [Volkspolizei] die Schweine, erst haben sie ihn erschossen, jetzt marschieren sie mit.«

Das Telegramm, das Erich Honecker an die Witwe schrieb, ist im Originalwortlaut im Roman abgedruckt. Nur die Namen habe ich geändert.

Auch wenn die DDR dem »Rundfunk im Amerikanischen Sektor« vorwarf, die Aufstände angeheizt zu haben, erscheint mir die Berichterstattung im RIAS doch eher sachlich und zurückhaltend. Die Alliierten glaubten nicht daran, dass der Aufstand in der DDR Erfolg haben könne. Nach dem 17. Juni wurde vom RIAS zu nichts mehr aufgerufen, man hielt sich völlig zurück.

Antwort des Regimes

Bis zum 6. Juli verhafteten das MfS und die Polizei etwa 10 000 Menschen, sowjetische Kommandos zusätzlich 2 000.

Dabei wurden die Richter oft vom MfS unter Druck gesetzt, harte Urteile zu fällen – bisweilen sogar Todesurteile für nachgewiesen Unschuldige. Wer in den Westen geflohen war, wurde mitunter von dort entführt oder in die DDR gelockt.

In den Betrieben wurden »Kampfgruppen der Arbeiterklasse« gegründet, um zukünftig das Ausbrechen von Unruhen gleich in den Betrieben zu verhindern. Außerdem rüstete man Polizeieinheiten mit Stahlhelmen, Wasserwerfern, Tränengasgranaten, Motorrädern mit Beiwagen und Panzerspähwagen aus. Die Zahl der hauptamtlichen Mitarbeiter bei der Stasi verdreifachte sich noch 1953 (von 1 500 auf 5 000).

Streiks, Demonstrationen und Unruhen gab es im Juni 1953 in über 700 Städten und Gemeinden der DDR, darunter sämtliche Städte mit über 50 000 Einwohnern. Die Aufständischen erstürmten Kreisdienststellen der Staatssicherheit, SED-Gebäude, Polizeireviere und Kreisratsämter. Vor über 70 Gefängnissen versammelten sich Demonstranten, um die politischen Häftlinge zu befreien. Insgesamt wurden 1 500 Häftlinge befreit, von denen 63 in den

Westen entkamen, alle anderen wurden wieder eingefangen oder stellten sich selbst.

In Halle nahmen die Demonstrationen im Lokomotiv- und Waggonbau Ammendorf ihren Anfang. Mehr als 2 000 Waggonbauer versammelten sich auf dem Hof vor dem Verwaltungsgebäude und verlangten, die Direktion zu sehen, die sich aber nicht zeigte. Ein Tisch wurde als Rednertribüne aufgestellt. Eine blonde Putzfrau in einem hellen Sommerkleid, die 40-jährige Frieda Stephan, stellte sich darauf (im Roman hat sie ihr Pendant in Lotte König) und rief den Arbeitern zu, dass es schon wieder kein Brot in Halle zu kaufen gebe und dass sie eine Senkung der HO-Preise verlange, damit die Kinder mehr Milch und Butter bekämen. Man habe lange genug darauf gewartet, dass es allen besser gehe, nun sei die Geduld zu Ende, alle müssten sich dem Streik der Berliner Bauarbeiter anschließen.

Der Demonstrationszug, der hier seinen Anfang nahm, schwoll im Laufe des Tages immer weiter an, bis es rund 60 000 Aufständische waren. Viele der Szenen, die sich dabei zutrugen, werden im Roman wiedergegeben, beispielsweise die Erstürmung des »Hauses der Einheit« und die Szene mit dem Ratsvorsitzenden Bruschke.

Auch bei den Ereignissen in Berlin konnte ich mich auf Augenzeugenberichte stützen. Ich weiche hier nur an einer Stelle bewusst von den Fakten ab: Die rote Fahne wurde bereits 11:20 Uhr vom Brandenburger Tor entfernt, und erst 14:30 Uhr versuchten Jugendliche, Schwarz-Rot-Gold zu hissen. Aus Gründen der Dramaturgie habe ich beide Ereignisse enger zusammengerückt.

Zur Abschreckung befahl Moskau, 18 Aufständische zu erschießen. Nachweisbar sind fünf solcher standrechtlichen Erschießungen. Insgesamt kamen mindestens 50 Menschen durch den Einsatz der Kasernierten Volkspolizei, der Staatssicherheit und der sowjetischen Armee ums Leben, außerdem fünf Angehörige der DDR-Sicherheitsorgane.

Das 14. Plenum des Zentralkomitees der SED stellte die Unruhen als »faschistisches Abenteuer« und »von langer Hand vorbereiteten Tag X« dar. Mit dieser Formulierung – die noch jahrzehntelang in der Geschichtsschreibung der DDR gepflegt wurde – sollte untermauert werden, dass der Westen den Aufstand als Putschversuch ins Rollen gebracht habe, denn Jakob Kaiser, der Bundesminister für gesamtdeutsche Fragen, hatte 1952 in einer Rede von der Wiedervereinigung als »Tag X« gesprochen, der vielleicht schneller komme, als die Skeptiker zu hoffen wagten. In Wirklichkeit schlug er in seiner Rede nicht einen Aufstand, sondern gesamtdeutsche Wahlen vor, was die SED bewusst verschwieg.

Allen Umdeutungsversuchen zum Trotz hatte das Regime Schwäche offenbart und sich hinter den Panzern einer fremden Armee verstecken müssen – ein Beweis dafür, wie sehr die DDR von der Sowjetunion abhing. Allein in Ostberlin fuhren 600 Panzer auf.

Die sowjetische Regierung verkündete im August 1953, dass zum 1. Januar 1954 die Reparationszahlungen beendet seien (die von der DDR als Kriegswiedergutmachung meist in Form von Waren zu leisten gewesen waren), und gab der DDR am 25. März 1954 vollständige Souveränität zumindest auf dem Papier. Es sollte nicht mehr so aussehen, als sei die DDR nur die 16. Sowjetrepublik.

Vorübergehende Lockerungen bei der Ein- und Ausreise wurden 1954 aber wieder zurückgenommen. Auch die Zwangsenteignungen gingen nach einer kurzen Entspannungsphase weiter.

Viele DDR-Bürger gaben enttäuscht auf und flohen in den Westen. Vor allem junge Menschen: Ein Drittel der 1953 Abgewanderten waren zwischen 16 und 25 Jahren alt.

Die Bundesrepublik erklärte den 17. Juni noch im Jahr 1953 zum gesetzlichen Feiertag. Ab 1954 wurde er als Tag der deutschen Einheit gefeiert, 1963 erklärte man ihn zum nationalen Gedenktag. Der arbeitsfreie Tag am 17. Juni wurde erst 1990 abgeschafft, weil man nun den 3. Oktober als Tag der deutschen Einheit einrichtete.

Der im Roman erwähnte Nachtklub in Frankfurt wurde von einem tschechischen Spion mit dem Decknamen Burda gemeinsam mit dem Westdeutschen Kurt Pape aufgezogen. Burda hatte Pape dabei erwischt, wie er illegal Kugellager aus US-Militärbeständen in der DDR verkaufte, und ihn damit unter Druck gesetzt (Pape war Angestellter der US Rhein-Main Air Base). Gemeinsam gründeten sie ein Fotoatelier, um dort Mädchen, die sich vermeintlich auf eine Karriere im Film vorbereiteten, für den Nachtklub anzusprechen. Die Mädchen, die zur Kooperation (und Prostitution) bereit waren, horchten im Klub US-Soldaten aus.

Das Geschehen um den NTS-Operationschef Georgi Okolowitsch habe ich im Roman um einige Monate vorverlegt. In Wahrheit entführte der sowjetische Geheimdienst, der ab März 1954 endgültig unter dem Namen KGB firmierte, den Berliner NTS-Vorsitzenden Alexander Truschnowitsch erst 1954 und versuchte, den Operationschef der NTS, Georgi Okolowitsch, zu ermorden. Nikolai Chochlow, der Leiter des Killerkommandos, drang am 18. Februar 1954 in Okolowitschs Wohnung ein. Er sollte Okolowitsch mit einer Pistole töten, die in ein Zigarettenetui eingebaut war und mit Gift gefüllte Kugeln verschoss. Aber er beschloss, Okolowitsch zu warnen und das Leben als Auftragsmörder und Agent zu beenden. Er entkam in den Westen.

1957 vergiftete der KGB Chochlow bei einem Essen in Frankfurt am Main mit radioaktivem Thallium. Die Ärzte kämpften drei Wochen lang um sein Leben. Bis 2007 lebte er mit neuem Gesicht und anderen Personalien irgendwo in den USA. Seine Frau und seinen Sohn sah er nie wieder.

Beria war verantwortlich für die Besserungs- und Arbeitslager, für die Strafkolonien, für das Hinrichten von politischen Gegnern und die Verleumdung Andersdenkender. Während der Spätphase der sogenannten Stalinistischen Säuberungen leitete er die Deportationen mehrerer sowjetischer Volksgruppen, in deren Folge mindestens eine halbe Million Menschen starben.

Als er nach Stalins Tod der mächtigste Mann des Landes wurde, brachte er allerdings einen Amnestieerlass des Obersten Sowjets der UdSSR auf den Weg, der über eine Million Inhaftierte aus den Lagern und Gefängnissen befreite (von insgesamt 2,5 Millionen Inhaftierten).

Er wusste von der katastrophalen Lage in der DDR, in Polen und in Ungarn, wohl kein anderer Politiker in Moskau war so gut informiert wie er. Es brauchte eine Kurskorrektur. Der neue Kurs aber, auf den er die DDR setzte, führte nicht zu einer Stabilisierung der Lage, sondern zum Aufstand des 17. Juni. Und seine Bereitschaft, die DDR aufzugeben, betrachteten viele Parteigrößen als Verrat, ebenfalls, dass Beria die Macht der Partei einschränkte. Im Schuldspruch vom 23. Dezember 1953 wurde ihm vorgeworfen, er habe versucht, die sowjetische Staatsordnung zu liquidieren, den Kapitalismus zu restaurieren und die Herrschaft der Bourgeoisie wiederherzustellen.

Nach seiner Festnahme wurden seine Geheimdienstmitarbeiter Goglidse, Kobulow und andere in Karlshorst von General Gretschko verhaftet, während sie noch mit der Aufklärung des Aufstands vom 17. Juni beschäftigt waren, und nach Moskau verfrachtet.

Während man mit Beria abrechnete und ihm die Schuld an den Bluttaten während Stalins Ära zuschob – ein Teil dieser Schuld lag ganz gewiss bei ihm, aber nicht die gesamte Schuld –, wusch sich einer die Weste weiß: Berias Nachfolger als mächtigster Mann der Sowjetunion, Chruschtschow. Dabei hätte man während des Schuldspruchs über Beria mit Recht fragen können: »Wo war Chruschtschow, als alle diese Verbrechen begangen wurden?« Er war ja genauso im inneren Kreis der Macht gewesen und hatte sich ebenfalls die Hände schmutzig gemacht. Aber auf seine Anordnung hin wurde Berias persönliches Archiv vernichtet, um das kompromittierende Material zu beseitigen, das er gesammelt hatte.

Chruschtschow stellte sich später in seinen Memoiren als Wegbereiter der Entstalinisierung dar. Noch heute wird diese Legende gepflegt. Das Archivmaterial spricht eine andere Sprache: In den knapp vier Monaten, die Beria nach Stalins Tod an der Macht war, wurden dramatische Beschlüsse zur Überwindung von Stalins Terrorsystems gefasst. Nach seinem Sturz ging es in dieser Richtung nicht weiter, erst im Herbst 1955 nahm Chruschtschow den Prozess wieder auf, und auch dies eher gezwungenermaßen, da die Parteimitglieder begannen, die Verfolgungen der Stalin-Zeit ans Licht zu holen.

Beria war nach Jagoda und Jeschow bereits der dritte sowjetische Sicherheitschef, der mit der Begründung erschossen wurde, er sei britischer Geheimagent gewesen. Aus der großen Sowjetenzyklopädie sollte das Volk den Artikel über Beria »mit einem kleinen Messer oder einer Rasierklinge« entfernen und stattdessen einen Ersatzartikel über die Beringsee einfügen.

Die folgenden Bücher waren mir besonders hilfreich bei den Recherchen:

In der Darstellung von Stalins Tod, von Berias Verhaftung, seiner Verurteilung im Prozess und seiner Hinrichtung finden Originalzitate Verwendung, sie entstammen: Anton Kolendic: *Machtkampf im Kreml. Vom Tode Stalins bis ʒur Hinrichtung Berijas*, Bergisch-Gladbach 1982; S. 20ff., S. 37ff., S. 176ff., S. 280ff; Donald Rayfield: *Stalin und seine Henker*, München 2004, S. 540ff., S. 546ff. und Simon Sebag Montefiore: *Stalin – am Hof des roten Zaren*. Frankfurt/Main 2005, S. 742ff. Diese Autoren vertreten die Auffassung, dass Beria erst verhaftet, dann verurteilt und am 23. Dezember 1953 hingerichtet worden sei. Abweichend davon vertrat Berias Sohn in seiner Schrift: Sergo Beria: *Beria, My Father: Inside Stalin's Kremlin*, London 2001, die Meinung, dass Beria bereits im Juni 1953 in seiner Moskauer Vorstadtvilla von einem Killerkommando im Auftrag des Politbüros erschossen worden sei. Er selbst habe gesehen, wie die Leiche aus dem Haus getragen wurde.

Adenauers Gespräch mit Churchill am 15. Mai 1953 folgt weitgehend der Gesprächsaufzeichnung des deutschen Dolmetschers Heinz Weber auf www.17juni53.de/chronik/5305/doc sowie den Hinweisen in Hans-Peter Schwarz: *Adenauer. Bd. II: der Staatsmann*, Stuttgart 1991, S. 86ff. Das Gespräch aus Churchills Sicht siehe unter anderem dargestellt in Thomas Kielinger: *Winston Churchill. Der späte Held. Eine Biographie*. München 2014, S. 349ff. Das Treffen Globkes mit einem Spion namens Ilja Kolschetow ist erfunden, zu Hans Globkes Kontakten mit der UdSSR siehe Anton Kolendic: *Machtkampf im Kreml*, Bergisch-Gladbach, 1982, S. 132 und zu Amt und Funktion von Hans Globke in jener Zeit allgemein: Hans-Peter Schwarz: *Adenauer. Bd. II: Der Staatsmann*, Stuttgart 1991, S. 91f., S. 108, S. 194f.

Konrad Adenauer: Erinnerungen 1945–1953, Stuttgart 1965.

Edda Ahrberg, Hans-Hermann Hertle, Tobias Hollitzer (Hrsg.): Die Toten des Volksaufstands vom 17. Juni 1953, Berlin 2004.

Christopher Andrew, Wassili Mitrochin: Das Schwarzbuch des KGB. Moskaus Kampf gegen den Westen, Berlin 1999.

Rainer Awiszus: Genosse Soldat! Kommen Sie mal zurück! Erlebnisse eines DDR-Soldaten, Books on Demand, Berlin 2002.

George Bailey, Sergej A. Kondraschow, David E. Murphy: Die unsichtbare Front. Der Krieg der Geheimdienste im geteilten Berlin, Berlin 1997.

Sergo Beria: Beria, My Father. Inside Stalin's Kremlin, London 2001.

Sabine Bode: Die vergessene Generation. Die Kriegskinder brechen ihr Schweigen, Stuttgart 2004.

Peter Bohley (Hrsg.): Erlebte DDR-Geschichte. Zeitzeugen berichten, Berlin 2014.

Karl Wilhelm Fricke, Roger Engelmann: Der »Tag X« und die Staatssicherheit. 17. Juni 1953 – Reaktionen und Konsequenzen im DDR-Machtapparat, Bremen 2003.

Oleg Gordiewsky, Christopher Andrew: KGB. Die Geschichte seiner Auslandsoperationen von Lenin bis Gorbatschow, München 1990.

Martin Greschat, Jochen-Christoph Kaiser (Hrsg.): Die Kirchen im Umfeld des 17. Juni 1953, Stuttgart 2003.

Reinhard Heinrich: Das Kreischen der Straßenbahn. Erinnerungen an die Kindheit in Halle, Projekte, Gerbstedt 2001.

Helga Hirsch: Endlich wieder leben. Die fünfziger Jahre im Rückblick von Frauen, München 2012.

Jürgen Hofmann, Annette Neumann: Die Klasse in Aufruhr. Der 17. Juni 1953 in Berliner Betrieben, Berlin 2003.

Rolf Hosfeld, Hermann Pölking: Wir Deutschen, 1953 bis 1961. Wirtschaftswunder und Mauerbau, München 2009.

Thomas Kielinger: Winston Churchill: Der späte Held, C. H., München 2014.

Ilko-Sascha Kowalczuk: 17. Juni 1953. Geschichte eines Aufstands, München 2013.

Ilko-Sascha Kowalczuk: 17. Juni 1953. Volksaufstand in der DDR. Ursachen – Abläufe – Folgen, Bremen 2003.

Irina Liebmann: Wäre es schön? Es wäre schön! Mein Vater Rudolf Herrnstadt, Berlin 2008.

Hans-Peter Löhn: Spitzbart, Bauch und Brille – sind nicht des Volkes Wille! Der Volksaufstand am 17. Juni 1953 in Halle an der Saale, Bremen 2003.

Simon Sebag Montefiore: Stalin. Am Hof des roten Zaren, Frankfurt/Main 2005.

Patrik von zur Mühlen: Der Eisenberger Kreis. Jugendwiderstand und Verfolgung in der DDR 1953–1958, Berlin 1995.

Norman M. Naimark: Die Russen in Deutschland. Die sowjetische Besatzungszone 1945 bis 1949, Berlin 1997.

Nikita Petrow: Die sowjetischen Geheimdienstmitarbeiter in Deutschland. Der leitende Personalbestand der Staatssicherheitsorgane der UdSSR in der Sowjetischen Besatzungszone Deutschlands und der DDR von 1945–1954, Berlin 2010.

Helmut Roewer: Im Visier der Geheimdienste. Deutschland und Russland im Kalten Krieg, Bergisch-Gladbach 2008.

Klaus Schmeh: Codeknacker gegen Codemacher. Die faszinierende Geschichte der Verschlüsselung, W3L 2014.

Hans-Peter Schwarz: Adenauer. Der Staatsmann: 1952–1967, Stuttgart 1991.

Rolf Steininger: 17. Juni 1953. Der Anfang vom langen Ende der DDR, München 2003.

Rüdiger Wenzke, Torsten Diedrich: Die getarnte Armee. Geschichte der Kasernierten Volkspolizei der DDR 1952 bis 1956, Berlin 2001.

Paul Weymar: Konrad Adenauer. Die autorisierte Biographie, München 1955.

Der Autor dankt

Elli Bochmann, die sich in die Figuren einfühlte, als der Text noch roh und unfertig war.

Heidi Bohley und dem Zeit-Geschichte(n) e. V. für die Zusendung von Material zum 17. Juni 1953 und zum Schicksal von Gerhard Schmidt.

Natalia Brokop für Übersetzungen ins Russische.

Der Uhrmacherin Sabine Dinter, die mit solcher Begeisterung Uhren liebt und einige Stunden lang versuchte, sie mir zu erklären. (Fehler im Roman gehen vollständig zu meinen Lasten.) Sabine, du hast einen Traumberuf, beinahe so schön wie das Leben als Autor!

Ralf Döbbeling für seinen wachen Blick als Erstleser. Du bist nicht nur passenderweise in Halle und Berlin zu Hause, sondern besitzt außerdem ein Gespür für Worte, das mich begeistert.

Bettina Ehrentraut und den Mitarbeiterinnen und Mitarbeitern des Landeshauptarchivs Sachsen-Anhalt, Abteilung Merseburg, für Einsicht in die Polizeiakten zum 17. Juni 1953 in Halle/Saale.

Barbara Ellermeier, die von Anfang an die Entstehung des Romans mit guten Literaturhinweisen und Recherchetips unterstützte.

Prof. Dr. Manfred Hagen, der nach der Wende mit der Witwe von Gerhard Schmidt sprach und großzügig gestattete, dass ich sein Material verwende.

Ernst Hofmann, der als achtzehnjähriger Bauarbeiter mitstreikte und die Panzer in den Straßen Berlins erlebt hat, für die geduldige Beantwortung meiner Fragen.

Helga Meifarth, die mir Aufzeichnungen ihrer Familie zur Verfügung stellte. Sie haben mir geholfen, mich in das Lebensgefühl der Nachkriegsjahre hineinzudenken.

Dem Spionageexperten Heinrich Peyers für Hinweise zu den Geheimdiensten und den damals verwendeten Technologien und Methoden.

ABV Abschnittsbevollmächtigter. Polizist, der in seinen Straßen auf Streife ging, Strafanzeigen aufnahm und weiterleitete und Verkehrskontrollen vornahm. Er überprüfte auch die Hausbücher, in denen auswärtige Besucher eingetragen werden mussten und gab Empfehlungen an die Regierungsstellen, wenn es um die Genehmigung von Reisen in das westliche Ausland ging.

FDJ Freie Deutsche Jugend. Schüler traten mit 14 Jahren in die staatliche Jugendorganisation ein. Vielerorts war das Bedingung für die Erlaubnis, das Abitur abzulegen und zu studieren bzw. Voraussetzung, um einen guten Ausbildungsplatz zu erhalten. Nach dem Ausbildungsabschluß trat man meist aus der Organisation aus und wurde Mitglied der SED. Mit ihren Freizeitangeboten erfüllte die FDJ eine wichtige Rolle bei der Zurückdrängung kirchlicher Jugendorganisationen. Bereits 1946 beklagten kirchliche Vertreter, die FDJ sei »eine Zwangsjugend beziehungsweise Staatsjugend in neuer Aufmachung«. FDJ-Mitglieder wurden in den 1950er-Jahren gezielt gegen die kirchliche Jugendarbeit mobilisiert. Auftrag der FDJ war später auch, die Jugendlichen durch Wehrsport auf den Wehrdienst vorzubereiten. Vorsitzender der FDJ war 1946–1955 Erich Honecker.

GST Gesellschaft für Sport und Technik. Die paramilitärische Jugendorganisation, gegründet im August 1952, sollte über Lehrgänge zum Lkw-Fahren oder zum Fliegen eines Segelflugzeugs sowie durch Schießsport und Wehrlager für Schüler weite Kreise der Bevölkerung in die vormilitärische Ausbildung einbeziehen. Bis Ende 1952 gehörte fast eine halbe Million junger Menschen der GST an. Sie galt als »Schule des Soldaten von morgen«.

GRU Sowjetischer Militärgeheimdienst. Diente der Spionageabwehr innerhalb der sowjetischen Streitkräfte. Heute noch aktiv, inzwischen auch in der Wirtschaftsspionage und mit Kommandotruppen in der unkonventionellen Kriegführung, u. a. in der Ukraine.

HO Handelsorganisation. Gegründet 1948. In den Läden der staatlichen HO konnten zu erhöhten Preisen Lebensmittel ohne Zuteilungsmarken gekauft werden. Bereits 1950 erwirtschafteten 2300 HO-Läden rund 26 % des Einzelhandelsumsatzes der DDR.

KVP Kasernierte Volkspolizei. Im April 1952 wies Moskau die DDR an, eine Armee aufzubauen. Als erster Schritt wurden am 1. Juli 1952 die dem Innenministerium unterstehenden Polizeibereitschaften in die Kasernierte Volkspolizei umgeformt. Ende 1952 war die Kasernierte Volkspolizei 90 200 Mann stark. Aus ihr wurde 1956 die Nationale Volksarmee der DDR.

LPG Landwirtschaftliche Produktionsgenossenschaft. Ein Zusammenschluss von Bauern, der häufig unter staatlichem Zwang zustandekam. Dabei wurden die Äcker, mitunter auch die Maschinen, das Vieh und die Gebäude in die Genossenschaft eingebracht. Zahlreiche Bauern flohen aus der DDR, weil man ihr Abgabesoll so stark erhöht hatte, dass es nicht mehr zu erfüllen war, und man ihnen mit Gefängnisstrafen drohte, um sie in eine LPG zu pressen. Die Betriebe der Geflohenen wurden enteignet und in die LPG integriert.

MfS Ministerium für Staatssicherheit der DDR. Geheimpolizei, die Regimekritiker observierte, einschüchterte und ohne Gerichtsverfahren verhaftete. In den frühen Jahren Anwendung von Folter, um Geständnisse zu erzwingen. Das MfS war gleichzeitig der Nachrichtendienst der DDR und betrieb auch Auslandsspionage.

MGB Ministerium für Staatssicherheit der UdSSR (1946–1954). Aus diesem Staatssicherheitsdienst ging 1954 der KGB hervor.

MWD Ministerium des Inneren (bis 1946 unter der Bezeichnung NKWD, siehe dort).

MI6 Britischer Auslandsgeheimdienst (Military Intelligence, Section 6).

Nasse Arbeit ein Euphemismus für Auftragsmord (»nass« steht dabei für das Vergießen von Blut), der aus dem Russischen stammt. Schon im 19. Jahrhundert nannte man dort in der Ganovensprache einen Raubmord мокрое дело, nasse Arbeit, später wurde es ein stehender Begriff im KGB.

NKGB Volkskomissariat für Staatssicherheit der UdSSR. Teil des NKWD, solange Lawrenti Beria ihn leitete. Ab April 1943 eigenständig. 1946 umbenannt in MGB und 1954 Neugründung als KGB (Komitee für Staatssicherheit). Auslandsnachrichtendienst, Spionageabwehr und Schutz der Partei- und Staatsführung der Sowjetunion.

NKWD Volkskomissariat des Inneren (bis 1946), dann umbenannt in MWD. Betrieb Auslandsspionage u. a. mit Residenturen und Agenten in den USA, England, Frankreich, Italien, Norwegen, Indien, Australien und Japan. 1941–1943 geleitet von Lawrenti Beria. Der NKWD zog während des Zweiten Weltkriegs im Rücken der Armee in die eroberten Gebiete und verhaftete »verdächtige und feindliche Elemente«. Ab Januar 1945 war er für die gesamte Strafpolitik in den von der Roten Armee besetzten Gebieten zuständig. In der Sowjetischen Besatzungszone und der frühen DDR betrieb der NKWD eigene Gefängnisse und Speziallager. Mit seinen politischen »Säuberungen« schuf er die Voraussetzung für ein pro-sowjetisches totalitäres Regime. Operativgruppen des NKWD bekämpften außerdem Agenten westlicher Nachrichtendienste.

NTS Widerstandsorganisation gegen das Regime der Sowjetunion, 1930 als »Nationaler Bund der Schaffenden« von Russen gegründet, die vor der bolschewistischen Revolution geflüchtet waren und Flugblätter gegen die Diktatur in ihre Heimat einschmuggelten. Während des Zweiten Weltkrieges galt für sie »weder Stalin noch Hitler«, viele Mitglieder landeten im KZ. Als führende russische Emigrantenorganisation wurde der NTS vom amerikanischen Geheimdienst unterstützt. Von Westberlin aus nahm der NTS heimlich Kontakt zur sowjetischen Militäradministration auf, 1951 wurden dort drei Sowjetoffiziere erschossen, weil man sie der Verbindung zum NTS verdächtigte, weitere Hinrichtungen folgten. Flugblätter des NTS, die sich an sowjetische Soldaten richteten, stellten die Sowjetunion als brutale Diktatur dar. Der NTS fälschte die *Prawda* und das Armeeblatt *Sowjetskaja Armija*, indem der Kopf der Zeitung und die obere Hälfte der ersten Seite originalgetreu nachgedruckt wurden, während der Rest der Zeitung zum Widerstand aufrief. Außerdem betrieb der NTS den Untergrundradiosender Freies Russland, anfangs mit einer selbstgebastelten Radiostation, deren Antennen man im Wald nahe der Zonengrenze an einem Baum befestigte, ab 1953 mit einem professionellen Radiostudio in der Nähe von Frankfurt am Main.

OvD Offizier vom Dienst.

PK Politkommissar. Im Jargon der Kasernierten Volkspolizei die Bezeichnung für den Politstellvertreter des Kommandeurs, einen speziell ausgebildeten Offizier, der für den Politunterricht zuständig war. Die Herkunft der Bezeichnung Politkommissar oder PK ist unklar, entweder spielt sie auf die Kommissare der Sowjetarmee an, oder sie rührt vom Dienstgrad Kommissar her, der bis zur Umwandlung in die Kasernierte Volkspolizei 1952 üblich war. Aus dem Kommissar wurde der Leutnant, aus dem Wachtmeister der Gefreite, aus dem Hauptwachtmeister der Feldwebel usw.

SED Sozialistische Einheitspartei Deutschlands. 1946 wurden auf Druck Moskaus hin in der Sowjetischen Besatzungszone SPD und KPD zur SED vereinigt. Bis 1990 regierte die SED in der DDR allein. Ihre Kader beherrschten alle drei Gewalten: Legislative, Exekutive und Judikative.

ZK Zentralkomitee. Leitete zwischen den Parteitagen die gesamte politische Arbeit der SED, nach dem Vorbild der Kommunistischen Partei der Sowjetunion. Das Zentralkomitee wählte aus seiner Mitte das Politbüro, den inneren Kreis der Macht, sowie den Generalsekretär und das Sekretariat, das die Durchführung der Parteibeschlüsse kontrollierte. Da die Regierungsmitglieder in einer Doppelrolle zugleich Mitglieder des Zentralkomitees waren, besaß das ZK großen Einfluss.